Takahashi Shintaro Selection
高橋新太郎セレクション ①

# 近代日本文学の周圏

笠間書院

# 近代日本文学の周圏

高橋新太郎セレクション1

目次

## 凡　例

一、本書は、高橋新太郎セレクション（全3冊）の第1冊目である。
一、本巻には、生前の著者の構想をもとにした論攷を収めた。
一、表記は、初出通りを原則としたが、明らかな誤記・誤字は訂正した。また、一部の論考には補訂を加えた（詳しくは「解説」395頁〜参照）。
一、引用文の表記は、以下のように補訂を加えた。
・初出で、改行されずに本文中に組み込まれているもののうち、長文のものについては改行・二字下げで引用した。引用直前には句読点を補い、引用末には適宜句点を補った。
・初出で、改行され独立した段落をなしているものは、前後に一行の空白を設け、二字下げで記した。
・初出で、活字ポイントが落とされている場合でも、ポイントを落とさなかった。
・引用符は「　」に揃えた。

近代日本文学の周圏　高橋新太郎セレクション１

# 鷗外と「乃木神話」の周辺

「乃木大将、あれもイリュージョンの完成です」
三島由紀夫

## 一

福田恆存が、乃木否定に傾いた司馬遼太郎『殉死』（昭42）や福岡徹の『軍神』（昭43）に触発されて、中央公論『歴史と人物』誌に「乃木将軍は軍神か愚将か」を発表したのは、昭和四十五年十二月のことであった。昭和四十年代は、やや、おおぎょうな物言いをすれば、時ならぬ乃木ブームの観を呈していた。司馬・福岡の前記二著のほか、戦後の評伝として最も行き届いた大浜徹也の『乃木希典』（雄山閣　昭42）や戸川幸夫『乃木希典』（人物往来社　昭43）三島通陽『回想の乃木希典』（雲華社　昭41）が出版され、乃木希典の外姪菊池又祐、昭和八年発行の旧著『乃木夫妻の生活の中から』（厚生閣書店）までが『人間乃木と妻静子』（太平観光出版局　昭46）と改題リライトされ、山岡荘八の序文を付して復刊され、和田政雄編の『乃木希典日記』（昭45）の刊行もあった。また内田吐夢監督、八杉利雄脚本による「乃木大将」の映画化が報ぜられたりした。敗戦を境として、無視され、忘却されたかに見えた将軍乃木が復古の波にのって再び人々の関心をよび起こすことになった。(1)

福田論文が批判の主対象とした福岡の『軍神』は、市販に先立つ寄贈本に『「軍神」拝呈に際して』なるパンフレットが付されたが、そこに次の記述がある。

わたくしは幼少のころ、勇将乃木、軍神乃木を尊敬する父親に、いわゆる「乃木式」の教育を受けた。「山川草木」の詩を暗誦させられ、「寒い」「暑い」ということを禁ぜられ、川の真中に出来ている州から泳いで戻って来ることを求められたりした。命ぜられた事が終るまでは、「飯を喰う事はならん」と言われたものである。

一冊十五銭で送られてくる「乃木式」というパンフレットほどの雑誌をうらめしく眺めながら「軍旗を失うような軍人がエライはずはない」と秘かに思いつづけていた。父がどんな理由で、将軍を尊敬したかも知らず「乃木式」さえなければ、毎日が愉快にすごせるに違い無い、という極めて単純な理由で、子供心の反撥心を持ち続けていた。(2)

ここには、戦前の修養思想にくみ込まれた軍神乃木の少年世代に与えた端的な影をうかがうことができる。『乃木式』は「文章報国」と傍題された月刊小雑誌で、古江楓堂主幹(後、塚本棟堂編輯主任)の京都の楓会から大正四年創刊され、昭和十八年十一月の第三百四十六号までしか確認していないが、おそらく昭和二十年まで続いたものと思われる。同種のものに、軍事教育会を起こした高橋静虎が同じく大正四年に創設した乃木講の機関誌『乃木講友』(大正八年高橋の没後乃木大将が副会長をつとめた士友団の機関誌『士友』を改題、昭和十五年末『乃木精神』と再改題。昭和十九年十二月号まで確認、『士友』から数えて四百五十七号に達している)があり、乃木講は精神修養の実行団体として地方講社は昭和十九年に五百六十余に及んでいた。

乃木希典に関する単行書は、大正元年以来敗戦の昭和二十年まで一年として欠けることなく連年刊行され、管見に入っただけでも百六十一冊に達している。冠するに「軍神」の名をもってするも、乃木が作戦の智、用兵の術、軍政の才において人にすぐれたわけではなく、(3)より多く「忠誠」「質素」「清廉」といった古武士的徳目修養の模範として仰がれたのであって、日露役凱旋の悄然たる彼の馬上姿に象徴的な悲運の相貌が、多数の国民の心緒《しんしょ》に同情と慰藉を感ぜしめたであろうことは、「一人息子と泣いては済まぬ、二人無くした方も有る」という日露戦中の俗謡がよくこれを示している。そしてそれは、悲運に泣く銃後の怨嗟の声を包摂消去する恰好の役割をも果たしてゆくこととなる。(4)木村毅は、伝記小説『乃木将軍』（千倉書房　昭12）の序で、乃木の存在が人々に親しまれたのは、彼が「高潔なる人格者」や「神人」であったからではなく、その「人間味」に帰する外はないといった上で、更に次の如く記した。

乃木将軍は、社会主義などと云へば蛇蝎《だかつ》の如くに嫌つたに違ひない。だが晩年の将軍の心境は著しく社会主義に近いものであつたと云ふ話も聞いてゐる。吾々には此れは些とも不思議ではないので、一将功成りて万骨枯るの悲哀を痛感した将軍としては、さもありさうなことだ。
それは社会主義は、私の解釈によれば、人間の良心であるからだ。(5)

乃木希典の明治帝への殉死と、これを追った夫人静子の自裁がよびおこした波紋は大きくひろがり、一方では感銘とともに明治の時代を支えた精神を人々に鋭く想起させ、他方ではこれとは無縁な人々からの侮蔑の感を引き出すことによって、一つの時代の終焉を鮮明に印象づけたことは多くの論者の語るところである。

当時軍籍にあった陸軍歩兵少尉杉山直樹こと夢野久作は、その日記に「かく生れかく行ひてかく死にて思ひ残さぬ大和魂」とその感慨を歌に託しているが、『やまと新聞』記者であった生方敏郎の回想記『明治大正見聞史』（大15）は、明治帝御大葬当日の乃木自刃がもたらした一新聞社内の情景を生々しく伝え、「乃木が死んだつてのう、馬鹿な奴ぢや」という社長の反応や、赤旗事件の関係者であった「文壇の名物男Y君」（安成貞雄）の「自分の子供を失つたといふことは、数万の兵卒を下らなく戦死させた過失を決して賠償しない」とする容赦のない苛烈な言も紹介されている。

三宅雪嶺主筆の『日本及日本人』の大正元年十月一日号は、「嗚呼乃木将軍」と題する追悼欄を編んでいるが、河東碧梧桐は「乃木将軍の柩を送る」なる一文で、乃木夫妻葬儀の日の人々の反応と空気を伝えている。

碧梧桐はかねて面識のフロックの礼装をした「F君」と次のような会話をかわす。

「今の大学を卒業する前後の青年達が、この事に対する感激の程度……我々中年者と同じでせうか。それがどうも……。」

と如何にも心配気な言葉に、

「サアどんな解釈をしてゐますか、思想の変遷といふことを頭に置いて考へると、妙な下らない解釈をしてをるかもわかりません。」

と答える。斎場道一杯の群衆の重囲を脱して休憩所に入ると、殉死将軍の葬儀に列なって無聊《むりよう》の末、養鶏談に花を咲かせる高級将校の一団にであう。

「レグホン！　ありやア君品評会とか何とかいふ時のものさ、装飾品だね。」「真に卵をとるならメス許り飼つてもいゝつていふぢやないか。」「そりや産むといふ一段にかければ……受精せぬやつは、早く腐敗するさ。」「ぢや有利ぢやないね」

といった話を録して、

武人副業を営む、といふことを、絶対に拒否は出来ぬであらう。が、場所柄をも弁《わきま》へぬかやうな軍人に、乃木さんの心持の解されぬといふことは慥《たし》かである。F君の所謂大学を卒業前後の青年のみではない。大佐中佐の老年者、軍職に在る直接交渉のある者までが、この為体《ていたらく》である。

と撫然たる感想を記し、乃木自刃の最大原因としての、「先帝の殊遇に対して殉ずる心」やそれに付帯する「二子の喪失」「旅順の無益の殺傷」を挙げた上、更に「軍人の醜体」「廟堂政治家の卑劣」「一般人心の腐敗」等「時勢に慨するもの」を数えねばならぬとした。

日本の忠誠心の源流を求めた、大宅壮一の『炎は流れる』の第一巻（昭39）には、乃木殉死とその是非をめぐっての人々のさまざまな反応がひろく紹介されている。『大阪毎日新聞』紙上で乃木にまつわる「一種の衒気」を挙げて嫌悪の情を露骨に表明した上、

大将はむしろ大久保彦左衛門の如き役割の人であつたらう。たうてい国家実際的政務の紛雑なるを理解し処理すべき人ではない。されば時勢の進歩とともに、人事のやうやく複雑を加ふるを見て慷慨《こうがい》やまず、自殺に至りしは、気のどくながら、けだし止むをえざることならんと思ふ。

と書いた京都帝国大学教授谷本富が、世論の脅迫的糾弾を浴び、結局その職を退かねばならなかった(6)ことを大宅は、「風流夢譚」の深沢七郎に加えた右翼の「社会的暴力」に比している。谷本の痛烈な乃木批判は、骨相にまで及び、

大将はいはゆる孤相である。平たくいへば下賤の相に近いもので、たうてい大将といふごとき高職にのぼるべき富貴も天分

もないとするような皮相に走った筆づかいもあって、いわゆる「乃木宗」の信者の痛憤をよび、世論を一層乃木に傾けさせる結果となった。このような乃木批判をテコとして逆にその神格化に拍車がかけられもしたのである。「殉死」批判は、「演劇的なる武士道」を論じた植村正久（『福音新報』大元・1・24）や殉死の翌日、『東京朝日新聞』に「乃木大将自殺に就て」(7)を書いた境野黄洋を代表とする新仏教徒など宗教界に多く

見られたが、同じ基督教界でも、統一基督教弘道会の『六合雑誌』に拠った三並良・加藤直士らは乃木の「殉死」を擁護した。

大将の自殺は単に自殺ではない、犠牲である、献身である。若し犠牲や献身が悪いものなら基督教徒は耶蘇の死を讃美する理由はない。（柏葉「基督教と自殺」大正元・10）

とし、乃木の死に警醒の声を聴こうとするのである。

国家の名の為めに旅順の戦ひに幾万の人民を殺した彼、自分の最愛の二子をまで、死地に赴かしめざるを得なかつた彼。そして戦止めば、戦勝将軍として人の心も知らぬ国民の割るゝばかりの歓呼に会うた彼。げに一将功成つて万骨枯る。真摯と慈悲、彼の如くにして、何ぞよくかゝる大事件の前に、自らを責め、かつ恥づることなくしてすまうぞ。而も彼は極めて古風な武士である。彼は軍人たらざるを得ず、また国家の名を尊重せざるを得ない。而も内心の苦痛を如何にせんとはする。（中略）国家の名と、戦争の罪が、大将をして死せざるを得ざらしめたのである。（加藤生「国家的悲劇の背景」）

とし、そこに「軍国に対する呪咀の鉄槌」を感じ、「国家的良心の覚醒を促す警鐘」を聴こうとするのである。加藤のように乃木の自殺の第一原因に軍国的悲劇の背景を見る論者は殆んどなかったものの、多くの人は碧梧桐が言挙げしたような、「時勢に慨する」自らの心情を乃木の殉死に重ね合わせようとしたのである。(8)

## 二

軍事参議官・学習院長乃木希典の自殺を、武者小路実篤・志賀直哉・長与善郎ら『白樺』の同人達がこぞって愍笑《びんしょう》的態度をもって迎えたことは、

乃木さんが自殺したといふのを英子からきいた時、馬鹿な奴だといふ気が、丁度下女かなにかが無考へ

に何かした時感ずる心持と同じやうな感じ方で感じられた。

という、よく引かれる志賀の日記（大元・9・14）や、武者小路の、

乃木大将の殉死は、ある不健全なる時が自然を悪用してつくり上げたる思想にはぐくまれた人の不健全な理性のみが、讃美することを許せる行動である。

と論じた「三井甲之君に」（『白樺』大元・12）などの文章によって、広く世に知られている。同人達の「乃木嫌い」は、学生の思想に悪影響を与えるという理由で、乃木院長が『白樺』を学習院の図書館での学生禁制の書にしてしまったこともその一因であったろうが、同じ「白樺派」でも、直接乃木院長の謦咳に接することの多かった犬養健や三島章道らの、いわば「白樺」の第二世代には、乃木に対して親密感を抱いたものが少なくない。鷗外日記、明治四十五年四月二十四日（水）の条の、

上原大臣官邸へ晩餐会にゆく。乃木大将希典来て赤十字に関する意見を艸せしを謝し、Camen Sylva 妃に逢ひしことを語り、白樺諸家の言論に注意すべきことを托す。

という記述には、院長乃木の大逆事件に顕在化したような思想状況への、彼なりの念慮のあらわれを見ることができる。(9)

武者小路は、乃木をゲーテやロダンに比し、その死をゴッホの自殺と比較して、白樺派「人類」尺度によって一蹴したが、芥川龍之介の描いた「将軍」（大10）像も、基本的にはこれと同じものであった。「西洋風の応接室」で、かつてN将軍と従軍した「中村少将」が大学生の息子と会話をかわすが、ここでは、将軍はレンブラントに比せられている。小林秀雄の『歴史と文学』（昭16）では、芥川の「将軍」は、スタンレー・ウォッシュバァンの『乃木』との対比において批判され、小林はウォッシュバァンの「乃木将軍といふ異常な精神力を持つた人間が演じなければならなかつた異常な悲劇」への洞察を称揚している。小林は、将軍乃木を「内村鑑三などと同じ性質の、明治が生んだ一番純粋な痛烈な理想家の典型」だとし、死処を求め

つづけた乃木にとって、
自殺とは、大願の成就に他ならず、記念撮影は愚か、何をする余裕だって、いくらでもあったのである。
余裕のない方が、人間らしいなどといふのは、まことに不思議な考へ方である。

と書いた。将軍の殉死前の記念撮影を批議する芥川の見方は、乃木に「衒気」を見る立場に通う。乃木の夫人との記念撮影は、第三軍司令官として宇品出帆を前に、勝典・保典二子の写真原版を手にして記念撮影したと同種の心事をよむべきものであったろう。

夏目漱石が、講演「模倣と独立」（大11）や小説「こゝろ」（大3）で、「白樺」世代とは別種の乃木観を示していることは、よく知られている。「こゝろ」の先生は、明治帝その人に殉じた乃木の自刃に「古い不要な言葉に新しい意義を盛る」という行為の遂行を見、「明治の精神」にみずからも殉じようとするのである。

漱石門の安倍能成は、大正元年九月二十九日に書いた「乃木大将の死」（『思想と文化』所収）なる一文で、

大将の自分を動したのはその純真な所にある。我等は新しいものを珍しがる、然し我等の骨髄に通り核心に貫くものはどうしても真でなければならぬ。新といひ旧といふ名目の如きは此際決して何でもない。大将は兎に角今の雑駁な成金時代が稀に有するゼニユーインな人物であつた。此点は自分は直覚的に之を確信する。

とのべ、乃木の自殺が「危険な思想」をはらんでいることをアイロニカルに痛言している。世の為政者教育者は近時の青年に「忠君愛国の思想」の乏しきを嘆いているが、

若し我等青年が本統に感奮興起して忠君の徒愛国の民となつたならば、我等は決して今の多くの政治家の為にする所ある不徹底な虚偽な忠君や愛国に堪へ得ない。

と断じ、

虚偽なる者にとつて真実なもの程危険なものはない。若し危険を言へば社会主義や無政府主義を須たずして、今より一層内容の充実徹底せる忠君愛国の出現をも防止せねばならぬ。

と言い、乃木が、

身を殺して実現するといふ結果になつた一家の断絶の如きは、故人の遺書に貼紙をするといふ小刀細工を余儀なくせしめた程度に於て少くとも危険であつた。大将は身を以て旧道徳に殉じたといはれる。然し大将の世に提出した問題は過去のことばかりではない。

と説いた。

安倍はアイロニカルに言いなしたが、時代の移りは、まさしく乃木をして「危険な思想」の主たらしめていたのである。軍の一部に、「乃木狂せり」としてその殉死を抹殺する動きがあったことも伝えられている。

## 三

橋川文三が「乃木伝説の思想――明治国家におけるロヤルティの問題」(『思想の科学』昭34・6　のち『歴史と体験』に収録)でいち早く指摘しているように、「功業」に対するに「忠義」を以てした松蔭思想の血脈をひく乃木にあっては、国家なるものの理念は、「明治天皇の実存とパーソナリティに集中して表象」されたであろう。

乃木を支えていたものは、まさに「幕末以降動乱期の論理[10]」であったろうし、乃木は明治の終焉に「志士」の如くに殉じたのである。

神島二郎は、乃木の殉死によって、あらためて照らし出された「明治の精神」とはなんであったかを問い、次のようにいう。

それは、ひとを魂の奥底からゆりうごかして生命を投入させた革命の精神である。そしてその革命の過程は、展開の局面においてしばしば同志相撃の悲惨事を現出させ、ひとをしてニヒリズムと紙一重の〈死者共同体〉に往かしめ、そこから行動のエネルギーが汲みとられ、また、そのゆえに、ひとは「死にいそぐ」こととなる。……革命の血しぶきをくぐってきた乃木希典（一八四九〜一九一二）が住んだのは、まさにこのような世界である。そこで、彼のしきりに死へかたむく魂のニヒルな呼び声をガッキとくいとめたのは、明治天皇へのまさにパースナルな感応にほかならない。それが晩年の彼のすべてである。彼にとって、明治国家の制作は、〈死者共同体〉に照らすとき、空の空なるものであったのではないだろうか。(11)

明治天皇と将軍乃木との心情的交流を伝えるエピソードは、主馬頭として側近にあった藤波言忠子爵や侍従長の西園寺公爵・侍従武官長の岡見大将等によって伝えられており、諸種の乃木伝にも引かれ、前出の司馬遼太郎の著にもいくつか紹介されている。司馬は乃木の明治帝への忠誠心を、関東の鎌倉武士たちが連れ歩いた「郎等、郎従、家ノ子」のそれになぞらえているが、功成って権勢の場にあった元老・重臣達とは異なる心緒の通いが両者の関係にはあった。

明治二年天皇制統一軍隊に身を置いた乃木にとって以後、交戦すべき暴徒とは、かつての先輩・朋友からなる封建武士団にほかならなかった。

とくに明治八年末、陸軍卿山県の伝令使乃木少佐の、熊本鎮台歩兵第十四連隊長心得としての小倉赴任には、骨肉相剋の死闘が宿命づけられていた。陸軍卿山県有朋の意をうけて、翌九年十二月に発せられた同郷の上官福原和勝大佐の詰責の書状に対する乃木の返書中の、希典ノ去年此職ヲ奉ズルヨリ居常寝食ノ間ト雖ドモ、意ヲ此騒乱ノ因起スル処ニ注ガザルナク、終ニ骨肉ノ親ヲ絶テ己ヲ知レル者ノ為メニ報ズルアラントスルハ、夙ク己ニ足下ノ知了セラル、処ナリ。然リト雖モ、昔日ノ失錯相踵ギ、今日志シノ達セザルヨリ、或ハ乗ジテ其間ニ入ル者アルアランカ。此ヲ以テ嫌疑ヲ師兄朋友ニ得ルトキハ、死スルノ後ト雖モ恨ミナキ能ハズ、死期ヲ猶予スルハ耻ノ之ヨリ大ナルハナシ、之ヲ敢テスル者ハ止ム能ハザル処アレバナリ。

と記した一節は、よくこの間の緊迫した空気と乃木の痛切な心情を生々しく伝えている。文字通り「骨肉ノ親ヲ絶」つ、非情に貫かれた現実主義は、前原一党への乃木の参加を使嗾《しそう》する実弟玉木正誼との対話を秘かに陸軍法官に盗聴筆記させ、そこに得た情報を鎮台司令官に報告させるなどの行為[12]を乃木にとらしめる。『青年時代の乃木大将日記』（昭18）の編者渡辺求は、

かくして悲壮なる弟正誼の死、恩師玉木先生の引責の自刃、軍旗の喪失、大将が爾来常に死所を得むと欲したる所以は実に茲に存した。

と註している。

ここに注意すべきは、乃木の指揮官としての経歴が、深い「屈辱」に於いて始まっていることである。この癒しようもない大きな屈辱は、おそらく負い目として、これに続く乃木の全生涯に強く影をおとしたにちがいない。

福原の書状は、その冒頭に同郷の児玉・諏訪らの活躍が称揚された上での乃木の無為無策への疑念と詰問である。

而テ一日熊本変動ノ際、児玉少佐ノ所為ヲ詳悉ニ聞クニ及ビ、覚ヘズ膝ヲ撃テ嘆美セリ。何トナレバ、足下知ル所ノ如ク、最モ依頼スル所ノ将校許多亡失スト雖モ、更ラニ屈撓セズ、少佐ガ残兵ヲ集合シ、

直チニ筑後等ノ処エ賊徒追討ノ為メ援兵ヲ乞ワズ、少兵ヲ顧ミズ、之レヲ分遣シ、速カニ追討ノ功ヲ奏シ、実ニ其職掌ヲ尽セシハ、論ヲ俟タザル而已ナラズ、兵備、駈引等ノ宜ヲ得タルハ、古ヱ名将ニモ恥ザル可シト謂モ過誉ニ非ルナリ。畢竟少佐ガ此ノ如キ事業ヲ成セシモ、平生武門ノ嗜ミ深ク、且兵事ニ志シ篤キガ故ニ然ルナリヲ信ズルナリ

「曩ニ拙劣痴愚ヲ似テ事ヲ誤リ、師兄朋友ノ面目ヲ汚辱シ、殆ンド死期ヲ惰ルガ如キ醜悪ノ希典ナルモ、猶未ダ暫ク之ヲ棄テラレズ」とは乃木の返書中の言である。

児玉少佐とは、日露戦における満州軍総参謀長児玉源太郎である。世上には当時公にされなかったが、旅順攻略が、乃木にて成らず、児玉の総指揮にて成ったことも、後年の乃木の悲劇性を一層際立たせることとなる。この「屈辱」のコンプレックスは旅順に続く奉天戦にまで影を曳いたのである。

## 四

乃木大将希典の殉死に最も顕著に反応を示した文人は、鷗外森林太郎であった。（将軍乃木に親炙した文人としてはほかに、二葉亭に乃木を紹介した大庭柯公がある。）平川祐弘の「乃木将軍と森鷗外」（『歴史と人物』中央公論　昭41・2、のち「西欧化日本と和魂の行方」と副題され『人類文化史6西欧の衝撃と日本』に収録）は、鷗外の「独逸日記」に記載が見えるベルリン以来の両者の交渉を録して余すところがない。明治三十二年、鷗外が第十二師団軍医部長として小倉へ左遷の時、夜の新橋駅頭にその出発を見送った少数の人の中に将軍乃木があったことは、彼に抱き上げられた思い出とともに森於菟の著『森鷗外』（昭21）に記されている。鷗外は、

将軍の死はそのすべてを捧げた帝への真の殉死である。外国人には決してその心持は解せられぬだらう。

と語り、乃木大将の殉死前の礼装の記念写真を買い求めて、その子に与えたという。

佐佐木信綱の『明治天皇御製謹註やまと心』（大3）の巻末に収められた鷗外の「戴冠詩人」には、死を決意した乃木大将が遺品分けの積りの銀牌を、鷗外がそれと心付かずに受けなかった趣が記されている。また山田弘倫の伝えるところによれば、将軍自刃の数日前にも鷗外は乃木の差し出す晴雨計を意を汲みとりえずに受けなかったことが語られている。この懐中晴雨計は井上通泰に贈られたものと同じらしい。

この月のやうかの日にか朝さむき雨をしのぎて我をとひしを
とりいでて君のたまひしうつはにも君がこゝろは測られずして
たくはへむはかしこかれども臣にして神とも神といふべきは君

これは井上が「乃木大将の事をかなしみて」詠じた追悼歌の中の三首である。

男爵石黒忠悳と乃木将軍との間にも歌のやりとりをする親密な関係があったことは『乃木希典日記』に収めた詩歌集にも検しうるし、乃木自刃に際し、遺体を医学用に供せんとする石黒宛の遺書もあった。石黒と乃木との交友は古く、明治十九年十一月、少将乃木が川上操六と共に独逸に派遣されるにあたって、蒲柳の質の老母を憂いて石黒に後事を託したことも知られている（宿利重一『乃木希典』昭4）。井上・石黒と乃木との関わりに言及したのは、それが鷗外森林太郎と乃木の共に山公山県有朋につらなる両者の交友・背景の重なりを見ようとしてである。賀古鶴所についても同様で、「乃木さんとの交渉は、山県公との関係でせう」との中川恭次郎の言もある（「賀古鶴所と鷗外の交遊」『伝記』昭11・7）。

○乃木伯片瀬之学習院生徒と共ニ水泳中一昨日より耳痾を発候由ニて帰京との事昨夜承、大ニ心配、今朝未明ニ相尋候処、左程之事ニも無之様、今朝平井ニ一托耳療選其外依頼仕置候。御心配なき様一寸申上置候。○社会党連中が韓国人を煽動使用致し可申と懸念ニ不堪候。内々其筋之人江も致忠言候。我邦今之日ニ於テ教育方針ニ大改正を不加時ハ学校等は社会党裏作場と相成不申候やと憂慮不堪候。公債之値が上リ、兵力が強くなり候而已ニ心浮れ居る内ニ足元より鳥の立つ事は起不申候やと、老婆心ニテ案候。○先は伺候旁申上候。為邦家時気被為厭度奉禱候　謹具[13]

明治四十三年八月四日付で石黒忠悳が公爵山県に宛てた書簡の一節である。鷗外日記同月九日の条には

陰。時々雨ふる。局長会議あり。乃木大将希典中耳炎になる。往いて訪へば、夫人出でてこれより赤十字社病院に入らんとすといふ。

とある。これによって見れば、乃木の耳疾が直ちに報知されるような山県を頂点として収攬される情報と人脈・人的関係の密なることの一端をうかがうことができる。石黒が乃木の医療を託した書中の「平井」とは日清戦中より没年に至るまで、山県の主治医的役割を果たし、鷗外の後を襲って陸軍軍医総監となった平井政遒である。鷗外の乃木邸への見舞いは、平井もしくは石黒よりもたらされた情報によるものであろう。石黒の書状の後半には、いわゆる「大逆事件」関連の検挙者が相次ぐ状勢に触発され、韓国併合を直前にして社会主義者の動きを憂慮し、学校教育に及んで献策の趣が示されている。

明治四十三年十月二十九日（土）の鷗外日記は次の如く記されている。

雨。平田内相東助、小松原文相英太郎、穂積教授八束、井上通泰、賀古鶴所と椿山荘に会す。晩餐を饗せらる。

次に筆者の関心の所在にしたがって、これに先立つ同じ月の鷗外日記の記事を摘記する。

「四日（火）。晴……再び石黒忠悳に復す。匿名書の事を言へるなり。」「九日（日）。雨。後藤大臣新平を訪ふ。猶旅行中なり。午後椿山荘にゆく。老公は猶小田原におはすと聞く。」「十四日（金）。陰。小松原文部大臣に上野精養軒に招かる。」「十六日（日）。陰。午後雨。……夕に椿山荘にゆく。常磐会の例会なり。」「二十日（木）。晴。寺内大将を新橋に迎へまつる。午後大臣官邸にて立食を饗せらる。中央衛生会に工場法案を議するは、午後一時なるをもて会に赴くことを得ず。是日椿山荘にて永錫会の内相談ありと聞く。」「二十二日（土）。雨。……亀井伯邸に会議にゆく。賀古鶴所来て永錫会の事を話す。二十九日予も臨席することとなる。」

「永錫会」については詳らかにしえないが、第二次山県内閣で法制局長官として登用され、山県と姻戚関係にあった平田をはじめとして、元老山県の有能な腹心として隠れもない小松原・穂積をまじえたこの会合に大逆事件発覚後の政治情勢が、色濃く影を落としていることは間違いない。穂積八束は明治十七年より二十一年に至る鷗外の独逸留学とほぼ時を同じくし、ベルリン、ストラスブルヒ、ハイデルベルヒ大学に学んだ、帝国大学の憲法講座担当者であり、「天皇の大権は決して此憲法に依て制限されたる者にあらず」として、その絶対性・神聖性・不可侵性を強調した名だたるイデオローグであり、同じ年の六月二十二日の山県宛の書簡で、

先年社会主義ニ関シ提出シタル覚書、此度国民新聞ニ御示し被置下候趣、小生甚満足ニ奉存候。実ハ従来あまり小生の名を署し社会主義者を攻撃するの論説を新聞雑誌に公にすることを為さざりしものハ、彼の輩をして論敵を得て却て自己を広告するの手段に逆ニ利用せしむるを恐れ居候。然れとも中々左様の緩慢の方策にてハ却て之を増長せしめ、伝播の力を強からしむるに至リ可申ト被存候。爾来ハ或ハ用捨ナル鉄槌を下し候方可然哉ニも奉存候。尚是等の事、他日御差図を仰き度奉存候也。社会主義の家国

を毒する、民権自由の過激の論の類に非す。全力を尽して其の萌芽を剪るへき時と被存候。若し又此等の事ニ関し文筆を以て為し得へき相応の御用もあらは、勿論御遠慮なく御申付を蒙り度奉存候。

と「恐縮欣幸」謹んでもいる。白柳秀湖『西園寺公望伝』（昭4）や竹越与三郎『陶庵公』（昭5）に見える幸徳事件の遠因にもつながる帝大教授高橋作衛の、元老山県に送った在米社会主義者の秘密情報の記述は今日大原慧の調査研究によって詳細に跡づけられ、高橋の黒幕に穂積陳重《のぶしげ》があり、その秘密報告書が弟八束の手を通して山県に届けられていることが解明されている。(14)

大逆事件の公判に際して「天地をくつがへさんとはかる人世にいづるまで我ながらへぬ」と痛嘆の思いを歌に託した山県は、また一方では、判決に先立っていち早く一部事件関係者の「特命恩赦」による減刑を発案し、社会政策法案を立案するなど、「時弊矯正」の善後策に腐心する政治人間であった。

十月二十九日の鷗外も臨席した椿山荘での会合で、何が議せられたかを明かす確証はないが、おそらくそこで語られたであろうことは、前述したような「時弊矯正」の諸施策であったろうし、思想善導の策でもあったろう。そして、そこで議されたことの一つの具体化が「恩賜財団済生会」の設立であったろう。鷗外日記の翌月十一日（金）の「晴。主上閲兵に出で立たせ給ふを待ちて会見すべき、安広伴一郎との約なりたれど、日未だ定まらず」同じく二十二日（火）の「晴。賀古鶴所を招きて、永錫会の事を語る。賀古は明日安広と会見せんとす」という記事にうかがえる鷗外と賀古の動きも、これと関わるであろう。（安広伴一郎とは、桂内閣の法制局長官である。）

明治四十三年十一月十四日付の小倉時代以来鷗外に親近した玉水俊虠宛の書簡の、

○無政府党事件人心ノイカニ険悪ニ赴クカト云フ事相知レ慄然トイタシ候宗教家ハ一層努力シテ人心ヲ善キ方ニ導カザルベカラズト存候殊ニ彼匪徒ハ概皆読書家ナル由ナレバ読者家ノ為メノ宗教タル禅ノ如キハ其衝ニ当ルベキモノカト存候。

という記述にも、椿山荘での会合で、森林太郎鷗外の語ったであろうことの一端を窺ってもよいだろう。

森林太郎鷗外と山県との関係を考える場合に、この明治四十三年十月二十九日の椿山荘会談への森の参加は重い意味をもつ。

山県が森林太郎の存在を知るに至ったのは、「舞姫」の背景をなしたような、明治二十一年の内務卿山県有朋の渡欧に随従したに発する賀古への信任が、その基礎をなしたであろうが、直接的には、森潤三郎の説くように、小倉左遷時に師団長井上光らのすすめで講義したクラウゼウィッツ『戦論』の石版刊行物が、山県の目にとまったことによるだろう。山県の熾烈なまでの知識欲は、長年側近に仕えた入江貫一の『山県公のおもかげ』（大11、昭5増補）に多くのエピソードとともに語られており、殊に軍事上の研究・報告については、片々たる記事に至るまで目を通していた趣は乃木の熱心さに比せられている。

日露戦後の井上通泰・賀古鶴所と結んだ「常磐会」の性格については、古川清彦の一連の詳細な報告がある[15]。鷗外の大正八年の賀古宛の書簡中の「国体ニ順応シタル集産主義」に着目して、山県に「国家社会主義革命」の企てを見ようとする唐木順三の仮説に修正を迫ったものである。「常磐会」の政治性については唐木の説くような意味では無かったとし、鷗外書簡中の論も「一種の試案または献策程度に解すべき」もので、『常磐会』という歌会とは一応切り離した場で考えた方がよさそうである」と結論づけた。

山県が、彼の政治的生涯において、官僚・軍部・貴族院・枢密院・宮中等、あらゆる分野に自己の腹心を駆使して派閥網を形成し、自己の権力の座を維持していたことは、多くの山県伝の記すところである。徳富蘇峰もまた山県の眷顧《けんこ》をうけた一人であるが、山県の「老て愈〻新知識を摂取するの努力と機能」とを兼有していたことを感嘆している。（前記『山県公のおもかげ』附載の「追憶百話」）これは同じく井上通泰が「実に新思想を最もよく研究した人であつた」と記しているように、「追憶」を語る人の全てがいうところでもあった。山県のこのような熾烈な知識欲に支えられた広範な情報網こそ、彼の政治的権力の座を確固たるものにさせた大きな力であった。

そして、森林太郎鷗外の公的生活に干与する桂太郎・寺内正毅・渡辺千秋・平田東助・小松原英太郎らがすべて山県の眷顧をうけた人脈中にあり、石黒忠悳・賀古鶴所・井上通泰・将軍乃木もまた、同然であった。森の文壇的処女作たる「舞姫」中の「今はこの糸、あなあはれ、天方伯の手中に在り」なる語は、作者森林太郎その人の生涯を卜して根深い。

「常磐会」そのものは、まさしく非政治的な内実を備えて終始したが、そこに結ばれた人脈は、すでにして政治家山県の手中に収攬され、権力意志に基づいて各々、その効用価値を担わされていたのである。もちろんそれは、けっして一方的ではあり得ず、森林太郎鷗外に於いても、元老山県を、直接・間接に、世俗的な意味でも「政治的」に利用しているのであって、主家亀井家の仕官・陞爵《しょうしゃく》問題や仮名遣い調査会における鷗外の行動に見られる如くである。

## 五

ところで、
明治末から大正にかけては、元老中の最大の実力者たる山県有朋のブレーンであり、社会主義鎮圧方法の最高の立案者たる軍医総監
なる鷗外像がある。（飛鳥井雅道『鷗外その青春』「はしがき」昭51）
もし、鷗外をしてこのように言い得るとするならば、それは、前記十月二十九日の椿山荘会談への参加が大きな徴表となるであろう。だが鷗外は、はたして「社会主義鎮圧方法の最高の立案者」たり得たのだろうか。
それは、森林太郎の元老山県へのかかわり方、姿勢の問題でもある。鷗外が山県に極めて鄭重な態度で接

したことは、日記・書簡の記述に明らかである。これは、井上通泰・賀古鶴所においても鄭重に対したであろうと思われるのであるが、鷗外の場合、なにかそこに前二者とは別種の趣を感じるのは私の思い過ごしであろうか。それは、山県の歌の師たる井上との立場の違いや山県への親炙の度、また山県の三者への信任におのずと径庭《けいてい》もあり、その反映ともみられるが、そこに森林太郎鷗外の側の対山県への謙抑《けんよく》の姿勢をみてもよいのではないか。山県有朋の「政治問題」にかかわる井上・賀古・森の対応は、多く、三者のトライアングルの共鳴として働いたと思えるのであるが、それにても、井上あるいは賀古の主動に対する森の従なる動きを見うるのではないだろうか。先の穂積を交えた大逆事件後の思想善導、社会政策にもわたったと想像される椿山荘会談の参加に至る日記の趣にもそれは窺えるであろう。大逆事件に続いて山県を悩ませた「南北朝正閏問題」への対応にもそれはいえるのではないか。明治四十四年二月の鷗外日記の「二十三日（木）。……賀古鶴所来て市村瓚次郎、井上通泰の二人と古稀菴を訪ひ、南朝正統論をなすべきを告ぐ」。同じく「二十七日（月）。……夜賀古鶴所来て南朝正統論同志者の行動を報ず」[16]などの記述からは、鷗外がこの問題にいかに対処したかは必ずしも分明ではない。しかし、井上の山県宛の書簡によって見れば、井上が山県に働きかけて成ったこの会合に、何故鷗外は参加しなかったのだろうか。あるいは参加しえなかったのだろうか。この問題の会合に井上・賀古が参加し得て、鷗外が不適格なる理由は見出し得ないであろう。とすれば、この不参加には、鷗外の「ある意志」が働いていたと見るべきではないだろうか。森銑三の伝える井上通泰の、

> 山県公と一座する時など、森はいいたいこともいわずに控えているのが、卑屈ともいいたいほどで、歯がゆかった。[17]

という評言は、鷗外において一貫した、対山県への姿勢を物語るものではないか。それは陸軍の上司でもある元老山県への、鷗外のけじめの謹厳さを示すものでもあるが、その謙抑の蔭には、己れを持そうとする鷗

外の一種の平衡感覚が働いているのではないか。

山崎一穎は、「森鷗外と革命――大逆事件を中心として」(『古典と近代文学』昭47・11)で、鷗外蔵書中の『東夢亭随筆』を検して、「春風強テ自ラ分ツ二南北ニ一　畢竟枝梢共ニ一根」の詩句に○印を付す鷗外の本音は、南北共存論にあろうとした。

古川清彦の「森鷗外と山県有朋」によれば、国定教科書の修正が論議された二月二十八日の文部省内の教科書編纂会議に鷗外も出席したという。

鷗外日記にこれの記述は見えないが、出席したにしても、鷗外の積極的な発言はなかったと思われる。この事と日記の不記載は、あるいは関係があるかもしれぬ。鷗外の本音は、山崎の指摘するごとく、南北共存論にあったと思われるが、前記会議ではおそらく、表面的には南朝正統論に和したであろう。激怒したと伝えられる山県の強い意向を知るが故である。大義名分論者である山県にとっては、南北朝正閏問題は大逆事件と同じく、あるいは、それ以上に「身をふるわせる」ような重大事であった。このような、「和して同ぜない」森林太郎鷗外の微妙な対処のあらわれが、あえて深入りしない先の「不参加」ではなかったか。鷗外の本音のたたずまいは、南朝・北朝の天皇の間になんら区別を付記することなく、同じように諡号《しごう》の由来を、考証・記述する『帝謚考』の態度に見られるが如くである。

ところで、明治四十三年十月九日の平田・小松原・穂積をまじえた椿山荘会談への鷗外の参加が重い意味をもつことを先に言ったが、それは、その参加が以後の鷗外の言動に微妙に反映しているからにほかならない。

鷗外の政府の文芸取締りについての批判は、官吏・記者・文士の対話を通して発売禁止の問題をとりあげ、文士を皮肉な調子で叱咤し、役人に向かって、

やい。役人。国家は貴様にオオソリチイを与へてゐる。……威力を与へてゐる。……威力は正義の行は

れるために与へてあるのだぞ。ちと学問や芸術を尊敬しろ。

とたしなめる「眼光烱々《けいけい》」たる「引き廻」しをまとった大男が登場する「ファスチエス」（明43・9）や、

社会主義でも無政府主義でも、学者として研究するのは必要ではあるまいか、真面目な書で研究して見たら、悪い所が分つて却つて好くはあるまいか……一方には峻厳に退治るものを退治て、一方には綽々《しやくしやく》たる余裕を示して、真面目な学術的研究をさせるといふやうには出来ないだらうか。

とする「鷗外森博士と語る」（『毎日電報』明43・10・9）。また、

学問も因襲を破つて進んで行く。一国の一時代の風尚《ふうしよう》に肘を掣《せい》せられてゐては、学問は死ぬる。

と断言し、

芸術も学問も、パアシイ族の因襲の目からは、危険に見える筈である。なぜといふに、どこの国、いつの世でも、新しい道を歩いて行く人の背後には、必ず反動者の群がゐて隙を窺つてゐる。そして或る機会に起つて迫害を加へる。只口実丈が国により時代によつて変る。

と説く「沈黙の塔」（明43・11）などかなり痛烈な調子でなされている。

だが大逆事件が直接影を落としている明治四十三年十二月に発表された「食堂」では作者の「分身」であろう役人の木村に、同僚の「あんな連中がこれから殖えるだらうか」との問いに、

先づお国柄だから、当局が巧に柁を取つて行けば、殖えずに済むだらう。併し遣りやうでは、激成するといふやうな傾きを生じ兼ねない。その候補者はどんな人間かと云ふと、あらゆる不遇な人間だね。先年壮士になつたやうな人間だね。

と言わせている。この木村の言の延長線上に、おそらく先の永錫会に臨んだ鷗外の姿勢と発言の趣があっただろうと思われる。ここには、山崎一穎が指摘したように皇室主義者鷗外には、大逆事件被告に対する「同情」はあっても「共感」はない。だがここに働いている「同情」が、関係弁護人平出修への文献的啓蒙によ

る後援となり、「恩赦」による「減刑」の動きの伝達にも及んだのであろうし、作中の、

「こん度の連中は死刑になりたがつてゐるから死刑にしない方が好いといふものがあるさうだが、どういふものだらう。」「これまで死刑になつた奴は、献身者だといふので、ひどく崇められてゐるといふぢやないか」「随分盛んに主義の宣伝に使はれてゐるやうですね」

などという示唆的な会話となったのであろう。作品「食堂」には、大逆事件が直接影を落としていると書いたが、作者鷗外により即していえば、大逆事件以後の思想対策を議した永錫会の会談が、この作柄に影を落としているというべきなのだろう。

森林太郎鷗外の、山県側に一歩「立ち入った」永錫会の会談への参加が、その謙抑の姿勢にもかかわらず、なんらかの意味で対処を迫られることとなったのである。以後の鷗外の作物には、当局の「柁取り」に連動する鷗外の対症的諷諫の弁が多く見られるようになる。

「かのやうに」(明44・10)が、大逆事件や南北朝正閏問題など当時の政治に深くかかわる思想上の諸問題を色濃く反映していることはよく知られている。作者鷗外の自注として知られる山田珠樹宛書簡中の「小生ノ一長者ニ対スル心理状態ガ根調トナリ」とある「一長者」が山県有朋を指すというのが通説である。これには平川祐弘・小堀桂一郎の「一つの可能性」として、「一長者」に学習院長乃木希典を擬する意見もある。(18)この作品には学習院や乃木の立場につらなる要素もいくつか数えられ、捨てがたいものがあるが、やはりこれは通説に従いたい。父五条子爵の日本の「お国柄」に対する認識の透徹度を思うと、前述した如き「新知識」を収拾し、時代への順応の努力を示す、元老山県の像をそれに仮託する方がより自然であろう。

作品「かのやうに」がはらむ「主題」に鋭く迫ったものに小泉浩一郎の「かのやうに論――主題把握への試み」(『日本文学』昭47・11)がある。小泉は、「かのやうにの哲学」に象徴される「時代状況に対する折衷主義的施策の提示」に主題をみようとする先行論を排して、作品「かのやうに」の真の主題が「天皇制的秩序

が必然的に内包している非合理主義、即ち合理主義の梗塞状況の客観的把握」にこそあると結論づけ、更に鷗外が山県に向かって訴えたかったのは、

合理主義を梗塞して進行する天皇制的秩序が将来の国民的精神構造にもたらすであろう近代的合理主義の破産ひいては天皇制ファシズム到来の予感

ではなかったかとする論である。小泉は作品がはらむ主題を先鋭に浮かび上がらせているわけだが、この作が五条秀麿の問いに対する綾小路の「駄目、駄目」という突き放したそっけない否定で終わっているように、「秀麿と綾小路とのドラマ」は、いわば幕あけの段階で書き放され、不徹底の感を免れ得ない。小泉がまさしくいっているように、

『神道』を奉ずる華冑《かちゅう》の家の嫡男としての秀麿が歴史等を専攻し、国史研究を『畢生の事業』とする問題意識のもとに洋行し、西欧的『近代』に触れて帰朝するという設定は、明治国家における天皇制秩序を支える『神話』と『歴史』追求の実証主義精神との対立・相剋を客観化するための実にみごとな状況設定

である。だが、そうであるが故に逆に、あるもの足りなさをこの作に感ぜずにはいられない。そこに、磯貝英夫が指摘した「やはり天皇制の矛盾のつじつま合わせという、もうすこし卑近な政策的性質のものであった」（「鷗外歴史小説序説」『文学』昭42・11）鷗外のこの作におけるモチーフを考え合わせざるを得ない所以もある。軍医総監森鷗外の微妙な立場と複雑な相貌がここにも浮かび上がらざるを得ない。山県に顔を向けてはいるものの、というべきか、あるいは、向けているが故にというべきか、主体的には踏みこみ得ぬ鷗外の姿勢がそこにはある。だがこの作が「せい一ぱいの啓蒙と諷諫の機能」を持っていることも磯貝の説くところである。山崎一穎が、先の一文で「公状況に於いて、国家と関わる作家の苦汁」を言い、「鷗外の取り得るぎりぎりの抵抗の姿」を読みとろうとするのもこの点にかかわる。

しかし鷗外の思案を超えて、山県とかかわる「公状況」は、『大阪朝日新聞』社説が、

……二箇師団増設の急務よりも、国民の力を養ふの急務あり、国民は欺かれて今日まで軍人政治の踏草たりしなり。（「大正の新政治」明45・7・22）

と論じた、その「増師意見書」を否応なく草さなければならぬ立場に鷗外その人を置くのである。

## 六

長谷川泉が『続森鷗外論考』（昭42）で初めて紹介した大正五年十二月六日付の鷗外の男爵石黒忠悳《ただのり》宛書簡は、陸軍退官後の鷗外に貴族院議員に勅選される動きがあったことを伝えている。

小生身上御知悉ノ上ニテ御心ニ懸ケサセラレ上院占席ノコト向々ヘ御内話被下候趣難有奉存候縦令成就候トモ邦家ノ為メ何ノ御用ニモ相立マシク慚入候ヘトモ御下命ノ上ハ直ニ御受可申上ハ勿論一層言行ヲ慎ミ御推薦ノ厚宜ニ負候事無之ヤウ可仕候

という書面は、勅選議員たらんとする念が、既に鷗外の側にあったことを窺わせる。石黒の背後には山県の意があることはいうまでもない。鷗外は結局競争者が多く、選にもれたが、山県が、自己の系統に属するものの庇護について慎重な配慮を絶えず怠らなかったことは、岡義武『山県有朋——明治日本の象徴』（昭33）その他の書の説くところである。鷗外の、帝室博物館総長兼図書頭・帝国美術院長という職もまさに所を得ていたといってよい。（因みに山県は、首相原敬に強引に働きかけて大正八年七月、日本赤十字社社長であったという理由で枢密顧問官石黒を子爵に昇爵させている。）鷗外をして「一層言行ヲ慎ミ」と言わしめたものこそ彼をとりまく「公状況」にほかならず、そう言わざるを得ないところに彼の微妙な立場があった。

鷗外の生涯にわたる「仮面」と素面の機微を迫った長谷川泉の「森鷗外の仮面と素面」（『文学の虚構と実存』昭52所収）は、その仮面を鷗外の残した三つの遺言書にも指摘している。最後の「石見人森林太郎」に

もそれを見るのである。

鷗外が親友賀古に口述した最後の遺言は、

「死ハ一切ヲ打チ切ル重大事件」「奈何ナル官権威力ト雖此ニ反抗スル事ヲ得スト信ス」「余ハ石見人森林太郎トシテ死セント欲ス」「宮内省陸軍皆縁故アレドモ生死ノ別ル、瞬間アラユル外形的取扱ヒヲ辞ス」「森林太郎トシテ死セントス」「墓ハ森林太郎ノ外一字モホル可ラズ」「宮内省陸軍ノ栄典ハ絶対ニ取リヤメヲ請フ」「手続ハソレゾレアルベシ」「コレ唯一ノ友人ニ云ヒ残スモノニシテ何人ノ容喙ヲモ許サズ」

などの文辞で知られる。長谷川の説くように「官憲」の中に多年住した鷗外にとって、「栄典」の内容は予想すれば予想しえたであろう。そして先輩石黒忠悳が、小池正直が栄位を受けたように、襲爵問題も晩年の鷗外の念頭にはあったろう。鷗外が青山胤道らの受爵に尽力したこともよく知られている。病篤い床で、周囲にそのような動きのないこともおそらく察知していたであろう。その上での「栄典ハ絶対ニ取リヤメヲ請フ」であり、軍医総監を経て帝室博物館総長兼図書頭という現に宮内省の高等官一等をもって任ぜられている顕官在職の身であってみれば、「官権威力」の「奈何ナル」ものかは、身に徹して熟知している上での「反抗スル事ヲ得ス」なのであり、「信ス」であった。この「信ス」に着目して「鷗外と遺言状」(『八雲』昭19・7)を書いたのは中野重治であったが、ここでは、この遺言状に含まれた鷗外のはげしい語気を知れば足りる。いまはの時においてしか内面に衝迫する率直な語気を表しえなかった鷗外の痛恨がそこにある。かつて「空車」であるがゆえに、無限大の可能性を載せることができるとしてその空虚をたたえたのは鷗外その人であった。「ただの森林太郎であるときにのみ、天爵の大は期待できる」とは長谷川泉の説くところである。「アラユル外形的取扱ヒヲ辞」し、「森林太郎トシテ死セントス」の背後には、そのような機微がかくされている。

鷗外の遺書の「官権威力」と「栄典」の拒否の表明には、おそらく乃木大将希典の「遺言条々」が陰微に反映している。前に引用した安倍能成らの一文に、遺言状の一部が、官権の意思によって伏せられたことの記述がある。伏せられたのは、乃木伯爵家断絶の意思を明示し、赤坂新坂の乃木邸を市か区に寄付すべきことを記した遺言条々の第二である。これが問題化したのは、事が皇室の藩屏たる華族制度の根幹にかかわるからである。乃木の意思の肯定は、華族家が当主の個人的な発意で断絶出来ることにつながり、天皇の恩愛に於いてのみ左右すべき華族制度全体の破綻をよび、ひいては皇室を中心とした国家原理そのものの基盤を揺がすものであった。かくて世論の大反対にもかかわらず、乃木家廃絶が民法上に確定する大正三年に乃木の旧藩主たる子爵毛利元雄の実弟元智が乃木家を継ぎ、聖旨によって伯爵を授けられ、華族制度の原理を貫くことで国家意思を示したのである。乃木家再興の国家意志に対する世論の烈しい反論は、「爵位」以上の「天爵」にある乃木の意思を無視したことに発する。鷗外は、明治帝に殉じた乃木の遺言が、世論の圧倒的支持を背負いつつも、体制を支える「官権威力」の前に無視されることを見た。山県の意を体した石黒が乃木家再興の賛成論を書いてもいるのである。鷗外の遺書の文辞には、これらのことの背景があったのである。

乃木の華族制度に対する批判は、明治三十二年に記し、「自分の死後世に示せ。それまで発表を禁ず」として副官芦原甫に託した「軍人心得十五箇条」に示されている。乃木はいわゆる「軍人勅諭」が「我等軍人ガ日本武士トシ如何ニ銘肝セザル可ラザル」ものかを言った上、

此等ノ文字ヲ拝読スレバ、実ニ悲痛ニ堪エ難キ感アルナリ。我明治元年ノ当時、所謂維新ノ元勲タリシ諸氏ノ品行ハ如何。其家ヲ為シタル後、家風ハ如何ニ。其多数ハ実ニ恐ルベキ害毒ヲ後輩ニ伝染セシメタルニアラズヤ。

として「悪路高官」にある薩長人を中心とした「新華族」の浮華を痛撃している。

先に、時代の流れが、乃木希典をして危険人物たらしめたことを言った。長閥陸軍に名を列ねながら権勢

に超然とした将軍乃木の死は、山県・桂らにとっても大きな痛手であった。「乃木大将の死を悼み元老諸公を誡む」(『世界之日本』社説 大元・10)といった、乃木にことよせて閥族政治家を批判する一つの型がジャーナリズムに盛行するのである。

『大阪朝日新聞』の「天声人語」は第三次桂内閣を「ああ、詔勅政治々々、天下無類の無責任内閣」とよび乃木大将百日祭の日に親任されたことにひっかけて「大将もさぞ地下で満足してゐるであらう」と皮肉った上、

是れも彼れも畢竟長閥の城廓に立てこもり、陸軍を私有財産の如く心得てゐる一元老の頑迷からである。かくの如き輩は、その罪まさに死にあたる、明治の元勲は大正の元兇である。憲政破壊者である。(大元・12・22)

とまできめつけるに至る。

大将乃木希典は言うならば権力放棄型の典型であった。この、天皇にパーソナルな「忠義」を捧げた古武士的将軍は、その国体論的国家になじまぬ時代遅れによって、体制を揺がす危険な役割をも果たすこととなる。この「軍神」として封じこめられた乃木希典の対極に権力志向の権化、政治的人間たる山県有朋がいることはいうまでもない。

そしてその間に、乃木ほどにも「危険」をはらまぬ、近代日本の偉大なる知性森林太郎鷗外の「かのやうに」に止揚される苦渋の軌跡がある。

注

（1）これは、影山正治が『民族派の文学運動』（昭40）の「序」で「その大きな転換は、それから四年目の昭和三十八年に始つた。それは、正月から『朝日新聞』の文芸欄を林房雄氏が担当し、三島由紀夫氏の「林房雄論」の出た同じ『新潮』二月号から保田与重郎氏の「現代畸人伝」（翌三十九年十月単行本として刊行）が連載されはじめ、『中央公論』の九月号から林房雄氏の「大東亜戦争肯定論」（翌三十九年八月単行本として刊行）が連載されはじめたと云ふ事実を中軸として始つた」と書いたような、安保闘争後の右翼民族派復権の動向と通底している。影山の主宰する不二歌道会の機関誌『不二』は、昭和三十七年十月に、「乃木大将五十年祭記念特輯号」を編み、影山は巻頭言で、その「天運循還《ママ》のきざし」を述べている。

（2）前掲、『歴史と人物』誌の福田恆存文の引用に拠る。

（3）大浜徹也『乃木希典』（雄山閣）は、教育総監部編の『武人の徳操』（昭5）にとり上げられた事例を詳しく分析・分類した上、乃木が、東郷平八郎や児玉源太郎ら同時代の将官のように「戦場における武勲」を通して理想的「武人」と仰がれたのではなく、「兵と労苦を共にする」「平時においても修養鍛練を怠らない」将官だったが故に「理想」視され、「精神的な徳をくみとるべき器」として説かれた趣を明らかにしている。

（4）日露戦時、金沢の第四高等学校教授だった西田幾多郎は、その日記に「正午公園にて旅順陥落祝賀会あり、万才の声聞ゆ。今夜は祝賀の提燈行列をなすといふが、幾多の犠牲と、前途の遼遠なるをも思はず、かかる馬鹿騒なすとは、人心は浮薄なる者なり」（明治38・1・5）と記して、戦勝に浮かれ騒ぐ周囲を苦々しい思いで眺め、痛憤するところがあった。西田は旅順の攻略戦において弟憑次郎を失っていたのである（明37・8）。西田と同じく、戦勝の蔭で、悲愁に浸った多くの遺家族が、「皇師百万征強虜　野戦攻城屍作山　愧我何顔看父老　凱歌今日幾人還」の感懐を一身に体し、俯くが如くに挙手の礼を返して凱旋した将軍乃木の姿にいかにインティメイトな心情を注ぎ得たかは想像に難くない。後に京都帝大に赴任するに先立ち、学習院に教鞭をとったことのある西田は、次のような感慨を示す。

「あの様な真面目の人に対しては我らは誠にすまぬ感じがする。乃木さんの死といふ様なことで、何卒不真面目なる今日の日本国民に多大の刺戟を与へねばならぬ。乃木さんの死についてかれこれ理窟をいふ人があるが、此間何等の理窟を容るべき余地がない。近来明治天皇の御崩御と将軍の自害ほど感動を与へたものはない。」（八田部隆次宛書簡　大正元・9・17）

（5）この一九三七年三月三日付の序の「社会主義」云々の条には木村毅の時勢に対する「思い入れ」があるだろう。いわゆる美濃部天皇機関説の排撃、政府による「国体明徴」声明。皇道派将校による二・二六事件へと続くファシズムの波がたかまりを見せる時代情況を思い起こせば、木村の「思い入れ」が那辺にあったかはあきらかであろう。

（6）同じく、「まあ森鷗外のドイツ語なんか中学三年だね」と豪語したと伝えられる慶応義塾教師向軍治は、直言居士・悪口家として知られたが、旅順攻撃の仕方を批難し、乃木批判を公然としてはばからなかったことは、『万朝報』（明治39・7・29）が伝えている。乃木自殺についても同様で、向の才が世に入れられず自ら「敗軍の将」を自認せざるを得なかったことの一端には、彼の痛烈な乃木批判に対する世論の強い反発が、大きく与ったと思われる。（島谷部陽太郎『大正畸人伝』大14）

（7）吉田久一『日本近代仏教史研究』（吉川弘文館　昭39）には、『新仏教』誌上における乃木殉死批判がとりあげられており、「乃木の旅順での非人道的非戦術的戦闘の失敗をあげ、旧道徳の模範的人物であっても、新時代の人格の標準にならないと、無暗な軍人崇拝を戒めている」川村五峯の説などが紹介されている。

（8）後述するように、乃木はいわゆる山県を首とする「陸の長閥」の一翼を担ってはいたが、世論の批判は、権勢から超然とした不遇な乃木には及ばず、むしろ廉直な乃木を称揚することによって山県・桂らの閥族政治の弊を糾弾するのが一つのパターンをなした。

（9）犬養健「乃木大将とその殉死」（『輔仁会雑誌』第一八二号　昭35・12）。犬養は、「禁制されたという理由」だけで、「図書館の小使をまるめ込んで『白樺』の合本を読み始めた」少年の微妙な心理とともに回想している。

（10）「国家への忠節といえば、まさに玉木以下の人々こそ乃木薫陶の恩師であった。骨肉・同志の人々の死は、そこでは一種の相互に置きかえうる生と死、忠誠と叛逆の構造として意識せざるをえないであろう。乃木はそのような意識のもとにおいて、かれが死者となり、われが生者となる何らの理由をも発見できなかった。軍旗事件は、かれをして初めてその矛盾解決の可能を認めしめたといえよう。かれらがその信条のために自ら死地に入ったとすれば、乃木はまた自らのシンボルのために生命を棄つべきであった。かれにとって軍法会議の決定はその内面とかかわりない出来事だった。」（橋川文三「乃木伝説の思想」）

(11)　神島二郎「明治の終焉」（橋川文三・松本三之介編『近代日本政治思想史I』有斐閣　昭46）

(12)　学習院長乃木は、「立聞」を「落書」と共に「人間の最も卑むべき事」として、学生に訓戒している。（学習院輔仁会編『乃木院長記念録』大3）

(13)　大原慧『幸徳秋水の思想と大逆事件』（昭52　青木書店）所収の「元老山県有朋への書簡」に拠る。以下の山県宛書簡もこの著に拠る。

(14)　大原慧「高橋作衛教授宛小池張造・巽鉄男の手紙」（『東京経済大学六十周年記念論文集』昭35）

(15)　古川清彦「森鷗外と山県有朋」（『立教大学日本文学』第3号　昭34・11）「森鷗外と常磐会」（『宇都宮大学学芸学部論集』第十号・十一号　昭36・1、37・12）

(16)　古川清彦「森鷗外と山県有朋」に山県家文書（南北正閏論関係書翰二巻）が紹介されている。

(17)　森銑三「鷗外断片」（『文学』昭47・11）

(18)　前出、平川祐弘「乃木将軍と森鷗外」これをうけた小堀桂一郎「明治人・鷗外の皇室観――『かのやうに』の哲学を超え出たところ」（『歴史と人物』中央公論　昭49・2）。

# 五条秀麿――「かのやうに」（森鷗外）管見

五条秀麿の独逸留学を中心とした前後の行蔵と現在の心境とを点綴したこの作品は、七つに区切られている。現行の岩波版全集によれば、母親が小間使の「雪」に「不安らしい顔」で「秀麿の部屋にはゆうべも又電気が附いてゐたね」と徹夜で本を読んでいたらしい息子を気遣う冒頭の頁（P45）を仮りに㈠とすれば、㈡には、文科大学に進んだ秀麿の卒業論文提出に至る作製の経緯と、「別に病気はないのに、元気がなくなつて、顔色が蒼く、目が異様に赫いて」一層社交から遠ざかってゆく秀麿への母親の心配が綴られている。（P46〜47）㈢は、留学した秀麿のベルリンでの生々とした動静と、いかなる問題に関心を寄せているかをこと細かに書き寄こした手紙を通して、父の子爵が「自己を反省したり、世間を見渡したり」して思量をめぐらす。（P47〜55）㈣では、「去年の暮に、書物をむやみに沢山持つて帰つて来た」秀麿の帰国直後のことが語られ、「三年の間にすつかり男らしくなつて血色も好く」なったものの、「なんだか控へ目に、考へ考へ物を言ふやう」な「気乗りのしない様子」が母親の心配をよぶ。（P56〜58）㈤は、「その時からもう一年近く立つてゐる」帰国後ほぼ一年間の正月から秋に至る季節々々の母親と秀麿との日常の断片が描かれている。（P58〜60）そして㈥は、これに続いて、季節は「稀に降る雨がいつか時雨めいて来て」初冬を迎え、ここで、帰国後の秀麿の「内に眠つてゐる事業に圧迫せられ」ながら「何事もすることの出来ない」苦しい心情が明かされている。「兼ねて生涯の事業にしようと企てた本国の歴史を書くこと」は、「神話と歴史との限界をはつきりさせずには手が著けられない」のだが、「周囲の事情」が許しそうにない。そこで「製作的方面の脈管を総て塞いで、思量の体操」として今日も今日とて「又本を読むかな」と「運動椅子」から身を起した折りに、小間使の雪が友人の綾小路の来訪を告げる。（P61〜68）㈦は㈥に直接続く部分で、学習院で同期で、秀麿に先立ってパリに遊学し、「高等遊民」を自称している画家の綾小路とのやりとりがある。ここで秀麿が、現在「千ぺエジ近い本を六七分通り」読んだ「ヂイ・フイロゾフイイ・デス・アルス・オツプ」のことが話題の中心となる。秀麿は、「僕の立場其儘を説明してくれるやう」なこの「かのやうに」の擬制の哲学を援用しながら、心事を熱っぽく吐露するのだったが、「八方塞がりになつたら、突貫して行く積りで、なぜ遣らない」との綾小路の激励にも、「所詮父と妥協して遣る望はあるまいかね」と声低くいうのみである。（P69〜78）

㈥の「もう二三日前から、秀麿の部屋のフウベン形の瓦斯煖炉にも、小間使の雪が来て点火することになつてゐる」と、㈠での「先つき瓦斯煖炉に火を附けてまゐりました時は、明りはお消しになつて、お床の中で煙草を召し上がつて入らつしやいました」、㈥での母親の「ゆふべも大層遅くまで起きてゐましたね。……」の言葉と㈠での母親の気遣いとの照応、㈦の「とう〳〵ゆふべは三時まで読んでゐた」ということば等により、この作中の現在の時点は、秀麿が三年間の留学から帰ってほぼ一年ばかり経った初冬のある日曜日ということになろう。㈠㈥㈦が、それに当り、その間に、卒業前後から留学、帰国後から現在に続く㈡㈢㈣㈤が布置されている。

この小説は、荒木康彦の詳しい考証[1]もあるように、秀麿留学中の「大学の記念祭」や「エエリヒ・シユミツト」「アドルフ・ハルナツク」等の動静は、鷗外が『スバル』誌上で明治四十二年三月号から連載の『椋鳥通信』中の記事によって裏付けられるものでもあり、著者の名は記されてはいないものの、秀麿の読みつつある「かのやうにの哲学」が、ハンス・ファイヒンガーの《Die Philosophie des "Als-Ob"》であるとして間違いあるまい。しかもその発刊が一九一一年であってみれば、秀麿の在独した三年間とその後の一年とは、一九〇七（明40）年から一九一一（明44）年にほかならず、鷗外日記が誌す「かのやうに」の脱稿の明治四十四年十二月十四日と作中の初冬の日曜日の一日とは、まさに膚接しているのである。つまりこの小説は、鷗外当年の感懐を盛るにふさわしく結構布置された作品といえよう。作中に「高楠博士」を出し、母親が内証で「青山博士」に相談をもちかけるのも、「当代」を印象づける作者の意図に発する。

よく知られているように、この作品については、鷗外が、後に女婿となる仏文学者山田珠樹に宛てた書簡の中で、

……中ニモデエルチ使ヒアルハ畫工一人ニテコレハ旧友岩村透ニ候只頭髪ハ白樺連ノ一人ニ此ノ如キ髪ノ人アルチフト思ヒ出シ書キ候主人公ハ全ク実在セザルモノニ候……然ラバ全篇捏ネ合セモノナルカト云フニ一層深ク云ヘバ小生ノ一長者ニ対スル心理状態ガ根調トナリ居リソコニ多少ノ性命ハ有之候者ト信ジテ書キタル次第ニ候……（大正七年十二月十七日）

と解説している。文中の「一長者」については、もっとも擬するにふさわしいのは、やはり山県有朋であろう。先にこの作品が、明治四十年から四十四年という「今を」語るにふさわしく布置されていることを書いたが、元老山県有朋と鷗外森林太郎に関わる当年の公状況を略記すれば、四十年は、山県の意向も与って森林太郎鷗外が軍医総監に進み、陸軍省医務局長に補せられた年であり、鷗外がより一歩山県に近侍せざるを得なくなった年である。年初には乃木希典の学習院長就任もあった。四十一年には山県に詠歌に関する「門外所見」を呈している。四十二年は、鷗外が文学博士を受けると共に、『スバル』誌上の「ヰタ・セクスアリス」が発禁処分となり陸軍次官石本新六から「戒飭《かいちょく》」をうける。山県が枢密院議長となったのもこの年である。翌四十三年は大逆事件の年であり、翌四十四年は初頭から「南北朝正閏問題」が政治問題化し、桂内閣退陣の一因ともなった。大逆事件については、蔭で陣頭指揮をとった山県は言うに及ばず鷗外にとっても、

一大関心事であり、平出修から検事聴取書・予審調書の写しを送られてもいる。
国定教科書『尋常小学日本歴史巻一』の記述と、教師用参考書での「容易に其の間に正閏軽重を論ずべきに非ざるなり」とする南北朝対立に関する編者喜田貞吉の所見に端を発した問題については、鷗外は、歴史教科書に関する第二部の委員ではなかったが、修身教科書を審査する第一部の主査委員でもあったため、極めて身近な直接的関心事であった。だが、井上通泰や賀古鶴所らの誘いにもかかわらず、南朝正統論に、献策する古稀菴での会合には参じていない。しかも、それから三日後に行われた国定教科書の修正方針に付いて相諮った教科書編纂会議には、先の会合に参じた市村瓚二郎とともに委員として加わり、堀江秀雄の記すところによれば「一同は異議なく之を可決し」とある(『南北朝正閏論纂』明44・11)。政治問題化して以後の鷗外の、自己のこれに対する意見の開陳はない。身をふるわせて激怒したと伝えられる大義名分論者山県の強い意向を知るが故である。表面的には沈黙を守った鷗外の南北朝問題に対する所見は、「かのやうに」に生かされている。この小説の作因の主柱の一つとして「南北朝正閏論」がある。この作品での作者の力点は、先の七つの区分でいえば㈢の部分にある。ウイルヘルム二世との君臣関係に触れつつ、ハルナックの「事業や勢力」についてくり返し説明する秀麿の「手紙でお父さんに飲み込ませたいとでも云ふやうな熱心」は鷗外森林太郎その人の力点と直接関わる。
大逆事件の反映は、秀麿が、「ぎくり」とした「どうも人間が猿から出来たなんぞと思つてゐられては困るからな」という父の言葉に表われている。在米中の帝大教授高橋作衛から穂積八束を通じて山県の手に渡った檄文「日本皇帝睦仁君ニ与フ」中の、
足下知ルヤ。足下ノ祖先ナリト称スル神武天皇ハ何物ナルカヲ。日本ノ史学者、彼ヲ神ノ子ナリト云フト雖モ、ソハ只タ足下ニ阿諛ヲ呈スルノ言ニシテ虚構ナリ。自然法ノ許ササル所ナリ。故ニ事実上彼マタ吾人ト等シク猿類ヨリ進化セル者ニシテ……

を踏まえていよう。

㈢で、ハルナックが「少しでも政治の都合の好いやうに、神学上の意見を曲げ」もせず「君主もそんな事はさせようとはしてゐない」ところに「ドイツの強みがある」ことを強調しつつ「今のやうな、社会民政党の跋扈してゐる時代になつても、ヰルヘルム第二世は護衛兵も連れずに、侍従武官と自動車に相乗をして」ベルリン中を「駈け歩いて」いることを「ロシア」との対比においてのべてもいる。なお、森山重雄が『大逆事件＝文学作家論』（三一書房　昭55・3）で、このことに触れた注で、『座談会明治文学史』（岩波書店）で、勝本清一郎が挙げた社会民主党の獲得票について、「非合法下でこれだけの票を獲得したというのはどういう意味か疑わしい」としているが、ディター・フリッケの『ドイツ社会主義運動史』（西尾孝明訳　れんが書房　昭48・12）に照しても勝本に同じい。鷗外が「今のやうな、社会民政党の跋扈している時代」という表現も、このような数字を具体的に押えてのことと思われる。

㈢は、前に見たように、秀麿が手紙に呈示した問題についての父の子爵の自己省察にもとづく「理解」が中心となる。

それにしても㈢における父の子爵の思量――理解と洞察力の深さは、「頭の好い人だから」「明敏な父の子爵は」と繰り返されている以上に際立っている。秀麿の伝える「宗教」あるいは「信仰」を「神話」に置き換えてとらえ、どんな「浅い学問」をしても「神話を事実として見させては置かない。神話と歴史とをはっきり考へ分けると同時に、先祖その外の神霊の存在は疑問になつて来る」と説き及ぶところなど、いわば、秀麿のいうところを先取りして物言いしている感がある。父の子爵は、対立者としてよりも、むしろ代弁者、さらには補完者としての意義をより多く担わされているかのようである。

在独の息子に触発されたかたちで、反省揣摩《しま》された子爵の素朴な感慨の中に、むしろ息子の秀麿以上に時代を突き刺す鋭い矢が仕込まれているところにも「かのやうに」の一つの仕組みがある。たとえば、……信仰もなくしてしまひ、宗教の必要をも認めなくなつてしまつて、それを正直に告白してゐる人のあることも、或る種類の人の言論に徴して知ることが出来る。倅はさう云ふ人は危険思想家だと云つてゐるが、危険思想家を嗅ぎ出すことに骨を折つてゐる人も、こつちでは存外そこまでは気が附いてゐないらしい。実際こつちでは、治安妨害とか、風俗壊乱とか云ふ名目の下に、そんな人を羅致した実例を見たことがない。

ということばを作品発表時の時代状況的コンテキストにおいて読むならば、その鋭利さと衝迫力は素朴なるがゆえに強い力をもつ。さすがに、鷗外は短篇集『かのやうに』（大3）収録にあたっては、次のことばをつけ加えている。

併しかう云ふことを洗立をして見た所が、確とした結果を得ることはむづかしくはあるまいか。それは人間の力の及ばぬ事ではあるまいか。若しさうだと、その洗立をするのが、世間の無頓着よりは危険ではあるまいか。倅もその危険な事に頭を衝つ込んでゐるのではあるまいか。……

また、㈢の別の所では「さうなつた前途には恐ろしい危険が横はつてゐはすまいか」ともつけ加えている。短篇集に収めるにあたって作者が初出（『中央公論』明45・1）につけ加えた主要な部分は、㈢と㈥であり、いずれも父の子爵の、危惧・懸念の意向を表明したものである。それは、秀麿の対立者としての子爵の像をより印象づけることとはなったが、一面それは子爵のことばの矢の衝迫を和らげることにもなっている。減じることともなっている。

いうまでもなく、「一長者」に山県が擬されるにしても、父の子爵は、山県を原像としたものではない。あくまで一長者にたいする「心理状態」が作因に関わっているのである。それは「こつちの思想と相容れない何物かが潜んでゐるらしい」父の子爵と秀麿とのことばのやりとりの中に塗りこめられている。この作が元老山県に向けて書かれているとすれば、作中で山県に顔を向けているのは、秀麿ではなく、父の五条子爵であるだろう。そして当代の鷗外が山県に向けて書くとすれば、〈天皇制の神話〉を見据えざるを得ず、その意味では「一長者」に天皇を擬することもできるだろう。装置としての近代天皇制をどう見、いかに認識するか、鷗外はそれを、新着のファイヒンガーの擬制の哲学を借りつつ捌いて見せたのである。

それは、美濃部達吉が、あたかも、地動説や進化論が、道徳や宗教の要請と無関係であるように、法的存在・法現象としての国家や天皇を――その神聖さやありがたさと関わらせずに――科学的に「機関」と認識したことと、その境位を共にしていた。そして、美濃部達吉の論敵の一人に、大逆事件・南北朝正閏問題等で、山県腹心のブレーンとして画策した穂積八束があった。

注

（1）「森鷗外『かのやうに』の史的考察」（『近畿大学教養部研究紀要』10巻3号　昭53・11）

# 「末期の眼」から「落花流水」まで

内懐虚仮——こころのうちに煩悩を具せるゆゑに虚なり仮なり。虚はむなしくして実ならず、仮はかりにして真ならず　（唯信鈔文意）

## 一

川端康成の人と文学を領略することの難さは、もはや定評となった感がある。川端康成論の最たる適任者は、作者自身であるのかもしれない。同時代作家を論ずることにおいて、明快な論理と柔軟な説得力によってもっとも巧者と目される中村光夫は、そのすぐれた「川端康成」論を次のことばで始めている。

川端康成氏は批評しにくい作家です。批評しにくいということが氏を批評する端緒になるのではないかと思われるほどです。僕はこれまで氏について書く機会はいくどかありながら、その都度氏の正体を把みそこねてきました。（『現代作家論』）

これが単なる謙辞でないことは、武田麟太郎以下、古谷綱武・山本健吉等、長年川端文学に親しんできた者にまったく同種の発言があることによっても知られる。おそらく、その論じにくさの主たる因は、中村光夫が指摘しているように、作者自身が「自作についてもほとんど何等の幻想を持たぬ鋭敏な批評家であり、自分の立場を失うことをあえて恐れぬ徹底した自己解剖家」である点にあろう。「自意識の決算書」とよばれる「私を語る――嘘と逆」（『文学時代』昭4・12）「文学的自叙伝」（『新潮』昭9・5）の二つの文章を読むならば、このことは容易にうべなうことができよう。非情に抒情する川端世界の手引として、これほどみごとな、可逆性に富んだ、コメントはない。諸家が例外なく引用し、なぞる所以である。評者の言わんとすることは、すべて作者自身の心得るところであり、先刻御承知といった趣きである。しかもなお、川端はいう、

自作を解説することは、所詮自作の生命を局限することであって、作家自らは知らぬ作品の生きものの所以を、縛り殺すのが惜まれるのである。作家自身にとっても、作品はあらゆる生物のやうに尽きぬ謎である。（「文学的自叙伝」）

と。

かくて、作者の指標をなぞるにしろ、あるいは、川端的自意識の呪縛に身悶えするにしろ、「文学的自叙伝」「嘘と逆」の二文にまさるたよりはない。たとえば、つぎのことばがある。

私は、恋愛が何よりも命の綱である。恋心のない日は一日もない。しかし恋愛的な意味では、いまだに女の手を握つたこともないやうな気がする。嘘をつくなと云ふ女の人もあるかもしれない。しかし、これは単なる比喩でないやうな気がする。恋心を命の綱とするには、それでも結構間には合ふ。ところが手も握らぬは、女に止らないのではあるまいか。人生も私にとつて、さうなのではあるまいか。現実もさうなのではあるまいか。或ひは、文学もさうなのではあるまいか。私は哀れな幸福人であるか。
（「文学的自叙伝」）

川端美学の秘鑰は、まさにこの短章にこめられている。戦後に及ぶ全作物の心根もすべてここに集斂するといってよい。「雪国」でもよい、「千羽鶴」「山の音」でもよい。あるいは「みづうみ」「眠れる美女」でもよい。半世紀を閲するかれの作家的生涯に、「恋心」を糧とし「愛」を生贄としない作品があったであろうか。「女の手を握つたこともない」とは、あくまで比喩である。だが、握るべくして握らぬのではなく、むしろ握ったとて成就し得ぬところに、生の根源に疼くかれの悲願があり、深い業があるであろう。川端の恋心とは、己れの始原を希求する無限の衝迫に根ざしている。「精神的放蕩」とは、川端の文学世界を非議した亀井勝一郎の造語であったが、観念の世界に放蕩するとは、現し世にいのちの美神を求めて痴れ果てることの謂いであろうか。川端は同じ文中で、

私は真実や現実といふ言葉を、批評を書く場合に便利として使ひはしたけれども、その度に面映ゆく、自らそれを知らうとも、近づかうとも志したことはなく、偽りの夢に遊んで死にゆくものと思つてゐる。

と書いているように、現実との距たりに生きようとするのがかれの姿勢であり、人生遊離の境位を自己の美学的距たりに転位させることが、その文学技法の課題であった。かつてかれは、『文芸時代』の「同人寄せ書」（大14・3）に、新感覚主義についての感想を「人生の風景化也」と吐露したことがあったが、これも如上の川端的遠近法をいったものにほかなるまい。

私は多分に亡国の民である。……親なし子、家なし子だつたせゐか、哀傷的な漂泊の思ひがやまない。いつも夢みて、いかなる夢にも溺れられず、夢みながら覚めてゐる……。

とは、同じく「文学的自叙伝」の中の一節である。また「嘘と逆」には、つぎの言葉もある。

祖父以外の両親の顔も覚えず、一つの血統が滅びようとする——最後の月光の如き花で僕はあるらしい。従つて子孫を残さうと思はず。子を育てんより、犬を育てんかな。

川端康成の文学世界に踏み入るためにはやはりこの「孤児の感情」に触れざるをえないようである。それは、かれの胸奥に住まう旅心を理解する道でもあるだろう。川端自身もこれについての感慨をもらすことが多い。「孤児の感情」とは、川端二十七歳の作の題名でもあった。康成五十歳の記念として、作者自選により刊行された『川端康成全集』には、つぎの回想がある。

この「孤児」は私の全作品、全生涯の底を通つて流れるものになるかもしれない。………このやうな孤児のあはれさが私の処女作から底流れてゐるのは、いやなことである。（全集第二巻「あとがき」）

この孤児感情の呪縛から自己を解き放つことに、若き作者の当面した第一の課題があった。

私は自分の性質が孤児根性で歪んでゐると厳しい反省を重ね、その息苦しい憂鬱に堪へ切れないで伊豆の旅に出て来てゐるのだつた。

という「伊豆の踊子」の主人公の感慨は、そのまま作者二十歳の感慨につらなるものであった。

孤児の感情とは「人の愛情を受けなければ生育できない子供の訴えである」。（長谷川泉「川端康成入門」）しかもそれは、五歳の女児の無心の口づけに、思わずわが唇を片手で拭い、うろたえる「感情の乞食」（「嘘と逆」）と化した大人の痛みでもあるだろう。それは「美しさと哀しみと」の坂見けい子の口を通して、さりげなくも語られてはいるが、痛みであるが故に常に癒し癒されることを希うのである。伊豆への旅は、なによりも孤児感情からの離脱であり、かなしく歪んだ心の平衡をとり戻さんがためのものであった。孤独な一高生が、踊子達の「いい人ね」という素朴な物言いに「言ひやうなく」ありがたさを感じ、また「雪国」の島村が「ねえ、あんた素直な人ね」と駒子に言われ、「わけのわからぬ感動に打たれ」るのもすべて同根の心の生理にもとづく。

三島由紀夫は、いみじくも「永遠の旅人」と川端を評したが、川端文学における「旅」の意味はきわめて重い。それは「一人旅はあらゆる点で、私の創作の家である」(「私の七箇条」『文学倶楽部』昭4・2)といっているような、たとえば川端の小説の大半が旅先で書かれたものであるとか、かれが風景によって創作のヒントや気分の統一を得るといったような事柄をも含むが、それ以上の意味においてである。

川端の「伊豆の踊り子」「雪国」が旅の物語であるということは、まさに象徴的なのである。二作がともに「旅心」に発するが故である。川端の全作物にたゆたう心紋はこの「旅心」にほかならないであろう。「旅心」は単に旅先に材を取った作品に限らないのである。都会小説と目される「浅草紅団」において而り、かれの「文芸時評」においてすら而りなのである。日常を「旅心」に生きるところに川端的世界はひらける。現実との距たりに生きようとする川端の生そのものが、すでに「旅」の趣きに似るのである。

汽車が動くと直ぐ待合室のガラスが光つて、駒子の顔はその光のなかにぽつと燃え浮ぶかと見る間に消えてしまつたが、それはあの朝雪の鏡の時と同じに真赤な頰であつた。またしても島村にとつては、現実といふものとの別れ際の色であつた。

「現実といふもの」との別れは、またしてもなのであり、そして「現実といふもの」が伝わって来るのは、常に「駒子の激しい呼吸につれて」なのである。邂逅《かいこう》と別離を地紋とする川端的世界は、日々がサヨナラであり、愛情の夕を迎えねばならない。行きずりの出会いと別離が、はかない悲愁の色を帯びるのも至極当然のことといえるだろう。

人が旅によってもたらされるものは何であろうか。それはたとえば、ホセ・オルテガをなぞって次のように言うことができるだろう。

> われわれから日常的なものを奪い去り、われわれを幾千の馴染みのない対象に接触させる。そしてその結果、旅は魔法の環を砕き、被覆された意識に幾つもの裂け目を切り開き、この裂け目を通して新鮮な空気とともに正常な視野がひらけてくる。

と。「旅」が与えるものは、まさしく自己が繫縛されている日常的世界からの離隔であり、「新鮮な空気」であり、「正常な視野」であるだろう。これが、先の川端美学の遠近法と深くかかわることは、言うまでもない。ところで、われわれはまた、「旅」なるものが未知未踏の世界に対する憧憬もしくは好奇の感情によって支えられていることを知るであろう。それは、諸国一見の修行僧にあっても、また「身をえうなきものにおもひなして京にはあらじ」と東へさすらい出でる男にあっても変りはないであろう。そして「女のありがたさ」を求めるわが「雪国」の作者にあっては、未知未踏の世界に対する憧憬もしくは「好奇の触角」が、かの「恋心」として発動することも忘れてはならないであろう。

川端の「恋心」が、意識下の深層にうずまく原初的な衝迫に発することは前にふれた。かれの「恋心」とは、孤児の宿命に根生う久遠の母恋いと言ってよいだろう。

## 二

「あなたはどこにおいでなのでしょうか」の一句を首尾におく「反橋」「しぐれ」「住吉」の三部作には、

川端的抒情の原質の、素直な流露を見ることができる。『梁塵秘抄』の「現ならぬぞ哀れなる」という讃仏歌は、すべての川端的乾坤にひくく木魂するものの如くである。孤児の宿命とは、母子体験の欠落を意味する。三歳で母を失い「私の記憶に残る肉親は祖父一人」という川端にとって母胎とは無限の神秘であり永遠に回帰すべき命の原点である。川端は戦後「私は母を恋しいとも思ったことはない。全く知らないのである」（全集第一巻「あとがき」）と書いたことがあるが、それは「全く知らない」が故に、具象を超えた「風の音や月の光」（「父母への手紙」）の如きものであるだろう。だが、「音」と「光」の蕩揺するところに川端の微茫たる美的乾坤が拓けたように、「音」と「光」のとどくかなたに、命の美神と化した己が原点をまさぐろうとする川端の祈念を見ることは牽強に過ぎるであろうか。

『純粋の声』とは、堀辰雄の装幀になる川端の最初の随想評論集（沙羅書房　昭11・9）の名であった。題名の文章は、宮城道雄の随想に触発されたものであったが、川端は「春の海」の作者と同じく、少女の「純粋の声」を聴いたときの「この世ならぬ思ひに目をつぶりたい夢ごこち」を語り、また西洋人の幼児の母呼ぶ声などを聴くと「母の乳房のやうな幼心に還る」とものべている。そして少女の声が「純粋の声」であるならば、その肉体は「純粋の肉体」であろうといい、西洋舞踊の大きい感動の泉が「純粋の肉体」の美しさにあることを説いて更に「純粋の精神」なるものの表現について言及している。

少女の声に対する川端の愛慕は深い。

「雪国」の島村は、葉子の「澄み上つて悲しいほど美しい声」に聴き入ったし、「みづうみ」の銀平は、湯女の声に清らかな幸福と温い救済を感じ、そこに「永遠の女性」「慈悲の女」の声をさえ、聴きとろうとする。川端の「見果てぬ夢のあこがれ」であり、悲母憧憬のあらわれといってよいだろう。川端的乾坤に生をうけるヒロインたちは、すべて永遠の処女と母性の象徴である。それは同根に根ざした一つのものの両面である。川端は永遠の秘蹟を追いつづけるのである。

川端の「少年」は中学生時代の日記や散佚を免れた高校時代の手紙文などを象嵌し、作者四十九歳の回想を交えて構成されたユニークな自伝作品であるが、年少の日の寄宿舎における清野と仮名された少年との同性愛の鼓動を伝えて生々しい。川端はかつて「十六歳の日記」を作品として公表するに当って、原日記を破棄したように作品「少年」を書き上げることによって「第一谷堂集」「第二谷堂集」をはじめ、「伊豆の踊子」の原形ともなった「湯ヶ島での思ひ出」や、新たに発見されたという「十六歳の日記」の断簡、更に高校時代の「清野への手紙」文等、かれの青春のモニュメントのすべてを、灰塵と化さしめた。作品「少年」は、川端の青春を焚き込めた貴重な匂い壺としてわれわれの前に残されている。川端の「人生で出合った最初の愛」(旧版全集第一巻「あとがき」)の姿をそこに見よう。

大正五年十一月二十六日の日記の記事には次の一節がある。

清野はまだほんたうに単純らしい。

「思つてゐて言はないことはなにもあらしません。」と、ふとしたときに言つた。

「ほんたうか。ほんたうか。」と、しつこくたづねる。

「ほんまでつせ。なんぞ思つて黙つてたら、心配で心配でゐられやしまへん。」

清野はこんな少年だつた。大変負け惜しみが強いけれど、正直な子である。

「私のからだはあなたにあげたはるから、どうなとしなはれ。殺すなと生かすなと勝手だつせ。食ひなはるか、飼うときなはるか、ほんまに勝手だつせ。」

昨夜もこんなことを平気で言つてゐた。「こないに握つてても、目が覚めたら離れてしもてまんな。」

と、強く二の腕を抱いた。

私はいとしくてならなかつた。

また、一高の作文として提出されたという清野への手紙の残された部分には、次の一節もある。

お前の指を、手を、腕を、胸を、頰を、瞼を、舌を、歯を、脚を愛着した。
僕はお前を恋してゐた。お前も僕を恋してゐたと言つてよい。
……………

僕はいつともなくお前の腕や唇をゆるされてゐた。ゆるしたお前は純真で、親に抱かれるくらゐに思つてゐたに相違ない。あるひは今ごろはそんなことまるつきり忘れてしまつてゐるのかもしれない。しかし受けた僕はお前ほど純真な心ではゐなかつた。
……………
しかしまた、下級生を漁る上級生の世界の底まで入りたくなかつた、あるひは入り得なかつた僕は、僕達の世界での最大限度までお前の肉体をたのしみたく、無意識のうちにいろいろと新しい方法を発見した。ああ、この僕の新しい方法をなんと自然に無邪気に受け入れてくれたお前だつたらう。僕の最大限度がお前に毫末も嫌悪と疑惑とをひき起さなかつた、そのお前に僕の救済の神を感じる。ああ、僕をあれほど愛してゐてくれたお前は、それより先きの交りを要求しても、その後までも僕を信じてゐてくれさうだつた。お前は私の人生の新しい驚きであつた。

でも、舌や脚と肉の底との差はどれだけだらう。ただ僕の臆病が辛うじて僕を抱き止めたのではないかと自ら責められる。

敢えて長々と引用したのは、川端の人生における最初の愛が、きわめて性愛的であったことを言おうがためである。それは、五十歳の川端自身をすら驚かす程のものであった。このことは、川端的世界に際立つ、

愛のかたちとして注目しておいてよいことがらである。川端は同じ手紙文の中で、

家に女気がなかったため性的に病的なところがあったかもしれない僕は、幼い時から淫放な妄想に遊んでゐた。そして美しい少年からも人並以上に奇怪な欲望を感じたのかもしれない。

とものべている。「病的」であるか否かは、専門医ならぬわれわれの関心外の事に属する。ただ、ここでも川端における母子体験の欠落が微妙な心の深層の翳《かげ》りとして作用していることを感ずるのである。あくまで己が身の体験に即して言うほかはない事柄ではあるが、一般に幼児の母体への対し方は、きわめて性愛的なのではあるまいか。エディプス伝説は、人性の深層にうずまく、ある普遍の実相を暗示してはいまいか。男は、母体を通して初めて女の肉感を知る。そして乳離れし、母離れすることによって己れの自我を形成し成長を果す。母体との性的体験が、自我意識の発達にひき及ぼす翳りは深い。あらゆる意味で、男は女の内に成熟を果すのである。

　近年の生化学の進歩は、ある確かさを以って試験管内における遺伝子の合成を可能ならしめつつあるが、それが達成を見る新たな創世記を迎えるまでは、人は母なくしてこの世に生をうけない。その意味で、人は誰にあっても母胎体験をもたぬものはない。これは孤児にあっても変らぬ自明事である。生後直ちに母に身まかられた初生児にあっても、また月たらずで生まれた川端にあっても胎内の交わりは半歳を超える道理である。だがそれは、「肉の底」の体験であるが故に意識下の底に深く蔵されるであろう。

　先に、「母子体験」とよんだものを、かりに己が母体をまさぐり、乳房を舐り、頬をすり寄せ、温《ぬく》みを求める、幼児の本能に根ざす肉体的接触をいうものとするならば、川端の負う孤児の宿命とは、母体の温みの記憶を持たず、その肉感を知らぬ不断の嘆かいにあるだろう。康成数え四歳で母を失うが、父母の業病が肺患であったことを思うとき、遠ざけられて生きたむなしい日々は、より永いものであったに違いない。

ふとほの暗いうちに目覚めて、温い清野の腕をにぎつた。私の左の腕の片面すべてに温みが清野の皮膚から流れてゐるのを感じた。清野はなにも知らぬ気に私の腕を抱いて眠つた。

こんなことは眠りに入る前、眠りの覚めた時、十日も前からくりかへされてゐた。清野はただ冷い手をぬくめてあげるのだと思つてゐる。ただそれだけだつた。（大5・11・23の記事）

このようにして清野少年との交渉は、始まったのであるが、「どうしても室員の温い胸や腕や唇の感触なしにねむりにおちてしまふのはさびしい」という肉温のみへの渇望には、無限に遠ざけられた母体への、鮮烈な衝迫が秘められている。舐りの時を欠いた観念の未熟児たる川端には、「美少年美少女を肉の思ひなしに眺められたことが一度だつてあるのか」という肺腑をえぐる表白もあるのである。

「湯ヶ島での思ひ出」には、清野少年との交情を回想し、自らの心をみつめた次の記述もあった。

――私の言ふこと為すこと密かに思ふことが、それらをした後に自分でそれらを省みさせられることもなく、それらを自分で恥ぢさせられることもなく、それらを彼が反撥して私に冷たく投げ返されることもなく、彼はただすべてを受け入れて、私を見上げてゐる曇らない彼の目があるだけである。彼の心の窓に写る私の影は曇ることがないのである。私は生れて初めて感じるような安らぎを味はつた。

おそらくこのような想いは、われわれが幼き日々に感じる母性への思いと等質であるだろう。「生れて初めて感じるような安らぎ」に川端は母を感じていたのではなかったか。それはまた、「雪国」の島村が、己が掌に駒子の「ありがたいふくらみ」の熱しゆくのを感じつつ、「ああ、安心した。安心したよ。」となごやかに言う心理につらなるであろう。而も、命の美神と化した己が母体は、つねに永遠の距たりに「残酷に逃げ出」さざるを得ない（「父母への手紙」）のである。川端は「どうしたって肉体の美のないところに私のあこがれはもとめられない」と日記にしるしたが、その見果てぬ夢の「あこがれ」は、もとめたとて真の充足は得られぬのである。それはつねに、何か空虚な、一種の満たされない感情を伴なう。それは虚しきが故に無限にくり返されるであろう。川端的乾坤に生きる主人公のいとなみは、すべて自慰に似るのである。

「徒労」とは、川端の「雪国」を蔽《おお》う語であった筈である。

だが、その「徒労」にも似た営為は、無限の虚無を蔵するが故に、かえって「永遠の距たり」にある命の美神の存在を、ある確かさをもって証し立ててもいるのである。ひたむきに無限のむなしさを追う川端の純一な営為があるかぎり、「残酷に遠ざかる」純粋なる母体は、美神として甦えりつづけるのである。

川端の性的幻想は、老来いやまさり天翔けるかに見える。それは、あたかも行為を失った者の見せる淫靡な欲情や妄想に似て、執念の根深さを思わせる。「みづうみ」「眠れる美女」「片腕」とつづく諸作は、あたかも「肉の底」の記憶を求めて観念の本家帰りを果すかの如き趣きである。旧作「青い海黒い海」の「私」には「生れながらの人生の睡眠不足者なのかもしれません。人生で寝椅子を捜してゐる男かもしれません」との表白があったが、この言葉からわれわれは、人性の深層に潜むいわゆる「死への願望」をよみとってよいかもしれない。

「睡眠」とは、フロイトによれば誕生以前の存在への退行を意味する。「胎児のような恰好で眠る人さえ多い」というフロイトの指摘は、多分の真理を含んでわれわれにその首肯を迫るであろう。「みづうみ」の桃井銀平は、軽井沢のトルコ風呂で湯女に身をあずけつつ性的回想にふけるが、その回想の根源をなすものは、「夜の稲妻のひらめく」母なる「みづうみ」にあったのである。少女のうるみ輝く黒い目に「みづうみ」を感じ、「その清らかな目のなかで泳ぎたい、その黒いみづうみに裸で泳ぎたい」という銀平の「奇妙な憧憬と絶望」は、まぎれもなく胎内幻想と呼ぶにふさわしいものである。「みづうみ」「眠れる美女」「片腕」とつづく、夢幻を胎む川端近年の傑作は、いずれも「眠り」のあやしさを漂わせて、あたかも川端の文業が、眠りの中での営みでもあるかの如き感をさえ抱かしめる。

命の原点を無限に追い求める者の生の軌跡は、「愛の聖地にたどりつかぬ順礼の運命」(「化粧と口笛」)を負う。生まれながらの人生の睡眠不足者は「永遠の旅人」たらざるを得ぬであろう。

東洋の古賢はいう。

「古者、謂死人為帰人。夫言死人為帰人。則生人為行人矣。」

## 三

川端の「末期の眼」は、昭和八年十二月、『文芸』第二号に発表された。成立の経緯については、文末でも明かしているが、のちに随筆集『文章』(東峰書房　昭17・4)に収めた時、その「あとがき」の中で、

「末期の眼」は、「文芸」が創刊されたころ、「改造」の編輯者として私もかねがね世話になつてゐた上林暁君が「文芸」の編輯に移つて、私に「小説作法」を書けとのことで、そのはしがきのつもりで書き出したが長くなり、「小説作法」といふ題を消して「末期の眼」と改めて出したものである。

ついあらぬ方へ筆が向いて本文に辿りつかぬ、はしがき風の作品は私に多い。これもその一例である。

と回想している。「純粋の声」が宮城道雄の同題の文章に負うているように、「末期の眼」は芥川の遺書「或旧友へ送る手記」の中の、

君は自然の美しいのを愛し、しかも自殺しようとする僕の矛盾を笑ふであらう。けれども自然の美し

いのは、僕の末期の眼に映るからである。

という言葉に拠ったものである。「ついあらぬ方へ筆が向いて本文に辿りつかぬ」とある如く、例の連想のおもむくままに筆を走らせた、放恣な川端的カオスを蔵する作物であり、文字通り随想というにふさわしい。川端は、旧版全集第十六巻の「あとがき」で、

私が批評を受ける場合は、例外なくと言つていいほど、「末期の眼」を引合ひに出されるが、そのたびに私は渋面をつくり、嘔吐をもよほすほどだ。批評する人の責任ではなく、私自身の責任であらう。私は「末期の眼」と短篇の「禽獣」とが大きらひだ。たびたび批評の足がかりとされたのも、嫌悪の一因かもしれない。「末期の眼」に自分をよく語れたと私は思はない。小説のモデルや事実を穿鑿、忖度されるのと同じやうないやさだ。

と書いている。だが作者の渋面にもかかわらず、「末期の眼」は、川端文学を揣摩する恰好の語標化として今日に及んでいる。川端における「末期の眼」とは如何なる意義をもつのだろうか。川端の嫌悪の念の因って来たるところのものは何なのだろうか。「末期の眼」なる一文は何を語っているのだろうか。

川端の筆は、初めて会った晩年の竹久夢二の印象の叙述から始まる。明治から大正へかけて一世を風靡した風俗画家の老いの姿は、川端の次のような感想をよぶ。

もともと夢二氏は頽敗の画家であるといへ、その頽敗が心身の老いを早めた姿は、見る眼をいたましめる。頽敗は神に通じる逆道のやうであるけれども、実はむしろ早道である。もし私が頽敗早老の大芸

術家を、目のあたり見たとすれば、もつとひたむきにつらかつたであらう。こんなのは小説家に少く、日本の作家には殆どあるまい。夢二氏の場合はずつと甘く、夢二氏の歩いて来た絵の道が本筋でなかつたことを、今夢二氏は身をもつて語つてゐるといつた風の、まはりくどい印象であつた。芸術家としては取返しのつかぬ不幸であらうが、人間としては或ひは幸福であつたらう。これは勿論嘘である。

川端特有の「嘘と逆」的修辞をちりばめつつ、更に、自らを「最後の月光の如き花」に擬した宿命論的認識の表白がある。

　残燭の焔のやうに滅びようとする血がいまはの果てに燃え上つたのが、作家とも見られる。既に悲劇である。

そして芥川の遺書の引用に続いて、次の核心の言が吐かれるのである。

　修行僧の「氷のやうに透み渡つた」世界には、線香の燃える音が家の焼けるやうに聞え、その灰の落ちる音が落雷のやうに聞えたところで、それはまことであらう。あらゆる芸術の極意は、この「末期の眼」であらう。

川端の連想の翼は、更に梶井基次郎・古賀春江《はるえ》の芸術的生涯に及び、殊に四七日《よなぬか》を間近に控えた古賀への追想が、自らの芸術的血脈を通して切切と語られる。そして次の言があるのである。

古賀氏にとっては、絵は解脱の道であったにちがひないが、また堕地獄の道であったかもしれない。天恵の芸術的才能とは、業のやうなものである。

「既に悲劇である」という先の言葉が、あらためて痛切の響きを帯びる。川端の筆は、最後に再び、女学生達と高原に楽しげに遊ぶ「幸福で不幸な画家」竹久夢二に戻り、その夫人の一挙手一投足までが、かれの絵から抜け出した感があったことに及び、宮川曼魚の令嬢を引き合いに出して、「女の人工的な美しさの不思議」に触れている。

川端の連想の流れを、たどたどしく追った私は、再び最初の問いに戻らねばならない。

「末期の眼」は何を語っているのだろうか。

「「末期の眼」に自分をよく語れたと私は思はない。」ともらしているように、川端はこの一文で己れについて何も説き明かしてなぞいないのであろう。論理の整合に馴染まず、心理の自然の漂いに任せる川端的骨法に成るものであってみれば、そこに宣言の如き明確な主張や覚悟の表明もあろう筈もないのかもしれない。にもかかわらず、作者の思念を超えて「末期の眼」が代表的エッセーとして時代に迎えられ、人々の心を打って今日にその声価を定めるに至ったのは何故だろうか。

それは人々が「あらゆる芸術の極意は、この「末期の眼」であらう。」「すぐれた芸術家はその作品に死を予告していることが、あまりにしばしばである。」「天恵の芸術的才能とは、業のやうなものである。」といったような定言の「虚無を超えた肯定」の響きに、あり得べき芸術家の、極限にまで高められた一つの透徹した声を聴き取ったからではあるまいか。純文学の「危機」が、「更生」が、ジャーナリズムに叫ばれ、生活の指針も、希望も失いつつあった当代の文壇的風土において、川端の「末期の眼」一篇は、文学の苦行道に生きる者の覚悟をうたった、一種の心境小説として読みとられたのではなかったろうか。人はそこに友情の鼓舞をすら感じはしなかったであろうか。

川端を論ずる評家が、こぞってこの一文を引き合いに出す所以についていうなら、そこに書かれてある内容もさることながら、「末期の眼」という表語自体が、川端の作家的資性を伝えてあますところのない恰好の語であったからに外なかろう。「末期の眼」といい、「純粋の声」といい、川端は自己の体臭をあまりに借り着に滲ませすぎている。「末期の眼」とは、生と死のあわいに放たれる非情に抒情する眼である。死を領有した者が生をふりかえる眼である。それは一期一会の眼光とも言ってよいであろう。あるいはまた川端の修辞を借りて、現し世の花を照らす最後の月光にたとえようか。芥川は、「「末期の眼」に映る自然は美しい」と言ったが、かれは、かけがえのない一回きりの風景をそこに発見したのである。だが、芥川の「末期の眼」が「二年ばかり考へつづけた自殺の決意」と「自殺の決意に到らしめた、芥川氏の心身にひそんでゐたもの」との微妙な交錯のうちに得られたものであってみれば、作家にとって「末期の眼」とはまさに「実験」たらざるを得ないであろう。而もそれは「死の予感と相通ずることが多い」ような、苛烈な孤独の境位を必然とする。ここで再び、「天恵の芸術的才能とは、業のやうなものである」という川端の言葉が甦る。「解脱の道」であり、「堕地獄の道」でもあるような、生の深淵の綱渡りにこそ、芸術のただこの一筋は、ひらける。芸術家の死は、いかなる場合にあっても自殺と呼ぶべきものであるだろう。

「末期の眼」において古賀春江は川端康成の、絵は小説のシノニムである。川端の回想の旅笠には、同行二人と書かれてあった筈である。


理知の鏡の表を、遥かなるあこがれの霞が流れる。……古賀氏の絵に向ふと、私は先づなにかしら遠いあこがれと、ほのぼのとむなしい拡がりを感じるのである。虚無を超えた肯定である。従つて、これは、をさなごころに通ふ。

ここに見られる一言一句は、そのまま夫子自身を言うにふさわしい言葉であるに違いないのである。川端的乾坤の絵画的表現が古賀の絵であり、古賀は、自らの文学的表現を川端の小説に見たのであろう。いや、古賀春江にあっては、かれの絵そのものが、己の文学的表現であったことをさえ思わせる。造型のきびしさよりも、詩情の美しさを響かせる画趣は、「雪国」の作者に通う。川端の作品世界における全体的造型の放棄は、よく指摘されることであろう。川端といい、古賀といい、空間よりも時間に親近を感じとるのである。時の流れに生起するイメージこそ、かれらの心を魅了してやまないものなのである。

我々は空虚を見る。
空虚を歩く。
遠くへ、遠くへ、
どこまで行つても依然として真暗いトンネルだ。
現実が後退りする。

膨大なる脳髄を抱いて一人で抱き合ふ。
この真空の暗は堪へられないと思ふ。
しかし突如としてかすかな希望の明りを見出す。
燦として燃える芽生。
これを決定された運命といふか、神秘といふか、
否、否

これは季節の黄色いレンズである。

不可見の華麗なる美を、人は可見の境域に於て信ぜむと願ふ。
消滅の門を夢の中に実験せよ。
純粋なる仮説の権威を尊重せよ。
それ透明なる倫理の衣裳を着たる理念。

無限に拡がる空間に於て、華々しく贋造されたる無機的裸婦を尊重せよ。

二篇の詩、いずれも古賀春江の作である。前者は絵画「黄色のレンズ」（昭5　絵の大きさ〈三〇号〉）、後者は「厳しき伝統」（昭6　絵の大きさ〈八〇号〉）制作の際に成ったものである。川端は、風景によって創作のヒントや気分の統一を得たが、古賀は絵の制作にあたって必ず詩を付した。いつも詩でデッサンをしたのかもしれない。古賀の詩は、彼の絵のこよなき解題であるばかりでなく、川端的作品世界のすぐれた解題の役を果すだろう。ともに「をさなごころに通ふ」虚無を超えた肯定の歌が流れるからである。古賀の詩は、川端の「感情装飾」「僕の標本室」に付すにふさわしい。古賀は死の床の錯乱と幻覚の中で、水彩の筆を遊ばせ、また夫人の判読にすら堪えぬ多くの断章を書き綴った。次に掲げるのは辞世の詩と呼ぶべきものの一つである。

川ばたの

脚の長い黒い鳥であつた。
黙つたまま身動きもせず
汽車が遠く走つて行つたが
山の彼方は白々と寒かつた。
私は寒さを感じた。
あの人の眼を愛して
肩先きの流れた線がかすかに見える。
そのままで
私はその流れる時間を感じた。

川端にそえて、あまりに古賀にふれすぎたようである。「末期の眼」に戻ろう。

川端の一文が、末期の眼の美に思いをめぐらし、古賀の画風を語りつつ、奇術師という呼び名の底に蔽われた自己の資質を闡明して、自らの業に殉ずる芸術家のありようを語るが故に、この「末期の眼」一篇を、川端の変幻常ならずと見えた過去との袂別をのべた、きびしい芸術家宣言ととる向きもある。

だが、川端の芸術家宣言をいうのであれば、やはり「十六歳の日記」発表の時期にまで溯らねばならぬであろう。「十六歳の日記」については、他に精稿が用意される筈であるので詳述を控えるが、川端は幼少からあまりに死と対面しすぎたようである。いや、死《し》の影《かげ》と対面したといった方が正確であるだろう。川端の「末期の眼」は、この死の影によって急速に成熟を果して行ったのである。「孤児としての私の私小説」の一つに数えられる「父母への手紙」には、「あなた方が幼い私の胸に深く彫りつけたものといへば、病気と早死との恐れだつたでありませうか。」という言葉があったように、川端にとって死とは、悲しみではなくまさに恐れであった。川端は悲しみを知らずして、父の、母の、死に会ったのである。更にその恐れは、祖母、姉の死によっていやまさったであろう。そして最後の肉親たる祖父の死と対面するのである。川端は、旧版全集第二巻の「あとがき」で、

祖父が死にさうな気がして祖父の姿を写しておきたく思つたのにはちがひないが、死に近い病人の傍でそれの写生風な日記を綴る十六歳の私は、後から思ふと奇怪である。

と記した。「十六歳の日記」とは、まさしく祖父のみとりの日記であるだろう。そこで川端は、初めて、己れの血脈につづく死の影を正視したのである。非情の時間に堪えたのである。自らを怯えさせるものへのあらがいがそこにはある。単に見つめたのではない。かれは、死を見取ることに己れの救済を賭けたのである。言い代えれば、川端はただ写し取るという単一な行為に己が生への祈念をひそませたのである。川端康成は、十六歳の無垢の文学的営為の中に死を封じ込めたのだと言ってよい。

「ししやつてんか。ししやつてんか。ええ。」

病床でじつと動きもせずに、こう唸つてゐるのだから少々まごつく。

「どうするねや。」

「溲瓶《しびん》持つて来て、ちんちんを入れてくれんのや。」

仕方がない、前を捲《まく》り、いやいやながら註文通りにしてやる。

「はいつたか。ええか。するで。大丈夫やな。」自分で自分の体の感じがないのか。

「ああ、ああ、痛た、いたたつたあ、いたたつた、あ、ああ。」おしつこをする時に痛むのである。苦しい息も絶えさうな声と共に、しびんの底には谷川の清水の音。

「ああ、痛たたつた。」堪へられないやうな声を聞きながら、私は涙ぐむ。

茶が沸いたので飲ませる。番茶。一々介抱して飲ませる。骨立つた顔、大方禿げた白髪の頭。わなわなと顫ふ骨と皮との手。ごくごくと一飲みごとに動く、鶴首の咽仏。茶三杯。

祖父の死を控えた非情の時間に、少年が「谷川の清水の音」を聴きとったとき、かれはそこに風景を発見したのである。人生を風景化する眼を己がものとしたのである。死に至る祖父は、そのとき風景と化したのである。

末期の眼とは、人間を、禽獣を、志野の茶碗を、ひとしなみに一つの風景にとらえる眼である。川端の末期の眼とは、人生を風景化する眼であるだろう。風景は単なる山川草木であることを要しない。風景は単なる自然的存在を超えて、象徴的存在にまで高められるであろう。川端は、「チンチン」という清らかな響きとともに、そこに一つの風景を創造したのである。川端的乾坤に耳澄ます者に、「チンチン」という清らかな音は尾形信吾の幻聴のごとくに底響く筈である。

川端の末期の眼は、愛惜にうるむ眼ではない。愛惜にうるまぬ眼が、そこにはある。死を控えた祖父をみとりつつ、しびんの底に谷川の清水の音を聴く眼である。それは、「こないに握つてても、目が覚めたら離れてしもてまんな。」と強く二の腕を抱く美少年を、こよなくいとしく思いながらも、夜中にその寝顔のおろかさを凝視する眼である。ひたすら美に執念する透徹した眼の冴えがそこにある。川端のみとりの美学の誕生である。

「末期の眼」の実験は、苛烈な孤独の境位を必然とする。川端のみとりの美学は、残されたただ一人の肉親をみとる孤児の感情のうちに生成されたのである。吉行淳之介が、

祖父の死を書くことは、孤児である自分を書くことであり、無理矢理マイナスに向い合わされた結果が、この秀作となったわけだ。(『現代日本文学館　川端康成』所収「川端康成伝」)

と言う如く、川端の末期の眼は、マイナスを凝視することによって、孤児感情に鍛錬されることによって、もたらされたのである。

そして川端は、十年後の作家的出発の時期に、忘却の底に埋れていた、この「十六歳の日記」を発見し啓示を受けるのである。川端はそこに、みとりの美学を、末期の眼を発見したのである。「十六歳の日記」が、わずかに補註を施した程度の手入れで、直ちに発表された事実は川端が自己の作家的資質をそこに確認したことを物語っている。

だが、青春の日記が末期の眼で綴られるということは、悲劇であるに違いない。それは川端にとって、あまりにも孤児の報酬でありすぎたであろう。

川端の作家的青春とは、あたかも生理の自然の如くに化した末期の眼への悲しき抵抗であったろう。人工的な多彩な修辞に心の自然を定着しようとする試みの中には、川端のあらがい、もだえる姿が隠されている。「俺は小説家といふ無期徒刑囚」（「ちりぬるを」）という川端の言葉もあった。「末期の眼」は川端にとって、「孤児の眼」を超えた、意識化された「作家の眼」でなければならぬのである。

「末期の眼」は「芸術の極意」と、川端はいう。だがそれは比喩としてである。川端の「禽獣」が、淋しい心の修辞である如く、「末期の眼」はあくまで比喩であるだろう。「末期の眼」は、芸術家の正覚としてとらえ直されねばならぬ。これは、川端の悲願である。「末期の眼」は「孤児の報酬」と結びつけてはならないのである。川端の嫌悪の表白の底には悲語のつぶやきがある。

山本健吉は、波郷の「秋の暮溲瓶泉のこゑをなす」という秀句のイメージは、川端の「十六歳の日記」が先取しているという。（『近代文学鑑賞講座　川端康成』）

川端が、死を見取ることに己れの救済を賭けたとき、十六歳の無垢の文学的営為は、まさしく、芸術家の創作活動と軌を一にしたのである。芸術家の創作活動とは、かれ自身の痛苦を、精神的均衡を喪失した自我を、芸術素材によって救いだそうとする努力に外なるまい。川端の「十六歳の日記」は、芸術家の誕生をつげる無垢の記念碑である。川端の恩寵の忘却は、十年もの間、この記念碑をも蔵中に秘せしめた。そして、川端の作家的出発の当初に、奇しくも発見されるのである。これをしも恩寵というべきであろうか。

「点鬼簿」は、死を強く意識するようになった芥川が、次々に死んで行った身近かな人々を回想した、鬼気せまる晩年の作であった。「末期の眼」は、よくこの「点鬼簿」に擬される。ともに生死の境に心を通わせ、多くの人の死を語るが故である。山本健吉にならって、「葬式の名人」「末期の眼」を、それぞれ川端の若年・壮年の「点鬼簿」とすれば、近著の『落花流水』(新潮社　昭41・5)は、川端晩年の「点鬼簿」であろうか。

「連想の浮び流れるにつれて書いてゆきたい私は、書くにつれて連想が誘われ湧いて出る。」(「枕の草子」)と、ここでも例の川端的骨法をあかしているが、そのようにして成った『落花流水』の随想の数々に、死の想いがしみ通ると見るのは、私だけの僻目であろうか。もちろんこの随想集には、駒子との交渉を明かす昭和十年の日記を含む「『雪国』の旅」や「伊豆行」「『浅草紅団』について」などの楽しい資料もある。また、東山魁夷の『古い町にて』に序した「美しい地図」の如き彫琢の芸談もある。だがしかし、浅間を望む机に向えば、堀辰雄を想い起し、室生犀星から吉川英治へと思いめぐらす、その回想の筆の乾かぬ間に、また正宗白鳥の入院を、死を、知らされる川端の孤影は、全篇を蔽う強い印象となって読者の脳裏に刻まれるのである。

「作家がなくなると、幾日か、出来るだけ、その人の作品を読みかえすのが、私のなにとはない癖」という川端は、尾崎士郎につぐ三好達治の死に「つぎつぎと先き立つ知友の遺作を読むのに、私の日は足りないのか」との痛切の言を吐かざるを得ない。「いやですねえ」「いやだなあ」「またか」という痛みのつぶやきは、川端の心奥に低くこだましているもののごとくである。

外国旅行の途次に成った文章には、総じて川端の楽しげな若やぐ顔ものぞかれる。旅の私の胸にふれるのは、働く貧しい人の姿と、打ちひしがれたようにさびしい人の姿と、美人と少年少女と、古今東西の第一級の美術（建築もふくめて）と、そして自然とです。

という「パリ安息」の表白は、川端の生涯の嗜欲をつたえてあますところのない言葉である。「パリ郷愁」の冒頭には、川端の自己放下の心機を吐露する次の言葉がある。

——飛行機のなかは天国です。………飛行機に乗つている時ほど、あなたまかせのことはないからです。………放心していられます。窓に見えるものも空と雲だけですから、見ないのです。私には機上は、どこの国のどこでもなくなつてくれます。同乗の外国人たちは私にかかわりなく、これほど全くのひとりは、地上にはないかとも思われます。自分の意志を捨てた、最大の不自由が、私を最大の自由へ解放します。羽田からホノルル、ロサンゼルスからニユウヨオク、ニユウヨオクからパリ、私は隣席との肘つきを倒してもらい、毛布と枕を借りて横になつて眠つていました。

川端にとっては「どこの国のどこでもなくなつてくれ」る時空を超えた世界こそ、唯一の安眠の場所なのであろうか。六、七年前のヨーロッパ旅行の帰途、パリの空港に見送る小松清に、「帰つたら憂き世です。飛行機が落ちてくれればいいです」とおもわず川端はもらしてしまったのであったが、かれを強くはげましたその友も今は亡いのである。

「白い花」の彼女は、「幼い頃から自分の死を見てゐる。だから、時を信じない。してみければ貞操のあらうはずもない」と言う。「人は生よりも反つて死について知つてゐるやうな気がするから、生きてゐられるのである」という「末期の眼」の言葉もある。ともに淋しい修辞である。

生きるとは、死となじむことであったか。われわれの生の逆道にも、近づくほろびがただよう。とすれば、『落花流水』の世界に、近づくほろびが濃くただようのも、わりないことではないのかもしれない。

「末期の眼」の作者は言うであろう。花の落ちるにつれ、水の流れに従いながら、自分も花であり、水であったと。ひとは、誰をもって「会葬の名人」といい、「弔辞の名人」というか。

## 四

時評の筆を折ったかに見える戦後の文業からは想像しにくいことではあるが、川端康成の文壇的信用の半ばは、その批評活動によってかち得たものではなかったろうか。大正十一年から昭和十年代に及ぶ「雪国」の作者の月評活動を振り返っての私の感想である。

川端康成文壇登場の契機は、大正十年四月、『新思潮』二号に発表した「招魂祭一景」が、菊地寛・久米正雄・佐佐木茂索らの好評を得たことに発するが、川端自身「私は作家としてよりも先づ、時評家として文壇に登場した」（改造社『川端康成選集』第七巻「あとがき」）と記しているように、かれの初めての稿料は同年末の『新潮』に載った処女批評「南部氏の作風」によって得たものであり、翌年二月から、『時事新報』文芸部に籍を置く佐佐木茂索の好意によって、「創作月評家」として文壇にデビューしたのである。康成数え二十三歳、東大国文科三年在学中である。

『時事新報』の「今月の創作界」欄を見よう。大正十一年二月一日に始まる担当者の顔触れは左の通りである。

第一回川端康成、第二回相田隆太郎、第三回〜四回堀木克三、第五回相田隆太郎、第六回酒井真人、第七回〜九回川端康成、第十回三田山譲。相田隆太郎は、プロ派出身ではあるが、ブル派にも重んじられた新進批評家であり、また堀木克三は、プロ派攻撃の先兵となった批評家。川端、酒井は無名の新人といってよく、三田山については詳らかにしえない。当時の新聞月評についていえば、例外はあるにしても、作家の片手間仕事か、新進もしくは二流評論家の小遣いかせぎの場といった感は拭いきれぬようである。これは、『時事』にかぎらず『国民』『読売』『朝日』の各紙にあってもほぼ同様である。そしてそれは、その名の示すとおり、「創作月評」「作品月旦」であった。

川端の初期の批評活動は、選集・全集等にも収録されずに終っているようである。「創作月評家」川端康成の風姿をうかがうために、そのいくつかを紹介してみる。川端の最初の月評は、菊池寛の作品の評に始まっている。

菊池寛氏「父母妻子」（改造）――要点だけを軽く捉つて、一刀両断的に巧に纏め上げた四つの小篇が一組になつてゐる。各親子間夫婦間の感情が主題になつてゐる。中で「妻」が一等大人らしく素直だ。話は単純だが、「父」や「母」でも、書いてゐる作者の心は少し無表情過ぎるのに「妻」には柔かなその表情があつていいと思ふ。落魄した父と芸者になつた娘とが精養軒で会ふ「子」は、芝居の一場面めいた所があり、話の筋道から云つても、一番悪い。「父」の家康と「母」の清三は、一は子に対し、一は母に対する心持も非常にはつきり描かれてゐて、事件の選択配列も整つてゐる。が、「父」は、簡単に説伏されたに似た不満が残る。「母」は清三の母に対する心が複雑なだけ興味に富んでゐるし、心理を鋭くすくひ上げられ、清三の姿も浮かび出てゐる。唯結末に、伯父が、清三の死んだ母の徳を讃へるのは無い方が却つていいと思ふ。

佐藤春夫氏「空しく歎く」（改造）――佐藤氏の作品は私等は云為するより黙つて愛誦してゐた方がいいと思つてゐる。しかし此作は何としても、面白い読物でない。「その日暮しする人」と「南方紀行」が一部合体した程の部分は、非常に読み辛い。そして小説を書けないことから、「履門採訪」一冊を書き、其を書いたことから、朱雨亭の名指を捜し、其を捜したことから、自分の失つた女を偲び失つた恋を歎くに到る巧な段取りになつて、朱雨亭も彼の記述に退屈した読者も、何時の間にか空しい歎きに誘ひ込み、つつみ込んでしまつてゐる作者の筆の魅力に驚く。冒頭は「その日暮しをする人」等より素直に氏の心持が語られてゐて興味があり、その心持と、旅行中に「左様なら」をつけ得なかつた唯一人の「さまざまな無縁」の朱雨亭との結合も首肯出来るが、全篇通じて余りに中心がなく、少し冗漫だと思ふ。唯氏の文章が非常にゴタゴタしクドクドしてゐるやうでありながら整つた格調があり、文それ自身に立体的の感じがあって、読者を捉へて決して放さないのには敬服する。

葛西善蔵氏「朝詣り」（改造）――僅か四頁のものだが、何時もながら、不思議に高雅で透澄なその文品を只管感じる。（『時事新報』大11・2・1）

これが川端康成の処女月評の全文である。この一文だけから、川端に特徴的なものを引き出すのは無理であるだろう。固有の主張とか、格別の眼の冴えもない印象批評といってよい。ただ短い評語ではあるが、文末で葛西善蔵の文品を称揚していることは注目されてよい。「何時もながら」という言葉もあるように、谷崎精二がいう（『放浪の作家』）「相対的な気持を超越した絶対境」を望んで「自然と一に帰すること」を願った葛西晩年の作への川端の好感は、以後も変ることなく続くのである。

初回と異なり、次に掲げる創作月評には川端の気鋭の一面が、あらわに出ている。

中村星湖氏「踏切番の発狂」（早稲田文学）――踏切番の貧の悲惨を事象や踏切番人を内から描かずに、噂話や一寸した所見でほのめかさうと云ふのである。楽な形式を選んで逃げを打つたとしか見えない程、作者の態度も筆致も甚安穏でいい加減なもので熱誠を欠いた、投げたものらしい。そして幾ら不熱心だとしても、所々に洩らした作者の観照がこんなに常識以下では致方がない。

宮地嘉六氏「生活の沼」（中央公論）――此作も芸術的に不感性とでも云ふべきタツチで、一人の男の経歴が記述されてゐる外、何物も感じられない。単に作者がかうした生活経験を持つてゐたといふだけでそれを如何に描き生かさうかとの努力も、それを通じて何を語らうかとの意志も殆ど無いやうにさへ見えるし、材題に対し方感じ方等が創作心理のあるべき所（あらゆる傾向の）から遠いものだ。「太陽」で小川未明氏の「夜の群」と、吉田絃二郎氏の「盗人の妻」を読んだが、読んでゐる方で恥しくなつて眼を外したくなる。もうかうなると何と云つていいか分らない程の下らない作品だ。唯書かなければならないから書いたに過ぎないもので、両氏の短所の極点を見せたものと思ふのが親切だらう。

しかし右四作の如きは、たとへ如何なる心身の状態の下に、如何なる必要の下に書かれたにしても、かかる心とかかる表現を示したことは、直に諸氏の創作家としての死滅を意味してもいい程の低劣さだ。かかる心の方向と、潤と密と輝の度と、感触と、流動と波及を見せることは素質的な耻でなければならない。勿論宮地嘉六氏の「生活の沼」を除いては、特に吉田絃二郎氏の「盗人の妻」等は何等の衝動も慾求もなしに書きなぐつたに過ぎないもので（さうでなかつたら、それこそ大変だ）かれこれ云々されるのは作者も迷惑なのであらうが、どんなに気持を落して楽になり、厭々ながら心持沈滞したまま書かれたものであつても、右諸作の如きが出来上るのは不思議だ。（大11・2・15）

まさに青年客気の語であるだろう。既成作家のマンネリズムに対する新進としての烈しい不満の表明である。後年の著『小説の研究』（第一書房　昭11・8）にも、

現実の雑駁さが、何等かの思念的な純粋化の作用を受けることによって変化してゐなければ、作品としての小説は失敗である。

という言葉がある如く、読者を動かそうとするには、まず自ら感動しなければならぬというのが、川端の作家道の鉄則であり、前記の強い不満もそこに胚胎している。だが、それにしても「創作家としての死滅を意味してもいい程の低劣さ」とは激語であろう。しかも名指しの評言であるだけに、既成作家の側に、一言なかるべからず、といったおもむきである。はたして翌日の紙上に早速の反響を呼んだ。

川端康成に

無責任の批評を書いて、他のことを悪く言へば名を成さうとでも考へてゐるなら、君は厚顔無恥な人間だ。「夜の群」を読んで、何ういふところが「読んでゐる方で恥しくなつて、眼を外したくなつた」か、親切に言明すべき君には責任がある。「かかる表現を示したことは、直に創作家としての死滅を意味する」と云つてゐるが、其れは何ういふことなのだ。僕は決して遅緩した気持で書いてもゐなければ、書くべくして書いてゐるのだ。面白い面白くないは別として、創作の態度を難じ其の精神を云為するには、斯の如き漫罵を許さない。新進気鋭なるべき君には、自ら以て掲ぐべき主張があらう。別個の主義乃至は道徳観があらう。其れを明かに示せ。

小川未明

未明は、評家は、まず自らの立場を鮮明にせよと迫ったのである。たしかに、川端の評言には、激語の裏付けとなる明確な立場の表明を欠く憾みがあったであろう。川端は直接答えることなく、以後の創作月評のいとなみを通してその責を果して行ったのである。川端の作品批評の態度は、処女月評以来、終始一貫する。それは自らの作家の眼にあくまでも徹することであった。その意味では川端は、菊地寛の「印象批評の弊」に反論した『退屈読本』の著者の流れを汲む者であるだろう。川端の大正期文芸時評の特色の一つに、既成文壇作家に対する激しい攻撃的感情に満ちあふれていることをいう意見がある。だが、前記の評言に見られた激語だけをもって、川端の大正期における創作月評の性格を卜するのは、「純文芸雑誌帰還説」等に見られる痛語をもって、かれの昭和期の評論全斑を推し測ると同じく、いささか早計に過ぎるであろう。あのような激語は、かれの他の大正期の月評に見出すことは、非常に困難である。むしろ例外といってよいのである。私見によれば、川端の新人作家に対するゆき届いた理解の眼の、人にすぐれることはいうべきであっても、その対極に既成文壇作家への攻撃的感情を過大に読み取るのは、当を得ていないことのように思われる。私の眼には、川端の大正期と昭和期の批評に明らかな相違は認められない。そこに共通して見られるのは、個々の作家の本質に根ざす特色を、己が作家の眼に質《ただ》そうとする川端の変らぬ姿があるだけである。川端の己が眼識への信頼は、当初から一貫して揺ぐことはない。流派による概括やひとしなみの見立てに囚われず、作家の眼による具体的な作品評に徹しきったところに、かれの文芸時評の意義がある。川端は大正十二年、『時事新報』の「三月創作評」を始めるにあたつて、

　私は決して「文藝春秋意識」とか「新思潮意識」とか「所謂ブルジョア文壇の御曹司意識」とかに捉はれて物を言ふ者ではない。根に染着してゐるかもしれない其等の副意識からも自由でありたいと常々心がけてゐる。

とわざわざことわっているように文壇政治にとらわれず、自由な己が眼光を曇らさない川端の作家的姿勢は、つねに変らない。かれの「文芸時評」が冠として輝くのも、作品に密着した作家の眼による具体的批評の深まりによって「文壇の垣」を超え、「時代の檻」からも脱け出し得た希有の例だからである。「批評家としての批評家は殻固まりやすく、骨硬ばり早い」と川端はいう。そして批評家としての作家を、しぶとい軟性動物に擬している。川端が言う如く、作家的精神は「時の審判に服さぬもののゆゑに、道化た悲劇ともなる」がまた、その故に時代を先取ることにもなるのであろう。

「作品評で叩きあげない、作品評のしっかり出来ない、文芸評論家をゆめゆめ信用するなかれ」(『文芸時

代』「番外波動調」大14・3）という定言のはりつめた響きに、川端の不抜の自負を読みとることができる。それは、決意と言わんより、自信であろう。川端の時評活動の功は、すべて「作家の眼による実践批評」であることに帰する。作家として同じ日に生きる者の曇らぬ共感こそが、川端の自負を、自信を支え、その批評を有効ならしめたものなのである。

手鍋さげても作品と世帯の苦労をしてみるのが、批評家の心意気でなければならぬ。文学の苦難と生活の苦難とが心中しさうな今日は、なほさらのことだ。でなければ、作品の分るはずなく、批評の苦楽の味はへよう道理はない。身を棄ててこそ浮ぶ瀬もあれ。（『文藝時評』「新人の強さ」昭9・8）

という川端の作品批評の態度は、終始貫かれるのである。川端にまさる名評家は少なくないであろう。だが、川端ほど、真に作家を鼓舞し得た時評家は、数少ないのではないか。更にまた、川端ほど文芸時評を己が作家道の糧とし得た者もないであろう。川端は困業な徒労ともなりかねない文芸時評の営みを通して、文壇の流れに漂い、貧婪に「文学の生命」を吸引し、自らの作家的成長の活力としたのである。川端が、時流にただよいつつ、己がものとした離れず即かずの境位は、作家としてのかれの生活の倫理が必然に要求するものなのであろう。

川端の新人の文学への好意のまなざしは、時評家としての出発の当初から続いている。女・童の作文に対する愛好も、また久しい。「言葉の純な響き」を求めるが故である。

これとても、小林秀雄にかりていえば、かれの「天稟の好餌」であるだろう。かくて、岡本かの子が、北条民雄が、小川正子が、豊田正子が、そして『わが愛の記』の著者山口さとのが次々と登場し、送り出されてゆくのである。川端はいう、

世間の一部が風評するやうに、私は新進作家の新奇さのみを褒めたりおだてたりしてゐるのでは、決してない。作家的素質の美しさやみづみづしさに触れる喜びで、自分を洗つてゐるのである。

（「中島直人氏」『読売新聞』昭9・2）

と。川端には次の言もある。

私が無名の作家の作品を好んで読むのは、彼等の思想や取材の新しさを知りたいがためではない。文章の新しい匂や調に触れたいがためである。少女の肉体を見るのと同じである。彼女に女を求めはしない。（「文章について」）

ここに、文学的生気の衰亡をおそれる川端の作家的本能を読みとる者は、処女を見て眼から生気を吸い込もうとする衰亡の人間の本能と等質の光りを、あの伝説と化した川端の眼の底にみとめるであろう。

# 川端康成の〈方法〉断章

## 悲母憧憬——根生いの孤児感情

鎌倉長谷の自宅書斎の机上に残された、新編『岡本かの子全集』（冬樹社版）への未完の序文「美は勁し」が、逗子マリーナでガス自殺した川端の絶筆となった。

かつて川端は、追悼の意をこめた長文の「岡本かの子」（『日本評論』昭14・7）の中で、生命の昇華である岡本作品の美女達に、「永遠の処女と母性の象徴」を見、そこに宗教的光背のあることを説いた上、次のように文を結んだ。

私は岡本さんの文学の先達とも師ともなり得なかつた。今は岡本さんを私の文学の先達ともし、師ともして、同じ方向の道を歩まうとするのである。私が久しく求めていまだ到り得ない境地を、岡本さんに見るのである。岡本さんの血脈が、自分にも貧しいながら通ふのを、かねて感じてゐた私は、私の将来の読者としての岡本さんを失つたことも、また取り返しがつかない。

美のよろこびのある所には、神そのものが実在しているのではないか、という超絶者追求への企てを川端作品にみとめ、「美と生命の文学」（『文学界』昭28・4）としたのは伊藤整であった。

「あなたはどこにおいでなのでしょうか」の句を首尾に置く「住吉」三部作には、川端の抒情の原質が素直に流露されている。『梁塵秘抄』の「現ならぬぞ哀れなる」という讃仏歌のひびきは、すべての川端的世界に低く木魂している。「孤児のあはれさが私の処女作から底流れてゐるのは、いやなことである」という川端の述懐もあるように、孤児感情の呪縛から自己を解き放つことが川端の課題であった。それは五歳の女児の無心の口づけに、思わずわが唇を片手でぬぐい、うろたえる「感情の乞食」と化した大人の痛みでもあった。

> 私は、恋愛が何よりも命の綱である。恋心のない日は一日もない。しかし恋愛的な意味では、いまだに女の手を握つたこともないやうな気がする。嘘をつくなと云ふ女の人もあるかもしれない。しかし、これは単なる比喩でないやうな気がする。恋心を命の綱とするには、それでも結構間には合ふ。ところが手を握らぬは、女に止らないのではあるまいか。人生も私にとつて、さうなのではあるまいか。現実もさうなのではあるまいか。或ひは、文学もさうなのではあるまいか。私は哀れな幸福人であるか。
>
> (「文学的自叙伝」)

川端美学の鍵は、まさにこの短章にこめられている。川端の戦後に及ぶ全作物の心根もすべてここに収斂するといってよい。「女の手を握つたこともない」とはもちろん比喩である。だが握るべくして握らぬのではなく、むしろ握ったとて成就し得ぬところに、生の根源に疼くかれの悲願があり、深い業がある。川端の恋心とは、己れの始原を希求する無限の衝迫に根ざしている。これについては、進藤純孝に精細な言及がある(「川端康成論」『文学界』昭39・6〜8初出、『川端康成その人・その作品』冬樹社)。少女の「純粋の声」を聴いたときの「この世ならぬ思ひに目をつぶりたい夢ごこち」を語り、また西洋人の幼児の母呼ぶ声を聴いて「母の乳房のやうな幼心に還る」とのべたのも川端であった。「雪国」の島村は、葉子の「澄み上つて悲しいほど美しい声」に聴き入ったし、湯女の声に清らかな幸福と温い救済を感じた「みづうみ」の銀平は、そこに「永遠の女性」「慈悲の女」の声をさえ聴きとろうとする。

川端の「人生で出合つた最初の愛」を焚きこめた匂い壺とでもいうべき「少年」の「どうしても室員の温い胸や腕や唇の感触なしにねむりにおちてしまふのはさびしい」という肉の温みへの渇望には、舐《ねぶ》りの時を欠いた観念の未熟児たる川端の、無限に遠ざけられた母体への鮮烈な衝迫が秘められている。

## 虚無を超えた肯定の歌——万物一如……

自ら「孤児根性」「被恩恵者根性」といっているように、川端の孤児の感情とは、自然な感情の流露を妨げる卑屈さとして鋭く意識されたものであり、唯一の肉親である盲いた祖父を失った思春期の底深い孤独の体験が、作家川端の基底に深く根を下ろしていることは、羽鳥徹哉が『作家川端の基底』（教育出版センター昭54・1）その他で詳述している。羽鳥は、川端の関東大震災に触発された「死の超越」思想としての「万物一如・輪廻転生」思想に至りつく道筋を丹念に跡づけ、やがて心霊学にも親炙する川端の思想的基底を洗い出して、それが川端の「孤児根性」や「失恋の痛手」の克服の処方とも深く関わっていることを明らかにした。

心霊現象そのものを信じるよりも、それを魂の歌と見たのだつた。しかし、幼時に失はれた世界への懐郷が潜んでゐたのだらうか。（「ある人の世の中に」）

という川端のことばもあった。

川端が、心霊現象的要素をとり入れた作品は「ちよ」「青い海黒い海」「白い満月」「霊柩車」「子の立場」「心中」「竜宮の乙姫」「処女の祈り」「合掌」「屋上の金魚」「薔薇の幽霊」「抒情歌」「慰霊歌」「金魂」等々多数にのぼる。

理知の鏡の表を、遙かなるあこがれの霞が流れる。……古賀氏の絵に向ふと、私は先づなにかしら遠いあこがれと、ほのぼのとむなしい拡がりを感じるのである。虚無を超えた肯定である。従つて、これは、をさなごころに通ふ童話じみた絵が多い。単なる童話ではない。をさなごころの驚きの鮮麗な夢である。甚だ仏法的である。（「末期の眼」）

これらの一言一句は、そのまま川端自身にもあてはまる言葉であるに違いない。造型のきびしさよりも透明な感覚と詩情を響かせる古賀春江の画趣は、「雪国」の作者に通う。川端の作品世界の全体的造型の放棄は、よく指摘されるところである。三島由紀夫の、

川端さんが文体をもたない小説家であるといふことは氏の宿命であり、世界解釈の意志の欠如は、おそらくただの欠如ではなくて、氏自身が積極的に放棄したものなのである。（「永遠の旅人」）

という言もある。武田勝彦に『川端文学と聖書』（教育出版センター　昭46・7）の著もあるごとく、川端文学の培養基に聖書のあることは、広く知られるようになったが、かつて川端が「東方の歌」を書かんとしたように、仏典への傾倒も長く、東と西をアマルガムし領略する川端の嗜欲は深いのである。「私の作風は表にいちじるしくないながら背徳の匂ひがある。」（「文学的自叙伝」）という川端の言もあるが、生死膚接した川端文学に顕現する美と無の境地の目指した先には、世俗の規範・倫理を超えた茫茫たる薄明の彼岸がひらけていたにちがいない。

## 人生の風景化――末期の眼

川端の回想によれば、

上林暁君が「文芸」の編輯に移つて、私に「小説作法」を書けとのことで、そのはしがきのつもりで書き出したが長くなり、「小説作法」といふ題を消して、「末期の眼」と改めて出したものである。

（『文章』「あとがき」東峰書房　昭17・4）

芥川の「或旧友へ送る手記」中の

君は自然の美しいのを愛し、しかも自殺しようとする僕の矛盾を笑ふであらう。

という言明に依拠した「末期の眼」（昭8・12）は、「自分をよく語れたと私は思はない。小説のモデルや事実を穿鑿、忖度されるのと同じやうないやさだ」（旧版全集十六巻「あとがき」）という川端の渋面にもかかわらず、彼の代表的エッセーとして世に迎えられたのは、純文学の「危機」・「更生」がジャーナリズムに叫ばれた当代の文学的風土にあって、「あらゆる芸術の極意は、この『末期の眼』であらう。」「すぐれた芸術家はその作品に死を予告していることが、あまりにしばしばである。」「天恵の芸術的才能とは、業のやうなものである。」といった定言のはりつめた響きに、人々が、あり得べき芸術家の透徹した声をそこに聴きとったからではあるまいか。純文学の苦行道に生きる者は、そこに覚悟のうたと鼓舞の声を聴いたのではなかったか。それにしても「末期の眼」という表語自体、川端の生涯にわたる作家的資性を伝えてあますところのない格好の語であろう。
芥川の「末期の眼」が「二年ばかり考へつづけた自殺の決意」と「自殺の決意に致らしめた、芥川氏の心身にひそんでゐたもの」との微妙な交錯のうちに得られたものであってみれば、作家にとって「末期の眼」とはまさに「実験」たらざるを得ないであろう。しかもそれは、「死の予感と相通ずることが多い」ような苛烈な孤独の境位を必然とする。「末期の眼」とは、生と死のあわいに放たれる非情に抒情する眼である。死を領有した者が生をふりかえる眼である。川端の修辞を借りれば「現し世の花を照らす最後の月光」である。

川端が「孤児としての私の私小説」の一つに数える「父母への手紙」に「あなた方が幼い私の胸に深く彫りつけたものといへば、病気と早死との恐れだつたでありませうか」という言葉があったように、幼い川端にとって死とは、悲しみではなくまさに恐れであった。川端は悲しみを知らずして、父の、母の死に遇ったのである。

さらにその恐れは、祖母、姉の死によっていやまさったであろう。そして残された唯一の肉親たる盲目の祖父の死と対面するのである。川端が、

祖父が死にさうな気がして祖父の姿を写しておきたく思つたのにはちがひないが、死に近い病人の傍でそれの写生風な日記を綴る十六歳の私は、後から思ふと奇怪である。

と記した「十六歳の日記」とは、祖父のみとりの日記にほかならない。川端は、そこで初めて、己れの血脈につづく死の影を正視したのである。非情の時間に堪えたのである。自らをおびえさせるものへのあらがいがそこにはある。

川端は『文芸時代』の「同人寄せ書」（大14・3）に、新感覚主義についての感想を、「人生の風景化也」と吐露したが、祖父の死を控えた非情の時間に、少年がしびんの底に「谷川の清水の音」を聴きとったとき、

かれはそこに風景を発見したにちがいない。人生を風景化する眼を己がものとしたのである。死に臨む祖父は、そのとき風景と化したのである。末期の眼とは、人間を、禽獣を、志野の茶碗を、ひとしなみに一つの風景にとらえる眼である。川端の末期の眼とは人生を風景化する眼であるだろう。風景は単なる自然、山川草木であることを要しない。その意味では、川端は、「伊豆の踊子」においても「雪国」においても、いわゆる自然なぞなにも描いてはいないといってよい。川端世界の風景は単なる自然的存在を超えて、象徴的存在に高められているはずである。川端は、「チンチン」という響きとともに、そこに一つの風景を創造したのである。川端的乾坤に耳澄ます者に、「チンチン」という清らかな音は、「山の音」の尾形信吾の幻聴のごとくに底鳴るはずである。

川端の末期の眼は、愛惜にうるむ眼ではない。愛惜にうるまぬ眼が、そこにはある。死を控えた祖父をみとりつつ、しびんの底に谷川の清水の音を聴く眼である。それはまた、「こないに握つてても、目が覚めたら離れてしもてまんな。」と強く二の腕を抱く美少年を、こよなくいとしく思いながらも、夜中にその寝顔のおろかさを凝視する眼にもつらなるであろう。川端のみとりの美学の誕生である。

芸術家の創作活動が、かれ自身の痛苦を、精神的均衡を喪失した自我を、芸術素材によって救いだそうとする努力に外ならないとすれば、川端が死を見取ることに己れの生の救済を賭けたとき、十六歳の無垢の文学的営為は、まさに芸術家の創作活動と軌を一にしたのである。その意味で、「十六歳の日記」は、芸術家の誕生をつげる無垢の記念碑である。

そして川端は、十年後の作家的出発の時期に、忘却の底に埋れていた、この「十六歳の日記」を発見するのである。それが、わずかに補註を施した程度の手入れで、直ちに発表された事実は、川端が己れの作家的資質をそこに確認したことを物語っている。

だが、川端の作家的青春の彷徨は、残された唯一人の肉親をみとる孤児の感情のうちに生成され、あたかも生理の自然のごとくに化したこの末期の眼への悲しき抵抗にあっただろう。「奇術師」と称された、万華鏡的多彩な修辞に心の自然を定着しようとする試みのうちには、川端のあらがいともだえが秘されている。末期の眼は、川端にとって「孤児の眼」を超えた、意識化された「作家の眼」でなければならぬ。「孤児の報酬」であってはならぬのである。「俺は小説家といふ無期徒刑囚」(「ちりぬるを」)という川端の言葉もあった。前記の川端の嫌悪の表白の底には悲語のつぶやきがある。

## 連想の翼――時空超越

私は「枕草紙」中の数章を「短篇小説の祖」と呼びたいと常々思つてゐる。長篇小説における紫式部の栄誉を短篇小説に於ては、愛すべき清少納言に与へたいと思つてゐる。全く「枕草紙」には、叙事文とか、見聞記とか、小品文とか、日記文とかの名で呼ぶよりも、「短篇小説」と云つた方が遙かにふさわしい文章が所々に散見する。しかもそれらは、その味ひに於てもその手法に於ても、最も近代的な短篇小説であると云へる。(「短篇小説の祖」)

川端が、『時事新報』(大13・12・26)に書いた「文芸寸言」中の一節である。これに先立つ川端の東大国文学科の卒業論文『日本小説史小論』にも同じ趣旨の行文がある。「枕草子」の感覚のひらめきと連想のおもしろさこそ、川端の執心するところである。川端文学の世界が、論理の整合に馴染まず、心理の自然の漂いに任せる独自の骨法に成ることは、よく知られている。それは小説作品にとどまらず、ノーベル文学賞受賞講演「美しい日本の私――その序説」、ハワイ大学での特別公開講義「美の存在と発見」、サンフランシスコでの移住百年記念講演「日本文学の美」などのエッセーにいたるまで一貫しており、晩年に及んで、より放恣である。

> 連想の浮び流れるにつれて書いてゆきたい私は、書くにつれて連想が誘われ湧いて出る。だれだつてそうであるが、自分はその癖が強いのではないかと思う。あるいは、連想を取捨選択する頭が弱いのであろうかと思う。（「枕草子」）

といっているように、連想を命とする川端の手法は、単に手法にとどまらず発想の展開・様式におよぶ、思考のメカニズムに深く根をおろしたものである。

「雪国」といい、「千羽鶴」といい、「山の音」といい、数多くの川端作品は長期にわたって断続的に書き継がれ、挿話の重層・連鎖によって妖しい風合いをもって紡ぎ出されているが、いずれも、強靭な論理と造型とによって成ったものではなく、むしろ、その「放棄」によって醸出されたものである。川端に長編らしい長編がなく、未完というべき作の多いこともこのことと無縁ではない。短編が独立しながら相互い響き合い、連鎖して長編のごとき体裁が生じるのである。亀井雅司が「川端康成の表現」（『国語国文』昭29・9）で指摘したように、同じく、場面と場面の間、文と文の間の「不連続の連続性」に川端の文章表現の特質がある。「連想だけがいのちの呼吸であり、脈動である」とは、川端が連歌についていったことばであるが、連歌といい、俳諧といい、連想の流れに棹さす川端文学の河床には、日本の伝統に根ざす大きな水脈がある。連想の流れの、省筆と破調と付合の機微によって成り立つ川端文学の行間には、無韻の詩が漂う。

> 私は真実や現実といふ言葉を、批評を書く場合に便利として使ひはしたけれども、その度に面映ゆく、自らそれを知らうとも、近づかうとも志したことはなく、偽りの夢に遊んで死にゆくものと思つてゐる（「文学的自叙伝」）

と書いたように、現実との距たりに生きようとするのが川端の基本的姿勢であったし、人生遊離の境位を自己の美学的距たりに転位させることが、その文学技法の課題であった。男女の触れ合いの機微と心理の葛藤に哀歓を滲ませる川端の「雪国」の世界の美は、社会性を捨象した微茫の境位に現出するのである。

さきに、川端の世界観の「万物一如・輪廻転生」思想への傾斜、心霊学への親近に触れたが、いずれも時空の秩序を超越した位相を必然とする。そのゆえにそれは、川端の根生いの精神生理のかなしき処方ともなり得た。それにしても、川端の文学世界をふりかえったとき、時空を超越した連想の飛翔、綱渡りにこそ、彼の作家的成功の賭があったことを思わずにはいられない。これをしも「孤児の恩寵」というべきか。

## 比喩と象徴――構文の新規と醇化

小説家川端康成の文体を、前時代においてかつて、試みられたことのない新しい手法を拓いたとして、「もっとも現代的」と称揚したのは、一九四一年の小林英夫であった。小林は「現代文の流れ」(『帝国大学新聞』昭16・4・28)の中で、わが国の近代文の源流が、彫刻的・立体的な鷗外の文体と絵画的・平面的な漱石の文体に発することをいい、大正期を代表する芥川が、漱石の弟子ではあったが、そのアポロ的明晰をたっとぶ文体的特性において鷗外の直系をひくものとした。さらに芥川と対蹠的な、というよりは、鷗外・漱石をも含めた三家の反対側に立つ作家として室生犀星を挙げた。前者がいずれも、分析をめざすのに対し、犀星が、雰囲気の総合的表現をこころざすからである。犀星の小説は構成がゆるく、ディオニュソス的に奔流し、直線描よりは曲線描を好み、視覚的描写に代えて触覚世界の現出に異常に執心するが故である。そして小林は、犀星と同じく分析を捨てて雰囲気の再生に新しい開拓地を求める作家として「雪国」の作者を登場させる。小林は、気分描写の手法の頂上を示す作家として川端を見るのである。手法において犀星が、むき出しの、気質的な生理を奔出させる表現をとるのに対し、康成ははなはだしく意識的・間接的で、それだけ蒸溜醇化の度が高いという。小林は、広大な語彙の宝庫をもつ前記三家に比する犀星・康成の文章的特質を、「選択採用を断念してむしろ新しき結合」に工夫を凝らすところにあるとした。

小林が川端の「発明」に属するとしたのは、次のような文章である。

やがて山それぞれの遠近や高低について、さまざまの襞の陰を深めて行き、峰にだけ淡い日向を残す頃になると、頂の雪の上は夕焼空であつた。(「雪国」)

複文の前文が「生成」の表現であるのに、「ふつうの予想を裏切つて」、後文が「状態」の表現をもって受け止める新奇の構文である。

そして、志賀直哉にもよく見られる、省筆による余白文である。

西日に光る遠い川を女はぢつと眺めてゐた。手持無沙汰になつた。「あら忘れたわ。お煙草でせう。」と女はつとめて気軽に……。(「雪国」)

「眺めてゐた。」と「手持無沙汰になつた。」の句間には、単なる主辞の略除だけでない時間の経過の余白的表現がある。また、

季節の移るやうに自然と亡びてゆく、静かな死であつたけれども、近づいて見ると脚や触角を顫はせて悶えてゐるのだつた。それらの小さい死の場所として八畳の畳はたいへん広いものゝやうに眺められた。(「雪国」)

のような「現実游離化」の表現手段も、川端の文体に「神韻渺渺の趣」を添える要素の一つとして小林は指

摘する。
小林は「知性の文学と叙情の文学」（『帝国大学新聞』昭17・2・16）でも、横光と対比しつつ、川端の文体分析を行っている。
横光の油彩に対する川端の淡彩、——情調を醸し出すのに役立つ分量だけの対象描写、人物の挙措動静と一体化した背景描写。横光の西洋画風な描法の「固定焦点」に対する、川端の描法の東洋画風な「移動焦点」と、読者をひきこむ余白効果。

葬ひは——と云つても、晒木綿をかぶせた棺を、二人の男が担いで行くだけなのだ。多分、曖昧宿の主人と番頭であらう。棺の上に鍬が二挺載せてある——村は土葬なのだ。（「温泉宿」）

横光の「理」の文に対する川端の「勘」の文、季節感のにじみいでをも加えていえば、「俳文」の趣きだという。俳諧の精神は、「一句のうちに天地の推移を見る」ことにあるが、川端の文章を構成する文には、「推移をさながらに示す」異風の複文があるとして、前に触れた前後の照合を乱す新奇の構文を示す。

お雪は彼女等の全てから、娼婦のやうに愛されて、けろけろ明るい顔なのだ。（「温泉宿」）
広い板敷の料理場には、倉吉がかいがいしくといつても彼も吾八のやうに節太の百姓の指だ。（「温泉宿」）

小林は、前文が行動を示し、後文が状態を示すが故に、これを「動静文」と名づける。
小林英夫に学んだ中村明に、「川端文学の方法——人物表現の特質と稲妻の文体の成立」（『読書科学』47・48

〜49・50号　昭45・4、46・3）と題した周到精緻な論がある。副題が示すように、文体美学・文章心理学を駆使して、川端の文体を深く掘り下げたものである。中村にはこれに先立って波多野完治との連名の形で発表された「川端康成における人物描写――文章心理学的研究」（『読書科学』11号　昭34・8）もある。中村は、潤一郎・荷風・秋声・利一の作品と対比考量して、川端の作品世界においては、シテとワキのごとく、「むすめ」と「女」に代表されるような、二つのタイプしか女性を描き分けないことを指摘。ヒロインとその美をひき立てるのに丁度裏返しの女性が設定されて、第三の型の女性を描かないのは、川端のいわゆる「稲妻の文学」の結果した「必然の単純性」だとする。中村は、川端の文学の方法を決した力として、川端が基底的に有する〈驚異への憧憬〉を重視する。理想化されたヒロインたちに通有する態度の急激な変化もこのことと関わる。急激な変化をしるすことはその急激さを感じさせることにおいて必然的に〈ふと〉や〈驚き〉と関連せざるを得ない機微を表現の計量化を通して「千羽鶴」「山の音」などの作品に探っている。「さうして、ふと信吾に山の音が聞えた。」の〈ふと〉の適切な挿入が、死期を告げられたかのような恐怖に信吾がおそわれる、そのプレリュードの役をみごとに演じていることに典型的に表徴されたように、川端の文学世界に〈ふと〉を契機として重要な一行が投ぜられる場面の多いこと、同じく〈あっ〉〈はっ〉と気がつくような、おどろきの語の多いことも言われ、改行が〈ヒラメキ〉の印象をつよめる効果についてものべられている。

川端康成の名を文学史に長くとどめるものがあるとすれば、狭義の「文体」をおいて考えられないだろうと中村はいう。

「さらつと下唇を噛んだが、三味線を膝に構へると、それでもう別の人になるのか」「ぼうつと島村を見つめてゐたかと思ふと突然激しい口調で」「含み笑ひをしたが、ふつと横を向いた」「肩は激しい怒りに顫へて来て、すうつと青ざめると、涙をぽろぽろ落とした。」

時の経過ではなくて、その「変わりやすさ」を読者に感じさせる、〈ヒラメキ〉の稲妻文体に於てこそ、川端作品は不朽だとするのである。

作家の性格は、比喩の選択あるいは創造のなかによく反映する。

駒子における〈蛭の輪〉や太田夫人における〈志野〉を持ち出すまでもなく、川端の文学は、巧緻な比喩によって妖しい輝きを加えている。

比喩が象徴にまで昇華された結果としての、幻のような人間たちを題材として、女性であることの悲しい美しさが、一筋貫かれるのである。象徴された不確かな何かが、むしろ力強い具体となって迫ってくるのではないか。

これも前記の論に見える中村明の言葉である。

# チャタレイ裁判の抵抗

## 一　戦後史的意味

いわゆるチャタレイ裁判は、ジャーナリズムが好んで用いた〈芸術か猥褻か〉といった標語に示されるような単なる文芸裁判ではなく、新憲法に明記された思想表現の自由を含む基本的人権が、実質的にいかに保障されうるのかという、憲法論の基底にかかわる課題を荷うものであった。

昭和二十五年六月二十五日、占領軍管理下の日本を前進基地・火薬庫として勃発した朝鮮戦争は、国内的には、日本共産党幹部の追放、『アカハタ』及び後継各紙の無期限発行停止にはじまり、新聞・通信・放送等の言論機関、官公庁・主要産業にまで及ぶレッドパージの嵐となって吹き荒れ、一方これと対応するように、公職追放者の大量解除・警察予備隊の創設・海上保安庁の拡充等、相次ぐ一連の再軍備政策をもたらしていったのである。

総理大臣吉田茂が、東大総長南原繁らの全面講和論を〈曲学阿世〉論と非難、南原もまた、学問への権力的強圧と反論したのも同じ年のことであった。このような権力体制の急激な右への反動と、新生憲法を形骸化するかのような状況の中で、チャタレイ裁判は進行してゆくことになる。

『チャタレイ夫人の恋人』上・下二巻の訳者伊藤整、発行者小山久二郎が、刑法第一七五条容疑で東京地方検察庁によって起訴されたのは、昭和二十五年九月十七日である。同書は、小山書店企画のロレンス選集の一・二巻としてオディッセイ・プレス版が完訳され、昭和二十五年四月二十日、同年五月一日にそれぞれ刊行されたもので、B６判、上巻二三六頁・定価一八〇円、下巻二五四頁・定価二〇〇円であった。最高検察庁岡本梅次郎検事が国家警察本部と協力し、前記完訳本を猥褻文書の疑いで全国の地方検察庁に押収を指令したのは六月二十六日で、四月発刊以来二ヶ月間に上巻八万五百部、下巻七万部が発行されていた。日本文芸家協会では早速緊急理事会を開き、伊藤整・小山久二郎を交えて意見を交換し、七月十二日会長広津和郎・理事中島健蔵らが東京地検に担当検事中込阩尚を訪ねて懇談、摘発の不当を訴えて善処を期待したが、それを退けての起訴強行であった。(1) 文芸家協会と日本ペンクラブは、九月二十日に合同で、中島健蔵を委員長とし、石川達三・西村孝次・中村光夫・亀井勝一郎・金子洋文・高見順・中野重治・福田恆存・舟橋聖一・小松清・豊田三郎・河盛好蔵・広津和郎・青野季吉らを委員とするチャタレイ問題対策委員会を設け、文学史上公認されたこの作品の訳者に対しての刑法第一七五条適用は、言論出版の自由を保障する憲法の条項に違反し、言論抑圧への端緒をひらくものであるとして強硬な声明書を発表した。

戦後、検閲禁止が憲法原則になるに及び、悪名高き出版法・新聞紙法が廃止され、

安寧秩序ヲ妨害シ又ハ風俗ヲ壊乱スルモノト認ムル文書図画ヲ出版シタルトキハ内務大臣ニ於テ其ノ発売ノ頒布ヲ禁シ其ノ刻版及印本ヲ差押フルコトヲ得（出版法第十九条）

内務大臣ハ新聞紙掲載ノ事項ニシテ安寧秩序ヲ紊シ、又ハ風俗ヲ害スルモノト認ムルトキハ、其ノ発売及頒布ヲ禁止シ必要ノ場合ニ於テ、内務大臣ハ同一主旨ノ掲載ヲ差止ムルコトヲ得

（新聞紙法第二十三条）

等の条文にのっとった警保局図書課（のち検閲課）の属官による発売禁止の行政処分は姿を消したわけであるが、旧刑法第百七十五条はそのままの形で戦後に持ち越され、猥褻出版物の事後規制手段として、法定刑

の加重（懲役刑の導入など）によってむしろ強化されたのである。(2) 旧刑法第百七十五条適用の対象となったのは、主として、秘密出版による春画春本、映画などで、合法出版物がとりあげられて問題になるようなことは、殆どなかったのであったが、出版法・新聞紙法の廃止によってその肩代り的役割を負わされることとなり、「風俗壊乱」的規制意識による適用範囲の拡大が図られつつあったのである。エロ・グロ風俗へのしめつけにはじまり検閲体制・思想統制を強化するというのが、戦前からの司法官憲の手順であり、そのような危機的傾斜への露払いとしてチャタレイ告発事件はうけとられたのである。それを裏付けるかのように、翌年のサンフランシスコ講和・安保条約発効につづく破防法制定・公安調査庁発足・内閣調査室の強化等、立法と政府機関による言論思想への圧力は、しだいにあらわにされていったのである。東大構内で起きたポポロ事件は、私服警官の尾行・盗聴等による教員の思想動向の探査や身許調べの事実を明るみに出して、われわれを驚かせたが、鋭い風刺の冴えで庶民の人気を集めたミキトリローらのＮＨＫ「冗談音楽」が「ユーモア劇場」に後退し、解消を余儀なくされたことなども、やはり同じ流れの中でとらえられねばならぬだろう。

## 二　裁判の争点と判断

チャタレイ裁判第一回公判は、昭和二十六年五月八日東京地方裁判所刑事第八部で相馬貞一裁判長、津田正良、秋本尚道陪席裁判官の下で開かれた。立会検察官は、中込阩尚であり、これに対する弁護団は、チャタレイ問題対策委員会が伊藤整、小山久二郎にはかって依頼した正木旲主任弁護人をはじめ、環昌一・環直弥の両弁護人、また特別弁護人として申請許可された中島健蔵・福田恆存の五人であった。

冒頭中込検事から朗読された起訴状は、検事側の読解能力を占う迷文として世評をよんだものである。そこに記された公訴事実は凡そ次のようなものであった。

……優れた社会的環境の下に父祖より善良な素質を享けつぎ教養にも欠くるところなく平穏なる生活を営んで居るに拘らず、戦傷の結果、性交不能に陥った夫クリフォードを持つその妻コニイが性交の満足を他の異性に求めて不倫なる私通を重ねる物語を叙述せるものでその内容は、例えば、

一、たま〳〵クリフォードの許を訪問し両三日滞在中の反社会的で「下司な」憂鬱にさえ見える痩せた文芸作家マイクリスが発情期の牡犬の如く「牝犬神」の有夫の婦コニイに迫ると、コニイは無反省に且盲目的に野性的な肉体的慾情に燃えて直にこれをうけ容れた私通性交の情景や性交による男女の感応的享楽の遅速等を露骨詳細に繰り返し描写し例えば、

（一）上巻五〇頁下段六行以下五一頁上段一七行迄

（二）同巻八九頁上段一〇行以下九〇頁下段一七行迄

二、完全なる男女の結婚愛を享楽し得ざる境遇の下に人妻コニイはマイクリスとの私通によってこれを満たさんと企てたが、本能的な衝動による動物的な性行為によっても自己の慾情を満たす享楽を恣にすることが出来ず、反って性慾遂行中の男性に愉悦の一方的利己的残忍性すらあるを窃かに疑い失望に瀕したとき、自分の家庭で使用する森の番人で教養の度に優れず社会人としても洗練されて居ない寧ろ野生的で粗笨な羞恥をわきまえざる有婦の夫メラーズを発見するや、不用意な遭遇を機会に相互の人格的理解とか人間性の尊崇に関し些の反省批判の暇なく全く動物的な慾情の衝激に駆られて直に又これと盲目的に野合しその不倫を重ねる中、漸次男女結合の性的享楽は性交の際に於ける同時交互の性的感応最高潮の愉悦を得るにありと悟り、人間の憧憬する美は性交の動態とその愉悦を創造する発情の性器なりと迷信し、蔽もなく恥もなき性慾の遂行に浸り人間の羞恥を性慾の中に殺したる男女性交の姿態と感応と感応享楽の情態

とを露骨詳細に描写し、例えば、
（一）上巻一八四頁下段一四行以下一八七頁下段一三行迄
（二）同二〇一頁上段一二行以下二〇三頁上段一三行迄
（三）同二一三頁上段一〇行以下二一六頁迄
（四）下巻四五頁下段四行以下四七頁上段三行迄
（五）同四九頁上段四行以下五三頁下段一七行迄
（六）同一〇四頁上段一三行以下一〇九頁下段八行迄
（七）同一二四頁上段一六行以下一二五頁下段八行迄
（八）同一二六頁下段六行以下一二八頁下段三行迄
（九）同一六三頁下段八行以下一六五頁下段末行迄
（一〇）同二一〇頁下段一八行以下二一二頁一〇行迄
これがため我国現代の一般読者に対し慾情を連想せしめて性慾を刺戟興奮し且人間の羞恥と嫌悪の感を催さしめるに足る猥褻の文書である。……

といった調子で、作中人物を被告人として論難するかのような文脈の混乱や、ロレンスが男性の金銭的成功・名声・権力に対する歪んだ慾望の象徴として用いた「牝犬神」〈birch-goddess〉という言葉をチャタレイ夫人の慾情のみだらな象徴として読み誤まるなど、作品の実質を著しく歪めたものであった。弁護団は、これらの全てを野卑猥褻に結びつける故意の歪曲と明らかな誤読を指摘し、起訴そのものが言論弾圧を目的としたものである点を強調して公訴の棄却を迫ったが、検事は、自らの側の読み誤りに気付きつつも「主観の相違」をもって糊塗し、これに応じなかった。

東京地裁刑事第八部書記官比留間太司作成の「チャタレイ事件公判経過表」を参考にして、第一回から十二月三日の結審に至る三十六回の公判の推移を摘記すれば次のごとくである。

第一回公判（五月八日） 人定訊問・起訴状朗読・検察官釈明（起訴状について）、被告人認否、弁護人の公訴取消請求・検察官冒頭陳述。検察側書証――『チャタレイ夫人の恋人』愛読者カード・アンケート・大川英郎答申書・同人の販売一覧表・池野淳美広告費一覧表・大杉直治始末書・山口順元答申書・山田五郎始末書・佐藤力次郎同・同人の仕入一覧表・吉貝次郎答申書・金原孝明買受始末書・稲守信雄同・林勲同・折戸俊雄仕入一覧表・深井重信買受始末書・チャタレイ原書。

第二回公判（六月二日） 弁護人冒頭陳述・起訴状訂正。裁判所釈明要求（検察官・弁護人に対し）。弁護側書証――『チャタレイ夫人の恋人』について（吉田健一訳）『ロレンス文学論』（永松定・伊藤整共訳）『ロレンスの生涯』（フリーダ・ロレンス足立重訳）『ロレンス研究』（中野好夫編）『ロレンス』（志賀勝）『英文学六講』（福原麟太郎）『ジョイス中心の文学運動』（春山行夫）『現代世界文学概観』『二十世紀の英文学』（中橋一夫）『世界文学辞典』『西洋文学辞典』『何が読まれているか』（毎日新聞社編）。

第三回公判（六月五日） 小山久二郎経歴陳述、検察側証人英文学研究家三宅朗、日本出版協会理事長石井満。検察側書証――『都新聞』外十三通。

第四回公判（六月七日） 弁護人釈明（憲法と刑法第一七五条）・伊藤整経歴陳述・伊藤整の『チャタレイ夫人の恋人』解説・検察側証人国会図書館長金森徳次郎（警視庁出版物風紀委員会委員長）。

第五回公判（六月十九日） 伊藤整『チャタレイ夫人の恋人』序文（ロレンス）説明・検察側証人尋問請求・右に対する弁護人意見・検察官補足意見・弁護人証人尋問請求・右に対する検察官意見・検察

側証人日本基督教矯風会会長ガントレット恒。弁護側書証――伊藤整『我が文学生活』同『小説の運命』同『汚れなき人間の像』(『展望』昭和二十三年五月号)長野春樹編『ロレンスのもとに』(阿部知二・西脇順三郎外執筆)伊藤整『得能五郎物語』同『小説の方法』伊藤整編『日本文学』『現代の英文学』

第六回公判(六月二十一日)検察側証人医師森淳男(警視庁出版物風紀委員会委員)・評論家阿部真之助。弁護側書証――『千一夜』『猟奇実話』『妖奇』※いずれも当時のカストリ雑誌

第七回公判(六月二十三日)検察側証人都立小石川高校校長沢登哲一・交野女子学院(大阪の少女矯正教育施設)院長東まさ。伊藤整、ロレンスの思想解説。

第八回公判(七月五日)検察側・弁護側双方の主張の整理。弁護人証人尋問請求。これに対する検察官意見。検察官証人尋問請求。これに対する弁護人意見。

第九回公判(七月七日)弁護側証人東京教育大学文学部長福原麟太郎・婦人タイムス社長、評論家神近市子。

第十回公判(七月十四日)弁護側証人国学院大学講師英文学者吉田健一・東京工業大学教授心理学者宮城音弥。弁護側書証――「リテラリイサプリメント」(『ロンドンタイムス』一九五一年五月四日号)。『読書新聞』。吉田健一「ロレンスの思想」(『群像』昭和二十五年十二月号)。

第十一回公判(七月十七日)弁護側証人宮城音弥・中央大学教授国文学者吉田精一。

第十二回公判(七月二十六日)検察側証人文部省督学官駒田錦一・東京女子大学学長英文学者斎藤勇。

第十三回公判(七月三十一日)検察側証人映画倫理規定管理委員会委員長法学博士渡辺鋳蔵。検察側書証――映画倫理規程。

第十四回公判（八月二日）　弁護側証人お茶の水女子大学教授心理学者波多野完治。

第十五回公判（八月四日）　弁護側証人政治評論家岩淵辰雄。

第十六回公判（八月七日）　小山久二郎への裁判官質問（出版の意図・アンケート挿入経緯・翻訳依頼の事情）。伊藤整への裁判官質問（翻訳について）。弁護人釈明補遺（憲法と刑法第一七五条）。同釈明の為の発問要求。これに対する検察官答弁。検察官証人尋問請求。これに対する弁護人意見。弁護人証人尋問請求。弁護人補足意見。これに対する検察官意見。弁護側書証――『完全なる結婚』（ヴァン・デ・ヴェルデ）『夫婦生活』（十一冊）『夫婦世界』『完全なる夫婦生活の友』『愛情生活』『愛情実話』『娯楽雑誌』『怪奇雑誌』『あるすあまとりあ』『週刊朝日』

第十七回公判（九月八日）　検察官証拠調請求（地検発、G・H・Q宛照会書）及びそれに対する弁護人の意見。検察側証人――神田母の会会長宮川まさ。警視庁防犯課長宮地直邦。

第十八回公判（九月十一日）　検察側証人――津田女子大教授土居光知。検察側書証――『ロレンス書簡集』『D・Hロレンス』（土居光知）

第十九回公判（九月十五日）（第十六回の弁護人の釈明要求に対する答弁）。右に対する弁護人の意見。伊藤整への裁判官質問（三笠版翻訳について）。小山久二郎への裁判官質問（出版意図、予定された読者、アンケート等について）。弁護人釈明（公共の福祉等について）。検察官釈明（原著の猥褻性について）。伊藤整陳述（十二ヶ所の性描写の特質）[3]。弁護人の発言訂正。弁護側書証――『大英百科辞典』『破壊的要素』（スペンダー）『一九一四以後の現代』（エドウィン・ミュア）『一九二〇年代』（A・C・ウォード）『現代小説』『D・Hロレンス』（R・オールディントン）『ロレンスの手紙』『米英文学辞典』

第二十回公判（九月十八日）　検察側証人――文部省督学官駒田錦一。映画倫理規定管理委員会委員

長渡辺銕蔵。検察側書証――『チャタレイ夫人の恋人』（三笠版）。弁護側書証――『自由国民』『アサヒ芸能新聞』『近代国家における自由』（ラスキ）『文学入門』（桑原武夫）『人間探求』『朝日新聞』『バルカン戦争』『ガミアニ』『現代の性典』

第二十一回公判（九月二十日）　検察側証人――東京女子大学長斎藤勇、弁護側証人――東京工大教授宮城音弥。

第二十二回公判（九月二十五日）　弁護側証人――農業峰岸東三郎、舞台芸術学院校主産婦人科医野尻与顕。弁護側書証――『キンゼイ報告』「スクラップ・ブック」

第二十三回公判（九月二十七日）　検察側証人――日本女子大教授児玉省。

第二十四回公判（十月六日）　弁護側証人――小山書店総務部長高村昭。

第二十五回公判（十月十一日）　弁護側証人――岩波書店取締役会長堤常、創元社社長小林茂、東大大学院学生城戸浩太郎。弁護側書証――『ロレンスの手紙』

第二十六回公判（十月三日）　検察側証人――横浜医大教授森山豊。

第二十七回公判（十月十八日）　弁護側証人――文芸家協会長青野季吉、日本ペンクラブ副会長豊島与志雄。弁護側書証――ペンクラブ声明書。

第二十八回公判（十月二十三日）　検察側証人――日本出版協会長石井満、裁判所職権による証人――東京工業大学心理学研究室助手宇留野藤雄。職権採用――出版綱領。

公判準備手続（十月二十四日）　弁護側証人――都立竹台高校生曾根千代子。※非公開

第二十九回公判（十月二十五日）　小山久二郎に対する裁判官質問（『少年少女世界文庫』等について）。伊藤整に対する裁判官質問（十二ヶ所の描写について）。検察側書証――新聞切抜。弁護側書証――『毎日新聞』

第三十回公判（十月三十日）　弁護側証人――お茶の水女子大教授波多野完治。検察側書証――小山久二郎警察調書、同検事調書、伊藤整警察調書、同検事調書、高村昭警察調書、照井彦兵衛警察調書。

第三十一回公判（十一月六日）　小山久二郎に対する裁判官質問（広告等について）。伊藤整に対する裁判官質問（三笠版訳書等について）。小山、伊藤に対する最終質問（供述調書について）。検察側の書証――『ジャパンタイムス』G・H・Q書簡　東京地検発G・H・Q宛の照会書　国際条約　『毎日クラブ』林登一答申書。弁護側書証――『恋する女たち』『アポカリプス』（原著）　同訳書『三色菫』アンケート集計表　『性典研究』　西川正身発中島健蔵宛手紙　『産婦人科の世界』　雑誌　新聞切抜『ザ・シェーズ・オブ・スプリング・エンド・アザア・ストーリー』『裸者と死者』『草の葉』『「チャタレイ夫人の恋人」について』（飯島淳秀訳）　『ルック・アンド・ヒア』『りべらる』『怪奇世界』『千一夜』『猟奇』『青春ロマンス』『人間探求』『あまとりあ』『講談雑誌』『デカメロン』『真相実話』『交悦の心理』『変態性慾論』『毎日新聞』『日本読書新聞』　曾根千代子の吉田精一宛手紙。裁判所職権採用――宮城音弥証人上申書。

第三十二回公判（十一月二十二日）　検察官中込阴尚論告求刑。

第三十三回公判（十一月二十八日）　主任弁護人正木旲最終弁論（その一）。

第三十四回公判（十一月二十九日）　弁護人環昌一・環直弥最終弁論。

第三十五回公判（十一月三十日）　特別弁護人中島健蔵・福田恆存弁論。(4)

第三十六回公判（十二月三日）　主任弁護人正木旲最終弁論（その二）。被告人伊藤整・小山久二郎最終陳述。

第一審公判の詳細については、共同通信記者小沢武二編『チャタレイ夫人の恋人に関する公判ノート』

（全六巻河出書房　昭26・7〜27・3）が公刊されており、また伊藤整の記録小説『裁判』や戯文「伊藤整氏の生活と意見」は、法廷での戦いの延長としての戦術的意味を含んだものでもあるが、当事者の内面からとらえた裁判の経緯がことこまかに語られている。

いわゆる文芸裁判的実質を備えているのもこの第一審であって、臼井吉見の「『チャタレイ夫人の恋人』論争」（『文学界』昭32・3〜9）は、主として文学論争的側面に焦点をあてて整理がなされたものである。

現行刑事訴訟法は、第一審を重視し、当事者主義、口頭弁論主義を徹底させ、事実及び法律点について十分に審理をつくさせるが、控訴審では従来と異なり第一審のような審理を繰り返さず、原則として当事者の提出した控訴趣意書にもとづいて第一審判決の当否を事後審査する審級とし、上告審では控訴審判決に憲法違反や判例違反があるときに限り適法な上告理由があるものとされている。したがってチャタレイ事件の問題点も、第一審で検察官及び被告・弁護人側双方から提出され論争されたものが中心となっており、第二審判決（東京高裁　昭27・12・10）及び上告審判決（最高裁　昭32・3・13）は、一・二審の判決をそれぞれ控訴趣意書や上告趣意書にもとづいて事後審査したものである。

正木旲主任弁護人が第一審の最終弁論に於て指摘した法律問題・事実認定の問題にわたる争点は次に摘記する二十二点である。

（1）日本国憲法は、一個の首尾一貫せる真面目な法律体系であるかどうか。
（2）「公共の福祉」の意味如何。
（3）刑法第一七五条は、憲法第二十一条の例外規定であるかどうか。
（4）刑法第一七五条にいう所の「猥褻」なる文字の内容又は定義の問題。
（5）憲法第十三条、同第十五条と本件との関係。
（6）憲法第十二条中、「国民の不断の努力」という場合の「国民」は、官権に相対する意ではないかという問題。

(7)第一七五条の犯意の問題。

(8)検察官の明白なる誤読又は甚しき偏見にもとづく、多数の謬見を起訴状中に記載して起訴した場合、それは裁判官に誤れる予断を与えたことにならないか否か、という刑事訴訟法第二五六条の問題。

(9)一定の意図又は思想を表現する為めに必要とする統一ある著作物の一部を切り取って、その猥褻性を判断することが正当なりや否や。

(10)その原著並に完全なるフランス語訳が現在に至るまで長年日本国内に於て、公然且つ合法的に販売されている場合、その日本訳のみを有罪の目的物件とすることが正当なりや否や。

(11)検察官が、いわゆる日本文化の平均層にある一般読者の一人として、或は一般読者の心理を忖度することの出来る二重の意味の有識者として、訊問した証人達自身が、嘗て日本国憲法を読まず、或は読んでも、その意を解せず、ことに本件に直接関係のある条文について、甚だしい無理解又は曲解をしている場合、それらの証人達を「日本の一般文化の水準にあり」として、本書の可否を批評させ、或はその印象を語らしめ、或は他人の心身に及ぼす影響等を忖度せしめることが、果して可能であるか。また正当であるかどうか。

(12)性器又は性交の記述につき、合理的に「科学的の記述」、或は「文学的の記述」と認識することが出来るかどうか。また区別し得た場合、それを法律的に差別待遇する如何なる根拠ありや。またその前提として、科学は文学に比して難解なりとするのか。或は科学は文学よりも有用なりとするのか。或はまた、巷間に存在する幾多の文書について、科学的と文学的と、その表現が人間の心理に及ぼす効果を、ことなれりとするのか。

(13)検察官の猥褻罪に関する意味並内容に於いて、性慾を刺戟することそれ自体を咎めるのか、心理的に人前を憚る気持の保護をしようというのか。或はまた、弁護人等の主張するように、人間の尊厳性に対する冒瀆を恥辱と感ずる倫理的センスを保護するのか、或は、単なる活字面における一定の形式が、検事の自家用的の枠に当てはまった文書を、機械的、事務的に駆逐する意志なのか。或はまた、その文書に関連して、一定の外的な影響乃至は結果が出た場合（例えば性の堕落的事実とか、或は十五万部売れたとかいうこと）を条件として考えるのか。それらのうち、最小限度、どれだけの要素が揃った場合に於いて、裁判所は猥褻の「必要にして十分なる」条件と認識されるのか。

(14)「健全なる風紀」とか「善良なる風俗」、或る場合には「性道徳」という意味の要素と、「公共の福祉」の要素の或は「人間の進歩に関する条件」との関係は、弁護人の説明以外に、どのように理論づけ得るか。

(15)文字による表現と、実際の行為とを、同一に考えることは、非科学的、或は迷蒙の一種ではないかどうか。

(16)或る著書の出版について、その読者が知能低劣の為めに誤読する場合、その誤読者に対し、著者又は出版社は責任を負わなければならないか。

(17)少数の読者にしか解からないかも知れない著書を出版することは、「公共の福祉」又は「ヒューマニティ」に違反するや否や。また少数の理解者しか予想されないような書物を出版せずして、著者又は出版社が、「公共の福祉」或は「ヒューマニティ」を実現し得るや否や。

(18)青少年の教育上の監督、並に畜犬の病気の始末は、その父兄或はその所有者の責任ではないか。或は他人にその責任があるか。

(19) 現代日本の性生活の混乱の原因と、本書の刊行とを理論的に、或は実証明に並べて論ずることの、合理的な根拠があるかどうか。
(20) 本書に関する被告事件を、裁判所が有罪としなければ、将来日本国内における猥褻文書の取締りが出来なくなるという検察官の論告における主張は、理論的に、又は実証的に真実であろうか。
(21) 本書に対する外国の一国或は一州の過去又は現在における官権又は団体等の取扱例に対し、日本国政府或は国民が、それに順応し、或は敬意を払う憲法上の義務ありや否や。そのようなことが、「公共の福祉」の立場から根拠づけられるや否や。
(22) 性の感覚的刺戟と同時に、一般人生問題を真面目に考えようとする刺戟、或は「ヒューマニティ」等に対する情操的な刺戟を受ける場合、前者の、極めて卑俗なる刺戟のみを取出して、自余の刺戟を無視することが、正当であるか。或は「公共の福祉」を両立し得るや否や。

ここに明らかなように、憲法問題を前面に押し出して戦おうとするところに弁護側の強い意志があったが、これに対する検察側の意向は、第一回公判における中込検事の「憲法までどうこうという考えはない」などの発言にあらわれているごとく、刑法第一七五条の解釈問題につとめて局限しようとするものであった。検察側の意志は、総じて新憲法第二一条の自由がもつ革新的性質を矮小化しようとするところにあり、その人権感覚の稀薄さは、第一審の検事をつとめた中込阩尚が、最高裁の判決直前に行なった正木弁護士との対談(『図書新聞』昭32・2・25)で自ら証し立てていることくである。中込はその中で、司法修習を終って検察庁にくるものに対して、

君たちはどういうつもりでここへ入って来たかしらんが、検察庁の門を一歩入ったら、ここは帝国憲法が生きているんだ。そのくらいのつもりでやらなければ一人前にならんよ、と言ったんですがね。

などと語っている。後年の気楽な放言ではあるが、このあからさまな臆面もない言葉に、起訴する側の新生

憲法に対する姿勢が端的に表わされていよう。司法官憲にとって、新聞紙法・出版法の廃止等にみられる旧帝国憲法から新日本国憲法への転換が、劃期の原則の変革として自覚されず、刑法第一七五条についても新しい事態へのやむをえない弥縫的対応が図られたのである。

昭和二十七年一月十八日にくだった第一審判決の骨子を拾えば、猥褻文書の意義について

> 一般的に性慾を刺戟するに足る表現があり、これにより人が性的興奮を惹起し理性による制御を否定又は動揺するに至るもので、自ら羞恥の念を生じ且つそのものに対して嫌悪感を抱く文書

と定義すべきであるとし、更に出版自由と刑法第一七五条に関連して、弁護人の主張は、人類の理想そのものを憲法上の「公共の福祉」となすもので、「現実の国家社会を直視しないうらみがある」として斥け、「公共の福祉」とは「日本国に於ける国民の共同生活に於ける幸福」であって「我が国の現在と近き将来を基準とし、一般的社会通念に従って定むべきものである」。結論として、猥褻文書は、

> 公共の福祉に反するものというべきであるから……刑法によって処罰することは基本的人権の侵害とはならない。

とした。そして波多野完治証人の供述[5]を採用して「本訳書の性描写は所謂春本のそれと異なるものであると認むべきである」としつつも、販売対象が研究家をのみ対象としたのではなく一般読者に無制限に購読せしめようとして出版されたものであるから検討を要するとして、前記採用の書証や証人の供述、例えば曾根千代子の、今まで恐ろしい、きたならしいと思っていた人間の性の問題が、「人間のネーチュアーとして極めて美しいものであるということを感じました」。野尻与顕の「セックスに関して啓蒙的な良い本」であり、検事指摘の第八項の部分は芸術的にも内容的にも一番良い所で、「肉の観念」は全然なく「すぐれた芸術品として読む」。金森徳次郎の「必要以上にその文学、あるいは科学をいい、現わすに適切なる範囲を越えて性的記事が多いという感じ」で、性道徳の面において「日本の通常の標準に照らすとショックを受けるとい

う面を表現している」。東まさの「霊肉一致した性交に、精神的なもの、本当の夫婦愛があるということが含まれているのではないか、ということを感じます」が「非常に性的行為が露骨に書かれておりますのが問題になると思います」。森山豊の「ヴァン・デ・ヴェルデを読んで、性慾を刺戟されるというよりも、ああいう文学的表現を取った方が非常にその方の感じが強いのじゃないかと思います」。阿部真之介の「春画春本で可成り訓練を受けて来ていながらも相当クスリが効きすぎたと感じた」。等々の証言を引きつつ、「この様に本訳書を読んで理解するところが異なるのは何故であろうか」と問い、桑原武夫の『文学入門』の記述を援用して、金森、ガントレット、渡辺証人[6]が本訳書を読んで共感を覚えないのはロレンスとその基盤を異にして居る為めと思われ、土居、斎藤証人が専門的立場からロレンスの思想を知悉して居乍らも本訳書を読んで共感し得ないのも「共通なもの」がないからであるとし、更に読者の読解能力にふれて、

　話の筋だけならば新制高校生でもわかるが、ロレンスの性に関する考え方や人生観を理解することはなかなか出来ない。

とする斎藤勇や大体の人は「ただ性の書として読み、春本として読まれる危険は相当あると思う」という土居光知の証言等に依って、

　読者の多数は本訳書を読んでその性的描写を『図柄』[7]として受取るのであり、更にその『図柄』よりロレンスの思想を汲みとるまでには至らないのが普通の状態

であり、

　従って本訳書は条件の如何によりその理解を異にせられるものであるから、猥褻文書に頗る類似（紙一重といふべきもの）したもの

と認めた上、出版社が煽情的広告により、多量に販売したことを責め、

　所謂春本とは異なり本質的には刑法第百七十五条の猥褻文書とは認め得ないものであるが、叙上のやう

な環境下に本訳書が販売されたことによって、猥褻文書とせられたるものと認むる。
として、小山久二郎被告には罰金二十五万円を言い渡し、伊藤整被告には、前記環境の利用・醸成についての加功がなかったとして無罪を宣告した。要するに第一審判決は、原作の英文学上の価値にも触れ、訳書もそれ自体は猥褻文書とは異なるが、これを受けとる社会的環境が悪く、小山被告の売り方が悪かったために猥褻になったとの判断である。判決文中の「叙上のやうな環境下」云々は、戦後の社会情勢即ち性的不良出版物の氾濫や街娼の出現等によって性に関する考えがみだれ、青少年の性的衝動に対する理性による制御力が鈍化したことや、当該訳書が、出版者の煽情的、刺戟的な広告によって低俗化せられたこと等をいう訳である。

第一審判決に対して検察側、弁護側双方から「理由のくいちがいの違法」や「事実の誤認」があるとして控訴の申立がなされ、それぞれ大部な控訴趣意書が提出された。検察官、弁護人ともに「猥褻文書であるかどうかは文書自体に即してこれを客観的に判断して定めるべき」で、環境や販売方法によって猥褻文書になるのではないとする点においては一致していた。

控訴審は東京高等裁判所第二刑事部が担当し、裁判長下村三郎、陪席判事高野重秋・同真野英一で立会検察官は渡辺要であった。昭和二十七年七月九日、第一回公判で検察官・弁護人から、控訴趣意書に基づく弁論が行われ、事実の取調べなしに弁論が終結せられ、十二月一日の第二回公判廷で判決言渡があった。その主文は、小山・伊藤両被告につきそれぞれ原判決を破棄し、小山被告を罰金二十五万円に、伊藤被告を罰金十万円に処するというもので、ほぼ検察側の主張を容れたものであった。判決理由の要点を摘記すれば、猥褻文書に該当するか否かは、当時の「一般社会人の良識に照らして客観的に判断」すべきで、右客観的判断とは、裁判所が「国民各層を広く包括した一般社会人の抱くであらうと考えられるところの通念」を基礎とする法律判決であり、価値判断である。一般社会の良識又は社会通念とは「個々人の認識の集合又はその平均値を指すものでなく、これを超えた集団意識」を指すもので、これに反する意識を持った個々人が存在することによって否定されるものではない。原作者の序文や翻訳者のあとがき等によって明らかな通り、本書は「内容全体」から見れば「真摯なる探究心の下に性に関する哲学又は思想を展開し、性を罪悪感から解放し、正しく理解せしめる意図」をもって書かれており、性的描写の部分も、いわゆる春本と違った「文学的美しさ」があり、その分量もいわゆる春本と異なり「全体の十分の一」程度にすぎず、春本ほどの「極度の猥褻性」がないことは認められるけれども、余りにも「露骨詳細」であるため、「過度の性的刺戟」が解消又は「昇華」されるに至っておらず、その「芸術的価値」又は原作者の「意図」の如何にかかわらず、「猥褻文書」と認められる。(8)

第一審判決の、本訳書が「特殊の環境下」に販売されたことによって初めて「猥褻文書」になったとの判断は誤りであり、「猥褻文書販売罪」における「犯意の成立」には販売文書に性的描写の「記載」があることの認識で足り、猥褻性の価値判断についての認識を必要としない。

右のような控訴審判決に対し、弁護人側から、刑法第一七五条の解釈適用にあたり、基本的人権たる表現の自由を不当に制限した違法があるとして上告がなされた。上告趣意の骨子は、「言論・出版」に対する刑罰法規の適用はできるだけ少なく限定さるべきで、あらゆる価値的立場から見て、「無価値、有害無益」な場合のみがこれにあたると解すべきで、その際特に、文書が「全体の意味」として判断され、作者の「意図、目的」が考慮される必要があり、単に一部の人々に「感覚的」に与える反応ではなく文書の「客観的性質」および「価値」によって判断されなければならないとするものであった。

審理は最高裁に移されたが、最高裁長官田中耕太郎以下真野毅・小谷勝重・島保・斎藤悠輔・藤田八郎・河村又介・小林俊三・入江俊郎・池田克・垂水克己の十一裁判官による最高裁大法廷は、昭和三十二年三月十三日第二審の判旨を全面的に支持し上告を棄却した。上告審判決の内容は、多数意見と真野裁判官と小林裁判官の少数意見に分かれ、多数意見は一、「チャタレイ夫人の恋人」の翻訳出版と刑法一七五条、二、刑法一七五条と憲法二一条、三、憲法七六条三項と原判決の三項目に分説されている。その主要な点を摘示すれば、

一、○著作自体が刑法一七五条の猥褻文書にあたるかどうかの判断は、「事実認定の問題ではなく法解釈の問題」で、その基準は一般社会におこなわれている「良識」すなわち「社会通念」によるが、「社会通念が如何なるものであるかの判断」は「裁判官」に委ねられている。「社会通念」は変化しつつあるが、「超ゆべからざる限界」としていずれの社会においても認められている規範「性行為の非公然性の原則」は崩されていない。かりに一歩譲って「相当多数の国民層の倫理的感覚が麻痺」して、真に猥褻なものを猥褻と認めないとしても、裁判所は良識をそなえた健全な人間の観念である「社会通念の規範」に従って、社会を「道徳的頽廃」から守らなければならない。法と裁判とは社会的現実を必ずしも常に肯定するものではなく、「病弊堕落」に対して「臨床医的役割」を演じなければならない。

二、○猥褻文書は「人間の性に関する良心」を麻痺させ、「秩序を無視することを誘発する危険」を包蔵している。法はすべての道徳や善良の風俗を維持する任務を負わされているものではないが、「社会秩序の維持」に関し重要な意義をもつ「最小限度の道徳」の実現を企図する。

○本件訳書が「誠実性」を備え、内容的に見て「公共の福祉」に適合するものをもっていても「猥褻性」を「相殺解消」するものではない。

三、○上告趣意は、原判決理由が故意に「論理の法則を無視逸脱」してなされた不正な判断にもとづく「非良心的」のものであるとして「憲法七六条三項違反」を主張するが、同条の「裁判官が良心に

従う」というのは、裁判官が有形無形の「外部の圧迫ないし誘惑」に屈しないで「自己の内心の良識と道徳観」に従う意味である。

真野裁判官の小山被告に関する補足意見（結論は同じであるが、その理由づけを異にするもの）は、

○多数意見のごとく「時代と民族を超越した絶対的の猥褻の限界」を設けようとする考え方は、厳然たる「歴史的事実」を無視した「観念論」で、「性行為の非公然性」とは、性行為を公然と実行しないというだけの意義に過ぎず「性行為を公然と実行している場面」をえがいたものではない本訳書の性的描写は、その原則に反さない。

○裁判官は「法を忠実に、冷静に、公正に解釈適用する」ことを使命とすべきで、多数意見のごとく道徳ないし良風美俗の守護者をもって任ずるような妙に気負った心組で裁判をすることになれば、客観性を重んずべき多くの場合に「法以外の目的観からする個人的の偏った独断」で事件を処理する結果に陥り易い弊害を伴なうに至る。「思想・道徳・風俗」に関連をもつ事件においてことに然りである。

伊藤被告に関しての反対意見（破棄差戻を相当とし結論を異にするもの）は、

○第一審判決が無罪としたのに対して控訴裁判所が「何等事実の取調べ」なしに有罪の言渡しをすることは、刑訴法四〇〇条但書の解釈上許されない。

小林裁判官の補足意見も同じく刑訴法四〇〇条に関するもので、原審の手続きは違法ではあるが、被告側が上告趣意で、なんらこの点を非難する主張をしておらぬこと等から判断して上告棄却の主文に同調する。

というものである。

真野裁判官が小数意見の中で正当に指摘しているような、社会を道徳的頽廃から守る臨床医的役割の強調に見られる最高裁の権威主義的な秩序維持思想については、学界その他から多くの批判的反響をよび、日本文芸家協会も声明書（四月五日）を出して、裁判官がワクをはみ出して「道徳家、思想家、宗教家の立場」において判決を下すことは宗教裁判、思想裁判の匂いがあり、「憲法違反の疑惑すら感じさせる」とし、判旨に示された、本書を人前で朗読できないから、ワイセツであると云うような判断は全く理由にならず、特に人前で「部分」を朗読するという行為は「作為的」であり、そのような基準で文学作品を律することは表現の自由に大きな拘束を与えるとしてその不当をうったえた。第一審の特別弁護人であった福田恆存は「良識家の特権意識――チャタレー裁判の判決をめぐって」（『中央公論』昭和32・5）を筆鋒鋭く糾弾し、また最高裁長官田中耕太郎の「「法は最小限度の道徳」ということについて」（『心』昭32・9）に対し、「法は道徳に非ず」（『心』昭32・10）を書いて反論した。

『チャタレイ夫人の恋人』を反道徳的猥褻文書として断罪した最高裁の審決とはうらはらに、性のタブー寛化の世界的傾向は、以後年ごとに進み、一九五九年から六〇年にかけて米・英で、『チャタレイ夫人の恋人』の無削除版が裁判所によって相次いで公認された。(9)

## 三　伊藤整とチャタレイ裁判

チャタレイ裁判で特筆大書すべきは、やはりそれが文芸家協会・ペンクラブを中心とした全文壇的な規模で戦われた点であるだろう。文学者が、さまざまな思想、立場の相違を超えて、曲がりなりにも一致団結し得た抵抗の経験は貴重であった。(10)言論表現問題委員会が文芸家協会内に常置されたことなどもその具体的な成果の一つに挙げてよいであろう。最高裁判決に対して、協会は直ちに抗議の声明書を発表するとともに、チャタレイ抗議募金運動を行なった。[11] 裁判所が伊藤整に課した罰金を、日本の文学者みんなで負担しようという趣旨に発するものであった。

和田洋一の指摘もあるごとく、

かりに、三十一回にわたる公判の中でのたたかい、抵抗がなく、検察庁の意志がやすやすと実現していたとすれば、検察官はただちに第二第三の起訴の準備をしたであろうし、起訴の範囲は、ワイセツから次第にワイセツ以外の方向へ拡大されていった[12]

であろう。法廷での戦いぶりはもとより、被告伊藤整はじめ正木旲[13]・中島健蔵・福田恆存らの法廷外での筆による戦闘的啓蒙が果した役割も大きく、他の文壇人もさまざまな形で声援を送ったのである。後に続くサド『悪徳の栄え』・武智鉄二『黒い雨』の裁判にもみられるように、起訴される側の抵抗力は、つねに検察権力によって瀬踏みされているのであり、裁判の結果は別として、そこでの戦いぶり抵抗ぶりが表現の自由を実質的に支える力となるのである。

ところで「チャタレイ夫人の抵抗」と題しながら、原動力となった伊藤整の内面とかかわらぬかたちで筆を進めてきたのは、やはりチャタレイ裁判の抵抗が、あらゆる意味で、主役を果した伊藤整個人を超えた問題であったことに力点を置きたかったからである。

伊藤整にとってチャタレイ裁判はどのような意味を持っていたのだろうか。

「氏はどの環境にいても、自分をそこから疎外する傾向の持主です」とは、中村光夫の伊藤整論の一節であった。[14]

伊藤が、その自己設定した被告席から離れたのは、現実の被告席、チャタレイ裁判の被告席に着いた時だけであった。[15]

という駒尺喜美の評言もある。これらには、常にうしろめたさを感ぜずには生きられぬ伊藤整の性向の一面が言い当てられている。

『チャタレイ夫人の恋人』告発事件を通して被告伊藤整の行動を支えた根本には、常に、卑怯者にはなりたくないという一念があった筈である。押収取り調べの段階で、訳者が「起訴猶予」になったかもしれないチャンスに、あえてとりすがらず、検察官を依怙地にさせたのも「ミットモナイ」まねはしたくないという心情であったし、その底にあるのは、「マルクス主義、家庭破壊、戦争と三度の危機を回避してきたが、一度くらいは踏み切らなければ……」(16)という思いであり、文士として「為すべきであるという内心の命」に従ったことがあるのかという苦い反省であった。第一審公判で伊藤整が、意外なほどにこだわりを示したのも、出版の責を「被告人小山に転嫁して自らはこれを免れんとするのは卑怯である」という中込検事の論告中の言でもあったが、伊藤整の場合、この卑怯者にはなりたくないという心事は、敵に後ろを見せたくないというほどの後ろ向きの積極性でしかなかったろう。しかもそれは、ロレンスを後楯として、小山久二郎の「警世の書として今こそ完訳を出すべきだ」とする大義名分に引きずられたかっこうで果されたのである。「負けましょう」というのが、検察庁の起訴が予測される段階での伊藤整の心状であり、危険を回避しなかったことの唯一の証しは負けることであるといった逆説めいた推論すら可能なほどに「戦い」の姿勢は乏しかったのであり、むしろ告発に身を曝すことによって自足する心が強かったのである。

だが、チャタレイ裁判がこういった個人的な心情の次元を超えた課題を荷うものであったことは、前に記したごとくである。「お客さんのようでした」というのが、正木昊の伝える「チャタレイ問題対策委員会」における伊藤整の印象であった。全文壇的な支援は、むしろ伊藤整の心を重苦しいものにしたといってよいかもしれない。

だがそういった心情を踏まえつつ、しだいに自らを戦う人間に仕立てあげていかざるを得なかったのである。「言論と表現の自由」擁護のために戦う組織の一員としての一貫した姿勢が要求されるわけである。「私の苦労の中での最大の苦労は、人の和、であった」とは、伊藤整の述懐であるが、それは、より多く自らが納得する苦労であったろう。「文学のための戦ひは、文学そのものの内的空白をもたらす傾向があるのだ」[17]という感想が生まれる所以である。

「文士が芸術家が自由であるという、今の一般的な判断の前提」を疑い、「真に生命を持っているのは、人間でなく組織であり、我々はその奴隷ではないかという怖れを意識することから自由そのものを考えることを始めたい」とする伊藤整の「組織と人間」(『改造』昭28・1)論は、「チャタレイ裁判」を直接の契機としたものではないが、出口のない宿命論的関係論とも評されるこの一文が、まさにその渦中で書かれたものであることは注目すべきであろう。無論伊藤整は、組織というものが、人間の生命を抑圧するものであるとともに、またわれわれの生命を抑圧するものへの戦いのための組織であることも知らないではなく、方向づけのない単なる抵抗が所詮無力であることも知っていたであろう。にもかかわらず、安易な切り捨てや割り切りを嫌うが故に、あえて「秩序と生命」「組織と人間」といった超歴史的定式に固執し、負の位相に目を据えるところに伊藤整の際立つ個性があった。

チャタレイ裁判における伊藤整の戦いぶりを「模範的」の語をもって冠した評家があったが、それは内心に割り切れなさや後ろめたさやためらいを蔵しつつも有効な抵抗を持続し得たという意味においてこそ、まさしく「模範的」であったであろう。

「生命の秩序への抵抗」それは所詮、ありうべき秩序への、戦いの一里塚ではないのか。先にふれた伊藤整の言「負けてもいい」は単に受動的な意味ばかりでなく、その負け方も含めて、ねばり強い積極的な意味をもちうる筈である。最高裁の科した罰金十万円の支払いに代えるに、下獄をもってするという意志表明の方法もあったことをも含めて、その判断は伊藤整自身の世界に属するものであったことはいうまでもない。

いずれにしろ、伊藤整が残したあらがいの軌跡は、気質的に罪障感をもった一個の誠実な人間が、その気弱さを通して、いかにねばり強く戦いうるものであるかを証した抵抗の遺産として長く記憶されるべきであろう。

……正義を欲して行う運動のなかから生ずる悪というものがある。……そういう悪を伴いながら、しかしやはりやらなければならないことが、この世の中にはあると思われるということですね。ですから共産主義運動の中に悪がないなどということは私は信じません。……まちがっているけれどもよいことはある。よいが、まちがっていることがある。そう思わなければロレンスの生きたということが、無意味なような感じがするものですからね。どうせ変な男だったのだろうし、多少はエロチシズム過剰であったろうが、その男のしたことの中に意義はある、という気持です。

という伊藤整の「裁判について」の座談会（『近代文学』昭32・8）での発言をとりあげ、

チャタレイ裁判という実践を通過することによって、伊藤整の政治意識が――したがって芸術意識が大幅に変革されたであろうことに疑問の余地はない。

とは花田清輝の見解(18)である。芸術意識が変革されたかどうかは議論の別れるところであろうが、同趣の感慨の吐露がしばしば見られるようになったことは、裁判以後の伊藤整に特色的なことといってよい。そこに伊藤整の統一戦線的思考の深まりを見ることも可能であろう。

……法律の素人でありながら、純粋に文士としての自由な見方、考え方によって、その批判を始め、次第に核心を把握して、この大きな裁判事件の公判の誤りを明らかにし、最後に法廷においてしかるべき判決をかち得た。もちろん、これは広津さん一人の力でなく、特に法廷における多くの人々の協力によるものであった。しかし問題は、党を組み、政治的立場での発言は、世間一般を納得させがたいことにあった。

党によらず、政治的立場によらず、自由な立場というものが存在し、そこから事実を把握し、正しい判断を下すというのは、巨大な力を必要とする仕事である。それをなしとげたのが広津さんであった。

伊藤整の広津和郎追悼の文の一節である。あり得べき裁判を厳しく信頼し、自由な立場を保持して幅広い国民的批判をよび起こし、松川運動の実質的なかなめとなった広津の戦いぶりについては、チャタレイ裁判で苦闘した被告伊藤整に特別の感慨があったにちがいない。

注

（1）旧時の切り捨て御免的な権力の行使と異なり、戦後の検察権力は、世論の動向を巧みに利用するなどその手口は周到であり、チャタレイ事件の場合も、一、二の新聞のコラムの不用意な論調が起訴に踏み切らせた一因をなしている。また世論操作も活発で、低俗出版物の抑制策を議する目的で警視庁は昭和二十五年六月十九日に民間代表三十名からなる出版物風紀委員会（実行委員長金森徳次郎）を設け、実質的には取締りの大義名分を得るための御用委員会として機能させていた。その一端は、第一審の最終弁論で中島健蔵が明かしている。

（2）しかも現行法上いわゆる戦前の発禁処分と類似したはたらきの一面をもつものとして、刑事訴訟法による捜索押収があるが、捜査や検挙のやり方が狡智化し、裁判による司法処分によらずして事実上の没収行為が警察や検事の手で行われていたという実態があり、実質的には昔とあまり変らぬ規制効果をさえあげていたのである。検事が、猥褻の嫌疑不十分なものまでも「所有権を放棄すれば、起訴猶予にしてやる」といって恩を着せ、立場の弱い業者に放棄書を書かせるなどのことについては、かつて東京地検の刑事部で出版物係りの主任をつとめた経歴のある馬屋原威男の証言がある。（「〃発禁の総本山〃内務省警保局」『人物往来』昭40・7）サド『悪徳の栄え』告発事件の際にも同様のことがあったことは、現代思潮社の石井恭二によって法廷で陳述されている。（『サド裁判 上』昭

38・8）

（3）ロレンスの性の思想と描写の必然性を具体的に解説したもので、昭和二十六年十二月の『群像』に「『チャタレイ夫人の恋人』の性描写の思想」と題して発表され、二十七年七月刊の記録小説『裁判』にも「『チャタレイ夫人の恋人』の性描写の特質」として載せられ、三十年九月刊の阿部知二編『ロレンス研究』（英宝社）には、同じものに短い前書きが付されて「作品研究『チャタレイ夫人の恋人』」として収録された。

（4）福田の弁論は、伊藤整の前記論文と共に、チャタレイ裁判が産んだ画期のロレンス論で、一、ロレンスの思想に即しての「猥褻の定義」二、ロレンスの思想の敷衍　三、ロレンスの作品中の人物の型による思想の解説　四、ロレンスの思想の最終的段階　五、誤読の可能性について　六、伊藤整の「チャタレイ夫人の恋人」を訳した必然性、について詳述したもので、原稿用紙百五十枚に及ぶ。

（5）文章心理学の最新の成果を駆使した波多野証人の分析的証言がこの裁判に果した役割は大きく、三審とも、判決文においてこの作品を本質的な猥褻文書ときめつけ得なかったについてはこの証言の力が強く『チャタレイ夫人の恋人』が猥褻文書であるかどうかを決定するために、猥褻文学として定評ある『バルカン戦争』『ガミアニ』の二書と比較して、その叙述の構造に十七ヵ条の相違を発見指摘したもので、猥褻性の客観的基準が明らかにされている。昭和三十一年十月『思想』には、「『不徳』な文書と『不朽』の芸術」と題されて、より包括的なかたちですぐれた成果が発表されている。

（6）「このチャタレイの猥褻性は、超弩級の猥褻性を持っております。……猥褻と申すことは、電車の中で婦人の臀部を触っても猥褻行為と云えましょう。これはそのような、なまやさしいものではない。……淫猥な書物である。」（第十三回公判での証言の一部）

（7）実験現象学的研究で知られる北欧の心理学者 Rubin の用語。物として現われる現象形態を図柄（Figure）と名付け、素地（Ground）と対立するもので波多野証言の中で紹介されたもの。

（8）芸術的価値そのものは意味をもたず、表現の露骨さの緩和に役立つ程度においてのみ意義を与えられているのである。芸術的価値の名において表現の自由をかち得ようとすることの幻想もしくは不徹底さ等については、別に論じなければならぬ問題だろう。

（9）一九五九年七月、ニューヨークの連邦地区裁判所は、「この小説はまじめな文学作品であり、猥褻でない」と判示し、六〇年三月、連邦控訴裁判所も同様の判決を行ない、同年六月、イギリスでもロンドン第一審刑事裁判所で、無削除版のペンギンブックの公刊が認められた。

（10）中島健蔵・福田恆存・伊藤整、三者についてみても思想、立場の相違を超えたものであったことは、それぞれのその後の行蔵からも察し得られるはずである。

（11）「文芸協会ニュース76号」（昭32・11）によれば、総計二九一名、一三七、六〇四円。伊藤整は全額を協会の言論表現問題委員会に寄付。小山書店が逼迫した後は、裁判の資金は、もっぱら伊藤整の原稿料によってまかなわれていたのであり、その意味でも苦しい戦いを強いられたわけである。

（12）「日本における『思想の自由』――朝鮮戦争前夜以後の系譜」（『思想』昭38・3）

（13）正木の「裁判官の良心――チャタレイ裁判の判決理由を資料として」（『思想』昭29・3）「チャタレイ裁判における基本的人権論争」（鈴木安蔵編『基本的人権の研究』勁草書房　昭29・6）「チャタレイ裁判の意味するもの」（『文芸』昭31・2）「チャタレイ事件の核心」（『日本及び日本人』昭31・8）等には、判決文の非論理が完膚なきまでに剔抉されている。

（14）『現代作家論』（新潮社　昭33・10）

（15）「伊藤整論――被告席の発想」（『思想の科学』昭46・2）

（16）（17）「被告伊藤整と私」（『中央公論』臨時増刊　昭32・5）

（18）「支配階級の芸術意識」（講座『現代芸術Ⅴ』勁草書房　昭33・4）

# 「蒼き狼」論争の意味するもの——史の制約と詩的真実

「蒼き狼」は、執拗なる意志によってユーラシア大陸を席捲し、あくなき膨張を続けたチンギス・ハーンの一生に取材した井上作品である。昭和三十四年十月号から翌年七月号にかけて『文藝春秋』誌に連載、十月に単行され、昭和三十五年度の「文藝春秋読者賞」を得た。

井上靖は、この長篇脱稿直後に、「「蒼き狼」の周囲」と題する一文を『別冊文藝春秋』第七十二号（昭35・6）に寄せ、作品成立の経緯にふれ楽屋裏を語っている。作者が「蒼き狼」を構想するに至った直接の契機は、那珂通世博士の名訳として知られる『成吉思汗実録』（原名『元朝秘史』）を初めて通読し、「蒙古民族生々発展の叙事詩風の記述と、その高い調子」に魅了されたときにはじまる。作品発表に先立つこと十年余、昭和二十五、六年のころという。そして『元朝秘史』冒頭の、

上天の命《みこと》によりて生れたる蒼き狼ありき。その妻なる惨白き牝鹿《なまじろ》ありき。大なる湖を渡りて来ぬ。オナン河の源に、ブルガン嶽に営盤《いえ》して、生れたるバタチカンありき。

というモンゴル族の起源を伝える一文からの啓示によって、その当初において定まった題名の「蒼き狼」な

るイメージは、作者井上靖の内部にしだいにふくらんでいったのである。

井上が本腰に「蒼き狼」執筆を決意したのは、昭和三十三年頃と思われるが、井上はその際参看した文献として、ドーソン『蒙古史』、ウラジミルツォフ『蒙古社会制度史』、オウエン・ラティモア『農業支那と遊牧民族』、ボターニン『西北蒙古の童話と伝説』などの研究書、伝記・創作の類では、幸田露伴の戯曲（三部作「不兒罕山」「清系縁起」「憤恨種子」）、尾崎士郎『成吉思汗』、柳田泉『壮年のテムジン』、ブラブディン『成吉思汗』、ハロルド・ラム『ジンギスカン』、ブリオン『汗の話』、そして『元朝秘史』と共に座右に置かれた江実訳『蒙古源流』、小林高四郎訳『アルタン・トプチ（蒙古年代記）』や『長春真人西遊記』、耶律楚材『湛然居士集』を挙げた。井上はまた、「蒼き狼」のモチーフにもふれて、欧亜にまたがる「英雄物語」や「遠征史」などを書く気はなく、

一番書きたいと思ったことは、成吉思汗のあの底知れぬほど大きい征服欲が一体どこから来たかという秘密

であり、

こうしたことは、もちろん私にも判らない。判らないから、その判らないところを書いて行くことで埋められるかも知れないと思った。


と述べている。

いわゆる「蒼き狼」論争は「『蒼き狼』は歴史小説か」（『群像』昭36・1）といった大岡昇平の大上段からの一文によって開始されるわけであるが、すでに福田宏年が指摘しているように（『井上靖小説全集16』「解説」新潮社）、この論争を通して示された二つの対立する考えは、当時の諸家の時評や書評にも前駆的にあらわれており、大岡の行論の動機もこれと深くかかわっている。

中村光夫は『朝日新聞』（昭35・6・20）の文芸時評で「蒼き狼」の歴史小説としての新生面を積極的に評

価し、

これまでの氏の歴史小説は、大概氏の好みの人物が――主役にしろ端役にしろ――登場して、彼等の発散する少し底の浅いニヒリズムが、現代の読者の手軽な共感を誘うと同時に、作者の空想の輪郭もはっきり示しているという風でしたが、ここではひとつの大きな人生にむかいあって、これを忠実に記録している様子です。

氏の執筆の態度が叙情詩的から叙事詩的に変ったといってもよいのですが、この変化をどう見るかによって、『蒼き狼』についての評価もわかれるでしょう。ある種の人々にはこれは『敦煌』の二番せんじとしか見えないかも知れません。しかし僕には、これが井上氏がはじめて本気で歴史と取りくんだ小説と思われます。

といい、成吉思汗の生涯を材料に、

読者に聞きなれた歌を聞かそうとしているのではなく、この手ごわい材料に躍りかかって、荒れ馬を乗りこなすように、これを意に従わせようとしている

作者の姿勢に好意的な理解を示した。

『週刊読書人』（昭35・11・14）に書評を寄せた手塚富雄は、「主人公の生い立ちから死までの一直線的な叙述」の叙事詩的「簡明さ」は、「題材の性格」にもよるが、作者が「意識的に決意をすえて遂行した」手柄であり、新しい形式獲得の「生産的試み」であるとして、この作の長所とした。一方手塚は、「内容的にこのジンギスカン小説をわれわれに近づけている」この作の「モチーフの取りかた」にふれ、

自分が種族の正統な出生であるかどうかの疑いを、行為において『蒼き狼』となることで解決していこ

うとする自立心。同一の問題をになって相克する父子の二重写しなどの「現代的性格」の付与が、「巧み」でもあり「効果」をあげてはいるものの、その発想や姿態は、筆者の内面においてすでに定まっている精神世界からの産物で、いわば試験ずみのものであり、この面において開拓のないのが、この作品の弱味であるとした。そのモチーフにおいて、従来の井上作品に貫流するロマンティックな孤独のイメージを出るものではないというのが手塚の意見である。

大岡昇平は昭和三十六年一月号から『群像』に「常識的文学論」と題する時評的論説の連載を始め、その第一回に選ばれたのが、前記の「蒼き狼」批判の一文であった。大岡は冒頭で、文壇の「沈滞を吹き払うような傑作」が一向現れず、批評家が、

毎月雑誌に現われる夥しい作品の、悪口をいうのに疲れたらしく、むしろやゝましなものにこぞって讃辞を呈することで、お茶を濁す傾向

への反感が筆を執らしめたと書いているが、その底には、のちに単行本『常識的文学論』（講談社 昭37・1）の序文で記しているような「大衆文学、中間小説の文壇主流進出を認容する論調」への「苛立たしいヒステリックな」反発があったと見てよいだろう。「常識的文学論」の連載が、「「蒼き狼」批判」に始まり、「松本清張批判」（昭36・12）に終わっているのは、単なる偶然ではない(1)。後に記すように、大岡が、「蒼き狼」の作柄をことさらアメリカのスペクタクル映画に擬そうとするところにも、この間の事情の反映がある。

「『蒼き狼』は歴史小説か」での大岡の主張を要約すると、諸家が指摘している「蒼き狼」の叙事詩的印象は、成吉思汗という中世の軍事的英雄を主人公としているからであって井上の発明ではなく、むしろロマンティックに描きすぎて叙事詩を傷つけている。成吉思汗の大業は、

氏族連合体を、専制君主制による軍事国家に編成替えしたことによって可能であった。遊牧を掠奪とい

う手取り早い生産様式に代えたことで成し遂げられたのであり、井上の発明したような出生の秘密にかかわる「狼の原理」に忠実であったがためとは考えられない。井上はこの原理のために、原本の『元朝秘史』を「改竄」するなど歴史を勝手に「改変」しており、「アメリカのスペクタクル映画」のごとく「歴史性、叙事性、道徳性、残虐性、エロチシズム」などを「現代の観衆の口に合うように料理」しているにすぎず、「歴史小説」といえるかどうか疑問であるとするのである。

井上はこれを受けて「自作「蒼き狼」について――大岡氏の「常識的文学論」を読んで」(『群像』昭36・2)を寄せ、前記「「蒼き狼」の周囲」から多くを引用したうえ、大岡が、「氏族連合体を専制君主制による軍事国家に編成替えした」ことに成吉思汗の大業が負うているとするのは、まさにその通りであるが、それだけの常識では成吉思汗を小説化することはできず、大岡のいう「狼の原理」の発明こそが自己の創作を支えたものにほかならない。「私が書きたかったのは歴史ではなく小説」であって、大岡の考えはひどく窮屈である。歴史小説はそれが小説である限り、歴史的事実の間に作者の解釈が介入せざるを得ない。「蒼き狼」は、鷗外のいう〈歴史そのまま〉的作品「楼蘭」と、〈歴史離れ〉的作品「敦煌」との中間に位する作品である。『元朝秘史』は「ある特殊な史書」ではあるが、それ以上に「文学書」であり「叙事詩」であって「重要な資料」ではあるものの「正確な歴史記述」ではない。したがって『元朝秘史』の記述を借りて「自己流に生かそう」とはしたが、それを「忠実に写そう」とはしなかった。「私は『蒼き狼』の中でいかなる動機のためにも歴史は改変していない」と述べ、大岡が「冷静な認識者」「利害に明るいレアリスト」を「想定」し強調して、井上の書いた成吉思汗を否定しているが、「長春真人西遊記」とか耶律楚材との交渉などから窺える成吉思汗は、それとはかなり違った「時と場合によっては感情のままにどのようにでも動く危険な熱情家でもある」と反論した。

この両者の言い分をふまえて、山本健吉は「歴史と小説」(『読売新聞』夕刊　昭36・1・18)を発表し、「歴史小説」ないし「叙事詩的」なるものについての自己の見解を明らかにした。山本は「人物をロマンチックに描きすぎる」ということは、井上の「現代小説に見られた傾向」であり、その点では大岡に同意するという。しかし大岡のいう如く、成吉思汗を「レアリスト」として描いたら、「歴史」としては正確だとしても「叙事詩的主人公」になるかどうかは疑わしい。「蒼き狼」の原理とは『元朝秘史』の伝えるモンゴル族の「伝承」を基にした、井上の「フィクション」であり、もちろん「歴史的事実」ではない。だが「叙事詩」が戦争を内容とするということは、なにも戦争の原因を、「客観的」に厳密に規定しなければならぬことではない。『平家物語』や『太平記』だって真の戦いの原因なぞに作者は頭を労してはいない。大岡が指摘したような、成吉思汗の性格に投影した「現代性」は、「欠陥」ではあろうが、全体として見れば「現代ばなれの構想と方法」とを取っており、「蒼き狼」に描かれた成吉思汗の行動も生命力も、現代人に欠けているがゆえに熱烈な「願望」として存在しうるもので、作者が「精緻な近代小説の方法」を避けて、「古風な叙事詩的発想」を取った「意味」を考えるべきだろうと述べ、井上を大いに弁護するところがあった。

大岡は早速「「蒼き狼」は叙事詩か――山本健吉氏の錯覚」(『読売新聞』夕刊　昭36・1・24)を書き、山本が「蒼き狼」の「叙事詩性」を誇張することにより、「叙事詩という観念自体」をもそこねているとして次のように反駁する。山本がこの作品を『イリヤス』と同じく「人間の無償の、純粋行為」を描くことが意図されていてその点こそが「叙事詩的」なのだとすることはナンセンスであり、『イリヤス』における「英雄的な行為」が今日なおわれわれを打つのは、「人間性の真実に根ざした行為」だからである。山本は「史実」と「詩的真実」とを区別しようとしているが、「真実に二つはない」。それが「真実」というもので『イリヤス』も『平家物語』もそこに語られることが「真実だと信じられたから」こそ叙事詩的感動が生じたのである、と断じた。

山本は「再び「歴史と小説」について――大岡昇平氏に答える」(『読売新聞』夕刊　昭36・1・31)で応酬し、『イリヤス』が「数世代にわたっての、複数の作者による徐々の成熟と洗練」の結集だとするならば、「その数世代のあいだにどういう創作動機が働いていたか」と問い、『平家物語』を例にとり、英雄王者の事跡の顕彰にあたっては「事実に尾ヒレ」をつけ「説話をその中にそう入」するなど、明らかに「歴史的事実以上」の作者たちの「想像力の働きによる展開」があり、それが聴衆によって「歴史上の事実」として受けとられたことは疑いない。それは『平家物語』の「迫真力(叙事詩的真実の力)」が聴衆に「錯覚」させたからであり、『イリヤス』の場合だとて同断である。「事実として信じること」と、「作品の真実によって感動すること」とが、しばしばからみあって現れるのである。「歴史小説というワク組み」を取った以上、「史実」に忠実であるに越したことはないが、その前に「現代に生きている作者」にとって、それが「どういう「動機」をもって書かれたか」が問題であって、歴史上の人物・事件を「忠実に書く」ということが、小説の第一の動機になるはずがない。「蒼き狼」の場合も、作者が「成吉思汗の行動絵巻にたくそうとした夢」が先行していたはずであり、それをあえて忖度すれば「現代人の閉塞感から、内攻する行動への意欲」であって、それが作者に「直線的に展開する叙事詩的発想」を選択させたのだろう。「人間の情熱・欲求・エネルギーにおいてだけ、その直接的動機をもつ行為」が「無償の行為」であり「叙事詩的英雄の行為」でもある。スタンダールをしてイタリア十六世紀を舞台にした小説を書かしめ、ジイドをして「無償の行為」などと言わしめたものも、そのような「情熱と行為とへのあこがれ」ではなかったのかと論駁した。

大岡はこれに対して「国語問題のために――山本氏に〝停戦〟を提唱する」(『読売新聞』夕刊　昭36・2・6)を書いて、

一つの文学作品のために、雑誌社の社長の家族が殺傷される世の中に、作品評価上の微細な点について、論争をつづけるのは本意ではない。

と前置きして、福田恆存の「私の国語教室」の読売文学賞受賞の画期の意義を強調し「文部官僚とその外郭団体の右翼的暴走を、阻止する最後の機会」に、現代かなづかい反対において共に闘わねばならぬ者同志が分裂している時ではないとして「和解」を求め、「論争」ではなく、論点の「整理」だとして意見をのべた。大岡は山本との間に「叙事詩の観念」のくい違いがあるとする。

中国も日本も『イリヤス』を持っていない。今日われわれが叙事詩というのは、西欧十九世紀以来の文学史家や批評家が、ギリシャや北欧の叙事詩から、抽出した理念

であって、

現代における叙事詩的なものは十九世紀以来のレアリスム文学理念の発展として意味があり『行動へのあこがれ』はスタンダールにあってもジードにあっても不毛な結果しか生まなかった。

と言い、「蒼き狼」に「叙事詩的部分」があるのを否定したことはないが、ただそこに作品の「主要な動機」や「きわだった美点」を見出すことに反対するのであって、山本が「現代の閉塞感」を仮定するのは誤りであるとした。

一方大岡は、『群像』誌上の井上の反論に対しては、「成吉思汗の秘密」(〝常識的文学論3〟『群像』昭36・3)を書いて、前回の批判文執筆の際には参看し得なかった、井上の「「蒼き狼」の周囲」にも触れ更に糾弾するところがあった。この文章は、発表の順は先後するが、前記山本との最初の論争文「「蒼き狼」は叙事詩か」とほぼ時を同じくして執筆されたものである。

大岡は、自己の主張と井上の反論を整理しつつ、井上の「改竄」が「弁護の余地なきものである」ことを繰り返し、那珂訳『元朝秘史』の叙事詩調をそのまま「私の表現として借り」ながら、都合の悪いところだけ、勝手に作りかえ、「そこに示された中世蒙古人のこころ」をそこなっているといい、『元朝秘史』は、「歴史」でないにしても、その中に「真実」がないとはいえない。成吉思汗の死後昇天は偽りにしても、

「狼」についての記述は、蒙古人がそれをどういうものと考えていたかを示す真実である。井上は『元朝秘史』『アルタン・トプチ』も史実として認めていない」のであって「史実を認めないところに歴史を改変するしないもない」と難じた。さらに、トルストイの『戦争と平和』を例にひいて、

小説家が歴史的人物の「秘密」というようなことを口にする場合は、その成果が真実である、これこそ歴史であると言えなくてはならない。

と断じたうえ、井上の明かしてくれた成吉思汗の「秘密」なるものは、歴史とは無関係であって、そこにあるのは、

あるコンプレックスを持った男の成功譚であり、永遠の妾、忽蘭情話であり、しかし部分的に妻に忠実な夫の家庭美談であり、わが子に自分の分身しか見られない感傷的な父親の哀話であり、西域のエキゾティスムであり、いい加減なだけに刺激的な戦争残酷物語

にすぎないことを強調した。

この論争は、以上で尽きるわけであるが、史的実証性と芸術的創造性とをめぐる論議は、従来くり返し論ぜられてきたもので、

夫の歴史的舞台及び外飾を単に方便として用ひたる作は之を仮装的散文抒情詩、若しくは抒情的歴史小説と名づけむと欲す。方便とおとしめらるるときは、歴史といふ肩書は無意義同然となり。殆ど全く尊厳なきものとなるべければなり。(「歴史小説につきて」『読売新聞』明28・10・7〜28)

また、

史上の名称を用ひて、ほしいまゝに立案講思せるもの、即ち詩想の自在を得む為に名のみを過去に借れる空想の作も、正当の史劇とは称すべからず……詩は史の侍婢にあらねども史も亦詩の為に濫用せられて故なく其名称を犠牲にせざるべからざる約束無し。史学上に寸功無くしてほしいまゝに史と称する、

亦た一種の妄称ならむ。（「史劇に就きての疑ひ」『早稲田文学』明30・10）

という逍遙の言や、

史劇是れ史か将た詩か。若し史なりとせむか、徹頭徹尾史的真実の圏套を脱するを得ず、史劇と歴史と何の択ぶ所ぞ。……史劇若し詩ならむか、一個の美術として詩にはおのづから詩の本領あり、随て詩の形式あり、一切の資材が其内容たるを得むが為には預め是本領、是形式に対して絶対的服従を表せざるべからず。是時に当りて詩中に用ひられたる史的事実も亦一の詩的空想たらむのみ。史的発展の真相を示すもの、世に幾種の歴史あり、史劇に待つの要なき也。（「坪内逍遙が『史劇に就いての疑ひ』を読む」『太陽』明30・10）

とする樗牛の論にまで遡ることができる。

「歴史小説」なる語は、明治以来一般に常用されてはいるが、厳密な概念規定を経たものではなく、甚だ莫然とした意味合いで通行していることは今日とて同様である。あるものは、歴史上の事件や人物を素材として構成された小説をいい、あるものは、一定の歴史的時代と歴史的人間の芸術的再現とする。あるいはまた構成された事件や人物の性格の発展そのもののなかに歴史の本質が描出されるものこそが、その名に値するという本質論的規定をなすものもある。〈歴史〉という規定詞によって冠されていることが、特殊ジャンルゆえの制約を示唆しているものの、それをどう観念するかは人によって区々であり一定しないというのが現状であり、「いわゆる」とか「本格的」とか、括弧付きの呼称が見られる所以でもある。小説家鷗外が、端的に表現した〈歴史其儘〉と〈歴史離れ〉の二つの極に振幅する微妙な牽引もしくは緊張もそこに在する。もちろん、牽引といい、緊張というも創作動機・創作技法にかかわる問題であって、いずれにしろ〈歴史〉と〈小説〉とが重なりあったところに作品としての「歴史小説」は生まれる。それが単に史的粉飾を施したのみのコスチュウム小説でないかぎり、そこには大小さまざまな同心円が描かれうるはずである。小説が歴史を大きく包摂する輪となるか、逆に歴史の輪が大きく包摂する作品となるかである。当然〈ずれ〉や〈誤差〉も生じるであろうが、作品に人間の生きざまが追求される以上、時代の歴史の流れに参入せざるを得まい、という最小限の了解さえあれば可としなければなるまい。高橋義孝に「小説とは本来歴史小説なのである」とする立言があったが〈歴史〉と〈小説〉の本質に横たわる共通的基盤への注目がそこにはある。

「歴史小説」は、史実に拠るとはいえ、小説である上は、そこに示されたものは作者自身の世界像であって、純客観化された過去の事象ではあり得ないということも確認されなければならないだろう。作者の眼による史実の吟味や取捨選択が、小説内容に沿って行われるわけであり、作者は一つの可能な解釈に自己の芸術家的直観を賭け、作品世界を構築するのである。その場合、作中の人物は強いて実在たるを要しないことはいうまでもあるまい。

「蒼き狼」の場合、井上はモンゴルの古伝承にのこる〈蒼き狼〉なるイメージをふくらませることによって、成吉思汗の大業とあくなき征服慾の根源を見ようとしたわけであり、そのような主題にそって歴史的素材が生かされている。その間の詳細は、この作品の縁起ともいうべき前記の『文藝春秋』掲載文に尽くされている。問題は、〈蒼き狼〉をもって成吉思汗を語ることが、大岡の強調するごとく荒唐無稽であり、非歴史的であるのかどうか、またそのことをもって作品を断罪することの可否が問われねばならないだろう。

大岡が、那珂博士訳の『元朝秘史』に対して、そこでの狼の記述が井上の描く如き「猛獣として表象されていない」とする制作の根本にかかわる点についていえば、遊牧人種の財産たる「家畜の敵」というイメージは明らかであるにしても、一方大岡自身が成吉思汗のレアリストなることを説くために引いた「明るい真昼には、雄狼の如く用心深くあれ」(『アルタン・トプチ』)におけるイメージが、民族の祖としての猛獣たることをけっして妨げないように、猛き、強きものの象徴として、獲物にあくなき執心する〈狼〉を措定することは、それほど不自然なものではないという見方も成り立つであろう。[2] 更に、「原文の改竄」「歴史の改変」として再度にわたって糾弾した「狗」や「馬」の描写を「狼」に変えた点にふれれば、大岡はそれらの「忠実な飼育動物」としての一面を強調しているが「鑿の嘴、錐の舌、環刀の鞭、露をのみて、(井上「露をはらい、草を薙ぎ」)風に乗りて行く」という形容からも察しうるごとく、反面放牧のためにも、家の番犬としても、逞しい猛犬でなければならず、年少のテムジンが犬をこわがったのもその故である。『元朝秘史』がジェベ、ジェルメ、クビライ、スブタイの四人の勇将を形容するに「狗」に擬したのも「忠実」さとその「勇猛さ」にあったとすれば、この形容を借用して、勇将を「狼」に擬することは許されぬであろうか。また同じくナイマンとの戦闘場面において、モンゴル兵の活躍を「馬」に擬した部分を、井上が「狼」として、

あゝ、走り廻っている。朝早く放たれた狼の子が、母の乳を吸って、その周囲を走り廻っているように。

としたのに対して、大岡は、

戦場で母の乳を慕う如く、走り廻るのは自殺行為であろう。原文ではこれも敵将の言であるから、モンゴルの軍に素早く迂廻された恐怖を表わして、自然である。

とする。『元朝秘史』のこれらの部分は、モンゴル軍が、タヤン・カン率いるナイマン軍を壊滅するという場面で詩として謳われているところである。ナイマン王の意気地なしぶりと対比的にモンゴル兵の勇猛さが、かつての成吉思汗のライバル、ジャムカの口を通して讃歌されるという仕組みであって、モンゴルの軍に素早く迂廻された恐怖を表した表現としては、必ずしも「自然」ではなく、むしろモンゴル勇士たちの躍如たる姿態を印象づけることに力点をおいた形容であると見られるものである。それを成吉思汗の呟きとした井上の活用は、やはり「弁護の余地なきもの」だとすべきか。

井上が、脱稿直後に執筆した先の「蒼き狼」の周囲」の中で、

壮年時代までの成吉思汗は、いずれも『元朝秘史』の成吉思汗に拠っている。……しかし、はっきり言うと、この時期の成吉思汗はどのように書いても『元朝秘史』に及ばない。……私もまたこの期の成吉

思汗を、絶えず『元朝秘史』に圧されながら小説化した。

と記しているように、那珂の『成吉思汗実録』にその多くを負っているが、この作のモチーフが史的事実から帰納されたものでなく〈蒼き狼〉への詩的感応に始まった以上、史的厳密さに限界があったことはいうまでもなかろう。大岡の、

井上氏の小説に対して苛酷なのは、那珂博士の訳業とそこに示された中世蒙古人のこころを、氏が勝手に作りかえてしまっていることに対する憤懣も手伝っている。(「『蒼き狼』の秘密」)

という言もわからぬではないが、

私はもう一度書き直したとしても、やはり狗とは書かないで狼と書くに違いないと思う。

という、この小説心に富んだ〈狼〉の作者の言に、より多く無理からぬものを感じざるを得ない。それは、作中の抑制された筆遣いに作者の史的誠実性をみとめうるからである。大岡は、

歴史家も小説家もほんとのことを言い、またほんとのことしか言わない気があれば、真実はおのずから姿をあらわすはずである。

と明快に割り切っているが、史実と芸術的創造をめぐる境界線は、はなはだ微妙である。〈蒼き狼〉なる自己の芸術的構想によって、史的人物である成吉思汗という荒馬を、よく乗りこなして得ているかどうかが問題であり、この作品の評価の別れるところであろう。練達の批評家臼井吉見も、この作をめぐって、評価の動揺を見せている。(臼井吉見「歴史小説とは何か」『小説の味わい方』新潮社　昭37・6、『井上靖集』〈昭和国民文学全集26〉「解説」筑摩書房　昭48・7)

井上はこの論争後「風濤」(昭38)「後白河院」(昭39)など、記録的年代記的手法を試みた作品を発表し、大岡は最初の歴史小説「天誅組」(昭38〜39)を書いた。ともに以前から温められていた題材ではあるが、筆を進めるにあたっては「蒼き狼」論争を通過した両者の体験が微妙に反映していよう。

山本健吉は「風濤」を評して「いっそこうなれば、純粋に歴史として書いた方がよいのではないかという疑問も残る」とのべたが、井上作品の読者は、小林秀雄の次の評言のあることも知らねばならぬ。

この作で追求しているものは歴史的事実や史観ではなく、むしろ、作中にばら撒かれている「風濤」という言葉のイメージと言ってよいであろう。このイメージにどんな色彩を、どんな個性を与えるかが、実に執拗に追求されている事を感ずる。

史実に徹底し、極度の抑制の筆に偏したかに見える「風濤」にあっても、あの、すぐれて詩神に拘泥する物語作者の顔を垣間見ることができるからである。

注

（1）いわゆる「純文学論争」は、平野謙の「『群像』十五周年によせて」（『朝日新聞』昭36・9・13）を発端として大きな反響をよびおこしたが、福田恆存も「文壇的な、余りに文壇的な」（『新潮』昭37・4）で指摘しているように、連載時評「常識的文学論」における大岡の、純文学と大衆文学との別を無視するかのような文壇風潮に対する執拗な批難・反発が刺激剤として作用しており、「蒼き狼」をめぐる大岡・井上のやりとりも「純文学論争」の一環としての意味をもっている。因に大岡は、「常識的文学論」の第六回に「文学は変質したか」（昭36・6）を書いている。

（2）大岡はまた、『元朝秘史』の「多き羊を狼の追ひて圏に到るまで追ひて来るが如きは、これらはいかなる人かかく追ひ来る」を引いて、「これはナイマンの将が成吉思汗の軍を見て言う言葉だから、狼が深追いして、捕えられる愚かな獣として表わされているのは当然である。これは無論井上氏の採用するところとならない」と述べているが、ここは、少数精鋭のモンゴルの先兵が、多数のナイマンの先兵を追いつめている場面で、「深追いして捕えられる愚かな獣」のイメージはなく、むしろその執拗さを果敢なモンゴルの勇士達に擬しているのである。これは後のジャムカの物語に見られると同様な『元朝秘史』の作者の姿勢である。

# 学習院・『文藝文化』――三島由紀夫・啐啄の機縁

三島由紀夫のやうな作家が学習院に出るとは思はなかつた。出て見れば矢張り学習院から出さうな作家とも思へるが、その書くもの、その想像力、頭の動き方、感じ方、興味の持ち処、論理の進め方、等々僕には想像の出来ない作家である。

とは、吉村貞司著『三島由紀夫』（東京ライフ社　昭31・2）に「序」した武者小路実篤の感慨である。

大正十四年（一九二五）一月十四日生まれの平岡公威が、宮内省管轄の学習院初等科に入学したのは昭和六年（一九三一）四月、六歳の時で、学習院だったら、体が弱くてもよいだろうという祖父母の意向を重んじたものだった。皇室の藩屏たるべき人材を育てる学習院では、伝統的に体育重視の傾向で一貫しており、体力なく、運動神経に恵まれぬ平岡公威は、少しちゃめっ気でいたずら好きの少年ではあったが、運動競技は大の苦手で走りも遅かった。初等科東組の主管は、鈴木弘一教授で作文指導に熱心であった。宮内省直轄の旧学習院の職制では、初等科・中等科・高等科を通して、教員はすべて教授・助教授・講師の称で任命された。初等科生の作文や詩・短歌・俳句を載せた雑誌『小ざくら』には、「アキノヨニスヾムシナクヨリンリンリ」（昭6・12）をはじめ、「コウエフノアキノオヤマノハガチルヨシヅカニシヅカニチラチラチラト」（昭6・12）などの俳句十三句、短歌九首、「秋は来りぬ」（昭11・12）等の詩七篇が登載された。

『学習院輔仁会雑誌』は、明治二十三年創刊という古い歴史をもつ校友会誌で、大正三年十一月二十五日の輔仁会大会で、夏目漱石が「私の個人主義」と題する講演を行ったことで知られる。高等科・中等科の文藝部が編輯にあたり、学生・生徒の投稿に、教員も賛成会員として寄稿し、輔仁会の文化・運動各部の活動報告が録された。昭和十二年七月の第百五十九号に中等科一年平岡公威は小文「春草抄　初等科時代の思ひ出」を書き、十二月の第百六十号には、詩「秋二題」「谺」が登載され、その詩才が注目された。文藝部の大先輩であり高等科三年の坊城俊民は『焔の幻影――回想　三島由紀夫』（角川書店　昭46・11）の中で次のように回想する。

「平岡公威です」

高からず、低からず、その声が私の気に入った。

「文藝部の坊城だ」

彼はすでに私の名を知っていたらしく、その目がなごんだ。

「きみが投稿した詩、『秋二篇』だったね。今度の輔仁会雑誌にのせるように、委員に言っておいた」

私は学習院で使われている二人称「貴様」は用いなかった。彼があまりにも幼く見えたので。

その時の委員は、高二の酒井洋《ひろし》、ほか二名だった。長いあいだ委員をしていた私は、前年秋のある事件のため、委員をやめていた。

「これは、文藝部の雑誌『雪線』だ。おれの小説が出ているから読んでくれ。きみの詩の批評もはさんである」。

三島は全身にはじらいを示し、それを受け取った。

私はかすかにうなずいた。もう行ってもよろしい、という合図である。

三島は一瞬躊躇し、思いきったように、挙手の礼をした。このやや不器用な敬礼や、はじらいの中に、私は少年のやさしい魂を垣間見たと思った。

そのまま私はたち去ったが、同級生の質問責めにあっている少年を背後に感じた。あの人の稚児《ちご》ではないか、といったからかい半分、やっかみ半分の質問をかいくぐって、最前列のベンチへもどるまっ白な少年が、目に見えるような気がした。

そのころの学習院では、稚児遊びが盛んだった。（「詩を書く少年」のころ）

当時の文藝部長は、哲学者の豊川昇で、豊川も平岡の詩才に注目していた一人だった（昭和二十一年病没）。昭和十三年三月『輔仁会雑誌』第百六十一号に短篇小説「酸模――秋彦の思ひ出」「座禅物語」と詩篇「金鈴」と和歌四首が載った。

四月に、成城高等学校から着任した国語教員清水文雄は、「酸模」の作者の文才に驚く。七月の第百六十二号には「鈴鹿鈔――墓参り附狸の信者」小品二種のほか「暁鐘聖歌――路可伝第四章より」詩「蜃気楼の国」「月夜操練」「隕星」が載る。

昭和十四年三月『輔仁会雑誌』百六十二号の目次を次に掲げる。

詩のラティニズム……………………賛成会員　鍋島　能弘
幕末社会小考……………………………………土田　新一
士………………………………………………賛成会員　金田　鬼一

「九官鳥」は立原道造の詩を思わせる詩篇であり、「東の博士達」は一幕の戯曲である。文彦は東文彦であり、前号ですでに短篇「朝」を発表しており、のちに『赤絵』を創刊する東・徳川・平岡が顔を揃えている。東の本名は健（たかし）で、九州帝国大学法学部教授東季彦の息であり、陸軍少佐石光真清の外孫でもあった。昭和十二年学習院中等科を首席で卒業した俊秀で、学習院高等科文科乙類に進学したが、肺門淋巴腺等を患い、病弱療養のため欠席することが多く、平岡とは主として書簡を通して親炙した年長の文学仲間であった。昭和十八年に夭逝、遺稿集『浅間』（非売品　昭19・7）が残されたが、平岡宛ての六通の書簡と、平岡の追悼「健兄を哭す」が収録された。三島は、自裁一ヶ月前の十月二十五日執筆の長文の「序」を付して、講談社に『東文彦作品集』（昭46・3刊）の刊行を託した。それは東と共に在った己れの青春への鎮魂の賦でもあった。

　賛成会員松尾聰は、法政大学予科専任講師をつとめた後、昭和十一年に学習院に着任した国語教員で、『浜松中納言物語』『源氏物語』等の研究で知られ、第一高等学校講師をつとめたこともある。後年の三島は、松尾の『全釈源氏物語巻三』（筑摩書房　昭34）付録の「松尾先生のこと」なる一文で「先生は点が辛く、皮肉屋で、イジワルだった。（中略）先生の逐条主義的な講義は、あとになってみると、いわゆる文学的感受性に訴える情緒的講義よりも、はるかに実になっているのがふしぎである。先生のは、古典を自分で読む力を鍛える講義だった」と回想している。平岡は『万葉集』や「国文法」の講義を受けた。「初夏より早《（ママ）》春へ」は「戸を繰れば今朝の大気の爽かに匂ひ迫れり春近からし」「大君に捧げしいのちかへすがへすさきく生くべしあだには死なじ」等和歌十首の寄稿である。松尾は前年昭和十三年七月に創刊された『文藝文化』誌に王朝時代の逸亡物語の断片をつなぎ合わせた復原試論を書き続けるが、三島の「朝倉」（『文藝世紀』昭19・7）は、『文藝文化』誌上（昭16・9〜12）での松尾の「朝倉物語」復原の仕事に触発されて成ったものである。松尾は、戦後に『平安時代物語の研究――散逸物語四十六篇の形態復原に関する試論』（東宝書房　昭30）をまとめ三島に贈呈した。

　昭和十四年、中等科三年に進級した平岡のクラスの作文と国文法を、清水文雄が担当することとなる。清水は広島高等師範・広島文理大学の出身で、和泉式部の研究家として知られ、三島由紀夫が生涯の恩師として仰ぐ存在となる。かねてより、詩人的国文学者斎藤清衛の薫陶を受けていた池田勉・栗山理一・清水文雄・蓮田善明を同人として研究誌『国文学試論』『国文学試論批評篇』を発行してきたが、これを母胎として日本文学の会を結成し、機関誌として新たに創刊されたのが『文藝文化』で、前記同人が名を列ね、蓮田善明が発行兼編輯人となった。蓮田は清水が学習院へ転じた前任校成城高等学校の後任者であり、この『文藝文化』グループとの邂逅が、三島由紀夫の文学的生涯を決定する機縁となる。

平岡公威が学習院中・高等科を通して教えを受けた教員には、ほかに『方言と方言学』（春陽堂）の著をもつ東條操が高等科国漢主任として居り、『萬葉集』等も講じた。昭和七年の着任で、東京帝大講師もつとめた。かつて広島文理科大学で教鞭を執ったこともあり（清水も教え子の一人）、鈴木敏也・斎藤清衛とも旧知の間柄であり、清水の学習院への奉職もこの縁からの推輓によるものと思われる。

岩田九郎は大正十五年からの古参の教員で中等科国漢主任をつとめ、平岡の級の主管をしたこともある。坊城俊民の頃は文藝部長であった。『鶉衣』研究などで知られる俳文学者で、水鳥の俳号をもつ。句会木犀会を主宰し、青城平岡公威も参加している。温厚な人柄で、後年の三島は、縁談の世話などを頼んだりした。旧制の学習院高等科の雰囲気については、坊城俊民が『旧制七年制高校』（学藝書林　昭和57）の中で記しているが、「自分の生体解剖」の試みと言う『仮面の告白』にも、その一端がうかがわれる。また、

華族学校のあの不思議な淫蕩的な気分――人には伝へがたい奇体な雰囲気にことごとに反抗しながら、しかしその奥に漂ふものを私は大そう愛してゐた。（「煙草」）

という述懐は三島自身のものといってよく、

非常に古いモラルの支配している……学習院は大正以来、硬派の固苦しいモラルと上流社会の非常に乱れたモラルとが妙な具合にまざりあっていた学校（「ワガ思春記」）

とも書いている。

旧学習院で学んだ者の多くに見られる意識として、天皇に対する「非神格感」が挙げられるが、それは天皇もしくは皇族個人に、より近接し得たゆえに、一般の、物理的・心理的にも隔てられた「虚像的理解」の弊を免れている面があり、平岡公威こと三島由紀夫についても言いうることだろう。昭和二十年二月四日、入営通知（赤紙）を受けた平岡は、本籍地兵庫県富合村に出発する際の「遺言」に、

一、御父上様
　御母上様
　恩師清水先生ハジメ
　学習院竝ニ東京帝国大学
　在学中薫陶ヲ受ケタル
　諸先生方ノ
　御鴻恩ヲ謝シ奉ル
一、学習院同級及諸先輩ノ
　友情マタ忘ジ難キモノ有リ
　諸子ノ光栄アル前途ヲ祈ル
一、妹美津子、弟千之ハ兄ニ代リ
　御父上、御母上ノ孝養ヲ尽シ
　殊ニ千之ハ兄ニ続キ一日モ早ク
　皇軍ノ貔貅トナリ
　皇恩ノ万一ニ報ゼヨ

と墨書するが、その場合にあっても、平岡の念頭にあったのは、一般のもつ神秘的な天皇観とは異なるものであったろう。後年の自決に至る作家三島由紀夫の、自己の生涯を一つの純粋な連続として意味あるものとしてとらえたいという止みがたい欲求から生まれた美的に観念化された天皇のイメージは、自己のアイデンティティとその連続性を保証するかけがえの無いものとして発見され、創出されたものである。二・二六事件への特別な思い入れも、その過程で生まれ、血ぬられた青年将校たちが召喚されたのであり、「などてすめらぎ、人となり給ひし」という英霊の怨嗟の声も生まれたのである。

ところで、冒頭の「三島由紀夫のやうな作家が学習院に出るとは思はなかつた」という武者小路の感慨にもどれば、坊城俊民が「旧制学習院高等科」で「昭和十年代のはじめ、私たちのいた学習院には、白樺的な気風はすでに絶えていたと言うべきだろう」と洩らしているような明治生まれとの世代的断絶、印象の差異はあるにしても、「矢張り学習院」という環境で培われたという感をもたざるをえない。

先の入営の際の「遺言」で、兄から遺命を託された弟平岡千之は、学習院初等科から他校に進み、東大法科そしてモンペリエ大学に学んで外務官僚として名を成したが、兄公威も学習院初等科・中等科卒業の際に、それぞれ不首尾に終ったものの開成中学、第一高等学校に受験したのであり、そのことを思うとき、平岡公威の文学的生涯は、おのずと違った軌道をたどったであろうし、三島由紀夫の自決に及ぶ作家的生涯もありえなかったのではと考えざるをえない。因みに開成中学校は、母倭文重の父、橋健三が第五代の校長をつとめた進学校でもあった。

国文学雑誌『文藝文化』創刊号は、垣内松三が巻頭言を書き、斎藤清衛の「日本的性格の批評性」、風巻景次郎「神話にことよせて」、栗山理一「富永仲基の方法」、蓮田善明「伊勢物語の〈まどひ〉」、松尾聡「平安朝散佚物語攷㈠――心高き東宮宣旨物語」が中心論文で、ほかに考説欄に池田勉が「文学の神話」、清水文雄が「対詠精神」、井本農一が「懐郷・ロマンティシズム・本意考」、吉田精一が「枕草子の注釈について」を書き、伊東静雄が詩「稲妻」を、西尾実が随筆「言葉の問題」を寄せ、久松潜一の日本文学講筵第一講「近世に於ける小説批評（第一回）」も載った。池田勉の「創刊の辞」に曰く、

伝統の権威地に墜ちて、古典を顕彰するの醇風も亦地を払って空しい。日本精神の声高く宣伝せらるるあれど、時に現実粉飾の政論にすぎず。藝文の古典は可惜、功利一片の具と化してとある。伝統の権威への信頼を語り、声高な日本精神宣揚の時流に、現実粉飾の政論、功利一片の具の語を以て対するところに編輯同人の志意と清新の風があった。『文藝文化』創刊の翌月に、保田与重郎、亀井勝一郎らの『日本浪曼派』が終刊するが、保田与重郎との機縁も清水文雄によってひらかれることになる。

学習院中等科にいる時日本武尊について書いてきましたので、保田与重郎氏に日本武尊についてのエッセイがあるから読んでごらんといって『戴冠詩人の御一人者』を教えてやりました。そういったところから、多分日本浪曼派の詩情に深く触れていったのだと思います。それで保田さんのお宅にもお訪ねする様になったんですね。（保田・清水「対談・日本浪曼派とその周辺」『バルカノン』昭33・8）。

三島は、

保田氏の本を集めだしたが、「戴冠詩人の御一人者」や「日本の橋」「和泉式部私抄」などの本は、今でも、稀に見る美しい本だと思っている。何だか論理が紛糾してわかりにくい文章だが、それがあの時代の精神状況を一等忠実に伝える文体だったという気もしている。

と回想（『私の遍歴時代』昭39・4）しているが、十代後半期の三島がもっとも影響を受けたのは、保田を中心とした日本浪曼派だったと見てよい。敗戦直後の昭和二十二年、初めて三島を訪問した伊沢甲子麿に向って、三島が挨拶ののちに最初に発した言葉は「あなたは保田先生を好きかね」という踏絵的発問だったと言

う（『歴史への証言』）。以後、『文藝文化』同人を介しての、伊東静雄・冨士正晴・芳賀檀等の浪曼派圏の文人たちを巡歴する。

生涯の恩師と仰ぐ清水文雄との邂逅推輓による『文藝文化』でのデビュー、そして同人達との交流、とりわけ、運命的と言っていい、浪曼的志人蓮田善明との出会いが、自決に至る文学的生涯を決定づける。

平岡公威の作品「花ざかりの森」が『文藝文化』に三島由紀夫の名で登場したのは、昭和十六年七月、通巻第三十九号からであった。長文の「後記」に、

「花ざかりの森」の作者は全くの年少者である。どういふ人であるかといふことは暫く秘しておきたい。それが最もいいと信ずるからである。若し強ひて知りたい人があつたら、われわれ自身の年少者といふやうなものであるとだけ答へておく。日本にもこんな年少者が生れて来つつあることは何とも言葉に言ひやうのないよろこびであるし、日本の文学に自信のない人たちには、この事実は信じられない位の驚きともなるであらう。

と書いたのは、蓮田善明であった。さらに「悠久な日本の歴史の請し子《もう》」「すでに成熟したものの誕生」「我々の中から生れたもの」といった親愛と讃辞を尽して三島由紀夫を推称し、二年後の『文学』（昭18・8）誌上では「国文学の中から語りいでられた霊のやうな人」とも記している。これらの言葉が、年少の三島をいかに鼓舞し、感動させたかは想像に難くない。

敗戦前後の三島の動静、心緒については、三谷信の『級友　三島由紀夫』（笠間書院　昭60、のち中公文庫）に収められた三島のはがきによる「土曜通信」が詳しく伝えて居り、三谷の追想文も貴重な証言として遺された。

三谷は、三島が影響を受けたであろう高等科の教員として、清水とも親密であった哲学の山本修の名を挙げている。『文学』（岩波書店　二〇〇〇年七月）誌上に紹介された新資料「終戦直後の三島由紀夫書簡」（解

題・佐藤秀明）「『輔仁会報』第二号と三島由紀夫」（杉山欣也）も、敗戦直前・直後の三島の素直な感懐がうかがえ興深い。ことに後輩神崎陽宛昭和二十年八月十六日のはがきで「文化的貴族主義」を主張して、「あらゆる時代に於て美を守る意識は反時代性をもち、極派からはいつでも反動」視され、「反動的なるがゆゑに貴族主義的」たる所以を説き、「美を守ることの勇気、過去の日本精神の粋、東洋文化の本質を保守するに要する勇気」を強調、学習院は反動的という攻撃の矢面に立って、真の美、真の文化を叫びつゞけよと平岡公威はうったえている。

また、学習院長山梨勝之進海軍大将（院長在任　昭14・10〜21・10）について、三谷信が「私は多くの人々とともに、山梨大将は重厚篤実、まことに立派な院長」とするのに対して、平岡公威は、戦中・戦後を通して批判的である。山梨院長は、宮内大臣石渡荘太郎や京城帝大・四高を経て敗戦直後に学習院に着任したR・H・ブライス教授、文部大臣前田多門らと共に、昭和二十一年元旦のいわゆる人間宣言とよばれる天皇の詔書の草案作製に少なからず関与しており、「などてすめらぎ、人となり給ひし」という英霊の声を際立たせてゆく後年の三島にとってはなおさら矢を向けねばならぬ相手であった。

山梨院長の後を継ぎ、戦後二十年にわたって私学新学習院の基礎を固めた安倍能成院長は、学生・生徒に向って「己れに正直であれ」「精神的貴族たれ」の言葉を口にするのを常とした。

平成元年四月、島津書房から『蓮田善明全集』が刊行された。その「蓮田善明全集を刊行するの辞」に曰く、

全集刊行は、昭和四十四年の二十五回忌の席上における、三島由紀夫の発意に基く。その一年後、三島もまた憂国の自決をとげ、編集の協力を約していた小高根二郎が、誓いによってこれを編んだ。

晩年の三島由紀夫は、平仄を合わせるように、蓮田善明の行蔵に帰一することを願って、己れの生涯を完結させたかに見える。

# 「金閣寺」（三島由紀夫） 1

溝口（私）――林承賢（俗名養賢）　溝口の母　――林志満子
田山道詮　――村上慈海

［初出・刊行］　『新潮』昭和31・1〜10、同10、新潮社刊。

［梗概］

舞鶴東北の成生岬にある貧しい寺の一人息子溝口は吃音コンプレックスに悩みながら成長する。初恋の相手有為子からも罵倒されて斥けられるが、戦時中脱走兵と悲劇的な死をとげた彼女は、以後も溝口の幻想の世界に生き続ける。病弱の父の死後、遺言に従って金閣寺の徒弟となる。「この地上で金閣ほど美しいものはない」と父に教えられ、幼い時から美の象徴として憧憬した寺であったが、現実の金閣と途方もなく美しく育てあげられた幻影の金閣との葛藤を体験しながら徒弟生活を送る。日本が焼土化しつつあった戦争末期、金閣もまた破壊の運命を免れがたいように思われたとき、みずからの心象内の幻の金閣と重なりあい現実の金閣もその悲劇性によって美しいと思った。溝口は、金閣が滅びる時、自らも滅びるという思いに陶酔し炎に包まれて燃え上がる金閣を幻想するが、戦争は終結し破滅の機会は失われた。

田山老師の許しで大谷大学に進んだ溝口は、ひどい内翻足の学生柏木を知る。認識を絶対化し、行為を常に醒めた眼でみる柏木は、溝口に愛の迷蒙を説き、不具をテコとして次々と女性をもてあそぶ。このどこか残忍な暗さのひそむ柏木に惹かれて悪の可能性に目ざめた溝口は、老師と疎遠にならざるを得ない行為を重ねてゆく。一方、老師も、堕落した僧侶の生活の一面を窺かせ、溝口の反抗をかき立てる。柏木に導かれ、彼の「どもれ、どもれ」という言葉を思い出しながら女と交わろうとするのだが、その都度、幻の金閣が現前し、溝口を「人生」から遠ざけるのだった。溝口は老師から後継者とする意志のないことを言いわたされたことに触発されて出奔し、かつて修学旅行で訪れた故郷に近い由良の海の荒涼とした景色の中で、突然「金閣を焼かなければならぬ」という想念にとらわれる。やがて寺につれもどされるが、柏木に借りた金のもつれから老師に直訴され、また不始末をさらす。溝口は柏木に「世界を変貌させるのは行為」しかないと言い放つ。老師の虚偽の信頼から与えられた授業料を手にして五番町の廓に通い、初めて女を抱く。あの暗い想念の実行を覚悟した今、溝口と女との間には、もはやあの金閣の幻影は現われなかった。

昭和二五年六月二五日、朝鮮に動乱が勃発し、世界が確実に破滅するという溝口の予感はまことこととなった。七月二日未明、金閣に火は放たれた。

［モデル考］　作中の私（溝口）のモデルとなった金閣放火事件の犯人林養賢は、昭和三十年十月三十日刑期を終えて釈放されたが、直ちに京都府立洛南病院に措置入院し、精神分裂病と肺結核の悪化で、昭和三一年三月七日に他界した。当人にこそ会わなかったが、その履歴を丹念に調べたことは、小林秀雄との対談「美のかたち」（『文芸』昭32・1）の中で作者が語っている。瀬沼茂樹は創作の機微に触れたその「『金閣寺』論」（『戦後文学の動向』所収）で、前記対談中で、モデルの徒弟僧の犯行の動機は実につまらない動機であったという三島の言を引きつつ、「ひと言でいうと、小説の主人公溝口某は実在の主人公とは似ても似つかぬ者であると言ってもよい。」と記しているが、林養賢の出生から終焉までを各種の資料と治療体験に基づいて記述、考察した小林淳鏡の論文「金閣放火僧の病誌」（『犯罪学雑誌』26巻4号）などによれば、三島の座談会での発言をも含めて、簡単に断言しかねる面をもつ。「林は因襲的な僻地の小寺に、独り子として生長した。父は病弱で消極的、母は自己顕揚性、攻撃的で、両親は性格的に調和しなかった。林は平均的知能

を有するが性格は分裂病質であった。林の性格の成立には、生来性素質は勿論無視出来ないが、幼時より悩んだ吃音は、人々の嘲笑と不遇な生育状況とあいまって、劣等感、卑下感を生じ、それと共に特に母の特異な性格が強く影響しており、内向的、依存的で且つ隠された攻撃性が著しく、人格の自主性が充分でなかった。そして中学三年頃より、現実生活に於いて対人困難が著しくなり、虚無的傾向と共に易感性偏執的傾向が次第に現われてきた。しかし鹿苑寺徒弟及び大学生の生活には、一応適応していたが、漸次狐独、自己嫌悪に強く悩むようになった。昭和二四年夏頃に始る被排斥体験により、虚無的及び偏執的傾向は次第に自殺と金閣放火に指向した。そして現実生活上の出来事、特に孤独であること、母の問題、長老の叱責などは、何れもこの傾向を悪循環的に促進発展させ、二五年七月二日の金閣放火及び自殺（未遂）を実行させる契機となったのである。この犯行は周到に計画準備して行われ、衝動的乃至短絡反応によるものではない。……略……金閣は林にとって聖美なるものとして最も愛好すると共に、妄想的とは云え住職となって支配することの出来ない憎悪の対象であり、林の母の愛への憧憬と母に対する憎悪の関係に似ている。それ故に金閣は母の代償的象徴でもあり、従って放火自殺には、金閣と自己の壊滅により、この両価性の矛盾、苦悩を否定的に解決しようとする意味が考えられる。林が自己の悩みをかように否定的に解決せねばならなかったことは、虚無的且つ偏執的な性格からも、また極めて少数の例外を除いてはもともと生の否定的疾患である分裂病に羅患した事実からも、当然であろう。そして、単なる否定、肯定を絶した〈殺仏殺祖（臨済録）〉を解決出来なかったとの告白は、かかる壊滅、単なる否定に進まざるを得なかった林の疾患と運命を示唆しており、興味深い。またここに、生来性、後天性の運命的負荷にも拘らず、一個の人間として生命を創造しようと努力して、破滅して行った林の苦悩の経過と転帰がうかがわれる。以上の、小林論文の抄出からも窺えるように、これは、殆んど三島の「金閣寺」の主人公溝口の心的閲歴をなぞったがごとくに、差異よりも類同においてとらえらるべきものであろう。

磯田光一は、三島のモデル小説について共通に言いうることとして「おおむねモデルになった人物が、堅固な確信をもって常識をふみにじっていること、そしてまた作者の方でも、それらの人物の堅固な確信を自分なりに摂取し消化して、そこに明らかに三島的な人間像を創り出しているということ」を挙げている。(「三島由紀夫――人と作品の系譜」)また、中村光夫は、三島の「青の時代」や「金閣寺」など、社会的事件を素材にした作品について「同じ混乱のなかで揉まれ、ひとつの個性的な行動とひきかえに生涯を破滅に導いた青年たちの行動は、内面を社会化する契機であり、氏は彼等にたいし、一種の倫理的負担を感じていたとさえ思われます。彼等を人間として描くことは、氏にとっては存在の証しであり、自から告白とみとめない告白であった」(新潮文庫解説『金閣寺』について」)とする。「青の時代」の主人公川崎誠のモデル、山崎晃嗣は、「金閣寺」でも「この春ごろから光クラブ社長はひどく柏木の興味を惹いており、私たちの話題にしばしば現われたが、彼を社会的強者だと信じ切っていた柏木も私も、わずか二週間後に彼が自殺しようとは予期していなかった。」と点出されている。川崎といい、「金閣寺」の溝口といい、柏木といい、作者と血脈を同じくする時代の子であろう。そして三島がより多く苦心を払ったのは、副人物ともいうべき、柏木をいかに造型化するかにあった。「未知の人生とは我慢がならぬ」とし、「生を耐えるため」には人間は認識を武器とするしかなく、さもなくば「狂気か死」があるばかりだと断言する柏木は、溝口以上に作者の内的世界を代弁する者として形象化されている。

なお、水上勉の『金閣炎上』(昭54・7、新潮社)は、かつて同じ相国寺派の寺院の徒弟として、在所も近く林養賢とも出会うなど因縁浅からぬ著者が、二十年の歳月をかけ、事件にかかわった人々からの聞書や資料を基にして養賢の実像に迫った作品である。

[文献] 長谷川泉外共編『三島由紀夫研究』(昭45・7、右文書院)、福島章外共編『日本の精神鑑定』(昭48・1、みすず書房)。

# 「金閣寺」 2

[概要]

長編小説。昭和三十一年一月から十月まで『新潮』に連載。同年新潮社刊。読売文学賞受賞。昭和二十五年七月の鹿苑寺放火事件に取材。辺鄙な岬の寺に生まれ、生来の吃音に悩む青年溝口が鹿苑寺の徒弟になり、不壊をほこる金閣の美に魅了される。しかし、敗戦後、金閣に拒まれているとの思いをつのらせ、住職との確執を経て放火を決行するまでの心理を主人公の独白を通して描く。中期の代表作。『三島由紀夫全集』第10巻（新潮社　昭48）所収。

[研究の現在]

作品研究史としては、『國文學別冊〈三島由紀夫必携〉』（昭58・5）の武田勝彦、「作品別　近代文学研究事典」（『國文學』臨時増刊号　昭62・7）の越次倶子、『近代小説研究必携』第3巻（有精堂　昭63）の佐藤秀明にすぐれた概括があり、詳細かつ便利。特に佐藤の「研究テーマ」「その他の留意点」が参考になる。

初期の代表的作品論としては、中村光夫の「『金閣寺』について」(『文芸』昭31・12、『批評と研究　三島由紀夫』芳賀書店　昭49、『文芸読本　三島由紀夫』河出書房新社　昭50)があり、三島自身の青春に形を与え、そこから訣別しようとする「観念的私小説」だとして、「思想小説」に達しなかったことを惜しみ、「内容が芸術的すぎて人生はそこから展けてこない」と指摘して「たんなる美学の論理としてではなく、人間の倫理の問題として、この生の根柢を衝」くことを望んだ。これは、森本和夫の「『金閣寺』をめぐって」(『文学者の主体と現実』現代思潮社　昭34)の評言「小説的な時間はあっても、人間的な時間が欠けている」にも連なるものであろう。

小林秀雄は三島との対談「美のかたち——『金閣寺』をめぐって」(『文芸』昭32・1)で、

あれは小説つていふよりむしろ抒情詩だな。つまり、小説にしようと思ふと、焼いてからのことを書かなきや、小説にならない。つまり現実の対人関係つていふものが出て来ない。対社会関係も出て来ないからね。君のラスコルニコフは、動機といふ主観の中に立てこもつてゐるのだから、抒情的には非常に美しい所が出て来るわけだ。

と言い、三島は「人間がこれから生きようとするとき牢屋しかない」というのが狙いだったと弁じているが、野島秀勝は「『拒まれた者』の美学」(『群像』昭34・2、『批評と研究　三島由紀夫』)で、主人公を終末で生き延びさせる設定にしたことに「作者の真の意図」があり、「作品はこの意図を正確に証明している」ことを論じた。

三好行雄「背徳の倫理——『金閣寺』三島由紀夫」(『作品論の試み』至文堂　昭42)は、小説の内的論理を丹念にたどりつつ、精緻な分析を施した基本文献で〔研究の現在〕に連なる、語りの位相、最後の行為の意味づけなど、作品の胎む多様な問題点への言及がある。三好は、対談相手でもあった三島の自決後、前記「背徳の倫理」に読みちがえはなかったかと自問して「〈文〉のゆくえ——『金閣寺』再説」(『國文學』昭51・12)

を書く。この一文は補筆されて「〈認識と行為〉をめぐって」と題されて前記『三島由紀夫必携』に再掲された。

文学と自刃、認識と行為を相対化することなしに、そしてまた、その前提として三島由紀夫の死の意味を冷徹に客体化することなしに、三島文学を正当に論ずることはおそらく不可能

という三好の存念に発する。三好は、

『金閣寺』を三島由紀夫の仮面の告白として読むにしても、……おそらくは作者もそれと気付かぬ、もうひとつの告白がひそんでいたのではないか。この巧緻にしくまれ、明晰な意識で統括された観念形象の地底にひそむ無意識の告白を読み落していたのではないか、……小説の最終章に関していえば、三島由紀夫が溝口を放逐したのではない、その逆。作者の観念の胎児と化していたはずの溝口が、逆に、三島由紀夫を芸術の世界に放逐したのだ、という別な読みかたも、いまとなっては決して不可能ではない。

という。三島の、〈文〉を〈武〉に奉仕させながら、みずから滅ぶにいたる道の端緒を、『金閣寺』に見ようとするのである。

田島昴『三島由紀夫入門――三島美学の核心と作品にみるその構造』（オリジン出版センター　昭50）は「私はたしかに生きるために金閣を焼こうとしているのだが、私のしていることは死の準備に似ていた」という言葉が示すように、二つの方向は主人公のなかに同居しているのであって、主人公が強く惹かれているのは、

結尾の一句にもかかわらず、やはり〈悲劇的な美しさ〉にかがやく金閣（美）のほうだということは作品の全体の内実が示している。

とする。

富岡幸一郎は「仮面の〈神学〉――『英霊の声』以降の三島由紀夫」（『新潮』昭63・1）で三島の、

美は、ともするると無を絶対化しようとするニヒリストの目を相対性の深淵を凝視することに、連れ戻してくれるはたらきをするのである。そうしてそれこそが今日における芸術の荷っている急務なのである。

（「新ファッシズム論」昭29）

という言葉を引いて、『金閣寺』において「美」の問題を書き、作品を書くことによって作者は変貌した。芸術至上主義の観念のなかにとどまりつづけることはできなくなった。

とする。富岡は、リービ英雄との対談「MISHIMA ALL ABOUT」（『すばる』昭63・11）で、『金閣寺』でやはり何かが終っている。三島にとっての文が終ったのかも知れない。しかし、僕はむしろそこからの彼の文学に注目したい。

という。杉本和弘「『金閣寺』覚書――行為を中心に」（「名古屋近代文学研究」二　昭59・12）は、『金閣寺』での〈行為〉が、三島にとってどのような意味をもつかを丹念に検討したもので、遠藤伸治「『金閣寺』論」（『国文学攷』一〇七　昭60・9）、有元伸子「三島由紀夫『金閣寺』論――〈私〉の自己実現の過程」（『国文学攷』一一四　昭62・6）、斉藤順二「『金閣寺』〈三島由紀夫〉」（『国文学解釈と鑑賞』平1・6）にも、結末に関わる論の展開がある。

佐々木孝次の「三島由紀夫の死――〈私の中の二十五年〉について」（『ユリイカ』昭61・5）に次の枢要の言がある。

かれの自殺が、死への強迫的な嗜好によってすでに二十五年前に予定されていたと言うなら、ついにそこに至るまでの二十五年間は、観念（言葉）に対する深い絶望感を抱えて、行動しているように見せかけながら、少しずつ自殺していたのだろう。

ポスト構造主義の旗手浅田彰の島田雅彦との対談「構造を模造する」に次の言がある。

端的に言うと、三島由紀夫は小説を書いたことはないと思うな。終わりの後という状況があるから、もはや物語は不可能になっており、物語の偽物をつくることしかできない。……最初から意図的に剝製みたいにして物語のパロディをつくってしまう。……物語の精緻な偽物を書き続けた人ではあるけれども、いわゆる小説は一回も書かなかったのではないかという気がするわけです。『金閣寺』なんてその最たるもので、最初に設計図があるんだからもうプラモデルを組み立てているようなものですよ（笑）。あれは小説じゃない、あの偽物っぽさは、しかし、今日行った金閣寺のキッチュさに見合ってると思うけどね。（『新潮』昭63・1）。

瀬沼茂樹「『金閣寺』論」（『戦後文学の動向』明治書院　昭41、『現代のエスプリ　三島由紀夫』至文堂　昭46）は、創作の機微にふれた好論で、前出小林秀雄との対談での、モデルの徒弟僧の犯行の動機は実につまらない動機であったとする三島の言を引きつつ「小説の主人公溝口某は実在の主人公とは似ても似つかぬ者であると言ってもよい」と記している。これについては、「差異よりも類同においてとらえるべきものであろう」とする高橋新太郎「『金閣寺』（三島由紀夫）」（『国文学解釈と鑑賞』臨時増刊〈現代作品の造型とモデル〉昭59・11）がある。

なお、かつて金閣寺と同じ相国寺派の寺院の徒弟としての経験を持ち、因縁浅からぬ水上勉の『金閣炎上』（新潮社　昭54）は、事件にかかわった人々からの聞書や資料を基にして犯人林養賢の実像に迫った作品である。

福島章ほか編『日本の精神鑑定』（みすず書房　昭38）には、三浦百重による金閣放火事件被告の「精神鑑定書」が収録されており、福島の解説が付されている。福島に「『金閣寺』——詩と事実の間」（『ユリイカ』昭51・10）がある。

［問題点］

三島は「最後の小説」の最終章の終止符を自らの死と重ねて、その文学的生涯を完結させた。彼は予兆の表現の布置に格別の工夫を凝らした作家であり、全作品に埋め込まれた予兆を周到に補完するための自死でもあった。三島ほど自作について多くを語っている作家はなく、自作自註は「読者のためよりも、自分のためである」とした。自己の〈仕組み〉に頑なに読み手を封じ込めようとする作者の意志とは別に、たとえば長岡沙里が『狂美の園――三島由紀夫の世界』（名著出版　昭46）で、ナンセンス・コミカルな思考とことわりながら、〈金閣寺〉を〈異性〉に、あるいは〈資本主義社会〉に読み代えて自己の図式を対置したような、〈開かれた読み〉も今後に期待されよう。

# 文学者の戦争責任論ノート

## 一

なにから書きはじめたらよいか。最初の思ひたちは終戦後、あひもないころであるが、そのときには苦悩のなかにおちてをつてそれに恐怖すらまじつて、よるも安眠のできないやうな状態にあつた。いろいろの不吉な予感にさいなまれながら、戦争中の自分の文筆活動をおもひかへし、いまになつて肯定できるものとできないものとを考へ、いはばこれまで照らしだされたことのない角度から、自分の思想と言動のすべてを解剖し、これを告白したいといふ考へがわいた。……その全体を決して弁明のごときものとしてでなく、自己解剖として、反省して、書くことができたらよい。

歌誌『まるめら（香圓）』（昭2〜16）を発刊した歌論家・歌人でもあり、経済学者として小樽高商・高岡高商教授をつとめた大熊信行の「告白」（季刊『理論』第1号　昭22・5）の序章の一節である。大熊には、新しい視点から文学を考察した好著『文芸の日本的形態』（昭12）や『文学のための経済学』（昭8）等もあるが、『経済本質論——分配と均衡』（昭12）『政治経済学の問題』（昭15）『国家科学への道』（昭16）などの主著によって、戦時下の国家総力戦体制の指導的理論家として、その一翼を荷い、大日本言論報国会の理事にも名を連ねた。また、小林多喜二・伊藤整・中条百合子とも関わりをもったことがある。

冒頭に掲げた「告白」に記されている「恐怖」や「不吉な予感」は、大熊の戦争協力者としての自覚に基づくものであり、占領軍の意向によって、いかなる処遇がなされるかの恐れ、おびえであり、大熊の鋭い感性と臆病さは生得のものでもあったろう。

昭和二十年九月十一日には、東条英機元首相ほか三十九名の戦争犯罪容疑者に逮捕令が出され、十月四日には天皇および皇室に関する自由な討議を含む思想・宗教・集会言論の自由の保障、治安維持法の撤廃、政治犯の釈放、内務大臣および特高警察全員の罷免等を求めたG・H・Q覚書が日本政府に手交され、翌五日、覚書の実行を不能として東久邇内閣が総辞職。十月十日には徳田球一ら政治犯三、〇〇〇名が釈放。十月三十日、教育関係の軍国主義者・超国家主義者の追放、調査機関の設置などを指令、「大東亜戦争」の開戦記念日十二月八日には、日本共産党外五団体主催の「戦争犯罪人追及人民大会」が共立講堂で開かれ、天皇を筆頭とする戦争犯罪人名簿を発表し、その一部が『読売報知』などに抄録報道され、大熊の名もリストアップされていたのである。先の「告白」に見られる大熊の沈鬱な心情は、敗戦後一年半近く経過した回想の筆によるものだが、戦時に翼賛して生きた知識人の多くが戦後に共有したであろう心底の不安とわだかまりをよく示している。

文学者の「戦争責任」の問題に、戦後いち早く取り組んだのは、雑誌『近代文学』（昭21・1創刊）に拠った荒正人・小田切秀雄・佐々木基一・平野謙・本多秋五・埴谷雄高・山室静の同人達であった。特に同人中の、荒・小田切・佐々木の「若手左派」三人は、タブロイド判の別働紙『文学時標』（昭21・1・1〜11・10、通巻13号）を発刊して「文学の冒瀆者たる戦争責任者」をラディカルに追及する「文学検察」欄を常設し、厳しく弾劾した。

おもへ！　われら青春の日に目撃した惨事の数々を……。日本ファシズムが文学に加へた蠻行と凌辱は、消えることのない瘢痕と化し、いまなほ疼きを覚えるのだ。

かれらの文学の敵は、まづ、プロレタリア文学運動を圧殺し、つぎにその血まみれの手を、同伴者作家、進歩的・自由主義的文学者のうへにと伸ばした。かれらは平和と人道を愛する作者たちからペンをもぎ取つた。さらに、かれらは文学流派としてのリアリズムを抹殺した。生活派、現実派、そして『綴方教室』風の作文さへも、『犯罪』なりとして、文学を愛する数多くの人々を検挙したのであつた。かれらの狂行は、実証主義、合理主義の否認を以て、つひにその絶頂に達した。宗教裁判の再現であつた。文学は完全に息の根を絶つてしまつた。

だが、かれらファシストたちと陰に陽に力をあはせた作家、評論家がゐたことを忘れることはできない。その最大なるものは、『聖戦』文学の製造者とその支持者である。かれらは銀三十枚とキリストを換へたユダのごとく、卑小な野心、些かの生活の資をえんとして、文学の純潔を娼婦のやうに自らの手で泥土に委ねたのであつた。言ふなかれ！指導者にあやまられてゐたのだと。或は、官憲の圧迫のため舞文曲筆を敢へてしたのだと。あの呪縛にかけられたいけにへの特攻隊員すら、戦争の終りには、幾人となく脱走を企て、自らの運命をきりひらかんとしたではないか。『聖戦』文学の何万頁は、ルーヂュを以て、身を護らんとしたマニラの少女たちについて報じた、連合国軍司令部発表の数行におよばなかつたのだ。あゝ、文学の大空白時代よ！『聖戦』文学者共はこのことを恥としないのか。かれらは、パンをもとめる読者に石をあたへたのだ。そして、『聖戦』が『醜戦』となつた今日になつても、かれらには、己れの師を売つたことを後悔して、縊死せるユダの心情すら湧かないのだ。かれらは新しい自由の文学に便乗を試みんとあがいてゐるのだ。……

荒の初稿に手を入れたという同人連名による「発刊のことば」の一節である。ここには、河上徹太郎が言挙げしたような、それが占領軍によって与えられた「配給された自由」（『東京新聞』昭20・10・26～27）であれ、「あてがはれ」た自由であるにせよ、絶望的な戦争の暗夜をくぐり抜けて「自由の陽ざし」を浴びた敗戦後独特の解放感、戦後的精神の昂ぶりがある。これら戦後的沈鬱と昂ぶりの言語空間の狭間で、たとえば、後で触れることになる、「政治と文学」の問題をめぐっての、中野重治の、荒正人・平野謙の発言に対する激語も生まれることになる。

『文学時標』の「文学検察」欄で最初に取り上げたのは、「高村光太郎」と「火野葦平」であった。小田切は言う。

> 近代日本文学の金字塔としての「道程」（大二年刊）の詩人が、詩の領域における戦争責任者の謂はば第一級となつためぐり合せは、なやましい憤りをもつて私達の胸を衝く。……戦争の進行と共に詩人は多く侵略権力の単なるメガフォンと化した。プロレタリア詩人の政治主義と違つて、これは時の支配権力への迎合であるが故に、決定的に卑しかつた。そしてかうした詩人達の前例を見ぬ堕落は、高村光太郎の動きによつて促進されること最も大であつた。「正直一途」の高村によつて詩人たちは自己の堕落への最大の刺激を得たのであつた。

と。荒も言う。

> かれは、一見人間性を消極的に肯定し、いかにも戦争がその蹂躪者であるかのやうな口吻を弄しながらも、やがて戦争を無抵抗に容認し、諦観してしまふのだ。……この作者が糞尿譚を以て芥川賞を獲てゐるインテリ作家であり、言語を絶するきびしい戦闘といふ事実に直面すれば、いづれは自分もこんな風に考へるであらう——と、いふやうなことを何十万の読者たちに信じこませた功績は不滅のものがあ

る！だからかれが調子に乗つて、「兵隊は人間の抱く凡庸な思想を乗り越えた。死をも乗り越えた。」とか、「我々の同胞をかくまで苦しめ、且つ私の生命を脅してゐる支那兵に対し劇しい憎悪に駆られた。」といふやうな赤新聞的表現を敢へてしても、それがなんだか文学的なものと錯覚されてしまふのだ。と。

以後第二号（1月15日）で「誣告者の行衛・中河与一」（大井広介）「軍国主義の文豪・吉川英治」（小原元）、第三号（2月15日）「ヒトラーの再現を望むもの・芳賀檀」（佐々木基一）「時流適合への祈り・亀井勝一郎」（笹原冬雄）、第五号（3月15日）「山本有三」（平野謙）「保田与重郎」（杉浦民平）「杉山平助」（荒正人）、第六号（4月1日）「斎藤茂吉」（小田切秀雄）「横光利一」（加藤周一）「石川達三」（小原元）、第七号（4月15日）「十年代の悪典型・島木健作」（大井広介）「耄碌丹那の繰言・佐藤春夫」（佐々木基一）「岡崎義恵」（和井英一＝本間唯一筆名）、第八号（5月15日）「転向者の権威・林房雄」（松本正雄）「Our damned Spot！・武者小路実篤」（長光太）「自由主義者・菊池寛」（小原元）、第九号（6月1日）「仏の顔も三度・森山啓」（大井広介）「目はしの利いた愚劣・浅野晃」（座間三郎）、第十号（8月1日）「常習転向者・藤沢桓夫」（小田切秀雄）「詭弁も自由主義か・中野好夫」（小原元）「国学的信念の奉戴者・蓮田善明」（加藤正忠）「無恥なる孤独者・青野季吉」（荒正人）、第十一号（9月10日）「ジャーナリズムの昆虫・久米正雄」（毛利昇）「歌壇ファッショの元凶・斎藤瀏」（渡辺順三）「時代に肌つける・丹羽文雄」（中川隆永）「反動の『親分』・塩田良平」（ミヤマ・コオ）「何々文学」（大井広介）、第十二号（10月10日）「『歌つくり官僚』・逗子八郎」（須東郁）「無節操なスタイリスト・谷川徹三」（仁礼志作）「軍国主義少年文学のチヤムピオン・清閑寺健」（関英雄）「民主文化の『毒』・舟橋聖一」（美山昂）「夢をくふ『親方』・久松潜一」（加藤正忠）、第十三号（11月10日）「丹那芸《ディレッタンチズム》としての文化・和辻哲郎」（森宏一）「高潔な帝国主義ユマニスト・岸田国士」（長光太）「性根をなほせ・上田広」（荒正人）「ひねくれた良心を弁護する・岩倉政治」（中川隆永）「転落の詩人・神保光太郎」（毛利昇）「俳壇の害虫・富安風生」（烏山碌二郎）と文学検察は続いた。『文学時標』の紙面は、毎号同人執筆の第一面の「主張」欄では、天皇制（第二号）や転向の問題（第四号）や共産党の文化政策（第七号）やプロレタリア文学運動の教訓（第九号）など、戦後の枢要な課題に発言するとともに、これも常設の「政治と文学」・「自由の窓」欄への宮本百合子・蔵原惟人・江口渙・豊島与志雄・本間唯一・中島健蔵・本多顕彰・福田恆存・坂口安吾等の寄稿、「文芸時評」に中野重治・窪川鶴次郎・宮本顕治・徳永直・花田清輝・平林たい子・岩上順一・加藤周一・杉浦民平・滝崎安之助等を動員するなど、半月刊という小廻りのきく媒体の利点を生かしつつ、ほぼ同時期に出発した『近代文学』誌をむしろ先導した感があった。『近代文学』も創刊当初から、蔵原惟人（第一号　1月）、小林秀雄（第二号　2月）、中野重治（第三号　4月）、宮本百合子（第四号　6月）、窪川鶴次郎（第五号　9月）等を囲む同人との座談会を企画するなど、進歩的文学者を誌面に結集しようとする、いわば「人民戦線」的志向を潜在させてもいた。

一方、中野重治は、「敗戦による民主主義革命の開始に際会」して昭和二十年の九月以来、「民主主義文学者の結集体を組織」すべく発起人の一人として努力してきたが、十一月十五日に創立準備委員会を結成、「帝国主義戦争に協力せずこれに抵抗した文学者のみが資格を有する」という結論から、秋田雨雀・江口渙・蔵原惟人・窪川鶴次郎・壺井繁治・徳永直・藤森成吉・宮本百合子と共に中野も発起人に決まり名を連ねた。中野は前月十八日には、文藝春秋社で開かれた文芸家協会再興発起人会にも、宮本百合子・佐多稲子らと共に出席していた。この十一月に、おそらく、前記「新日本文学会」の創立準備委員会結成の前後に、宮本顕治・西沢隆二《たかじ》の推薦で共産党に再入党する。中野の全集「著者うしろ書」によれば、

その前に同じく二人から話があり、三四年「転向」のことがあって一応辞退したのだったが、その後また話があって私は感謝して

の再入党であった。西沢は、窪川鶴次郎と共に中野の『驢馬』時代の同人仲間であり、徳田球一の女婿でもあった。宮本・西沢は、共に十月十日の出所組であり、後にいわゆる党の「五十年問題」の責任をめぐって、

両者袂を分かつこととなるが、いずれにしろ、宮本に象徴される、輝ける「非転向者」のお墨付きを得て、再入党したことは、その「感謝」にまつわる心情をも含めてその後の中野の行蔵に陰に陽に微妙に関わってゆく。冒頭に掲げた大熊の「沈鬱とわだかまり」を共有しつつ戦後を出発したであろう中野が「帝国主義戦争に協力せずこれに抵抗した文学者のみがその資格を有する」と結論づけられた発起人に名を列ねる「決断」を支えたのも、その「お墨付き」が大きく与っていたと思われる。そして、この中野の決断なしには、蔵原を除いて、あるいは宮本百合子すらも、発起人に名を列ねることをためらわざるを得なかったと思われる。この、旧ナップ系のプロレタリア文学者を集めた発起人の一人一人にしても、生活の困窮苦難と、己れの心身にわたる衰弱の度合いに応じて、「帝国主義戦争」に協力加担せざるを得なかったであろう内実をもつ。

「戦争責任」といい、「文学と政治」といい、およそ戦後に枢要とする課題にして「転向」の問題に関わらざるものはないといってよい。

人間の擁護、芸術の防衛を看板にした宗匠根性は非人間的であり、反人間的である。人間的にそれはいやしい。

という、最大級にドギツイ激語を荒・平野に向けて発せねばならなかった中野の内実を問うことから「戦争責任」の問題を考える端初とした拙稿だが、非力故の時間的余裕がなく、続稿で責を果たすしかないが、かつて「戦争責任」なる小文（『国文学解釈と鑑賞』臨時増刊　昭45・7）を執筆した際に、

中野重治の「五勺の酒」（『展望』昭22・1）の中の中学校長の酔余の繰り言にかりた天皇制論議は、「文学者の戦争責任」なる未決の論を考える上にも、多くの示唆を含むものであろう。

といったあいまいな言い放ちに始末をつける責任があろうし、そしてまた、目下連載中の紹介的短文の中で、

平野謙は、単行本『島崎藤村』（昭22・8）に「太平洋戦争中、ひとりの臆病な時評家がたたかつて来

た精一杯のたたかひぶりの見本」として「ふたりのすがた」「わたくしごと」の二篇を収め、『知識人の文学』(昭23)に戦中の自己の文学的営為を戦後に直接させる自己検閲の取捨を行なったにとどまり、……「小林多喜二と火野葦平とを表裏一体と眺め得るような成熟した文学的肉眼」を具有し得たであろう平野謙による、戦中の苦渋と疼きの自己告発を発条とした戦後的出発の文は書かれることなく終った。

(『日本古書通信』通巻735号 平2・10)

といった言説の拠り所をより精細に示す必要もあり、それはまた、江藤淳の近著『昭和の文人』が説くところとも関わらざるを得ないが、なによりも、年来の課題たる「戦争責任」についての問題に、私なりに得心したいがためのノートにほかならない。

戦後いち早く、戦争責任の問題を声高に追及したのは、文学者であったが、これを自己の中心課題として主体的に問いつづけ「戦後」を生きた文学者は、はなはだ少ないのである。

## 二

昭和十六年(一九四一)十二月九日、早朝から全国一斉に「国内治安確保ノ完璧ヲ期スル為」いわゆる不穏分子の検挙・予防検束が行われた。この年三月七日には国防保安法が制定され、同じく十日には治安維持法の全面改正が実現し、五月十四日からは、予防拘禁制度が実施されていた。七月三十一日には、「何時如何ナル事態ノ発生スルヤモ測リ難キ状況」のもとに、内務省警保局長名の通牒「治安維持法ニ関スル非常措置要綱」が全国道府県の警察部長宛に発せられていた。日米開戦に備えて、反戦反軍、反国策的非協力的態度への抑圧の強化が指示され、特に、「共産主義運動関係者」がチェックされていたのである。この「宣戦ノ大詔」の発せられた日の翌日に検挙拘束された左翼運動関係者の内訳は、被疑事件の検挙者二百二十六名、予防検束者百五十名、予防拘禁者三十名の計三百九十六名であった。

この日検挙された者の中には、『列風の街』の歌人渡辺順三や同人誌『構想』に拠って「CREDO QUIA ABSURDUM」と題して、毎号詩的アフォリズムを発表していた埴谷雄高、いわゆる「リアン芸術共産党」事件の詩人高橋玄一郎そして宮本顕治夫人宮本百合子等々の文学者も含まれていた。宮本百合子は翌十七年七月二十日過ぎ、東京拘置所の西日の射す独房の炎暑の中で健康を害し人事不省の状態で出所する。

中野重治は、故郷福井一本田に滞在していたため、身柄拘束を免かれたが、妻の原泉から「ケサキタイサイフミ」の電報を受取っていた。予防検束者の一人にリスト・アップされていたのである。中野は、昭和十一年十一月の「思想犯保護観察法」実施以来、保護観察処分を受ける身でもあった。『中野重治全集』第二十八巻の松下裕作製の「年譜」の昭和十七年の項に次の記述がある。

一月四日、妻、東京で女児早産。生後まもなく死亡。五日、窪川いね子、壺井栄から「四ヒゴゴ三、三〇オンナウマレ四、一〇シス、ハラサンゲンキ、イネコ、サカエ」の電報を受けとる。

一月十四日、一本田をたって東京に帰る。十六日、警視庁第一課宮下係長、片岡警部を訪ねる。保護観察所長、山根補導官、荒牧保護司を訪ねる。世田谷署特高主任を訪ねる。以後、一九四五年六月「召集」のときまで、東京警視庁、のち世田谷警察署に出頭、取調べを受ける。

二月十五日、文藝春秋社に菊池寛を訪ねて会えず、翌十六日手紙を書き、ちかく新しい文学者の団体が出来るにつき、資格審査にもれぬよう情報局の人にとりなしてくれるようたのむ。

「新しい文学者の団体」とは、五月二十六日に結成を見る社団法人日本文学報国会のことである。中野の作品『甲乙丙丁』上（講談社　昭44・9）に次の書簡が挿入されている。

かういふ手紙で失礼します。昨日お目にかかりたくて社へ伺ひましたが、会議とのことでK・Hさんにお会ひしてお伝へを願つておきました。しかし忘れたこともあり、取急ぎこの手紙を差上げます。K・H氏のお話と重複するかとも思ひますが、その点おゆるし下さい。いつも困つた時にばかり駆けつけるやうな仕儀となり、恥しく存じます。お願ひの件できるだけ事務的に申します。今度新しい文学者団体が出来るにつき、だんだん処理委員会が開かれ、最近一種の資格審査委員会のやうなものが開かれ、席上私の名前があがつたとき、情報局側の人が、これは情報局の方にちよつと考へさせてくれといふことをいはれたさうであります。それにつき、あなたが情報局の方にお会ひの便宜がありましたら、私が資格審査にもれぬやう、どうかお話をお願ひしたい、これがお願ひの事柄上の内容であります。

情報局側のこの言葉は（これは又聞きなのですが、私はそれを根拠あるものと思ひ、取急いでゐる次第なのです。）私自身にも、分からぬ言葉ではありません。十二月九日に検挙があり、私の所へも警察の人がきた次第で、その後私の身柄が、まだ最終的に決定してゐないといふことに関係あるものと思ひます。そこで、さうであるだけに、一そう右のことをお願ひしたいのであります。

そこで私の身柄の現状を申します。私は昨年十一月十七日父重態につき帰国し、父は翌日死に、その後始末に忙殺されてゐるうちに大東亜戦争の勃発となりました。警察からは（私の帰国その他はすべてその都度警察その他に通知してありますが）私の留守宅《うち》に人が来たわけであります。そこで私は警視庁の方へ手紙を書き私の事情を書き、取調べその他の場合、家を留守にする事なしに行くやうお願ひしました。それから郷里の方で四十九日をすませ、一月十六日上京し、警視庁に出頭しました。そこでなほいろいろお話して、お話も聞きましたが、当局の方の言葉をごくかいつまんでいひますと、「君の一身上の事情は委細分つた。また君の心境の説明も分かるところがあつた。こちらとしては、君のからだを強ひても拘束することが目的なのではない。要は君の反省如何による。その反省が深く、当局にも十分納得行くものであつた節は、取調べそのこともなしにすむかも知れぬ。二つの家——郷土と東京との——マネジといふことは簡単には行くまいが、差当り必要な処理をすませたら、その時通知するやうに。」といふことでありました。私は実にありがたく、その後東京の家の方のメドも七分通りついたものですから、先日また警視庁へ行きました。その時は、やはり結論だけ書きますと、「それでは郷里の方に帰り、家の処理がすんだら、君の心境を書いてよこすやう。いつまでといふわけには行かぬが、決して急ぐには及ばぬ。その上で上京するがよからう。」といふことでありました。この上京は、警視庁への出頭といふことでも無論ありますが、今後とも私が生活の本拠を東京に置き、文筆の仕事を仕事として行くといふことを前提としてゐるわけであります。なほその時「君の願が何分とも取上げられるだらう。」といふお話もあり、私としては、切にそれを願つてゐるわけであります。そこで私はここ数日中に再び郷里にかへり、なるべく来月半頃までに上京したいと考へてをります。私の身柄はかういふ具合に、形の上では途中といふ形にあるのです。

そこであなたにお願ひに上つた心持を申します。大体この又聞きといふのは、持田朔郎君からのことなのですが、一昨日突然持田君が私のところへ来、彼が徴用に立つことをいひに来ました。そして話の末、当分ゐなくなることでもあるからといふので、さういふ話を聞いたからいひ置くといつて話してくれました。そして「かういふ事は、きまつてしまふと動かしにくいから。但し君に筆を折るといふ気持ちがあるなら別だが、さうでないならば、何とか方法を講じるがよからう。」といふ意味を別れの言葉としてくれました。私は有難くそれを聞きました。

但し持田君には、私への誤解があり、そのため、筆を折る気持ちがあるなら格別云々といふことをいつてゐるのですが、私には毫もさういふ気持がなく、この際自分の反省を深め、誤りを正して、今後とも当局の指示に従ひ、一個の作家として、今日の時代に精いつぱい働きたいと思ひ、又そのことが多少とも当局にも諒解が願へ、自分の前途は、身柄上なほ翳があるにしても、それを通じて明るくなりつつあるといふ風に考へてゐるものですから、進んで自分といふものを各方面にも諒解が願ひたく、資格審査といふことは将来にわたるものであり、誰人かに話を聞いてほしく思ひましたが、何しろ今までの私のこととて、適当な人を知りません。そこで再びあなたのところへ出かけたわけであります。今までの私は、「あれは役人などに会ふのは嫌ひな男だから」といふ風にも見られてゐたかとも思ひますが、今の私は決してさうではありません。その点ではずつと積極的になつてゐます。

但し私はこの際何とか選にもれず、また身柄も拘束されなくてすめばいい、とにかく、ここを切り抜けさへすればといふ考へでゐるのではありません。私の場合はそんなことですむ筈もなく、仮にすんだとしても、それでは今後の文筆生活が性質からいつて開けぬのですから——これは文筆の仕事そのものにかかはりますが、私の性質としても、さういふことはできません。この点は小生は従来とも、偏狭だつたとしても不正直ではなかつたと信じます。——あなたに厄介をお願ひする以上は、成敗にかかはらぬある程度までの信念がある次第であります。そしてその根本要約の一つをなすものは自分のひとりよがりについての反省であります。(くどくなりますが出来るだけ事務的に書きますからどうかお読み下さい。)それは、今後のことにつき、従来自分の仕事について、客観的に責任をとる態度がなかつたといふことであります。一口にいへば、出獄以来自分は政治的な面から全く離れ、もつぱら文学上の仕事をし、それを新しい方向において自分はしてゐる。それは広くいつて、日本文学にかすかに貢献してゐると思ふ。それを検閲当局などが、とかく色々といふ。また読者も自分の書いたものを、勝手に延長して受取る傾きがある。しかしそれは向ふが悪い。自分はさういふ積りではない。全く新しく踏み出してゐる。それは作自体に即して見ればわかる筈だ。諒解するのは向ふの勝手だ。自分は不完全にしか理解されてゐない。自分といふものをよく理解してほしい。ざつとかういふ考へでやつて来たと思ひます。

つまり私は当局なり、読者なりが、私の書いたものを、どういふ工合に受け取るやうな条件の下にあるかに無関心でゐました。文筆上の仕事の世間にあたへる影響について、自分の主観ばかり問題にして、客観的に責任を負ふことに気づいてゐなかつたことに気づいた次第です。執筆禁止の問題についても、それの当面の意義は、今になつてやうやく合点が行つたといふ体たらくであります。まことに恥しい話ですけれども、事実そんな工合であります。そこで私は今からは、その点の責任といふことに中心を置いて、作家と世間との客観的関係の認識から自分の道を開きたいと考へます。

しかし、一方からいへば、このことが今まで分らなかつたといふのも、一つには、自分の哲学的、思想的立場が明瞭でなかつたこと、それを明確にする努力があまりなかつたことによつてゐると思ひます。マルクス主義文藝観を離れたといふ方がおもで、それではどんな新しい立場に立つたか、そのことが自分自身に対してさへ、必ずしも明瞭でなかつたと思ひます。勿論、国家の方針にそふ《（ママ）》いふこと、国民の一人としての立場に立つことは明瞭でしたが、それは反面からいへば、自分の国民的出生にたよつてゐたものといふことができます。しかし今となつては、特にそれでは不充分であり、私の場合はなほ更であり、また私が前途に光明を見て行くのだとすれば、そんな漠としたことで信念が立つわけでもありません。今の私はその点、かういふ風に考へてゐます。日本の民族的統一の強化、国家的力量の増大、両者の結びつけられたものとしての発展のために書く、一口に言へばかういふ考へであります。民族的統一の強化、国家的力量の増大、そのためといふことをよくよくはつきりさせて書いて行きたいといふ考へであります。これは自分としては、やうやく得たもので、その点は恥しいのですが、さういふわけであります。かういふことは、もつと別に信念がパツと燃え立つやうな人もあると思ひますが、私の場合は、さういふ風に行かず、どうしても理屈的になる所がありますが、自分としては、ただ信念といふだけでなく、理屈的な面でも、自分の考へをよく確かめたいと思ふわけなのです。この考へには、それでは昔の階級といふことなどをどう処理するかといふ種類の問題がはいつてくると思ひますが、それらについては、まだ、考への全体が構成されてゐず、また大体において分ることも、いちいち理屈ばつて書くことができません。私としては、今だとりついた心持ちと、この心持ちの自分としての思想的裏付けのあらましをかいつまんで書いた次第であります。かういふことが諒解されて、そのことによつて資格のことなども取上げられてほしいのであります。

それですから、仮に私が新団体に参加できなくなるやうな場合にたちいたつたとしても、そんなら勝手にしろといふやうな心持ちになることは全くありません。（これは身柄の方についても同様であります。）それですから、あなたに厄介をおかけした結果、形の上で目的が叶はなかつたとしても、ここにスケツチした私の信念には変るところがありません。その点、あなたにごめいわくをおかけするやうなことは万々ありません。あなたに之を聞いていただくだけでも有難いのであります。

私は私の目的が実地にも叶ふやうに切望してゐます。妻のこともあり（昨日お目にかかれ、次手があつたら、女房からもよろしくといふことをいつて置いてくれといふ女房の話でしたが、K・H氏にお会ひしたので、そのことは云はずに帰りました。）彼女の妹の勤先きが貿易関係の会社でもあり、ドイツ資本との関係からも、彼女（妹の方）に悪く影響することなども恐れます。警視庁当局の話が進行中に、文学団体から閉出されることが事実となり、それが身柄問題へ逆作用して行くことも恐れます。目的は叶へられたいと願ひます。けれども、本質的には私の信念が諒解され、それによつてそれが具体的に育つて行く可能性が与へられるといふことであります。先日、「藝術」の人が来て、最近の心境を書けといふことでしたが、身柄についての問題が進行中ですから、今いつたやうな心境を人に知つてもらひたくも思ひ、また発表の責任もあると思ひましたが、不キンシンと思ひ断りました。またそのことを当局に報告しても置きました。その他万事この際特に慎重に行動したいと考へて居りますが、あなたにお願ひするについても、よく考へました。さうして成敗は別として、やはりあなたにお話しておきたいと思ひました。どうか、便宜の節がありましたら、よろしくお願ひ致します。またかういふことにつき何かお話があるやうでしたら、お聞きしたいと思ひます。まだ四、五日は東京にをりますから、電報なりを下されば、早速お訪ね致します。（なほ警視庁係の人は第一課山下清係長殿であります。保護観察所の方は牧直保護司であります。）

大へんながく書きました。ぐちつぽく、理屈ぽくもなりました。自分のことばかり書きましたことをお許し下さい。この頃はとりわけお忙しいことと思ひますが、御健康のほどを祈ります。

二月十七日　　田村　榊

豊田　貢様

又聞きを基として書きました。けれどもそれが無根のことだつたとしても、これを書く機会を得ただけでも私としては、満足です。事実無根の場合は、私の心持のみお知りおき下さい。ほんたうに長々と書き、しかも書き足りぬ気がしてなりません。お笑ひなくお読取り下さい。

あえて長々と田村の作中の書簡の全文を引用したのは、イニシアル化や仮名が用いられているものの、これが年譜に記述されている、中野が菊池寛に宛てて書いた懇願の手紙そのものと思うからにほかならない。この長さ、この懇篤さは、並大抵ではない。太平洋戦争開始前後の中野をとりまく逼迫した状況そのものが切実に反映している。部分的な抄出を許さぬ真実なるもののみが有する長さと緊迫がここにはある。埴谷雄高の『影絵の時代』（河出書房新社　昭和52・9）には、「作中の人名が他に置き換えられているだけで、原型のまま全文はいっている」との平野謙の言も紹介されている。この書簡と平野謙の宿縁？については後に触れる。

中野は、昭和十七年二月一日付の『日本学藝新聞』（百二十五号）の「わが今日の決意」を問われたはがき回答で、

自分は最近ある機縁に依つて、数年来の行き方が一貫して誤つてゐたことに気づきました。その説明は簡単に出来ぬ性質のものだから省きます。そこで自分としては、この誤りの認識に徹すること、そこから正しき道行きを発見することに今日の決意をかけて居ます。話が個人的になりましたが、実情かくの如くであります。

と記してもいた。同じ紙上で、半田義之は「よき小説家、よき日本人たること。」と答え岡田八千代は「何事もおかみにお世話かけぬ様、御用あらば何かのお役に立ちたく職域奉公を念願といたしてをります。」とのべ、戦時下を、もっとも細心に率無くしのいだ伊藤整は「臣民として御詔勅の精神を体し、戦時下文藝の道を生きる覚悟です。」と心懐を吐露していた。

再び前記中野重治「年譜」を引く。

五月二十六日、社団法人日本文学報国会発足。小説部会および評論随筆部会会員となる。六月十八日、日比谷公会堂での発会式に出席。

六月三十日、『斎藤茂吉ノオト』を筑摩書房より刊行。

七月、堀辰雄をつうじて、宇野千代から匿名で生活費援助の申入れがあつた。（七月十一日付堀辰雄手紙）。

七月二十七日、文学報国会が会員に呼びかけて小石川後楽園で忠霊塔建設の奉仕作業を行ったのに参加。

八月一日、宮本百合子の東京拘置所からの仮死状態での出獄のしらせを受ける。

八月三日、娘の療養のため、栃木県那須郡那須高原八幡温泉に行き、ひと夏を過ごす。「わが家の子供の育て方」を『女性生活』十月号に発表。

十月三十一日、新潮社版昭和名作選集『歌のわかれ』、先日企画届を出したものから絶版にすると連絡あり。

十一月七日、警視庁に提出するべき手記書きおわる。十日、午後、警視庁へ行き片岡警部に九十九枚わたす。さらに出獄以来の「著者ならびに発表原稿の発表場所、年月日、内容、そのイデオロギー等の記録」を提出することを求められる。

中野重治は、「年譜」の記述にあるように、日本文学報国会の発会式に列席、大政翼賛会総裁・内閣総理大臣東条英機の「祝辞」に聞き入っていた。平野謙の「文学報国会の結成」(『婦人朝日』昭17・8)なる一文には、その模様を次のごとく伝えている。

会長徳富蘇峰、全会員約三千二百名、まことに聖代の壮観と言ふべきであらう。ここに全日本文学者の大同団結は全く成つたのである。このことの劃期的な意義については何人も疑ふまい。とかく静観的、閉鎖的になりがちな文学者が各部門の交流、聯繋を目ざして大同団結したといふこと、この一事は既にそれだけ永く文学史に伝ふべき、偉大な事実にちがひない。

平野朗こと平野謙は、昭和十六年二月二十一日付で、のちに文藝課と称される情報局第五部第三課の嘱託の職に在った。日本文学報国会を結成に導いた直轄の課であり、平野自らも、文学報国会評論随筆部会の幹事の一人でもあった。同人誌『現代文学』で平野と親交した大井広介によれば、情報局総裁東条英機の文化関係の演説の草稿作りも上司から命じられたともいう。(「文学報国会は無為」『文学』昭36・5)

日本文学報国会への入会は、「一種の免罪符とも受けとられがちだった」と平野も回想するように（「日本文学報国会の成立」『文学』昭36・5）、当代の文学者およびその研究者は、有名無名を問わず、時勢の波に乗り遅れまいとして、あるいは時代の悪気流から身を避ける「生業《なりわい》の楯」として、こぞって入会したのである。保護観察処分下にあった宮本百合子・蔵原惟人・中野重治らにとっては、日本文学報国会は、「緊急避難」の恰好の場として意識されたであろうし、思想的負い目を抱く多くの転向者は、そこに安堵したのである。窪川鶴次郎も壺井繁治も本多秋五も小田切秀雄も荒正人（赤木俊）も佐々木基一も例外ではなかった。のちに『近代文学』に拠る仲間で入会しなかったのは、多分埴谷雄高唯一人であろう。

小生は世の文士とは全く性質を異にしてゐる上に……且文筆を持つて以来報国の念を離れた事がないから、今更報国会に入る必要を認めない。（『隣人之友』昭17・10）

とした中里介山や、『みたみわれ』の歌人・大東塾の影山正治などのような、勧誘があったにもかかわらず応じなかった者は、ごく稀れだった。『断腸亭日乗』一九四三年五月十七日の条に、「菊池寛の設立せし文学報国会なるもの一言の挨拶もなく余の名を会員名簿に載す」との記述が見えるが、荷風に私淑する文士のいわれ無き業でもあったろうか。

日本文学報国会結成に至る経緯については、『日本文学報国会会員名簿』の復刻版（新評論社刊）に付した拙稿「総力戦体制下の文学者——社団法人日本文学報国会」があり、本稿の記述を補うところがある。

## 三

自分は戦争中なにをしたか。

戦争にたいしてどんな態度をとつたか。なにを考へてゐたか。その考へはどう推移したか。なにから遠ざかり、なにに接近したか。そして実際に、実感においてなにと戦つたか。その根底にある思考はなんであつたか。どのやうな恐怖と、いかなる希望を、そしてまた、どんな疑惑をいだいてゐたか。すべてそれらの内面的なものについてかたることは必要だが、しかしそれよりも実際に表面的になにをしたか。まずそれをかたることがいつそう必要である。

一（p155）で触れた大熊信行の「告白」の「第一章国体」の書き出しである。大熊がこの「告白」を思い定めるのに、最初の刺戟を与えたのは、昭和二十年十月二十二日付の同盟通信の「文化犯罪人の責任」と題された全国の地方紙に向けた特信記事であった。

ここに軍閥と結んで戦争を理論づけ、無垢なる青少年を戦争におひたてながら、いまなほ峻烈な批判をまぬかれ、しかもこの混乱に乗じてはやくも変装し、新事態に便乗しやうとしてゐる一群がある。すなはち文筆をもつて、戦争に協力した評論家、思想家、作家、歌人、詩人およびそれらと結託し、軍閥を通じてこの宣伝に協力した雑誌社、出版社等である。これらが戦争を謳歌し、軍国主義を合理づけることによつて国民にあたへた害毒は、軍閥官僚などの戦争指導者のそれにおとるものでなく、たんなる戦争犯罪人としてのみでなく、文化犯罪人としての責任をも附加さるべきものである。個々の群小作家たちは、時のいきほひにこゝろならずも追随したにすぎぬと弁解するかもしれないが、これほど虫のよい無責任なことばはない。みづからの良心をいつはつて作をなすがごときはそれ自身すでに芸術家ではない。また戦争を真に正しいと信じて活動をしたものならば、このさい明かに責任をとつて、文筆人たることを辞すべし。もしまた戦争の不正をさとり、おのれの非行を認識するならば、よろしく天下に謝罪し、男らしくその転向を声明し、しかるのちに文化活動に入るべきである。

この大熊の心を打った記事の筆者は栗林農夫であった。一石路の俳名をもつ栗林は、『俳句生活』の同人で、同じく橋本夢道・神代藤平・横山林二や、『土上』同人の島田青峯・東京三・古家榧夫、『廣場』同人の藤田初巳・小西兼尾・細谷源二・中臺春嶺・林三郎、『生活派』の平澤英一郎と共に、昭和十六年二月五日、前年の『京大俳句』に引き続いた大東亜戦争に向けての一連の俳句弾圧で検挙され、入獄二年半の体験をもつ。戦後は新俳句人連盟結成に加わって初代幹事長となり、新日本文学会常任幹事としても名を連ねた。一石路に「淡雪やわがきし道の曲りやう」なる秀句がある。

蔵原惟人を編輯発行人とする『新日本文学』創刊準備号（新日本文学会創立準備委員会発行　昭21・1・31）の実質的な編輯者は中野重治であった。「本誌のできるまで」で中野は、

一日も早くこれから文学にはいつて行かうとする人々に国の文学の中心拠点を知らせねばならぬ。一日も早く、戦争中沈黙を強ひられて来た作家たちに「書け、その堰を切つて落せ」といふ合図をせねばならぬ。一日も早く、戦争中政府と軍閥とから強制と陰謀とで動員せられ、それの反省からやゝ自虐的に活動再開をおくらせてゐる作家達に「活動を再開せよ。それは可能だ。それは貴重ですらある」とハッキリと言はねばならぬ。

と記した。準備号には、新日本文学会創立の趣意と綱領・規約の草案が掲げられ、

今こそ日本の文学者は、わが人民大衆の生活的現実・文化的欲求の真実の表現者として、日本文学の中に存在し続けて来た民主主義的伝統の上に立ち過去の日本文学の遺産の価値高きものを継承し先進民主主義諸国の文学より学びつゝ、真に民主的、真に芸術的な文学を創造し、日本文学の高き正しき発展のために結合してその全力を傾けねばならぬ。

と謳われ、綱領草案は、

一、民主主義的文学の創造とその普及。二、人民大衆の創造的・文学的エネルギーの昂揚と結集。三、反動的文学・文化との闘争。四、進歩的文学活動の完全な自由の獲得。五、国の内外における進歩的文学、文化運動との連絡協同。

が目指された。発起人には秋田雨雀・江口渙・蔵原惟人・窪川鶴次郎・壺井繁治・徳永直・中野重治・藤森成吉・宮本百合子が、賛助員として志賀直哉・野上彌生子・広津和郎の三名が名を連ねた。この準備号より一足早く刊行を見た荒正人・小田切秀雄・佐々木基一・埴谷雄高・平野謙・本多秋五・山室静を同人とする『近代文学』創刊号には、本多の「藝術　歴史　人間」、正宗白鳥の「昔の日記」、宮本百合子の「よもの眺め」、蔵原惟人を囲んでの同人との座談会「文化と現実」、花田清輝の「変形譚」、長光太の詩二篇、平野謙の「島崎藤村㈠」、坂口安吾の「わが血を追ふ人々」、佐々木の「停れる時の合間に」、埴谷の「死霊」が載つた。「同人雑記」で荒は言う。

昭和六、七年頃、日本のプロレタリア文学は、ドイツのそれを凌ぎ、ソヴェートにすら肉迫してゐるんだと、ほこらしげにかたられてゐた。今日にして思へば、手も足も出ない窮境に追ひつめられた政治運動の代用品として、文学が利用されてゐたのだ。アジ・プロ文学の誕生もまた当然の帰結であつた。いま、民主主義革命の朝あけのなかに、共産党も公然化し、進歩的文学運動も展開されようとしてゐる。だが、壁新聞、報告文学、サークルといつた往年の方式の改訂版を以て、能事畢れりとするならば「聖戦」文学の遺した荒地はつひに一草をも留めぬ不毛磽角の氷原と化するであらう。徹底的に自由なる、藝術尊重の政策を！「藝術至上主義」の正しい再生を！原子爆弾のやうな力を蔵する第一級の文学はそこからうまれてくるのだ。そして、すぐれた文学はしひられずとも、本質的にはつねに正しい政治に通ふのだ。藝苑の花は咲くにまかせよ。

と。荒は第2号（昭21・2）の「同人雑記」では、

ところで、戦争責任の疑ひ無きにしも非ざる藤森成吉が「新日本文学会」の発起人になつて、民主主義文学者糾合の先頭に立つたりしてゐることは、政治的感覚もさうだが、それ以上に藝術への愛情を欠いてゐるからだと邪推するが、如何。

と疑問を投げかけている。『新日本文学』の創刊号（昭21・3）には、蔵原の「新日本文学の社会的基礎」、クボカワツルジロウの「文学史の一齣」、岩上順一の「記録文学について」、小田切の「『生きてゐる兵隊』批判」、野上の随筆「まるい卵」、新島繁の「小林多喜二をめぐる思ひ出」、正宗白鳥・半田義之・佐々木基一・藤森成吉・上司小剣・村山知義・谷崎精二・江口渙の「八月十五日の記」、壺井繁治の詩「二月二十日」、ひろし・ぬやま（西澤隆二）の詩「『編笠』から」、宮本百合子の創作「播州平野」、徳永直の「妻よねむれ」のほか、前年十二月三十日に神田の教育会館で開かれた「新日本文学会創立大会の報告」が載った。岩上順一がまとめたもので、その中で、中野重治が、準備会の活動経過・運動方針のほかに、「文学者の戦争責任追究」についての報告をしたことが記されている。岩上によれば、中野は、

今回の侵略戦争において日本の文学者は欺瞞され強制されて協力していたものもある。又積極的にこれを支持し協力したものもある。これに対して民主主義文学者は、自己批判の問題としてとりあげねばならない。いかなる文学者がいかなる場面において、いかなる作品をもつて、侵略戦争を支持しそれに協力する役割を果したか。又文学と文学者の活動を組織的暴力的に破壊しようとした文学者や文学団体はどんなものがあるか。これを文学者及び文学の問題として、どこまでも自己批判的に追及しなければならない。

と発言したと。また中央委員として、準備委員会推薦の前記メンバーのほか、西澤隆二・久保栄・村山知義・除村吉太郎・川口浩・近藤忠義・小田切秀雄・渡辺順三・平野謙・平林たい子・半田義之・岩上順一・金子光晴が、賛助会員には前記三名のほか、正宗白鳥・上司小剣・室生犀星・谷崎精二・宇野浩二・豊島与志雄が推薦承認された。

中野は『朝日評論』四月号に発表した「文藝批評――くさぐさの思ひ」（2・28執筆）でも、日本の多くの文学者がこの侵略戦争に加担してきた。あるものは直接国家の役人になつてすなほな文学

を枯らしてきた。あるものは文学報国会その他の官製統制会社の重役として真面目な文学者を圧迫してきた。……無邪気な作家のあるものは無分別に戦争に加担した。彼らは何かいいことがそこにあるのだらうとさへ思つた。あるものは仕方なく、反抗を強く組織することができぬままに戦争方向にしたがつた。あるものは、最後に戦争が国民を全体として包んでゐるとき、せめてその国民の現実とともに、その国民の姿を文学に定着させようとして自分の足であとしざりしつつ戦争のなかへはいつていつた。そこで多くの文学者がそのことについていま悲しんでゐる。くやんでゐる。彼らは、自分の過去の姿が目前にちらつくためその新しい発生をためらつてゐる。戦争についての文学者の責任、犯罪・戦争にかかわる自己の責任の問題が作家たちの内面の問題となつてゐる。戦争との関係、戦争ちゆうの自分の働きについて作家が自分で文章を発表したものはまだ少ない。わたしの直接目にしたものは佐多稲子、中山義秀、菊池寛、徳永直の四人ぐらいである。ほかに河上徹太郎、北原武夫といふ人たちが書いてゐるが、それは戦争に加担して働いた彼ら自身にたいする批判をあらかじめ予防しようとするもので、文学と国民精神との関係をうやむやにはしても、文学者の文学者らしい内心の問題にふれたものではなかつた。佐多は『東京新聞』に短い文章を書いた。彼女は、彼女の戦争ちゆうに書いた作品について読者がどう考へるか、それを戦争に加担して戦争へと読者をだましこもうとしたものと読者が考へるかどうか、その読者の判断が最後の判断であらうといふ意味のことを書いた。……中山は『文学時標』に同じく短い文章を書いた。彼は戦争のはじめ彼なりに文学擁護の筆をとり、事のむなしさを知つてからは時潮に合はせて心にもないことを書いたむねを書いた。また戦争について彼なりに愛国の熱情をもやしたことを書いた。しかし今その総体にたいして審判されることは当然であり、時流に合はせて筆をとるやうになつた以後の彼は文化活動者としての資格を失つたものであり、「いさぎよく」審判の「俎上にのぼらう」といふ意味のことを書いた。……菊池は『朝日新聞』かにやはり短い文章を書いた。それは、菊池を文学上の戦争犯罪人とする誰かの意見（投書）にたいする反駁、自家弁護として書かれたもので、彼が自由主義作家としてした以前の仕事のことを語り、戦争ちゆう「右翼」から暗殺のおどしを受けたことなども書いて、戦争に加担するのは国民としての義務であつたといふ見方からその戦争犯罪責任を拒んだものであつた。徳永はやはり『東京新聞』に短い文章を書いた。彼は戦争の或る時期に情勢に押されて受身になり、自分から『太陽のない街』その他の作品の絶版を発表し、それによつてほかの作家たちにたいする天皇政府の圧迫をうながすとともに、ある点これを肯定するやうな役を演じたことを書き、その後そこから立ちなおらうとしてきた仕事のことを書き、ふたたび『太陽のない街』を出版しようとする今日までの道行きの概略を書いてこの自己批判にたいする一般の批判をもとめてゐた。……文学者の戦争責任の追及といふことは、文学と文学者とを軍国主義から浄めるといふことに関してゐる。彼らを天皇の政治主義から解きはなつて、その本来の文学的いとなみを恢復させようといふことにかかわつてゐる。それだから、それによつて当の文学者およびひろく一般の文学者がよろこびと決意とをもつて文学の道にいつせいに登つてくることを考へないでは粛清の問題がないわけである。中山の言葉はいさぎよい。しかしそこに或る投げだしが感じられる。……その文学的復活の苦しい道がすべての人びとの正常な援助を受けねばならぬ。それなしには、審判は事実上ないのである。しかもわたしは、何人かの文学者によつて戦争における文学者の責任の問題が自分の問題として出されたことを重要に思ふ。文学者の一人として、このことをわたしはすべての日本人の前で正当に誇つてもよからうと思ふ。何について、いかに誇るのかといふ問題へ来れば恥かしいことではあるが、ある種の役人や政治家らに比べては、文学者が文学者のたましひをつひに持つてゐたといふことについてとにかくさういへる。肝腎なのは人間のたましひの持続、恢復の問題である。

と熱つぽく説く。あえて長文の引用をしたのは、この一文に、もっともよく、文学者の戦争責任問題に対する中野の考えが窺えるからにほかならない。そして新日本文学会結成時の中野の運動者としての心魂もここに吐露されている。「文学的復活の苦しい道がすべての人びとの正常な援助を受けねばならぬ」と言い、「人間のたましひの持続、恢復」としてこの問題をとらえようとする中野の篤き思いの底には、中野の転向者としての勁い自覚があった。

## 四

鎌倉文庫発行の『人間』（木村徳三編輯）昭和二十一年四月号は、荒正人・小田切秀雄・佐々木基一・埴谷雄高・平野謙・本多秋五ら『近代文学』同人の座談会「文学者の責務」と長谷川如是閑の「戦争と文学者の責任」を載せた。その「編輯後記」で木村は、

この戦争をめぐる文学者の責任についての徹底的な反省と、それに対する真剣な検討とが、われ〳〵の最も重大な義務であることは云ふまでもない。文学者の責務――それは、文化人・文学者に於る戦争責任者追及といふ目下の急務を超えて、日本の将来についての根本的な、そのためにはすべての文学者が生涯を賭けねばならない「人間性の確立」といふ課題につながることなのである。

と、この小特集の意図を記した。中野好夫は時事通信社の日刊時事解説版『時論要解』（昭21・3・1）の「文学者と戦争責任」でこれを取り上げ、如是閑については、彼自身が判決を与える立場ではなく、まず裁かれる立場にあることへの無自覚を批判した。前に記した荒正人・小田切秀雄・佐々木基一らの『文学時標』（通巻13号　昭21・1・1〜11・10）の「文学検察」欄で、実際には不発に終わったが、中野好夫も青野季吉・和辻哲郎・谷川徹三らと共に、追及弾劾の対象としてリストアップされてもいたのであった。これらに先立ち、中野好夫は『新生活』創刊号（昭20・11）に「文化再建の首途に――真の文化建設を阻害するものは曰く老朽文化人・曰く旧新聞人である」を発表し、五十代以上の文化人への強い不信を表明するとともに、

私は占領軍最高司令部の前にはっきり言ふが、私はわが戦争に極力協力した。しかも便乗して協力した。はっきり言明しておく。かつて戦争中、「私は便乗者だ。開戦直前まで私は実に平和に恋々たる人間であったが、宣戦大詔とともに戦争に便乗した。便乗でもなんでもよい。誰れが便乗しないでゐられるのか」と書いたが、今でもこれを取消さうとは少しも思はない。

とその心情を明らかにし、そしてこうも言う。

とにかく私には、文学者の良心と生命にかけて言ふが、戦争中傍観したことがまるで美徳であって、協力したことが無良心だといふやうなヘボ論理はどうしても分らん。いかにも自己弁護かもしれない。だがこの自己弁護は今後ともに臆面もなく押し通すつもりだ。青年達が戦争に純真な精神を捧げつくしたこと、それは立派なことだと私は言ひたい。

と。中野はまた、『時事新報』の「文化界ではだれが戦争責任者か」とのアンケートに「中野好夫」と回答してもいる。「文学検察」に指弾される中野好夫は、もっとも早く、自己の主体的責任の自覚から戦後の出発を果した人格でもあった。

前記『近代文学』同人座談会で平野謙は、

小林秀雄の立場は、戦争に処した文学者の態度としてやはりひとつのギリギリ結着な道を現してゐたと思ってゐる。

と発言し、この平野発言を弁護するかたちで本多秋五は、

戦争中平野は『新潮』に中野重治を礼讃した文章を書いたよ。あの時勢にあれだけ中野重治を持ち上げて書くについては、それ相応の覚悟であった筈だ。さういふものをかいてゐた平野は、無条件に小林秀雄を肯定してゐたとは思はれない。小林秀雄が自己に忠であり、ペシミスティックなものに行かざるを得なかった。そしてその過程で過ちを犯したけれども、さういふ道を進んだといふことはよく分る。抽

象して自分自身に忠実であったといふ点は立派だと思ふ。それであの戦争のさ中においても平野のとった道は、小林秀雄が戦争に叩いた太鼓に合奏してはゐなかった。だから平野の言葉を僕は不完全な表現でないかと思ふのだね。

という。本多の発言は、平野の「青春の文学」（『新潮』昭18・6）を念頭においてのものである。小林秀雄は、中山和子の言葉を借りれば、「平野謙の転向のひそかな免罪符」（『平野謙論――文学における宿命と革命』筑摩書房　昭59・11）であったにちがいない。中山和子の『平野謙論』には、「小林秀雄の〝宿命〟の塁によらんとして、中野重治の〝革命〟の塁にひきさかれようとする」平野謙独特のドラマという文言もある。そして中山和子はいう。

宿命の理論と戦争責任問題の間で、ひそかにふるい立とうとしていた平野謙に、やがてあきらかにみえてきた道は、戦争責任追及のホコ先を責任者として自明な対象へ向けるより、戦争に責任を感ずべき一切の者へ向けるたたかいの必要であった。……戦争責任を追及する陣営の主体の側の責任を問う必要はないであろうか。大量転向を結果しなければならなかった革命運動主体の責任。広範な戦争反対を組織しえなかった、そして転向者たちに積極的戦争協力を果させることになったその責任、というものはないのか。……「罪なきものは無かった」というのが、宿命の思想をふまえつつ、革命の方角に一歩ふみだそうとした、平野謙の戦争責任論のうけとめかたであった、と思われる。

かくて平野謙は、『新生活』（昭21・4、5合併）の文芸時評で中野とのいわゆる「政治と文学」論争の発端となる、杉本良吉・岡田嘉子樺太越境事件を枕に置いた「ひとつの反措定」を書き、次いで同誌に「基準の確立」（昭21・6）「政治と文学㈠」（昭21・7）を、さらに「〈政治の優位性〉とは何か」（『近代文学』昭21・10）「政治と文学㈡」（『新潮』昭21・10）と続くのである。そして中野重治は、

彼らは正しいか。また美しいか。人間的な文学を育てようとする、あるいは文学を人間的に育てようと

するというその批評自身人間的であるか。

と問い直す「批評の人間性一――平野謙・荒正人について」（『新日本文学』昭21・7）をはじめ、「批評の人間性二」（『新日本文学』昭22・5）「批評の人間性三――平野謙・荒正人について」（『展望』昭22・3）を書く。これらの平野をはじめとする『近代文学』同人達と中野重治との応酬の最中に、のちに埴谷雄高が『影絵の時代』（河出書房新社　昭52・9）で書き記す次の挿話の事実が介在することとなる。

中野重治から「反革命に流し日をしている」ときめつけられ、長年敬愛してきた中野重治と論争するようになって「私は哀しい」と悲痛に記した平野謙は、その論争がはじまってから暫らくたった或る日の同人会議の席上、本多秋五、荒正人、佐々木基一、私の前に一通の分厚い手紙を置いたのである。……「政治と文学」論争がはじまったとき、この菊池寛宛ての中野重治の手紙を自分が秘密にもっている「ひとりだけ」の事態から大きく踏みでて、『近代文学』全員の共有事項として、政治と文学論争のすぐ裏に位置するこの重要な背景を明確化しておこうと彼は考えたのである。その平野謙の踏みだしの姿勢には、文学の言葉は、本来、人間の弱さと強さをともに内包したところのもので、人間の強さだけ誇示する政治の言葉であってはならないという動かすべからざる人間観、文学観があり、そしてまた、その平野謙の基本姿勢は、荒正人にも、さらに、この「政治と文学」論争ばかりでなくその他の多くの場合においても「隠れた沈黙の証人」となった本多秋五、佐々木基一、そして私の三人にも共通するところの一つの姿勢なのであった。……この中野重治の旧文藝家協会長、菊池寛宛ての手紙は、菊池寛がまず受けとると、当時文学報国会の文芸関係の課長であった井上司朗に手渡され、その処理をゆだねられたのであったが、逗子八郎という筆名で歌もよんだ井上司朗は課員である平野謙を、ちょっと、平野君、と課長席に呼んで、恐らく平野謙が生涯を通ずる熱烈な中野重治ファンであるとは知らずに、その手紙を読ませたのであった。それを読んでいる裡に手がぶるぶる震えてきたと平野謙は私達に述べたが、中野重治の名誉のため、井上司朗から平野謙がその手紙を無理に乞うてもらったものと私は思っていたところ、実際は、平野謙は井上司朗が席をはずしているとき、そのテーブルの引出しからその手紙を勝手に取り出したのだそうである。つまりそれを敢えて盗み出してしまうほど平野謙は熱烈忠実な中野重治ファンだったのである。

重要事項はすべて全員会議で決めるとの方針に従って、その手紙を私達全員の前に提出した平野謙は、論争の背景になる特別な事態の全容を明らかにしたものの、論争の「正当」な推移に神経質なほど気を使って、そのとき、その手紙を暫らく貸してくれと申し出た論争の共同者、荒正人に向って、

「荒さん、その手紙は絶対に使わないでくださいよ。いいですか。すぐ返して下さい」

といい、なおも数瞬考えこんだあと、

「それから、荒さん、それは写しをとらないでくださいよ」

と慎重につけ加えたのであった。けれども、この平野謙の起り得るべきあらゆる場合を想定して懸命に気を使ったあらかじめの深い配慮も、結局は、半分ほどしか役立たなかったのである。「私は哀しい」と切実に述べる平野謙とは違って、こんな文学報国会宛ての手紙を戦時中書いておきながら如何なる資格で俺達をせめるのかと、まさに荒正人流に全身全霊をこめて憤激につぐ憤激を増幅しつづけた荒正人は、確かに、その手紙の写しをとらなかったとはいえ、荒正人と並んで吾国における人間興味家の双璧ともいうべき大井広介と交わした電話の話のなかでその菊池寛宛ての手紙に触れ、そして、大井広介はひとつの文章のなかでその菊池寛宛ての手紙についてあっさり触れてしまったのであった。

この大井広介の文章がでてからまもなく、平野謙は、沈黙せる隠れた証人である「影の内閣」の私達の前に、また、一通の葉書を置いたのであった。……その中野重治からの平野謙宛ての葉書には、文面

の九割以上、或る書物についての質問が述べられており、最後の隅の一行に、ときに菊池寛宛ての僕の手紙が君のところへ行っているそうだが、返してもらいたい、と記せられていたのであった。
　いまから想い返してみても、これまた、予期せぬ葉書を私達の前に提出して、あの手紙を返すべきか否かを同人の全員会議にはかって決定する平野謙の公正さに感心せざるを得ないが、そのとき、あまり長い時間をかけずに一致した全員の結論は、あの手紙は本来文学報国会理事、菊池寛に属するものであって、もはや中野個人のものではない故に、その申し出に対して、「写し」を送るということになったのであった。

松下裕校訂による近刊の中野重治『敗戦前日記』（中央公論社　平6・1）の一九四三年（昭18）二月十三日（土曜日）の項に次の記事がある。

　晴
原四谷その他へ出かける。野菜配給。サカナ屋。午後甲子社という本屋来る。茂吉の本をかけと。断る。福井夫人板橋母子をつれて来る。筑摩検印紙来る。3000枚。平野謙氏来訪。

平野謙は「敗戦までの私」（『群像』昭41・5、のち『わが戦後文学史』に収む）で、
　私が情報局をやめようと思って、中野重治に相談にいったとき、私は私の体験をぶちまけるべきだった。
と書いている。平野謙こと平野朗は、昭和十六年二月二十一日付で情報局嘱託となり、昭和十八年六月に退職するまで情報局第五部第三課に勤めた。情報局の機構については、『日本文学報国会会員名簿』昭和十八年度版の復刻（新評論　平4・5）に当って、別冊解説として添えた拙稿『総力戦体制下の文学者——社団法

人「日本文学報国会」の位相』でも触れたが、第一部（企画）、第二部（報道）、第三部（対外）、第四部（検閲）、第五部（文化）に分かれ、第三課は、「文学、音楽、美術其ノ他ノ芸術一般ニ依ル啓発宣伝ノ実施及指導ニ関スル事項」を主管する部署であった。先の「文学者の責務」の座談会で本多が弁じた平野の中野重治論については、中野の六月十三日（日曜日）の日記中に、

『新潮』で平野謙おれの事を論じているがよく分からず、特に結論のところ不明。倍位の長さで書いたらもう少しはっきりしたろうか。

と記述されている。私は前記の別冊解説の中で、

菊池寛への手紙は、中野の『甲乙丙丁』にそのまま引用されている。この書簡のコピーが、平野謙を通して戦後中野自身の手許に戻ることになったのだが、情報局嘱託平野朗が、中野の心情を忖度して、自分一己の責任において、課長の机から秘かに持ち出した友情ある勇断？　については、その後の処置と共に、いささか釈然としない不透明な部分をも含み込んでいる。

と書いた。埴谷雄高は「それを敢えて盗み出してしまうほど平野謙は熱烈忠実な中野重治ファン」と言うが、中野重治の名誉のため故の勇断だとするならば、平野がそれを戦後にまで秘蔵し、中野に一言のことわり無しに秘匿した経緯は、はなはだ不分明であり、奇怪である。先の中野の日記に明らかなごとく、昭和十八年二月十三日に、平野はみずからの意志で訪れ、中野重治その人と対面しているにもかかわらず、である。対面せずとも、手紙でそれを知らせ、中野の意向を訊ねる機会と時間的余裕があったにもかかわらずである。戦後に平野ら『近代文学』同人が、中野重治を囲む座談会を企画し誌上に発表された（『近代文学』第3号昭21・4）ことはすでに記した。戦後においても、対面の機会は一度ならずあったのである。しかも、「長年敬愛してきた中野重治と論争するようになって「私は哀しい」と悲痛に記した」平野謙が、中野から「反革命に流し目をしている」ときめつけられたにせよ、論争のさ中にこれまで己れの一存で秘匿してきた菊池

宛の中野の書簡を、同人達に公開する勇断？　を敢えてしたその心根は、不透明であり、埴谷のいう、「公正」さに欠けるように思われる。

## 五

藤堂はTさんの戦時中の詩にこだわっていた。藤堂はTさんが死んで二年にもなるというのに、まだTさんのことを考えていた。……そしてこのところはっきりとしているのは、Tさんがあの詩を書いたのはどうしてなのか、またあの詩を書くことによって、Tさんがその後どんなに苦しい負担を荷ってしまったか、ということをめぐって思いが寄って行くということだった。

Tさんは昭和十六年の三月、三人の警視庁特高刑事に寝込みを襲われ、杉並区の留置場に連行されていた。取調べは週に一回程度で、内容は主として、日本のシュルレアリスム運動が国際共産党と関連があるかどうかの詮議にかけられていた……やがて夏になった。検事拘留となり、若い検事が取調べをやり直すことになるが、問題がシュルレアリスムの本質論と現実政治の関係になってくると、ことは複雑となり、検事も困惑した表情を見せるようになる。Tさん自身、シュルレアリスムの政治的局面は得意とするところではなかったはずだ、と藤堂は思った。秋が更けて十一月中旬に、戦時下という時局に際し、今後慎重に行動するようにとの訓戒ののちに、Tさんは起訴猶予処分のまま釈放された。……

十二月八日、真珠湾の奇襲が起る。

多分その翌年の一月はじめに、Tさんは「大東亜戦争と美術」という二ページほどの評論を発表していた。そして多分その次の年の中頃に、「春とともに——若鷺のみ魂にささぐ」という詩を書いた。それは十八年の十月出た戦争詩のアンソロジー『辻詩集』に求められての詩作だった。これは名高い詩集だった。ところがTさんの詳細をきわめた自筆の年譜にも、その詩を書き発表したことは記されていなかった。ましてTさん自身、こういう詩を書いたことがあると口にしたことは、Tさんと藤堂のつきあった二十五、六年の間一度もなかった。Tさんは決して口数の少ないほうではなかった。……Tさんはこの上もなく自虐的なにがい気持で、「ええいと思って、」一種しかたのない免罪符を買うつもりで「若鷲のみ魂にささぐ」を書いたのではなかったろうか。……「おれだってこういうとき弁明の詩を書くかも知れない。いや書くだろう」と藤堂は思った。そしてTさんは書いた。しかしこの詩が、以来小骨のようにTさんの咽喉にひっかかったのではなかったか。……

藤堂は「おれにも、無いと思いたい書きものや、行動はいくつもある」と冷静に思うことのできる年齢になっていた。

それにしてもTさんはこの詩にこだわったにちがいなかった。Tさんの戦中についてはよくこういう記述のされ方をした。「一九四一年の春、T氏は、シュルレアリスムと共産主義の関係に目をつけた官憲によって検挙される。この時、すでに美術統制はほぼ完了し、画壇は戦争画の花ざかりを迎えようとしていた。八カ月にわたる拘留ののち、T氏は釈放されるが、その後、雑誌からの原稿依頼も、友人の訪問も絶え、〈深い孤独感〉（自筆年譜のことば）の中で、敗戦を迎える。批評にかかわるT氏の夢は粉々に砕かれ、戦後にもちこされることになる。」しかし夢が砕かれたのは批評にかかわることにとどまらなかったのではないか。詩にかかわる夢も、一度粉々に砕けてしまったのではないか。……「八カ月にわたる拘留ののち、釈放されるが、その後、雑誌からの原稿依頼も、友人の訪問も絶え、〈深い孤独感〉の中で、敗戦を迎える。」——その言い方の一部に、「止むを得ずして『春とともに——若鷲のみ魂にささぐ』を執筆、発表」と書き入れるべきではなかったか。雑誌からの依頼もなく、というのは正しくない。重要な、困った、致し方ないといえば致し方ない、少なくとも二つないし三つの原稿依頼があったのではなかったか。そのことを記入すべきだった。そうすることによって、Tさんの思想と行動の一貫性の印象は失われ、傷つけられるかもしれないが、その傷からこそより深く、するどい痛感をともなった、別の何かが生まれたのではなかったか。このところの藤堂は、何度も繰り返してそう思った。Tさんはあの自分の詩を分析し、あの詩をめぐって百枚の論文を書くことによって、戦後の再出発をすることもできた。

（「遠い傷痕」）

昭和五年生れの詩人飯島耕一の小説からの引用である。作中の「Tさん」は、亡き瀧口修造を念頭に置いたものである。飯島は、昭和五十六年から五十七年にかけて「四本足の鶏の話」（『ユリイカ』）「梅雨の入り」（『文学界』）「遠い傷痕」（原題「遠い傷」『海』）「主のいない家」（原題「Tさんのこと」『すばる』）「冬の幻」（『文学界』）などの同じモチーフによる小説を発表し、単行本『冬の幻』（文藝春秋　昭57・12）にまとめた。いずれも、敬愛する瀧口が、日本文学報国会編の戦争詩アンソロジーに一篇の詩を寄せたことへの慚愧、心のわだかまりを忖度し、その遠い傷痕に心寄せをした鎮魂の賦である。戦後世代の飯島には、前衛芸術の啓蒙理解に大きく貢献した自由人瀧口修造にして、なぜ斯くあるかという思いがあっただろう。

戦時にどう対処したかは、戦後をいかに出発するかの問題と深く関わる。敗戦直後に「一億総懺悔」が叫ばれ、為政者のイカの墨的臭気から一般の反発を呼んだが、「懺悔」ではなく「責任」において戦後を出発すべきであったろう。表現者としての多くの文学者が「己の戦争」を原点とせずに戦後を出発させたことの責任を問われることとなる。

平野謙は、『近代文学』1・2号（昭21・1〜2）の「島崎藤村――『新生』覚え書」で、藤村が秘蔽した暗部に光を当てて、作家のエゴティズムをあざやかに分析し、小説『新生』に「懺悔」という名の完全犯罪を観た上で、「起死回生の道を辿るしかない芸術家のながい生涯」という言い方で、作家藤村を救抜したのであったが、前にも記した「文学報国会の結成」（『婦人朝日』昭17・8）等の自らが情報局嘱託としての立場で書いた相応の文章について、戦後あえて触れようとしなかったのは何故なのだろう。
平野は、『東京新聞』(昭21・6・23)に発表した「わたくしごと」で、戦時下の自己の履歴を次のように記している。

昭和十六年二月から十八年四月まで、私は一嘱託として「情報局に禄をはむ」だ。その間、日本文学報国会、大日本言論報国会成立の経緯をぢかに見聞きして来た。昭和十八年五月から私は中央公論社の一嘱託として、近代日本の雑誌発達史編纂の事業にかかはつた。その間中央公論社解散にいたる当局の弾圧をまのあたり感得した。また私は文学報国会評論随筆部会の幹事の末席につらなり、やはり解散まで文化学院の一講師を兼ねた。これが戦争中の私の閲歴である。
それに関していま自己弁護の言葉をならべるつもりはない。

これに関して言えば、「情報局に〈禄をはむ〉」事は、「わたくしごと」であって、かつ「わたくしごと」を超えたことどもでもあろう。平野が嘱託となった情報局第五部第三課は、実質的に日本文学報国会・大日本言論報国会等を指導、統制する部署であり、平野が記しているように、自身、評論随筆部会の幹事の一員として名を連ねてもいたのである。その平野が、大井広介によれば(「文学報国会は無為」『文学』昭36・5)、『現代文学』同人たちの文報への入会の手続きを一括して代行する。入会していないと、これから執筆し難くなる状況への平野の配慮によるという。このような平野の配慮と対応は、情報魔をもって自他ともに許す大井広介をはじめ、同人達の口から周辺に伝わり波紋を拡げたであろうことは想像に難くない。名実ともに、日本文学報国会の組織化に深く加担し、関与したという自覚は平野には稀薄のようである。平野謙は、昭和三十九年に往時を次のように回想する。

戦争中、高見順から銘記した「からだは売っても芸は売らぬ」という言葉を、ほとんど唯一の心の楯として、私は二年半にわたる私の情報局時代をやりすごしたつもりだったが、果たしてそんなことですむかどうかが改めて自己内心の問題とならざるを得ないのである。……みずからの戦争責任について、戦後の尾崎士郎が思いなやんだであろう苦悩や、佐多稲子の今日もつづいているらしい苦悩にくらべて、私が心の奥底で私自身を甘やかしてきたことは事実である。戦後まもなく、文学報国会に勤めていた鯨岡君という人に偶然会ったとき、「平野さんもセンパンものですね」といわれて、思わずギョッとしたことはある。しかし、私はその時の気持ちを急いで心の底にしまいこんだまま、ずっと今日にいたっているらしい。(「情報局のころ」『東京新聞』昭39・3・13〜14)

この自我の深層にはたらく自己防衛の情動とその姿勢は、一人平野謙にとどまらず、戦後を先導した人達の多くに共通したことであった。先のこの「ノート」で宮本顕治・西沢隆二ら、いわゆる輝ける「非転向組」のお墨付きを得て、中野重治の戦後の再入党が成り、「帝国主義戦争に協力せずこれに抵抗した文学者のみが資格を有する」という「新日本文学会」の創立発起人に、蔵原惟人・宮本百合子らとともに名を連ねたことを記した。同じく発起人に加わった壺井繁治の場合は、お墨付きを得た中野重治の慫慂が大きく与っていたと思われる。『敗戦前日記』に見られるように、壺井繁治・栄夫妻と中野重治一家とは、「相互扶助」で戦時をしのいだ仲間でもあった。

昭和二十一年二月二十四日から東京京橋公会堂で日本共産党第五回大会が開かれたが、第三日の二十六日に宮本顕治は「文化政策について」の報告の中で言う。

文化分野の戦争犯罪人の問題でありますが、積極的な戦争協力者達は過去において天皇政権を完全に抱合し、かれらの手先となつて当時の自由主義者・進歩主義者にたいして、完全なる弾圧の役目をつとめてゐるものである。当局に進言して進歩的文化人を弾圧せしめたものである。かうした積極的な戦争犯罪者にたいしては、もちろんこれを文化分野より一掃する必要があります。さういふ意味において、文化分野における戦争犯罪人の追及は今後といへども重大なる仕事であります。しかし天皇制権力が、降伏に際して一応降伏条件履行を円滑にするために利用されたといふ特殊条件から、日本では各分野において沢山戦争犯罪人が残つてをります。そこにドイツその他の革命運動がもつ条件とはちがつた困難さがあります。それらは十分考慮にいれつつ、しかしながら思慮の不足から軍国主義者に利用されたり、また戦争に敢然と反対する勇気がなかつたといふやうな程度の文化人、かういふものにたいしては、やはり雅量をもつて、かういふ人達が本当に自己批判して、今後の民主主義的な文化運動に協力しようといふ熱意をもつてゐるならば、これに呼びかける、そして活動を通じて、自己を民主主義的運動の働き手として鍛え上げる機会をもたすといふ度量を忘れてはならないのであります。

われわれの文化といふものは、かうした運動を通じてきたるべき民主主義革命において偉大なる役割を果たさなければならない。ブルジョア民主主義革命遂行に際しましては、積極的に文化分野における闘争を通じてわが党の同盟者・支持者を飛躍的に拡大させる条件をつくらねばならぬ。(『前衛』昭21・4・15)

中野重治も壺井繁治も、転向に至る経緯はそれぞれ異にするものの、ともに転向者としての負い目を共有し、かかる党の文化政策に対処しつつ、戦後を出発させたのである。

壺井は、昭和二十一年四・五月合併号『文藝春秋』に「高村光太郎」を書く。壺井は、「一切の世俗的な権威に屈せぬ一人の戦闘的な詩人」として、詩の純粋性を求める「青年詩人の間に多くの渇仰者を持つてゐた」『道程』の作者が、

一たび戦争が起こると、その戦争に対して積極的に反対の態度を表明するどころか、消極的に沈黙さへ

もせず、進んで戦争の支持者となり賛美者となつた
ことを言い、侵略戦争に対する彼の態度が、「他の誰にも勝つて、際立つてをり、且つ本質的であつた」と指摘し、彼の詩を支えている韻律は附焼刃ではなく、彼の内部からほとばしり出たものと断じた。しかも戦争が終って、「日本の進歩的な部分が民主革命への道に向かつて必死の戦を続けてゐる今日」、今度の戦争を通じて自分の果たした反動的な役割に対して、いささかの自己批判をも試みようとしないで、

詩人として受けた自己の悲劇と誤謬をなほ悟らず、相変わらずの詩（『週刊毎日』および『潮流』）を発表している。

と難じ、それらの詩には、一人の反動的な俗物以外の何者をも見い出せないとした。

高村は、敗戦の日には「一億の号泣」を詩作し昭和二十一年一月には「永遠の大道」を発表する。（『潮流』創刊号）

欺きしは「兇敵」にあらずして
二なく頼みしわれらが「神軍」なりしなり。
……
かくの如き国情の蹣跚たるにあたりて
方に民族の本来を開かんとするものは何ぞ。
畏くも　聖上すでに大平を開きたまふ。
国敗れたれども民族の根気地中に澎汁湃し、
民族の精神山林に巖たり。
われら深く昨日の不明を慚づと雖も
つひに自棄の陥穽におちず、

民族の智と文と美とを信じて
徐ろに永遠の大道に就かんとすなり。

壺井に連動して、詩人岡本潤が、『コスモス』第二号（編集発行人秋山清　昭21・6）に「戦時と戦後の詩と詩人について」を書き、冒頭に高村の詩をとりあげ、佐藤春夫・蔵原伸二郎と並べてきびしく論難した。壺井と岡本は、戦前にアナキズム詩人として出発した旧知の間柄であり、岡本は壺井繁治との二人三脚で、高村光太郎をはじめとする詩人達への戦争責任追及の、急先鋒となって活動することとなる。

## 六

寺島珠雄編集・解説の『時代の底から――岡本潤戦中戦後日記』（風媒社　昭58・8）、一九四四年三月十八日（土）の項に次の一節がある。

……撮影所のかへりに中野政乃《政野、重治妻、女優原泉》と一緒に重治宅へ行く。その頃から雨はミゾレとなる。重治君、勤めたいのだが、まだ警察関係があり、大体今月中にすむ筈だが、それからではどうだらうかといふ。明日秋山にそのことを話すことにする。とりとめない話をしてみても、中野はやはり「山猫」的なものを失つてゐないのが感じられる。いゝ顔でいゝ眼を持つてゐる男だと、差向ひでコタツにあたりながら感じる。中野の就職がうまく行くことを僕は衷心のぞむ。かういふ男は現在まことに蓼々たるものだ。

岡本潤は、大映（大日本映画制作株式会社）多摩川撮影所企画部に在籍し、秋山とは、木材通信社勤務の局清こと秋山清であり、共にアナキズム詩人として、また解放文化聯盟の仲間として旧知の間柄である。同じく四月二十三日（月）の日記には、

……秋山のアパートへ行き、ビール二本、酒三、四合のみながら雑談、ほんとうに「勝つための愛国詩

の研究会」を僕等でやるべきぢやないか、いまの愛国詩などといふもの、あれでは負けるためのやうなもんだ、など話す。

とある。一九四五年三月三十日（金）の日記には、次の記事がある。

……昼食時にまた警戒警報で一機。朝から二度、偵察らしい。昼食後、駒込の高村さんの所へ行く。省線駒込で降りて都電で本郷肴町までゆく途中も相当焼跡になつてゐる。肴町から林町の高村さんの方へ行く間もずゐぶん焼けてゐるので、若しかと案じて行つたら、高村さんの家は無事だつた。焼けるまではこゝで頑張るといはれる。彫刻だけは、お父さんの《高村光雲》のもあるので、他所へ預けたり、地下に埋めたりしておくつもりだといはれる。此の間から書いた詩を見てもらふ。「歴史の中の」は全く同感だといはれる。今こそ、ほんとうの詩人とウソの詩人とのケジメのはつきりする時だなどともいはれる。これから仕事をされるらしいので一時間程話して辞す。『智恵子抄』の初版本を頂く。

寺島珠雄の解説によれば、一九三五年（昭10）十一月から、岡本が無政府共産党事件で約九十日を杉並の留置所で過したとき、高村は留守宅にカネを送っているという。一九四五年五月二十三日（水）の日記には、

……文報《日本文学報国会》から「特攻隊顕彰の歌」を献納せよといつてくる。さういふ歌は書けない。

と記している。敗戦後の十一月四日（日）には次のごとく記す。

……壺井の所で新しく出た共産党の機関誌『赤旗』を見る。天皇制打倒を主張し、社会党、自由党などの批判をさかんにやつてゐる。社会党、自由党に対する批判は当然だと思ふし、僕らもやらねばならんと思ふが、共産党独裁に対しては、依然として賛同し難いものがある。一切の政治運動に対して、所詮、左袒できないもののあることを改めて痛感する。やはり、自分の立場といふことになると、アナーキズムを考へずにはゐられない。

と。そしてその八十日後の、詩集『檻褸の旗』（真善美社　昭22・1・25）の序文には、「今日広場に街頭に

ひるがえるはよごれたらんるの旗でなくあたらしい鮮明な赤旗である」、「また私の暗うつぶらいの過去を総決算する意味とをくるめてらんるの旗を詩集の題につかうことにした」と書かれていた。

先に記した無政府共産党事件で、七年の刑に服した植村諦聞は、昭和二十二年（一九四七）八月、『日本未来派』第三号に次の詩を寄せた。八森虎太郎・高見順・小野十三郎・菊岡久利・池田克己・宮崎譲等を編輯同人とする詩誌である。

らんるの旗

おなじ道を
おなじ標的を見つめて
たたかつてきた　永い　重圧と寒冷の時間――
時には高く理想を掲げ
若い情熱に身を燃やし
共に身を敵に投げつけ
時にむざんな敗北の中で　破れ　傷つき　のたうち…………

そして突如おとずれた青空の下で
君は色鮮かな赤旗の中にのまれて行つた

君は言うだろう　思想の自由を――

君の輝く瞳の底に燃える
貪らんな真実探究の熱情
それが
同志や　友愛や
一切の過去の世俗の愛をふみにじつて
あの群衆の行進に身を投げた
けれど私は世俗の友愛で君を追う
無數の　無數の
無頼や　悪徳や
高邁や　優美や
もろもろの過去の想い出が私の胸をしめつける

しかしそれが何だろう
友情とはいつたい何だ？
君は君の道を行き
私は私の道を行く
集団と　組織と　強権と
個人の尊嚴と　自由と　友愛と
この道はやがて一つになるだろうか
進み行く群衆の波濤の中で

私は孤独な人間の道を見つめ
世俗の友愛の渇望で君を呼ぶ

ああ色鮮かな赤旗の波よ
われらが掲げるらんるの旗よ

植村諦は、宮崎譲編輯の詩文学雑誌『鱒』第三号（赤絵書房　昭22・9）に「襤褸の旗は折れて」と題する一文を寄せ、

……岡本潤君が、どんな気持でらんるの旗を捨てて、赤旗の下に走つたのかは知らない。岡本君とは十数年来の友情であり、時には一つ釜のメシを分けて食ひ、岡本君がこの詩集で示した賤劣無頼の生活を共にし、時には共に獄窓で月を見た仲だが、こんな重大な転回に当つて遂にその心境を聞かせて貰う機会を得なかつた。それだけに岡本君が共産党に入党したといふことを聞いた時は誰よりもひどいショツクを受けた。まるで何十年も連れ添つた妻君に突然逃げられたやうな孤独と寂寥に襲はれた。そして永い間友情について、思想について考へ沈む日がつづいた。

と書き、

鮮かな赤旗の前にむざんに折れたらんるの旗よ、私はこの折れたらんるの旗を抱いて、賤劣無頼の道をこの世の唯一つの高貴な思想と生活としてこれからも歩いて行かねばならない。

と結んだ。

祖国を愛しない奴が何処にあるか
我々にはそういふ愛し方はしない。

そいつらが非国民と呼ぶ様な愛し方をするのだ。

植村は、金子光晴・岡本潤・小野十三郎・秋山清を編輯同人とする詩誌『コスモス』創刊号（昭21・4）で「文学者と祖国について」論じ、「愛国」の呪文によって「国賊」と呼ばれ「亡国の悪鬼」と呼ばれた戦中に作った、自ら覚える詩の終章をこう書きとめた。また第二号（昭21・6）に「私の戦争犯罪について」を書き、

> 外の分野の人ならともかく文学者といはれる程の人は、他人を徹底的に追求する前に、まず自分の無力と、弱さを――人間的な功利的な、小さな利己的な――徹底的に万人の前に曝け出して、自分を洗ひ清めてから立ち上るべき

ことを説いた。

北川冬彦・安西冬衛・近藤東らを後楯として安彦敦雄・山崎馨らによって浦和から創刊された詩文学同人誌『気球』（昭21・9）は、「戦犯容疑詩人列伝（其一）」として「蔵原伸二郎」をとりあげ、その「まへがき」で麻川文雄はまず「果たして私にその資格があるかどうか」と自問した上、太平洋戦争の中期に、日本文学報国会は、建艦献金、戦意昂揚という明確な目的を以って詩部会会員に「辻詩」の献納を慫慂し、『辻詩集』（八紘社杉山書店　昭18・10）一巻にまとめられたが、これを見ると、大家・中堅・新進を問わず、現代日本の詩人のほとんどが戦意昂揚のための「愛国詩」を書いており、

> 先頃来、しきりに高村光太郎の戦犯性を追求してゐる壺井繁治・岡本潤でさへそこに名を連ね……岡本潤は「世界地図を見つめてゐる」といふ作品、壺井繁治は「鉄瓶に寄せる歌」といふ詩を執筆し、
>
> 愛国詩は一篇も書かなかつたとその節操を一部の人たちから讃へられてゐる北園克衛も「軍艦を思ふ」一篇を献詩してゐると云つた体たらくだ。

と言い、

戦争中にあたかも志士気取りで戦意昂揚のため御奉公してゐた詩人が、敗戦となるや、手の裏を返へしたやうに反戦詩を書いたり、民主々義を唱へたり、ほうかぶりしてテンとして恥づるところがないのに憤を感じてこの列伝を書くことにしたと述べている。詩誌『コスモス』第六号（昭22・8）の「プロレタリア詩批判」特輯に、北川冬彦は「プロレタリア詩について――私の立場から」を執筆、日本プロレタリア作家同盟員時代を回想して、

詩の新生面は社会、現実と云ふものと関連なくしては展けない。生活が大切だ。一等正しい生活はプロレタリア詩運動の中にあると確信

して、西沢隆二・伊藤信吉にすゝめられたのを機に同盟に加入したこと、またこの運動が、「私の視野をひろめ、生甲斐を感ぜしめた」が、日本プロレタリア作家同盟は、当時非合法に追い込まれていた日本共産党の合法活動面としての文学団体の観があったが、「政治の優位」とか「政治からの立遅れ」などがやかましく言われ、この政治の圧力こそが重大な原因をなして、見るべき作品をプロレタリア詩の中に残し得なかったのだと言い、また、

壺井・岡本が自分のことを棚にあげて戦犯追求をやると云う手ぬかりがあったのも、政治的色彩の団体が背後にあると云う安易な意識（それは潜在意識かも知れない）があったればこそであろうと考えることも出来る。

とのべた。北川は、前年九月の『東京新聞』（12日～14日）の「敗戦後の詩と詩人」と題した一文でも壺井・岡本が自分のことは棚上げして戦犯追求をやることの不合理を指摘していた。

このことは、後に吉本隆明の「高村光太郎ノート――戦争期について」（『現代詩』昭30・7・9）や「前世代の詩人たち――壺井岡本の評価について」（『詩学』昭30・11）などであらためて論議を呼び、武井昭夫によ

って、『現代詩』誌上でその戦後責任をも問われることとなる。（「戦後の戦争責任と民主主義文学」昭31・3）
己れの戦争責任を問うことにおいて、植村諦のごとき姿勢を保持し得た文学者は、はなはだ稀れであった。

## 七

寺島珠雄編集の岡本潤の戦後日記から抄出する。

十二月十六日（日）晴　（一九四五年）

八時頃起きる。十時頃、逸見と佐竹来訪。正午頃まで話してゆく。現在の僕がアナキズム思想の上に立つてゐるかどうかは自分ながら甚だ怪しい。僕がアナキストとして動くためには、アナキズムといふものについて根底から考へ直してみなければならぬだらう。十年前の矛盾が今日また同じやうな形で自分の中に残つてゐるのに驚いた。

僕は所詮「使徒」にはなれない。アナキスチックな方向はとるとしても。……

クロポトキンの『田園、工場、仕事場』を読む。

（発信）佐多稲子　壺井繁治　大木静雄

三月二十日（水）雨　（一九四六年）
……午後組合委員会で戦犯の問題を取上げる（今日の朝日新聞に自由映画人集団であげた戦犯リストが発表されてゐた）委員会の空気は、戦犯人をあげることに反対の傾向を示してゐる。待遇改善では熱をあげる連中が、かういふ面では特に消極的になるからオカシイ。小市民的実利主義が支配的だ。
全映あたりの公式主義者の言説もどうかと思ふが、撮影所の組合の空気の低調さにもいや気がさして、組合運動にも熱が持てなくなる。右も左も俗物主義の氾濫だ。気が重くなつて一切から手を引きたいやうな気分になる。

三月二十九日（金）晴

新日本文学会東京支部創立総会が十時から神田の文化学院であり、出席。十一時開会。集会者も少なく、意気揚がらず、準備委員のお手盛りだけで、事がはこばれてゐるやうだ。僕は支部委員にされてゐたが、それに金子と秋山を加へる。全映大会にメッセージをおくる提案をして可決。午后講演会あり詩の朗読をやるやうにいはれたが、予めそんな話も聞かず用意してゐないので帰る。

四月八日（月）晴

二十三日『コスモス』の原稿を書くのにとらは《（ママ）》れてゐて、日記も書けなかつた。二晩徹夜してやつと脱稿、「戦時と戦後の詩と詩人について」（十一枚）、十一枚ぐらゐ書くのにこんなに時間をとつて苦労するやうではダメだと思ふ。もう少し早く書く習慣をつけなければと思ふ。徹夜で気をはりつめてゐたので、歯が膨れて頭がいたくてうつたうしい。

四月十日（水）曇

……敗戦後初の総選挙。選挙といふもの、今までに一ぺんも行つたことはなかつたが、今度はためしに行つてみることにする。治子も一子も初めての有権者で行くといふので、一緒に近くの学校へ行く。女が案外多い。共産党の野坂と吉田《資治》に一票づゝ投じる。共産党を支持するわけではないが、とにかく、他にくらべて人民の立場に立つたスローガンを掲げてゐるだけ、前哨的な意味で彼等を一度舞台に立たせるのもいいと思ふ。……

四月十三日（土）曇

……新日本文学会東京支部役員会に徳永《直》の家へ行く。財政のこと、研究会のこと、役員のポストのことなど組織部の仕事を受持たされる。六時頃会合了つてから秋山と一緒に中野秀人訪問。『コスモス』の原稿のこと、堀口大学に『書顔』の出版の件をたのんでもらふことを依頼する。九時前帰宅。

四月十四日（日）曇

朝九時から一時間立ちん坊をしてピースを買ふ。治子と一子は草摘みに行く。僕はアナキスト聯盟の会合で茅場町へ。大会準備、機関誌、総選挙に対する声明を出すこと等。行動綱領で天皇制打倒を出すかどうかで、石川老から反対が出たが、論駁し、ハッキリ出すことにきめる。……

三月二十日の日記に記されている「全映」は、全国映画従業員組合同盟の略で、四月二十八日には、全日本映画演劇労働組合（日映演）に発展し、八月十九日結成の全日本産業別労働組合会議（産別会議）に加盟する。岡本は全映で、大映多摩川を代表する中央闘争委員であった。また、自由映画人集団は批評家ジャーナリストをも含んだ、映画芸術の民主的向上を目的とした組織で、この年二月十日に結成され、書記長に岩崎昶が選ばれていた。岡本保太郎こと詩人岡本潤は、和田潤の名をもつ時代劇脚本家であり、戦後は労働組合の運動家として、その渦中に在り、また新日本文学会東京支部の委員としても活動していた。

かつて岩崎昶の所属した社団法人日本映画社は、敗戦後、株式会社として組合管理で再建され、昭和二十一年一月十日に新生「日本ニュース」第一号を封切りした。新生のその日本映画社で、全従業員の投票により岩崎は推されて製作局長の職に在った。

岩崎は『映画評論』（日本映画出版株式会社）の昭和二十一年一・二月号の「何をなすべきか——日本映画の再出発に際して」と題する巻頭文で、

この敗戦は、いや敗戦以外に出口のない不条理且つ無謀な開戦は、決して東条といひ近衛といふ各個人の恣意によつて齎らされたものではなく、国民の総力を傾けて戦はれて来たものであり、それ故一億均しくその罪を負ふものである。

と弁ずる為政者によるイカの墨的「一億総懺悔」論に対して、一方では、

国民は強権と偽瞞によつて誤導され、正しいと信じつゝ「聖戦」を戦つて来たのだ。全罪科は指導者にある、これを国民に転嫁するとは盗人猛々しきものだ。

とする猛烈な反対論が起こったため、

一般国民は安堵とともに罪と懺悔とを免ぜられ、今度は社会のあらゆる階層で戦争責任者戦争犯罪者の指摘といふ醜い泥仕合

が始まり、

軍人は軍人を、官吏は軍人を、政治家は軍人と官吏を、代議士は仲間の代議士を、新聞記者は新聞記者を、と互に弾劾してゐる

現在の状況を踏まえて、次のように言う。

日本人は日本人としての立場に於て、それぞれの仕方と程度に於て戦争に協力して来た。日本人の一人々々は一億分の一の戦争犯罪者

なのであり、この方が、

俺は戦争中終始傍観者だつたなどといつて口を拭つて軽井沢あたりから出て来る人間に比べて遥かに立派

ではあるものの、これでは、戦争責任を道義上・名目上の連帯性に帰してその所在を曖昧にしてしまう。だが戦争責任を曖昧にすることは、単なる名分論ではなしに「今後の日本の針路を謬る虞がある意味に於て、絶対に許されない」ことであり、やはり、

指導者、東条、近衛をはじめ、軍人、官吏、政治家、哲学者、思想家、藝術家、ジャーナリスト、等、所謂イデオローグと総称し得る人々があげて全責任を負ふべき

で、映画人もこれら「一億」ならぬ「一万総懺悔」の筆頭に位置すべきであろうとした。「罪の意識」と「贖罪の観念」無しには、日本映画の再出発は不可能であり、具体的には首脳が退陣しなければならないことを説いた。

自由映画人集団が三月に協議会を開いて審議作成した映画界に於ける戦犯該当者の三段階に分けたリストを、『キネマ旬報』再建2号（昭21・5）の時報欄に拠って次に記す。

〔A級〕映画界のみならず文化面からも追放する

館林三喜男（元内務省検閲官）伊藤亀雄（元内務省理事官）不破祐俊（元情報局情報官）甘粕正彦（元満映理事長）大谷竹次郎（元映画公社社長）城戸四郎（元映画報国団長）菊池寛（大映社長）永田雅一（大映専務）大橋武雄（元東宝社長）増谷麟（元軍御用航空資料研究所組織者）堀久作（海軍御用「海桜隊」組織者）上田碩三（元日映専務）辻二郎（理研社長）佐伯英輔（横シネ社長）

〔B級〕一定期間仕事の停止を要求するもの

川喜多長政（元中華映画副社長）大沢善夫（元東宝副社長）森岩雄（元東宝専務）佐生正三郎（元映画公社常務）植村泰二（元映画配給社社長）熊谷久虎（東宝演出家、元スメラ塾組織者）青池忠三（横シネ演出家）

〔C級〕徹底的自己反省を促し以後映画の先頭に立つて民主化に努力することを誓いこの具体的実践を要求するもの

イ、著しき侵略的映画を製作せるプロデューサー演出家、脚本家

ロ、半強制的報道班員として帰国後遊説して戦争熱を煽つたもの

この戦犯該当者リスト発表に関連して、伊丹万作は『映画春秋』（昭21・8）に「戦争責任者の問題」（昭21・4・28執筆）を発表する。伊丹は昭和二十年の十二月二十八日に自由映画人集団発企人の某氏から、加盟勧誘の手紙を受取った際、

来信の範囲では文化運動の内容が具体的にわからないので、それがわかるまでは積極的に賛成の意を表することができない。しかし、便宜上、小生の名まへを使ふことが何かの役に立てば、それは使つてもいいが、ただしこの場合は小生の参加は形式的のものにすぎない。

という意味の返事を出した旨を記し、今回の、映画界の戦争責任者を指摘し、追放を主張した主唱者の中に自分の名前もまじっていることを人から聞き、その困惑と異和から、自己の戦争責任についての感懐を次のように吐露している。

我々は、はからずも、いま政治的には一応解放された。しかしいままで、奴隷状態を存続せしめた責任を軍や警察や官僚にのみ負担させて、彼らの跳梁を許した自分たちの罪を真剣に反省しなかつたならば、日本の国民といふものは永久に救はれるときはないであらう。……私は戦争に関係のある作品を一本も書いてゐない。けれどもそれは必ずしも私が確固たる反戦の信念を持ちつづけたためではなく、たまたま病身のため、そのやうな題材をつかむ機会に恵まれなかつたり、その他諸種の偶然的なまはり合せの結果にすぎない。もちろん、私は本質的には熱心なる平和主義者である。しかし、そんなことがいまさら何の弁明にならう。戦争が始まつてからのちの私は、ただ自国の勝つこと以外は何も望まなかつた。そのためには何事でもしたいと思つた。国が敗れることは同時に自分も自分の家族も死に絶えることだとかたく思ひこんでゐた。親友たちも、親戚も、隣人も、そして多くの貧しい同胞たちもすべていつしよに死ぬことだと信じてゐた。この馬鹿正直をわらふ人はわらふがいい。

このやうな私が、ただ偶然のなりゆきから一本の戦争映画も作らなかつたといふだけの理由で、どうして人を裁く側にまわる権利があらう。

詩集『戦争』（昭4）『いやらしい神』（昭11）等の詩人として知られる北川冬彦は、戦前から映画評論の筆も執り、『純粋映画記』『シナリオ文学論』『散文映画論』『現代映画論』などの著もあり、映画界とも深く関わってきた。北川は、伊丹が寄稿した『映画春秋』誌の監修者でもあった。同じ昭和二十一年八月の『キネマ旬報』再建5号に、北川は「映画とその恢復」を書き、「戦争犯罪人の問題」を論じて、映画人の戦犯追求は「むづかしいこと」であるが、戦時に「衆目の見るところ、積極的行動をとつた者の責任は、追求されねばならぬ」として、「ハワイ・マレー沖海戦」「加藤隼戦闘隊」「電撃機出動」を演出した山本嘉次郎を引き合いに出す。「誰の眼にも、戦争犯罪映画人の一人として映る」山本嘉次郎監督が『スクリーン・アンド・ステージ』（4月18日号）で、

人が断崖にあって、不意に突落されたとき、身を守らうとして、反射的に、何かをつかむ……このやうに、私は、無条件降伏の発表があったとき、ほとんど無意識に「藝術の本道に戻れ」と叫んだ。そしてやがて、それが、ヒューマニズムへの追求であると、自ら知ることが出来た。……

と書いた一文を取り上げ、そこに山本の「気弱な自己弁護」を読み取り、北川は言う。

無条件降伏と同時に、いまゝでやつてゐた仕事を邪道であると考へ、藝術の本道に戻れ、と内心叫んだと云ふが、そのやうに簡単に翻意できるものであらうか。私には想像できないことである。そこには何の反省もない、何の責任感もない。至極、あつさりと、さかしくも、彼にはそれがヒューマニズムへの追求であると、自ら知ることができたのである。私はこのやうな人の藝術を信用することは出来ない。如何に才能があらうとも、まやかしものだと断ぜざるを得ない。藝術を僭称して貰ひ度くないと思ふ。

私は、この人の戦犯をあへて追求しないとしても、そのヒューマニズムには警戒せざるを得ない。と。そして北川冬彦は、「一体、戦争中、私は一映画批評家として、どんな仕事をしてきたのであらうか。何を書いたのであらうか」と自問し、自らの足跡を頭の中にたどりながら、〈自己反省と自己批判〉の筆をつぐ。

かつて、田坂具隆の「五人の斥候兵」熊谷久虎の「上海陸戦隊」等の戦争映画をすぐれた作品として肯定した自らの批評の筆を思い起こし、前者を戦争映画として「際物性」を脱却して、はっきりした「肉体」を持ち出した作品として評価したが、最後の、誰れの口からともなく「君が代」が唱われはじめ、やがて感極まった面持ちで合唱するシーンには「随いて行けなかつた」にもかかわらず、それを筆にはしなかったこと。またドイツ映画「オリンピア」「勝利の記録」の二作について、日本の映画批評家のすべてが、口を揃えて讃辞を送ったが、これは、

盟邦ドイツの作品だからと云つて頭から感嘆したのではなく、その藝術性の高さの故に頭を下げたのであつた

こと、それには「学ぶべき方法と技術」があったとし、「技術的にすぐれてゐればゐるほど政治的効果の害毒」も強烈だったと回顧する。北川は、昭和十七年に報道班員として「むしろ喜び気味で」、軍に徴用され一年間を南方で過ごし、そこで記録映画「マライ建設」の製作に従事するが、結局それが纏らず「戦犯の罪を犯さずして済んだ」その偶然の幸いを筆にしている。

伊丹万作の醇々乎たる、内省の言の波紋が北川冬彦に及び、そしてまた、次の『キネマ旬報』誌上（昭22・7〜10）の岩崎昶「映画の記録」の深い反省の文をよびおこすことになる。

## 八

岩崎昶の「映画の記録」は『キネマ旬報』昭和二十二年七月上旬号（再建一五号）から十月上旬号（二〇号）まで、六回にわたって連載された。岩崎は「歴史の序章」と題したその第一回で、

最近の十五年間ほどの日本映画の移り変りを、主としてその土台となつてゐた思想の面から書いて行こうと思つてゐる。

と記しこの「映画の記録」を「映画とファシズム」または「日本映画における精神の衰滅」あるいは「日本映画戦犯史」という題をつけてもいいだろうと述べている。岩崎は、ファウストの「人間は努力するかぎりあやまちをおかす」という言葉を引きながら、この種のあやまちが、いわば「光栄あるあやまち」であるのに比して、日本の映画人は「おく病犬のようにただ危険をさけ、強者の前に尻尾をたれるどれい根性からあいう映画を作つた」のであって「卑怯と臆病から来る恥ずべきあやまち」だったと述べ、

映画界で、戦争そのものやまたは戦争宣伝映画の製作に反対して、資本家や軍人や役人と最後まで争った人間はほとんど一人もいなかった。すべての罪を一部の「戦争責任」になすりつけて、自分は潔白だというわけには行かない。映画界全体の共同責任である

ことを力説する。もちろん岩崎は、戦時中の指導者たちが自分たちの重罪を国民全体に均等になすりつけてごまかしてしまおうとする「一億総ざんげ」的考え方には反対で、

指導者と大衆、圧迫者と被圧迫者との間に責任の軽重を区別する国民の常識はあくまでも健全であり正しい。

とした上で、その指導者や圧迫者が戦犯として追放される時に、「われわれ自身の心の中では深い反省と内的革命の過程がかならずなければならない」と説き、それがなければ、「追放」が「単に少数の個人の運命

にとどまり、日本映画の民主化には何のかかわりもないことになる」ことを強調する。岩崎はさらに言う。われわれ国民はだまされていたという。われわれ国民は命令されていたという。これはたしかにそのとおりである。だが、われわれ国民に命令し、だましていた軍人や警察や役人や資本家のところへ行く。と、彼等も実はもつと上からだまされ、命令されていたのだという。また上へ行くと、もつと上からの命令だという。結局、たつた一人のミリタリストが一億の日本人をだまし、命令していた、ということになる。これは本当だろうか。いや、そんなことは出来そうもない。これは官僚や下級軍人や憲兵や警察の責任転嫁である。事実は、これらの仲間が天皇の名の下に日本に恐怖政治をうち立てることに協力し、支配したのである。どうしてこんなことが出来たか。

と岩崎は問いかけて、それはわれわれ国民の側に二つの基本的な弱さがあったからだとする。その第一は、われわれが「全く組織を欠いていたこと」であり、その第二は、われわれの「政治的意識が恥ずべく低く貧しかつたこと」を挙げる。日本人が「道徳的勇気」に欠けていたことにもよるが岩崎は、個人的勇気を支え、孤立化させない「組織」の無さを第一に挙げるのである。岩崎は、日本映画界にも道徳的勇気を持ち合わせた人間が少くとも数人はいたと言う。

その人たちは、自分の思想に忠実に、ファシズムに反対し、帝国主義戦争に反対して戦つた。けれども二人や三人の個人の分散され孤立した抵抗は何の力も持ち得るはずはなかつた。たちまち「非常時体制」の鉄のローラーにおしつぶされ、ある人は「治安維持法違反」の罪名で、「国体を変革し、私有財産を否定する」というでつち上げられた罪科によつて、ろう獄に投げこまれたし、またある人は「日本最初の文化立法」であるというところの「映画法」によつて映画人としてのあらゆる活動を禁止された。しかしその時の映画界には、これに対して何の抗議も反対もなく、ただいよいよ用心深い卑屈と権力に対する阿附とがみちあふれたのである。二三の不平やささやきは聞かれたかも知れない。がそれも何の反響も見出さずに、空に消えて行つた。それというのも、各人がみな独りであり、独りであることの無力感とあきらめにとらわれていたからである。

小市民的インテリゲンツィアの一般的特性として「政治的無関心」が挙げられるにしても、「進歩的な分子をごつそりと鉄の窓のむこうへ持つて行かれてしまつた後の日本のインテリ層の意識の低さ」は話のほかと岩崎は言う。日本のインテリは、かつて「デモクラシー」の講義も聞いたし、「マルクス主義」の洗礼も受けて「唯物弁証法」の玄関ぐらいは覗いてきたにもかかわらず、それがただ「皮一重」の経験に終って世界観的な深さに何の関わりも持たないで済んでしまった。それは「ナチ哲学」の受け入れ方にもよく表れていて、哲学そのものは、余り理解もされずに、その通俗化された政治思想経済思想としての「民族主義」と「全体主義」が、たちまち流行のイデオロギーとなった。そしてそれが、「総力戦」思想として国民に大衆化され、後には挺身隊等による挙国的軍需生産のナチ的形態を生んだという。

その上、まだもう一つの不幸があったと岩崎は指摘する。それは日本のインテリが「長い間の思想警察の恐怖と迫害とから身をまもるために仮装する習慣を身につけた」ことだという。隣人や親友についてさえも、彼の言うことがほんとうに「腹」から出ているかどうかわからず、当人自らでさえ、時には「本心」なのか「カムフラージュ」なのかと迷いながら意見をのべることさえあったと言う。こうなると「思想」の正直さ純粋さのみが持つ「人を組織し、社会を動かして行く力」も姿を消してしまい、人が当時の腐敗した政党や財閥を弾劾し、「革新とクーデターの必要」を説く場合でも、その人の立場は、「極右」でもあり得たしまた「極左」が世を忍ぶための偽りの仮面であったかも知れなかった。「五・一五」「二・二六」などの青年将校たちの「革命」への試みは、果して自由主義に対する全体主義派の陰謀なのか、逆に「金融寡頭政治」に対する大衆解放のたたかいなのか、いずれが反動的であり、進歩的であるのか、その本質が少くとも当時の国民の多くには不分明で、その運動の当事者たちの間にも、思想的には左右の対立や混乱が胎まれたままに、直接行動にまで行ったのではなかったろうかと問うている。

さらに今度の戦争の本質についての認識にも同じ思想的混乱があったという。かつては、とにもかくにも「自由主義と平和主義との信奉者」であった日本のインテリが容易にその信念を投げすてて軍と協力したこと、ことに太平洋戦争の段階に入ってからは、それまでもっとも良心的だと自他ともに許していた哲学者たちがこの混乱を助長して「東条政治」の罪悪を幇助し、この戦争を日本民族の「道義的生命力」の発現だと説明するためにランケやマイネッケを利用して日本の「世界史的使命」という美名の下に侵略戦争を合理化した、いわゆる「京都学派」の「インテリを完全に動かした」影響の戦犯性をきびしく指弾している。そして究局においては、これらすべては、「われわれの政治意識の低さと貧しさに帰するといわなければならない」と結論づけている。

岩崎昶の「映画の記録2」は、「まず主として私自身について」と題されている。先に触れた伊丹万作の内省の言の波紋が喚び起こした、核心をなす深い自省の文である。冒頭で岩崎はこう記す。

歴史というものが、すべて現在の瞬間から出発するものであるのと同じように、歴史を書くということは、歴史家から発足しなければならないのであろう。

それで、この十五年の映画の歴史を書くのに私はまずその間に私自身をかえりみ、私自身と対決し、私自身の身の上と心の中とを語る必要にせまられる。

そろそろ二年の昔になるが、日本政府が「ポツダム宣言を受諾する」という表現の下に無条件降伏を行つて間もなく、二三の新聞や雑誌の人が私のところへやつて来て、執筆を依頼して来た。「君ももう書いてもいいだろう」というのが異口同音のことばであつた。事実八年もの長い間筆をとることを禁止されいわば暗黒の生活を余儀なくされていた私のようなものにとつて、突然の軍国主義的ファシズムの崩壊は、嵐が去つて雲のきれ間から青空をのぞいたほどのよろこびと解放感を与えてくれた。戦争中、私を迫害し、投獄し断罪し監視しつづけていた軍閥や官僚が倒されたことは、はじめて私に自由に呼吸することを許した。それはたしかである。しかし、私の心はどうしたことか、少しもはずまなかつた。私はさあこれから書ける、働ける、とこおどりする気持にはまるで遠かつた。日本人の一人として、敗戦降伏という冷たい事実の前にたえがたい痛みを覚えていたこともあるし、それ以上に、敗戦につづいて必然的に来るはずの社会的混乱と窮乏とインフレーションとき餓となどに対する予感におびえてもいた。だが、それだけではなかつた。あまりにも唐突な、めまぐるしい変転に思想のあゆみがついてゆけずに戸まどいしてもいたし、また長いトンネルから急に光の中につれ出された時の反射的なめまいを感じていたこともある。だが、それだけでもなかつた。とにかく、まだとてもものを書くどころではない、ということだけを知つていた。ほかの多くの人たちが、その中には戦争中私と同じように拘束されていた人もあるし、またうまくカムフラージュして動いていた人もあるし、さらに上手に時局に便乗していた人もいたのであるが、そういう多くの人たちが、わが時来れりとばかり民主主義の旗ざし物を高くかかげてはでな活動をするのを見ながら、やはり、どうしても、私としては腰をあげることが出来なかつた。私をしばつていた治安維持法は廃止され、私を追及していた特高警察もなくなり、言論の自由も思想の自由も確立されたいまとなつて、私は戦争中よりもむしろ空虚になり、懐疑的になり、混乱している自分を見出さざるを得なかつた。

岩崎昶は昭和十四年一月に「治安維持法違反」容疑で逮捕され、いわゆる「唯物論研究会事件」の被告となった。昭和十三年十一月末に、岡邦雄・戸坂潤・永田広志・森宏一・新島繁・伊藤至郎・伊豆公夫等十三名が同じ容疑で逮捕され、岩崎は、古在由重らと共に少し遅れての逮捕であった。唯物論研究会は、昭和七年十月に、

現実的な諸課題より遊離することなく自然科学、社会科学及び哲学に於ける唯物論を研究し、且つ啓蒙に資するを目的とする

自由主義的文化団体として発足し、長谷川如是閑・林達夫・小泉丹・石原純ら穏健な自由主義者が退いた後も、三枝博音・岡・戸坂を中心として機関誌『唯物論研究』（昭7・11～13・3）を刊行。十三年二月十二日に会を解散した後は誌名を『学芸』（昭13・4～11）と改め発行した。この間、三笠書房から『唯物論全書』（全50冊昭11～12）を刊行し、岩崎はその中の一冊『映画論』を執筆している。唯物論研究会は、合法的な文化団体として機能していたにもかかわらず、警察、検察当局は、この「唯研」が、「コミンテルンならびに日本共産党の外郭団体」だったとして強引に治安維持法を適用し、学生・会社員をも含む多数を逮捕するに至るのである。昭和十六年の暮、岩崎は懲役二年（執行猶予三年）の判決を言い渡される。執行猶予期間中も保護観察所の監視の下に執筆その他自主的な活動を禁止されていた。岩崎は、その後を満州映画協会の嘱託としてしのぎ、敗戦を迎える。

岩崎は筆をついで、この事件で獄中にあった一年半ほどの、そして出獄した後の、自らの思想の動き――「確信の喪失と混迷」を率直に告白する。そのことなしには、「最近の日本の映画の歴史を、そしてまた日本の知性の敗北の歴史」を「ひとごととして書くことが出来ないから」という岩崎自身のつよい存念による。

岩崎は、独房に坐して得た性癖として、「無為の習性」「東洋的な観照」「無方向な禅坊主のような思想的散漫さ」「原則の喪失」を挙げ、それが、よく言えば「寛容だが消極的なシニシズム」にまで発展して行ったという。

無関心を装うこと、無批判であること、よし関心や批判があつても、それを決しておもてにあらわさないこと。それがそのころ私のような立場におかれた人間の自己保存の唯一の道であつた。と岩崎は述懐するのである。

（未完）

# 転向の軌跡——三好十郎ノート

## 一

「なぜ、三好十郎なのか」『三好十郎との対話——自己史の追及』(1)の著者宍戸恭一は、その第一章を次のような言葉で書き始めている。

強い力で私を捉えていた言葉が、次々に死語となって遠ざかって行く。曰く、革命（反体制）運動。曰く、学生運動。曰く、転向論。曰く、世代論。曰く、政治と文学論……等々が、それだ。『現代史の視点』(2)（一九六四年）はその最初の記録であるが、それならば、訣別したものの代りに、私は何を把んだと言うのか。

これからはじめる〈三好十郎との対話〉で私の中に生きはじめたものを明確にしたいと思っている。そして、もし、この〈対話〉が失敗に終るならば、そのときは私自身が死語になるしかほかに、逃げ道は無いものと覚悟している。——略——

「革命的」イデオロギーを信奉していた時期の私の内部世界は、コチコチに氷結していた――私の目にうつる世界は、「革命的」と「反革命的」の二色しかなく、人間も「安全な奴」と「危険な奴」の二種類しかいなかった。現代史研究を始め(一九五七年)、小山弘健の『戦後日本共産党史』を出版し(一九五九年)、『講座現代反体制運動史』第二巻(一九六〇年)に共著者のひとりとして参加した頃迄、私のこのような状態は続いていた。[3][4]

人間を「安全な奴」と「危険な奴」とに差別視するなぞということは、傲慢な輩にしかできないことである。私がこのような傲慢な人間の類であったのは、体制に対するむき出しの憎悪を、「革命的」イデオロギーに直結させていたことに原因があった。当時の私は、生きた屍であり、自我喪失者であった。

――略――

私は思想とイデオロギーとを区別して対自的有効性のあるものを思想と呼び、対他的、即自的有効性から捉えられた思想は思想ではなく、イデオロギーと呼ぶことにしている。マルクス主義を信奉していた時期の私を「イデオロギー至上主義」者と言うのは、それがためである。――略――

ところで、対自化なるものが、自己の思想に絶えず能動的なエネルギーを保証し、思想の動脈硬化(イデオロギー化)を予防する効力があるからして、自己の「内なるイデオロギー至上主義」とのたたかいには極めて有力な武器になることを最初に私に教えてくれたのが、三好十郎である。

このノートを書き綴ろうとしている稿者高橋には、宍戸におけるようなラジカルな「政治的体験」はない。ただ、一軍国少年として戦中を過ごし、戦後民主主義の洗礼を受けて生きてきた者として、魯鈍ながら政治に無関心に生きることはできなかった。なにを拠り所として自己を生きるかに苦渋する過程で、三好十郎の著作との出合いもあった。そして次代に受け継がるべき、文学的思想的遺産として三好十郎の存在を自らにうけとめている。庶民の、生活者としての論理と実感を核とし、挺子として、自己の転向体験を〈思想〉として内実化し、その作家的生涯を押し貫いた三好十郎、

真の知識人とは、たえずノイローゼにおびやかされつつも、どこへも脱出せず、それに耐えて病的なノイローゼにはならず、自分の属している社会全体をどんな種類の絶対主義にも渡さぬための抗毒素として存続しつづける者のことだ。(「知識人のよろこばしい本務とのろわしい運命のこと」)

とした三好十郎の生の軌跡を重く見る。

かつて高橋は明治書院の『現代日本文学大事典』(久松潜一・木俣修・成瀬正勝・川副国基・長谷川泉編修昭40・11)で「三好十郎」の項を執筆した。この事典は中項目主義と小項目主義を折衷した編集であったが、中項目にとりあげた作家については、類書に比して、かなりな紙数を割り当て、三好十郎の場合、四百字詰原稿用紙二十枚程であったと思う。内容はともあれ、この種の事典類で、「三好十郎」の項目に最も紙面を割いたものであった。その二昔前の拙稿で、父母に生別した十郎を、三歳の時から十二歳に至るまで老いの生涯をかけて厳しく慈育した母方の祖母トシの姓を、三好自身の記述に倣って納富としたが、大武正人の追跡調査によれば、祖母トシは夫と死別した時、入籍しておらず、終生、副島姓だったという。これに限らず、この「三好十郎ノート」を書き記す所以の一つは、旧稿の不充分を、今に補い検討し直すことで、執筆者としての責を幾分なりとも果そうとすることにある。たとえば、満田郁夫が、大武正人・川俣晃自が編集し、堺誠一郎・稲垣達郎・本多秋五が名を連ねた『三好十郎の仕事』(全三巻及び別巻　学藝書林　昭43・9)の書評(『日本文学』昭44・6)の中で提出した、三好十郎の「転向」に関しての疑問がある。満田は大武らの労を多としつつ、次のようにいう。

……転向ということが三好十郎を読み解く上の重要なポイントであろうと思う。にも拘らず……三好十

郎に於ける転向ということの内容がよくわからないのである。そして、そのことには編者らの責任も多少あろうと思う。……第一巻の解説でも前号の大武氏作製年譜でも転向について一言も触れていないのはどうしたことだろう。大正十二年に二十二歳の三好十郎がなみなみならぬ覚悟で左翼運動に入ったことは年譜にも見え、川俣氏も強調していることである。昭和三年二月に壺井繁治らと左翼作家同盟（芸術同盟？）を結成したことは、年譜に記されているが、その後の三好十郎の運動内での進退については、年譜にも解説にも全く記載がない。特に運動離脱の時期が全く示されていない。

これに続いて満田は、高橋によると、左翼芸術同盟はまもなくナップの一分枝として結成されたプロットに参加し、彼の戯曲は新築地劇団・左翼劇場などで上演されている、とした上、前記明治書院の『現代日本文学大事典』の拙稿の一節、

この前後（昭和七年前後か——引用者）から、組織内部の根強い公式主義や政治主義にあきたらぬものを感じていた三好の心は、やがてマルクシズムそのものに対する疑惑へとひろがり、プロットを脱退して運動から離れることになった。八年、「せき」（『中央公論』五月）の発表につづき、世界文化協会の機関誌『文化』創刊号に「バルザックに就ての第一のノート」を発表したが、これは、友人に与えた手紙の体裁をとり、バルザックを語ることをとおして、自らの芸術観を表明した、彼の転向宣言ともいうべきものであった。

を引いた上、次のようにいう。

編者らは当然こうしたことを知っていて触れないのであろうが、そうした立場（つまり三好十郎の場合には転向はなかったと考える立場）もあろうと思いながらも、どうも釈然としない。一つには、大正十二年に、編者らが書いているような非常な勢いでとびこんで行った運動から、その十年後に身を引くということが一人の人間の生活にとって大きな出来事でない筈はないと思うからであり、二つには、昭和八年と言えば、「バルザックに就ての第一のノート」が発表された七月には、佐野学・鍋山貞親の「共同被告同志に告ぐる書」が『改造』『文藝春秋』など各誌に掲載され、雪崩的な転向がおきた年である。三好のプロット脱退が独自なモチーフに基いていても、彼はこうした時代の波から全く超然としていることはできなかったろう。と私が推測する。……

この「三好十郎ノート」は、さしあたり、満田が問題としているような、三好の左翼運動への参加と、それからの離脱の時期に焦点を当てて稿を進めることとする。満田が問うている「プロット脱退の正確な時期」を確定できずとも、かつての曖昧な記述を、追跡検証によって、より明確なものとしたい。

なお、三好十郎の遺児三好まりは、ライフワークとして、決定版三好十郎全集刊行を悲願として準備を進めていると聞く。昭和三十四年六月に白木茂が作製し、五十七年五月に三好まりが改稿完成した詳細な年譜を含む「資料　三好十郎」（『日本演劇学会紀要』20号　昭57・9）も発表されている。拙稿「ノート」は、この労作を参照しつつ、管見に入って「資料」に洩れているものを、瑣末にわたって紹介引用してゆく積りである。拙速主義を事としない、決定版全集刊行のために、いささかでも役立てば幸いである。

まず、満田もとりあげている大正十二年における三好の、左翼運動との関わりについて検討する。『三好十郎の仕事』別巻（昭43・9）の大武正人作製の年譜に次の一節がある。

……この冬、既に左翼運動に身を投じていた身辺に官憲の弾圧の及ぶことを考慮し、恩師日夏耿之介に所蔵せる青木繁の絵（「虹の松原よりひれふり山を望む」スケッチ版四号）を贈る。以来、再び日夏耿之介を訪ねることをしなかった。

講談社の日本近代文学館編『日本近代文学大事典』（昭52・11）の大武正人執筆の「三好十郎」の項に次の記述がある。

……一二年冬、左翼の運動に関心を抱いていて、官憲の弾圧を考慮し、中学校の先生から贈られ所蔵していた青木繁の絵『虹の松原よりひれふり山を望む』（スケッチ版四号）を日夏に贈り、以来ふたたび訪ねることをしなかった。……

「資料　三好十郎」（昭57）の三好まり作製の年譜には、次の記述がある。

……この冬、左翼運動にはしる気になった十郎は、身辺整理のためか恩師日夏耿之介に、自分が所蔵していた青木繁の絵（「虹の松原よりひれふり山を望む」スケッチ版四号）を贈る。

「或時突然に青木繁の絵を持っていらして主人に下さるというので主人がそんな貴重なものを貰うわけにはゆかないと申しますと自分は左翼の運動をしているので何時どうなるかわかりません。先生の所へおいていただけば安全ですからと申されておいてゆかれました。それは大正十二年冬の事で絵のウラに主人が書き入れてございます。先年故あってしらべてみましたところ明治四十三年第十月佐賀にある日青木生と御署名があり鶴君に呈すとしてございます。この絵は青木繁画集にはのって居りませんが年譜によりますと同じ年の十月に大喀血をされたようでございますし、翌年の春に亡くなられましたので病床でおかきになったという藤山愛一郎様御所蔵の二枚の外は、油絵では再晩年のお作のようでございます。この絵を持っていらして下さいましてからお目にかかったような記憶がございません。——中略——しかとした記憶ではございませんが三好様がこの絵を持っていらしたのはたしか中学の先生が三好様に下さったのだそうでございます」(日夏耿之介夫人樋口そえ子様よりの手紙による。三好十郎の仕事の第一巻の川俣晃自の解説文にあるが、十郎自身は、これらのことについて生前、だれにも語らなかったし、文章にもいっさい書いた形跡はない。)

前後するが大武は、『定本三好十郎全詩集』(永田書房　昭45・9)の「解題ということ」で次のようにいう。

……恩師日夏耿之介に、「自分は左翼の運動をしているので何時どうなるかわかりません先生のところへおいていただけば安全ですから」(日夏夫人のお手紙)と言って、愛蔵していた天才画家青木繁の絵を贈っているのである。日夏先生にお訊ねして、この事実をたしかめた篤学の先輩川俣晃自は、「三好十郎が大正十二年冬すでに〝左翼〟の運動をやっていたという事実」について「重要なこと」であると注意を促しているが、その通りであると共感したところから合点のゆかぬ奇妙な思いをもつのである。

それは、官憲の弾圧が身辺に及ぶかも知れぬ危惧を感じるほどに〝左翼の運動〟に身を投じて行った三好青年が、まだ「解放戦線上の一人の雑兵たらん事を最大の目的」(「自伝」)としての、プロレタリア詩の作制はせず、若き象徴派詩人としての詩作の発表を大正十五年までつづけていたのだ。このような事実について川俣晃自氏は、〝左翼転換〟の行われた後、「しかもなお三好十郎は日夏耿之介の峻厳な唯美主義の魅力に引かれつづけて、「雨夜三曲」「賽の河原」、ウイリアム・ブレーク論（卒業論文）を書きつづけ、大正十五年末に至ってようやくこの魅力から脱却することができたということになるであろう。」と述べているが、……

この人の理性は、「解放戦線上の一人の雑兵」であろうとする意欲をもちながらも、天性の芸術家の魂は自己の創造の欲望に忠実であったということなのではなかろうか。……

と結論づけている。大武が引用している『三好十郎の仕事』第一巻（昭43・9）の川俣の「解説」には、川俣に宛てての日夏夫人の返信も全文紹介されており、その上で、次のように記している。

……もっとも重要なことは、三好十郎が大正十二年冬にすでに「左翼の運動」をやっていたという事実である。すなわち三好十郎は、関東大震災の年に高野山、大阪、奈良への旅から「九月半ば頃」に帰京して、「生涯からのノート」を書いておいて、左翼運動に入ったにちがいないのである。……

あえて、くだくだしく引用を重ねて来たのは、これら通行の記述・判断に強い疑念を抱くが故である。いずれも、日夏夫人ないしは日夏耿之介から得た情報を唯一絶対の拠り所とする点で共通するが、その絶対視する日夏サイドの情報に、時の経過による記憶渾融の錯誤はないのかということである。大正十二年冬に三好が青木繁の画を恩師に贈ったことは間違いあるまい。だが、そのことと、三好の左翼実際運動とを短絡させ、直接的に結びつけるのは如何なものか。たとい三好が、その種のことを口にしたとしても、青木の画を師に呈する際の軽い措辞であったかも知れぬではないか。全く同一の情報に依拠した前記引用の叙述にしても、それぞれに微妙に揺れていよう。現在までの私の探索では、この時点で三好が身の危険を感ずるほどの運動への参加を傍証する徴標となるべき材料は全く見当らないのである。大武の判断には、川俣によりかかって、無理に納得しようとする気配が感じられるし、言うところの「官憲弾圧が身辺に及ぶかも知れぬ」ほどに全身的に左翼運動にうち込んでいるものの詩想が、丸三年もの時の経過の中で、なんら影響を蒙らないことの不自然さをこそ思うべきではないか。ましてや、治安維持法体制以前の事どもである。川俣にしても、「左翼運動に入ったにちがいないのである。」「いずれにしても、三好十郎の左翼転換は、大正十二年の秋から冬にかけて、大震災の惨禍のなかで行われたのである。」と断定的に言い切るためには、いささか材料不足ではないのか。むしろ、「全日本無産者芸術聯盟員」であった三好自身が、『新興文学全集』第十巻（平凡社）に付した、昭和三年十月執筆の「小伝」の次の一節を虚心に読み取ることの方が自然なのではなかろうか。


……大学での勉強はあまりせず、従つて、大して為めにならなかつた。右、栄養不良でゐる間、いろいろな先輩と友人に世話になつた。一々書ききれない。

在学中、吉江喬松先生の力で「早稲田文学」に詩作を発表させて貰ふ。

曲りなりに、でない、大いに曲つたまゝで卒業。

香川県高松市の産、坪井ミサチと結婚。

依然たる貧乏。詩作、詩論を方々の雑誌に書きちらす。戦つた。ウロツいた。

そして、野蛮人の血と、社会の状勢が、自分をコンミユーニズムの方へ連れて来た。


三好の文壇登場に大きく与ったのは、吉江喬松であった。大正十三年六月号の『早稲田文学』は、新進三人の詩作品を紹介した。中山鏡夫の「全音階に於けるドン・キホーテ外一篇」、大山広光の「射翠篇」と、三好十郎の「雨夜三曲外四篇」である。翌月号には、同じく大山の「寧楽篇」と、三好の「賽の河原外五篇」が発表され、巻末の「八月号豫告」文の末尾には、次の語が見える。

……本誌六、七両月所載の詩で、夙くも詩壇に認められつゝある新進詩人三好十郎氏の長篇抒事詩で、発表の暁は恐らく現詩壇における一つの驚異であるであらう、『唯物神』を始め、其他、評論に創作に精選した記事を満載いたします。

そして八月号に、吉江のオマージュに満ちた推輓の辞「若き詩人等と叙事詩『唯物神』」を添えて三好の二十三頁に及ぶ『唯物神』第一篇「山中の虹」が、誌上を飾った。吉江は前記の一文で、前出の中山、大山の詩人としての特性を称揚した上、

三好十郎君は、この三人の中で、最も呼吸の太く、たしかな人である。この人は豊富な精気を、十分に現はして行く余力を備へてゐる。最初未来派流の絵画詩に於てその特殊な天分を見せてゐたが、近来はそれが一層自由な現れをなすやうになつて来た。……

個人生活を徹底的に究極して見て、やがてその究極したる、若しくは解放したる個々人を基礎とした集合生活をつくりいださんとする努力現象が、現代に於て到処に見られてゐるのである。この努力が今日に於ける世界苦であり、その文芸的表現を新人等は求めてやまぬのである。

浪漫派、高踏派、象徴派を経て、今日は、新らしき意味の集合生活に代辯し、若しくは暗黙の裡に、その集合生活の合作機関に身をなすのが現代詩の使命である。……この詩には最も好き意味の真の若さが充ちあふれてゐる。確かな足どりと、開かれた官能の爽かさと、心眼を見開いて新たに映ずる自然と

人間との原始の姿と、それ等をつゝむ豊かな律動とがある。たしかにこの若い詩人の前方に開かれた地平線は、無限の広さをもつてゐる。理智の光と、官能の統一と、広い環境の呼吸とに全身を委かせ、一意の精進を切に希望する。

吉江がいう「未来派流の絵画詩」とは、阪井徳三が「十郎三好の若い断片」(『新日本文学』昭34・2)で回想した、

吉江氏をたずねた最初のとき、私は詩の原稿をポケットにしていたが、彼はカンジンスキイばりの油絵をたずさえ、これが私の詩ですと言っていた。

というエピソードを想起させる。戸塚のＹＭＣＡの寄宿舎「信愛学舎」で三年近く一緒であった学友神崎重男が大武の編集した「三好十郎著作集」会報7(昭36・5)に書いているように、吉江を訪れる機縁となったのは、三好が吉江の散文詩「青色の室」を一読傾倒したことによる。二松堂版『文芸年鑑』大正十五年版の「大正十四年の文壇」中に「詩壇」を回顧して次の記述がある。

吉江喬松氏及び日夏耿之介氏を中心として集るものは、主として早稲田出身の若い詩人であつて、即ち、三好十郎氏、中山鏡夫氏、大山廣光氏、酒井得三氏、加藤憲治氏等である。会名を「青色の室」といつて、時々詩の展覧会を開催したり、パンフレットを発刊しようとしたりして、新鮮なる本統の詩を生み出そうとする気配を示してゐる。強いてその大体の調子を批難するとすれば、彼等はあまりに非売名的でありすぎることだ。

また、稿末は次の言葉で結ばれている。

本年度詩壇の生んだ新進有為の人として、先づ三好十郎氏を推薦したい。先に三好氏の長編叙事詩が吉江喬松氏の紹介で早稲田文学に掲載された時、文壇の人三上於菟吉氏は、三好氏の発見によつて、早稲田文学の存在の意義が新たにされた云々の讃辞を送つた程である。それによつても三好氏の天分がいかに優れたものであるかゞ分る。

次ぎに推薦したいのは、吉田一穂氏である。大山廣光氏が文章倶楽部で本年詩壇の概観を述べてゐる一文の中でも、同氏を推賞してゐたが、夙に新興詩人としてもつとも優遇されなくてはならない人である。三好氏も吉田氏も近く第一詩集が上梓される筈である。[5] 共に将来ある人として特記しておく次第である。

吉江喬松が、三好の文壇デビューに大きく関わっただけではなく、三好や阪井らがその後「社会詩」への道をたどるにあたっても少なからず影響を及ぼしたことについて、阪井は前記の回想文で触れている。

そのときの十郎君は、その評価を一般的な場合とは別の次元で——すなわち彼が最後にはそこにかえってゆくことになったエゴの認識の形でおこなったはずだった。というより、あるいは、彼の考えていたエゴの考えかたが、このころから社会的な改革のジグザグと結びつかずにおれないようになってきていたからだ。

中野の私の姉の家で、十郎、日吉早苗との三人で詩の批評会をやった。

彼は学校がおわって京王沿線に住むようになったころ、私たちの笑ひ草になるような形でまで犬を愛したことがある。

そのころの十郎の考えかたは、ほぼ統一的な見解を求めて見れば、ゴッホ――イプセンの線だったろうか。だから社会主義に関連して、楽天主義、人間信頼、群衆崇拝などの感覚が安っぽく出てくるとなると、彼の自我論もまた必要以上に（彼がすぐ自分で気づくほどに）まがって頑強になる。〃貧乏〃という灰色の教科書の暗示のゆえか彼よりすこしはやく社会主義の考えかたに傾いていたようだった私は、よく顔色をかえての彼のギロンに面接しなければならなかったわけだ。だが彼は私の叙情詩が〃社会詩〃への方向をもとうとすることについては、それを支持し援助していた。ふたりは、ふたりなりに、そういう方法の探究者であり、同時に競争者であった。ふたりでよく吉江喬松教授のところへ詩の批評を求めていった。吉江氏の詩の批評には、たいへん鋭いものがあった。同時に私たちを社会詩へと言葉ゆたかにみちびいていた。

ここに回想されていることどもは、大正十四年から十五年にかけてのことと推定されるが、この大正、昭和にわたる一九二六年前後が、三好十郎の生涯の大きな節目となる時機で、前年には、女学校で教職にあった坪井操との結婚もあり、生活的にも一応の安定をみた時期である。後年の詩「水尾」（『麺麭』昭10・11）は、愛妻への悲痛な挽歌であるが、次に掲げる三好の詩「馬鹿が言ふ言葉」（『我観』昭2・9）は、それと対をなす新妻へのみずみずしい讃歌である。

お前は世界中で一番美しい！

お前は川だ。

首すじは白い早瀬で
乳房と乳房の間は、それ、谷川だ
谷川の両岸には、ふくれる漣
あれよ、赤い苺が浮いてゐる。

お前は山だ。
高くて、低くて、みんなカーヴだ
腕の附根の凹地では
百合花の匂ひがするし、
もっ《(ママ)》と下の双子山に乗れば
日と月が一緒に見える。

お前は海だ。
ヌラヌラと手に触れるのは
青い藻だ。黒い髪。
思ひがけない眼のわきの笑くぼが
グルグルと渦を巻いて底は奈落さ。
雪の二つの膝頭、
満潮の下の海底、
二つの黒潮に囲まれて、あゝ

洞がある。暗くて鬼がゐる。

ミサオ！

お前は世界中で一番美しい！

大正十五年九月は、三好の詩「雪と血と煙草の進軍」が『文芸戦線』に掲載され、その「編輯後記」で山田清三郎は、

日本には未だ健康な、集団意識の中から生れた、勃興階級の詩といふものが、現れてゐないのではないかと思ふ。プロレタリアの詩と目すべきものはないでもない、がどうも、個人主義的な感情を基調とした、ヒステリカルなものが多いやうである。かゝる場合本号所載三好十郎君の詩の如きを見出すことの出来たのは、たしかに喜ぶべき一つの「愉快な傾向」であるといつても、差支へはないやうな気がする。本誌五月号に掲載した、松本淳三君の「労働祭歌」と共に、プロレタリア詩壇最近の収穫であると思ふ。

と記した。そして同号の巻頭を飾ったのが、青野季吉の、あの「自然生長と目的意識」論であった。この月には、三好を中心として上野壮夫・阪井徳三らと同人詩誌『アクシオン』が創刊され、〈左翼詩の提供〉〈プロレット・カルト〉〈左翼共同戦線へ向つての絶えざる突進〉が謳われた。海保俊郎・近藤栄・菅原芳助・藤田心らが名を連ね、壺井繁治・高橋新吉・新島栄治の寄稿もあった。昭和三年二月に創立大会を開いた左翼芸術同盟は、弁証法的アナキストなどと呼ばれていた壺井・江森盛弥・高橋勝之・工藤信等の一群と三

好・阪井・明石鉄也・上田進・高見順らが合流し、無産階級芸術戦線の統一を合言葉にコミュニズムへの思想的転換が図られ、機関誌『左翼藝術』の発刊と相前後してナップ創立に参加する。三好の左翼運動への参加を言うのであれば、やはり、一九二六年の後半から二七年（昭2）にかけてのこの時期を考えるのが、妥当であるだろう。

ここまでの三好の著作活動で、三好まりの「資料」に洩れたものを幾つか補うと、一九二六年一月創刊の『文章往来』（春陽堂）詩「秋篇」と、「英米文壇の消息」と題してのアーサー・ウェリーの英訳『源氏物語』とコンラッドの遺作の紹介がある。二月十日付で、早稲田大学教授吉江喬松・山岸光宣・日高只一監修の〈世界文芸物語叢書Ⅳ〉の三好十郎述『ホーマァ物語イリアッド』（文教書院）が刊行されている。『都新聞』には、「雑文雑誌」（2月13日）「実篤と白鳥」（3月30日）「唯美主義の根拠」（6月7日〜10日）を執筆し、この年、『文章往来』の投稿欄「文章往来詩」の選者をつとめている。昭和二年三月『文章倶楽部』特集〈大正文壇総勘定〉で生田春月は「大正年間の詩と詩人とに就て」を書き、その一節に、

……特に、コンミユニズム・アリアキズムの詩人が現れて、ために当初からその意義の薄弱であつた民衆詩人の主張の無意味であつた事を暴露した事、この無産派詩人には、松本淳三、三好十郎、萩原恭次郎、野村吉哉、小野十三郎氏等ある事。

と回顧した。『文藝』（昭2・4）の〈後継詩人号〉に詩論「詩が書けなくなれ！」を書いたことは「資料」にも記載されているが、その外「現詩壇に対する感想要望」なるアンケートにも答えている。なお、この小林鶯里主幹、経営の『文藝』誌をはじめ、前出の『アクシオン』『我観』『左翼藝術』については、かつて『近代文学雑誌事典』（至文堂　昭41・1）に執筆した拙稿がある。

今回は、三好の左翼運動加入の時をもって終るが、続く何回かの「ノート」では三好の「転向」の内実にどこまで迫れるかが主要な課題となる。その過程で、たとえば桜井書店主桜井均が、その著『奈落の作者』

（文治堂書店　昭53・8）で、三好は「峯の雪」が活字になっていたならば〈戦後〉を別のかたちで出発したのではないかという問題、あるいは、宮岸泰治が『劇作家の転向』（未来社　昭47・10）で、
敗戦期の三好十郎、森本薫らの諸作に欠けていたのは、転向の意識だった。前章にみたように過去を一切仕方のなかったことだとする姿勢は、考えてみれば軍国主義者たちが昨日までの証拠の湮滅を急いだ姿勢と大差なかった。
とする言なども検討されることとなろう。かつての拙稿「三好十郎」（『現代日本文学大事典』明治書院版）に次の一節がある。

戦時下最後の作品となり未発表に終わった「峯の雪」（昭一九）は、周囲に抗して頑なに芸術的矜持を守りつづけてきた老陶工が、戦争協力の碍子作りに踏み切る心理の屈折を描いたものであるが、名人治平の心の〈劇〉は、そのまま作者その人の心中の劇であったに違いない。八月一五日の敗戦の現実は、三好十郎にとって「解放」であると同時に、自らを〈民族と運命を共にしようとした〉戦争からの必死の立ち直りをも迫るものであった。彼は敗戦を契機として、自らの血のしたたるような腑分けを通して、戦前からの重厚な転向を完了する。……

これらの叙述の当否も検討し直すことになろうが、三好の転向をもって〈重厚〉とする一点においては、私の考えは今に、いささかも変らない。〈戦後〉を疑って、自らを問うことを知らぬかにみえる、かつての三好の論争相手清水幾太郎のそれに比するとき、その感は一入である。そのこともいずれあらためてこの「ノート」で触れることとなろう。因みに言えば、稿者高橋は、かつての日、清水の「社会学」講義の名調子を聴いた受講生の一人である。

## 二

前章で、左翼運動への参加の時期を一九二三年（大12）の秋から冬にかけてとする、通行の「三好十郎年譜」もしくは定本と目されている『三好十郎の仕事』第一巻の「解説」の記述・判断に対して強い疑念を表明し、それを一九二六年（大15）の後半から二七年（昭2）にかけての時期とするのが妥当であるだろうとした。この小稿では、『三好十郎著作集』全六十三巻『三好十郎の仕事』全四巻『三好十郎全詩集』及び、前に触れた三好まり編の「資料　三好十郎」の「年譜」未登載資料の紹介を兼ねつつ、少しく私見を補強したい。

雨が降つてゐる………
骨の中にまで雨が降る。
俺と一緒にくたくたになつた泥濘を見る。
其処には靴の跡と、下駄の跡と、足の跡だ。
俺の体の上にも足跡がある。
あゝ、大日本帝国癲狂院の
横の小路でぶつ倒れて
その足の一つ一つに
俺と悲しみと苦しみ、
隣人の悩みと呻吟。
全人類の悲哀と苦痛と病毒を

俺は見た。
白い手がヒラヒラと手まねく。

一九二五年（大14）七月、恩師吉江喬松の推輓によって、右の一聯を含む詩「瘋狂院満員」が『文芸日本』に発表される。翌一九二六年（大15）一月には、草野心平・赤木健介・原理充雄・黄瀛・宮沢賢治・高橋新吉らと同人だった『銅鑼』六号に、次の聯で終る詩「Imagination の鬼——徳三に」を載せ、以後『銅鑼』から離れる。

　どこにゐても彼は不幸福である。
　どこにゐても彼は幸福である。
　彼は右手にピストルを握つてゐる。
　そしてたえず何かをね
　らつてゐる。いつ発射するかわからない。
　何をねらつてゐる
　のであらう？
　自分を生むに至つた宿命の機械をか？
　自分を作りあげた伝統の蜘蛛の網をか？
　宇宙のどこにでも遍在してゐる自分自身
　の無数の分身を
　か？

それとも
黒くそびえた『組織《システム》』の保塁をか？
過剰なる想像力が彼を喜ばせる、悲しませる、おびやかす、
煽動する。あたまでつかちの想像力のために
彼はよろけて、
のめつて、都会の塵に疲れ果て、芥となり、
煙となり、夢と
なり、光となつて、青空へ放散する………
………

青空の銃口はすべてのものをねらつてゐる。すべてのもの
へ何時発射されるかわからない。

さらに翌二月には、左の聯を含む詩「汝等の中の柩車」を稲門の細田源吉発行・編集の『文芸行動』（三好は、犬田卯・小島勗・坪田譲治・保高徳蔵・和田伝らと同人に名を連ねる）に掲げた。

この灰色に動いて行く群集の中に
一台の燦然たる自動車があつて

これも群集と同じ様に進んでゐる
金色の装飾を重く群集の頭の上に光らせ
ゆつたりと、傲然として進んで行く
群集はこれを時々不安な眼付をして
あるひは憎悪の眼付をして、見上げる
彼等は、自分達が
この金色の自動車から支配されてゐる
　ことを知つてゐる。
この自動車が
いつ自分達をひき殺すかもわからない
　ことを知つてゐる、
彼等の朦朧とした頭にも
昨日、あるひは一昨日
この自動車にひかれて死んだ
彼等の母、彼等の父、彼等の愛人
そして彼等の夫、彼等の兄弟、彼等の
　友人の姿が
不意に、浮び上つて来る、
しかし彼等は自分達の憎悪が
どんな結果になるかを

おぼろげながら知つてゐる
そのために再び悲しげな灰色の顔を垂
れて
足の先の路上を見つめながら前へ進む
どつ、どつ、どつ、どつ、どつ、どつ……

そして五月の『文章往来』誌上に「左翼へ行つて手を握り合はうと意志する精神」を謳った「意志詩人大同団結」を発表する。三好はここで、「〈正しき多数者〉の幸福に行く意志」と「徹底的の社会的正義を意志する精神」とに裏付けられた詩の出現を待望し、その大同団結をよびかける。三好は、「われらの同僚となるべき詩人」として新島栄治・高橋新吉・ドンゾッキー・秋田雨雀・萩原恭次郎・重広虎雄・阪井徳三・壺井繁治・野村吉哉等を挙げ、また、黒田辰男の名を挙げて「ロシヤ詩に対する深い理解に養はれた眼で、詩論家として世間的にも出発される事を望む」だ。さらに八月には、「言論者と行動者」(『文芸行動』)を書く。

近頃の文学者の間には、左翼的なメソドロヂーと、左翼的なイデオロギーに基礎若しくは主点を置いた言論を吐き、それを発表する人が、かなり多くなつてきた。これは、概括的に言へば、非常によろこばしい現象である。この現象は、世間的には未だ甚だしい不遇に住んでゐる左翼作家及び批評家等を勇気づけ、間接には、文学圏外の一般左翼人に対して力をも与へることになる。

しかし又、それがさうであればあるだけに、この現象の全部がスツカリ左翼人に取つて非常によろこばしい現象であるかは問題である。と言ふのは、由来日本の文学者ほど独創性に欠けたものは他に少ない。言葉を換へて言へば、日本の文学者ほど病的な流行好みはゐない。自然主義が称へられると世を挙げて自然主義流行だ。ネオ・ロマンテイシズムだ。新感覚派と言へば、それが又、金切声をあげての歓迎を受ける。

そして現在盛んにならうとしてゐる左翼的言論も、多分、幾分はそれに類した附和雷同を含んでゐはしないか？　少くとも、さうでないと言ひ切り得るだけの反証は、今のところ全然挙つてゐない。

といい、「左翼的実感（生活よりの真実な感情）を背景としない左翼的言論は、それが如何に最大級の修辞を以て修飾されてゐても、一種の過剰物たるをまぬかれ」ず、「実感」乃至は「生活」の裏付けのない言論は、厳密に言えば「思想」ではなく「錯覚」だとし、その「錯覚的言論」と「自己保存的な左翼的言論」と「ヒステリックな左翼盲動」とを戒めている。「口舌の徒」への嫌悪と、生活者の論理と実感を核とする三好の生涯を貫ぬく姿勢は、左翼運動参入の時機にすでに定まっていたと見てよかろう。九月には、「左翼共同戦線へ向つての絶えざる突進」を目指した詩誌『アクション』創刊に及び、『文芸戦線』誌上には「雪と血と煙草の進軍」の詩が発表されるのである。

三好十郎君が初めて『唯物神』といふ叙情篇を断続せしめた長篇詩を書いてから最早や六七年は経過してゐる。その間に三好君がその出発に示した的確な現実認識と、新らしいイデオロジイの把握と、そしてその両者を併せて、太い呼吸と、新たに目醒めたるもののみの持つ爽快な調子とで表現して行く勢は、層一層確かなものとなつて来た。大地を踏みとどろかして行くしつかりした足どりと、中途の無限の苦患と戦ひつつも、昂然と頭を高くあげて遠くを望むその姿とは、何よりも力強い印象を人人に彫みつけずには置かぬ。これは目醒めたる無産大衆の行進の途上に於ける姿であり、我等の詩人三好十郎君が常にその全作に於て表示する詩的事相である。

後年の第一戯曲集『炭塵』(中央公論社　昭6・5・12)に寄せた、恩師吉江喬松の「三好十郎君の劇作」と題した跋文の一節である。

なお、一九二六年度の三好の著作で、三好まり編の「年譜」に洩れたものに「佐藤春夫論」(『文芸行動』二月号)「室生犀星氏に」(『文芸行動』五月号)がある。また、同じく「年譜」一九二七年の項で、「六月、『解放』に詩「最後の自由」を発表。この詩はこの年の一月号『解放』に載っている。」というやや不分明な記述があるが、これは、『解放』一月号が発禁処分を受けたため、削除訂正版を六月臨時号として出版したもので、三好の詩は、両誌に掲載されている。年譜の登載としては、一月の項に記述するのが適当であろう。

注

(1)　一九八三年十二月、深夜叢書社刊。「本書は、前著『現代史の視点』の『本論』にあたるものである。つまり、前著では『進歩的』知識人の批判を通じて自己史の問題を提起したが、本書では、三好十郎との対話というかたちで、その問題の具体的な追及を試みた」(あとがき)。

(2)　『現代史の視点〈進歩的〉知識人論』(深夜叢書社刊)。一九八二年八月、増補新版。

(3)　一九五八年七月、京都、三月書房(一九五〇年三月宍戸創立)刊。副題「―学内闘争の歴史」。

(4)　信夫清三郎・渡部徹・小山弘健編青木書店六月刊。第二巻副題「―高揚と壊滅」。

(5)　三好も同人だった草野心平編集発行の詩誌『銅鑼』第六号(大15・2)の編集「後記」にも「三好君は近く、詩集「唯物神」とバイロン評伝を出す。」とあるが、この詩集は未刊に終った。吉田一穂の第一詩集『海の聖母』は金星堂から刊行された(大15・11)。なお、新潮社の〈文豪評伝叢書⑸〉のジョン・ニコル著・三好十郎訳『バイロン』（大15・7・8）は、吉江喬松・日高只一の推輓による。「私のこの『バイロン伝』は、ニコルの『バイロン伝』の逐字訳では無い。それに、所に拠っては、不必要と思はれる所を省略し、不備だと思はれる個所には追加をほどこした。」もので、第十章の末尾は次の言葉で結ばれている。「父も母も生きてゐたとは言ふものゝ、幼時のバイロンは、事実上に於ては孤児であった。」

# 時代の煩悶——藤村操「巖頭之感」の周辺

「淋しさの極みに堪て天地に寄する命をつく〲と思ふ」
左千夫

## 一

第一高等学校生藤村操が、人生「不可解」として華厳の滝に身を投じたと推定されるのは明治三十六年五月二十二日である。

「那珂博士の甥華嚴の瀑に死す」という圏点付きの見出しの下に、他社に一日先んじて之を報じたのは涙香黒岩周六の『萬朝報』紙（五月二十六日）である。東洋史学で知られる高等師範学校教授那珂通世[1]が中禅寺湖畔の旅館で二十三日夜にしたため、朝報社に投じた「藤村操の死を哭す」文には、藤村が華厳滝口の楢の大樹を削って墨書して遺した「巖頭之感」と題された次の語が録されていた。

悠々たる哉天壤、遼々たる哉古今。五尺の小軀を以て此大をはからんとす。ホレーショの哲學竟に何等のオーソリチーを價するものぞ。萬有の眞相は唯一言にして悉す、曰く「不可解」。我この恨を懷いて煩悶終に死を決するに至る。既に巖頭に立つに及んで胸中何等の不安あるなし。始めて知る大なる悲觀は大なる樂觀に一致するを。

涙香は早速翌二十七日の紙上に「少年哲學者を弔す」と題する一文を草し、

我國に哲學者無し、此少年に於て初めて哲學者を見る、否哲學者無きに非ず、哲學の爲に抵死する者無きなり。獨のショッペンハウエル悲觀の極に樂觀ありと爲す、而も自死するに至らず。然らば哲學の極致は自死するに在るか、曰く何ぞ然らん、唯だ信仰の伴はざる哲學は、茲に窮極するなり。

余天人論を著す、……恨むらくは巖頭に感を書して六十丈の懸泉に投じたる此の少年哲學者に一冊を寄獻するを得ざりしことを、「不可解」の一言を以て宇宙の秘を悉する時は過ぎたり、少年哲學者は悲觀の樂觀と合する所にホレーショ以外の光明に接したるか、大谷川の水、長へに碧にして、問へども答へず、余は那珂博士と同じく痛哭して之を記

し、抜目なく、新刊の自著、「宇宙倫理觀」と副題した『天人論』（朝報社　五月十四日刊）を引き合いに出した。その故もあってか、この著は一箇月のうち五版を重ねて行った。

各紙は競って藤村操の投瀑に至るまでの動静を探り、当代知名の論客に、その所見を吐露せしめた。六月一日の『大阪朝日新聞』は、角田浩々歌客、木村寸木らを動員して「哲學と人生（一青年の死と世論）」と題する社説を掲げ、これら世論を抄録・批判した。浩々歌客はそこで、一高生藤村操の死が何故に世人の注意を喚起するに至ったかを整理して、第一に、

借金に苦み或は戀愛に覊され或は現世志望の遂げざるに依れるなど、自己若しくは社會との葛藤の結果に身を殺したるとは異に、宇宙といひ萬有といひ人生といふ

ように「事の關係學問に在り、自己の思想と自己存在との葛藤衝突にして、少くとも其死が悲壯の意義を含む故」だとし、第二には、その死処が平凡な場所ではなく「風趣直ちに人をして深邃の意義をしのばしむる

日光華嚴の瀑」なること、第三は「失戀の慘蹟を留めし益田氏の子が投身したる前例」あること、第四は、藤村操が青年なること（数えの十八歳、現代風にいえば満十六歳十カ月）、第五に、その死を報道した叔父が名誉ある文学博士なることを挙げ、

なほ巖頭の樹を白らげ遺書を留めたるの行爲は博士の報にある通り從容死途に就きたりと見ると共に極めて小説的なることは、殊に世人を注目させしものなるべし。

と付した。そして、前記の『萬朝報』（涙香）や、

其解決すべからざるの解決を尋ねんと欲す、是れ實に忍ぶべからざるの痛恨の事なり……凡そ人たるもの、人事を盡して天命を待つの外、豈に他の道あらんや。

とする『國民新聞』（徳富蘇峰）の論、

経世経國の眼を以て之を見る、此現象は極めて不健全なる思想の發動ならずんばあらず……願くは人は人たれよ、人以上とならんことを求むる勿れ。

とする『報知新聞』（石川半山）や「蓋し一種虚榮心的狂作乎……解すべからずば解するまで力めよ、厭世より楽天たるべき道理」をいう『東京日日新聞』の論を紹介した上、

……死者の死をして其意義を空しうせしめざらんは、実に生者の責任にして卽ち「不可解」を解説すべき一の職分なり。況んや解決に必要なるとせらるゝ學術に対し失望せる青年の死の如きをや、吾人は眇乎たる青年の死をして、死といふことが彼自身一刹那の安立を得せしめたるを彼の爲に満足すると同時に、一個青年の自亡がよく現代存続の青年に多少人生の意義を合点せしむべく、世人の之を解道せんことを望む。生者は須く生者一切の爲に一切此生より去る死者の死をして悉く善死たらしむべきなり。

……

と結論づけた。亀谷天尊は『東京朝日新聞』（六月五日）に「懐疑と信仰（弔少年哲學者）」なる一論を寄稿し、藤村操の投身を「希臘古代の神話的悲曲中の、ロイカジアの岩頭より海中に投じたる、天女サツフォの往事」に擬し、巌頭の感は、「文簡潔にして旨高妙、蓋し古の聖者霊均氏の離騒經に勝る萬々」と称揚し、沈思冥想、仔細に氏の心裏を推究し来れば、實に死以上に属する、一種絶大の理想の存するありしを認むべしと雖も、かくも悲惨の死を敢てしたるの原因は、畢竟懐疑哲學の罪なり。

として、華厳経大乗の教理によって人生問題を解決すべきことを説いた。もっともよく、文学史的脈絡においてこれをとらえ、自らに身を寄せて論じたのは『讀賣新聞』（六月七日・十四日）「癸卯文学」欄の中島孤島で、「我れ何者ぞ」「センチメンタリズム」と題して煩悶を論じ、感傷の免かるべからざる理由を述べた。孤島は、

……あゝ我れ何者ぞや。人生幾多の憂愁あり、人誰か煩ひなからん。吾等はたゞこれを忘るゝのみ。事業に忘れ、生活に忘れ、國に忘れ、家に忘れ、學に忘れ、藝に忘れ、酒に忘れ、情に忘れ、快樂に忘れ、宗教に忘る。たゞ忘るゝなり、然りたゞ紛るゝなり。是れを以て静夜思ひを衷に潜めて、一念我が生の秘密に到ることあらば、誰れかまた其の心の痛みを感ぜざるものぞ。然かも人は遂に此くの如く忘れ、此くの如く紛れて、永へに此の疑問の閃きに背かざるべからざるか。

と論じ、さらに理想と現実の矛盾を言い、当代の病患を剔抉して、

嗚呼我れ何處にか往かん。眼は遙かに理想の光を望みつゝ、然かも逡巡として我が足は進まざるなり。嗚呼我れは如何にかすべき。既に識らず、時代の病患に觸れて煩悶し、苦惱す。擧世皆な非にして我れも亦非なり。如何にすべき。或ものは世を厭ひ、生を咀ひぬ。或ものは泣き、或ものは怒り、或ものは

叫びぬ、嗚呼我れ何者ぞやと。以爲へらく、我れを知るは凡てを知るなり、我が脚下を掘りて、湧き出づる泉に汲まずや、人何すれぞ近く其の心に求めざると。事狂暴に似たりと雖も、遂に聲を放つて一世の眠りを喚び覺さずんば已まざるなり。人は以て時代の痼疾といふ。然かも不健全なる社會が久しきに堪ゆべからざるを知らば、老衰せる社會に對して、復活の使命を傳ふるものは寧ろ此の痼疾にあらずや。……かくの如き不滿の感情は常に青年の胸中に潛みて、時に鬱然として一世を壓倒す。其の現はるゝや、一切の外被を剝ぎて、直ちに赤裸々の我れを示さんとす。其の力茲に存し、其の弊も亦茲に存す。此くの如くにして幾多のウエルテルは生じ、幾多のマンフレッドは出づ、……

といい、かかる明治のセンチメンタリストの代表者として透谷と樗牛とを挙げ、さらに語をついで、

若し夫れ近時藤村某の如きに至つては、また等しく此思潮に漂へるもの、世は返すぐ〳〵もかの痼疾の恐るべきを唱ふと雖も、我れは寧ろ茲に潛める生命の閃きを認めんと欲す。惱あるものは幸なる哉、世は惱ある者によつて生きん。

と高唱した。

さきに、涙香黒岩周六が『萬朝報』紙上で藤村操の「哲学死」を弁じたことにふれたが、六月十三日夜、数寄屋橋会堂で開かれた朝報社有志講演会での「藤村操の死に就いて」と題する講演は、[2]世論の藤村批判に答えるかたちで、その死の意義についてより詳細に弁じたものである。涙香は、「巖頭之感」にも触れて、「近来、斯の如く熱誠に富みたる名文章を見たることなし」といい、彼の心の「誠眞」が凝縮して「眞實なる此の美しき妙字學」をなしたと称揚した上、

然るに世の識者の中には此の文中の語句を笑ひ「ホレーショの哲學[3]竟に何等のオーソリチーを價する者

ぞ」と有るを咎め、ホレーショと云ふが如き哲學者あるを聞かず、せめてはカントの哲學とでも云はゞ可なる可きに、多分藤村は自分がホレーショと云へる名も無き哲學者の書一冊を讀み、是にて哲學の一切を知れりと自信して斯くは書せし者ならんと評したる人も兩三人あると聞く、誠に沙汰の限りなり、ホレーショは諸君の知れる如く沙翁劇中の人物にして、今では似而哲學者の代名詞の如く使はるゝ名前と爲れるなり、藤村が此語を用ひたればこそ一切の哲學をば似而非哲學と一言に蹴落して、哲學者能く何の眞理をか捕へ得んやとの感慨が活躍して聞ゆなれ。

と、半可通の識者の臆断をたしなめ、藤村の意のあるところを強調した。涙香は世間の非難から藤村操の自死を擁護すべく楠公の湊川での自殺を引き合いに出し、また「巖頭之感」を、その「壮烈さ」において、「七たび人間に生れて國賊を殲さん」という楠公のことばに比しているような、ジャーナリスティックな宣揚もあったが、また、

彼れの死は恨事なりと雖も、実は時代思想の反應なり、今の世は二元的の暗き信仰破れ、思辨的の舊き哲學滅び、而して未だ一元的の光明ある信仰の大いに興らざる中間なり、之を信仰上の過渡の時代と稱すべし。

とする、時代を鋭く射る枢要の言説もあった。この講演は次の如く結ばれている。

時なる哉、時なる哉、藤村操なる者、天下に最著明なる絶景の地に立ち、高く懐疑の標を掲げて人間空前の異擧を敢てせり、是れ豈に世人に對して、眞理を求むる上に性命よりも重んず可き由々しき大事あることを告げて人心を警破するに足る者に非ずや、若し世に藤村操の如きもの相尋いで現はるゝありとするも、其れは時代の罪なり、時人が萬有の眞相に想到する根本問題の如何に重大なるやを捨てゝ顧

みざるの罪なり、操の死は心界の暗に對する曉鐘なり世人若し之れに依りて人間に快樂以上、肉慾以上、算盤、物質以上に大に眞面目《シーリアス》なる問題のあることを想起せば彼れの死は空からずと云ふ可し、藤村操は時代に殉じたる者なり、彼に罪なし、時代に罪あり、此意味に於て彼をば得難かる節死者の一に數ふるも不可なかる可きなり。

警世者として藤村操を位置づけようとする涙香の心よせとは別に「此の如き意気地なき青年が現代の国民たるかと思へば、憂慮せざるを得ず」（『時事新報』六月十五日）、「其擧や殆んど無意義《ナンセンス》なり」（『東京朝日新聞』六月二十四日）とするのが世論の大勢であった。

## 二

藤村操は、大蔵省で課長の職に在った父胖《ゆたか》の長子として明治十九年七月、東京大手町の官舎に生まれた。父が北地開発を使命とする北海道札幌の屯田銀行取締役赴任にともなって、札幌で育ち、創成小学校を経て札幌中学校に進んだが、当時頭取だった父の急死に遇い、上京して母弟妹をまじえた五人の生活が始まり、開成中学に通ったが、開成の二年から京北中学の四年次に飛び入り、三十五年九月、第一高等学校に進んだ。同級での最年少であった。藤村は京北中学の同級で十歳近くも年長であった当時仙台の第二高等学校在学中の南木性海を最も信頼し心を許していた。自死に至る心緒の揺らぎは、その書信に残されている。

……僕此頃どうも悲観に陥り易くて困る。これは一は信仰を有せざるに由る事であらうし、一つは又哲學知識の足らざる爲であらう、又一は現實の俗務がうるさく、舊思想の親戚間の感情の面倒臭い等の事より來たのであらう。どうも相變らずの煩悶子であるので困る。君よ、余を愛するならば希くば慰藉を

与えよ。……（明35・10・7付封書）

僕の端書で御推察でもあらうが、僕は此頃懐疑に陥つて居るのである。僕の脳は、今や大破壊を行つて居るのである。思ふに此時代は最も危き時代であるから大に修養に注意して居る。……君の此間の忠言で、漸く自己の低きを稍悟つた。ソクラテスの所謂「我は只我が知らざることを知つた」と云ふ程には行くまいが、少なくも我が知らざることを知らん事を務めて居る丈は事實である。（明35・12・16付端書）

嗚呼、如何したら宜いであらうか。僕は日々に益々自己の弱きを歎ぜざるを得ない。此間は俗世間が氣に入らぬとつぶやいたが、昨今らや全く自分がいやで仕方がない。僕は今哲學的懐疑に襲はれたので、其苦痛の到底言語筆紙の表はし得る所でない。差當り僕は自分の意力の甚だ薄弱なることを認めて苦悶に堪へぬのである。……僕の懐疑の内容は何かと云へば「凡て」の一言が盡して居ると思ふ。空間を疑ひ、時間を疑ひ、道義を疑ひ、審美を疑ひ、認識を疑ひ、實在を疑つて居るのである。所謂理法なるものをも輕々しく信ぜられんのである。と云ふことを一言して置て、君の教導を待つのである。……（明35・12・25付封書）

三十六年の一月から四月末までに十回程の往復の後、最後となった五月九日付の端書には次の語が見られる。

……僕其後變つた事もなく、一家團欒、身體健康、先づ客觀的に至つて幸福だと知り玉へ。さて主觀の方面は日々に益々非である。僕の生活は全く煩悶と苦痛とで盡し、……何の慰藉もなく、何もかもいやで仕方がない。此間にすきなものは、永劫無變の自然と云ふ奴である。机の上には君の眞似をして、山吹躑躅を生けて置いてある。ウォーズウォースの詩に　Nature did never betray the heart that loves her. と言ふ句があるが、これが僕の唯一の慰である。……

これをしたためた二週の後に、藤村操は、新緑映える華厳巌頭に立つ。

一高の同級中もっとも親密の仲だった藤原正に届いた日光発信の書状には、毛筆で巻紙に、

宇宙の原本義、人生の第一義、不肖僕には到底解きえぬ事と斷念め候程に敗軍の戰士本陣に退かんずるにて候

二十一日夜　　　　操

正　兄

とあった。藤原は、藤村自死の一月程前、二人で不忍池畔を散歩しつつ、たがいに人生問題解決の至難を論じ合った際、藤村は「願はくは煩悶《もだ》へ〳〵て我死なんおつに悟りて濟さんよりは」と即興の一首を洩らしたという。

藤村操が投瀑の前夜したため「日光町小西旅店寓」として郵送した母宛の遺書には、

不幸の罪は御情けの涙に御流し下され度候十八年の御恩愛決しておろそかに存じ候はねどもこらへかねたる胸のなやみあり只死する外に致方無之候何事も因果と御諦め被下度憂世はすべて涙にて候ものぞ。

とあった。また、藤原と同じく一高の友人北島葭江に遺品として贈った露伴の『小説尾花集』には、「五重塔」

と共に併録された「血紅星」の作後に〈我もこの血紅の星よ〉といった意味の詞が記されていたという。さらに後年神代種亮が所蔵の『巣林子撰註』の表紙裏から発見したもので、次の詞が記されていた。

日本文學に大なる三あり。萬葉、源語、巣林子是なり。中に就て時代最も近く用語最も近く俗に近きものは巣林子なり。僕人生問題の解決を得ずして恨を徒らに華嚴に遺すと雖も、卿等を思ふの情に至つては多く人に讓らざるを信ず。今此書を遺して一は卿等が文藝に對する注意を喚び一は人生に對する眞率の研究を促す。

五月二十日夜　　　　　　　　　　　　　藤村　操

とあって、三人の弟妹の名が書き連ねてあった。死を決して日光に出立する前夜、自宅にてしたためたものである。

藤村操の自死が同世代の知的煩悶青年に与えた衝動は大きかった。向陵同窓の若者達への衝撃はより一層深い。

藤村操より一級上の一高二年阿部次郎は、明治三十六年五月の日録に次のごとく記した。

二十二日（金）學校にて濱野より藤村昨朝家を出でゝ未だ歸り來らざる由をきく。夕暮藤原と北島を訪ひしに、北島は頭重しとて臥し居れり。藤原藤村の宅に行き、余は砲兵工廠の後を廻つて歸り、圖書館に入りてルーテルの事を讀み、九時頃歸り來しに、藤原來りて藤村のことを語る。すべての形跡頗る決心の固きものありしが如く、彼の平生の思想の傾向等考へて自殺したるにはあらずやとの疑去り難く、最近一週間の事など考へ合せてとめどなき思出の種なり。余はあまり親しくもあらざりしが、藤原は常に談笑せし友なれば、いたくなげくも道理なり。

二十六日（火）藤村は華嚴瀑に投じて死せり。萬事皆夢の如く、此三四日は唯悲哀と追懐との中に暮す。如何に其死に樣の美はしくして欽黠なきよ。如何に其死因の瞑想的にして汚れなきよ。藤原其死體をさがしに行きて昨夜歸る。今朝我が寢室に來りて委しく其樣をかたりたれども、余は一々之を敍するに忍びず。

此五日何も讀まず何もせず、北島等と往來して捜索の狀況をきくのみ。余は彼と深き友たらざりきといへども、其紅なる頰、其常ににこ〳〵したる笑顔など目につきて忘れ難き思出の種なり。放課後Oを訪ひて四時半歸りしに、雲おどろおどろしく、雷なりさわぐ。

夜藤原、北島、安倍（能成）、山内、渡邊、岩波等來りて話し暮す。


これら一高同窓生達は、早速翌月の『校友会雑誌』（第百二十八号）で「あゝ藤村操君を想ふ」哀悼文を特輯、魚住影雄（折蘆）また、本郷教会牧師海老名彈正主筆の『新人』七月号に「藤村操君の死を悼みて」を書き、「悲泣三日、羨望七日」の悲哀の心懐を吐露した。魚住は三歳年長であるが、同年の九月に、藤村に一年遅れて一高入学を果たす。姫路中学を退学上京し、三十四年四月に京北中学第五年級に編入した際の操の同級生であった。魚住は、五年後の四十一年九月に、友人長沢一夫に向けて、自己の思想史を叙した文（「自傳――友人諸君へ」『折蘆書簡集』所収）の中で、

藤村君と京北中學で半年以上も席を隣り合せてゐた。藤村君は僕を迷信家だといつてからかつた。僕は小才子だといつて排斥した。相容れざること甚だしかつた。同君の卒業前はよほど樣子が變つてゐたが交をむすぶまでもなくしてわかれた。三十五年十一月頃のことかと思ふ。僕の煩悶の絶頂であつた。

藤村君に小石川の砲兵工廠裏で出會して互に立ちどまつた。顔を見合つて互に手を握つた。互に思ふことは云はずしてわかれた。此の別れるのは本意ない感じがした。後に一二度訪ねたが留守だつたり又二人さしむかひではなかつたりしてしみぐ〱話さなかつたが、三十六年二月十一日に訪ねた折は膝を交へて五六時間語らつた。此時藤村君は砲兵工廠裏で會うたことについて「あの時君が手をふり切つて行つてしまつたから僕は仕方なしに本意なくわかれた」と云つた。此次には四月中旬に早稲田の方へ散歩に行つた。關口の水道側で藤村君は、煩悶といふことは其言葉さへ耳に快いと云つた。江戸川の岸では「Ich bin Christ と云つたのはルーテルでしたね」と云つた。まだ一二の會話は記臆してゐるものがある。然し信仰はほしいが得られぬといふのであつた。藤村君とは殆んど此三四の外に深い交りの歴史はない。然しあの「巖頭之感」はいかばかり僕の心を拊つたであらう。僕の曩日の苦痛は藤村君の外に知りうるものゝなく、藤村君の死んだ心は僕の外に察しうるものはないといふ様な感がした。又藤村君は至誠眞摯であつたから死に、僕は眞面目が足りなかつたから自殺し得なんだのだと思つた。こまかい事はわからぬが、僕は藤村君の煩悶と僕の煩悶とは甚だ似てゐたものだと思ふ心は今もかはらない。羨しき藤村君の死は僕をして慟哭せしめ悶絶せしめた。僕は生れて以來藤村君の死ほどの悲痛を感じたことはない。僕は死を求めて得ざるに身を倒して泣いた。かゝる思は數日つゞいた。その内に五月はくれた。僕の心は暴風のふきまいた後のやうな感じであつた。然し藤村君は死旅の友を得るには死ぬことが少しく遲かつた。僕には信仰の微光が三月以來東の空にさしてゐたのである。けれども藤村君の死は僕にとつて非常な事件であつて、僕は斷じて人生を空じ去るか、主觀の神を客觀の祭壇に齋き祀るか、二者の一つを決定すべき機會を藤村君によつて與へられたのである。

と記した。安倍能成は一周忌に当って、『校友会雑誌』百三十七号（明37・5）に、「我友を憶ふ」を書いて藤村を追懐しつつ自己の真情を流露させたが、魚住も同じ号に「亡友藤村操君の一周年に當りて此稿を草し得たるはわが深く悦ぶところなり」と小書した長文の「自殺論」一篇を投じた。その一半を抄出すると、

……人生の意義は自家要求の充實を外にして探ぬるべからざるもの也。彼の自家の滿足を棄てゝ理性の權能を主張し道德宗教の權威を説く、畢竟無意義のみ。……光榮ある生存の意義は自家の要求に絶對の聽從をなすこと唯之れ耳、斷じて唯之れ耳。彼の宇宙構成の説明を以て人生問題の解釋となすが如き哲學者、豈深奧なる「意義」に與るを得んや、要求は談理に非ざる也。吾人旣に人生の意義の求むべき道を解す、其道はあこがれの道也。我旣に憧る、事實を超え現實を超えて理想の彼岸に要求を提出す。空想の實在を要求し此要求を以て天籟の權威となす。一歩も讓る能はず、渾身の熱氣我を促して求むる者を得んと欲す。されば自ら劇烈也、過激也、短氣也、狹隘也、無分別也、狂亂也。折衷を排し、中庸を斥け、常識を容れず、經驗を認めず、事情を顧みず、他日を許さず。煩悶を生命とし懊惱を食物となす。求むるもの若し與へられずんば此天と此地とを否定し重ねて自己を否定するある耳。……意志の軟弱なる者、情感の浮薄なる者、一旦自己の本能的衝動の要求成らざるや直ちに之を撤回し、人の煩悶を笑つて外聞を憚ることを敎へ、他日に延期せんことを勸めて只管に處世の法を授けんとす、此徒何んぞ全人的要求の懊惱を解せんや、人生の至高價値を辨ぜんや。「永久」の姿は煩悶に在り、「無限」の面影は懊惱にあり。至誠は劇烈ならしむ、狂熱の外に生命無し。……

茲に唯一人、直き者誠ある者、現實に安んぜざる者理想を要求する者、身を挺して義理を無みし人情を無みし、有無善惡、併せ情火に燒いて一我の主張に殉ず。されば自殺は意氣の死也、至誠と熱情との情死也、二つ相抱いて復寂しくもあらず、萬有を後にし莞爾として永劫の闇に下る。人生の悲壯は屢其粹を拔いて茲に鍾る也、安んぞ復村學究が誹議を挾むの餘地を殘さんや。自殺やこれ第二の解脫。第一

の解脱を探る者が常に念頭において有事の日に備ふるところの者たる也。……

魚住はこれを草した直後に送った安倍への書信の一節に、

「自殺論」一篇は予の感情を興奮せしめて肉身の衰へを自覚するに至るまで予を苦しめたり、予はまことに戦慄し暫時筆をとらじとまで思ふ位なり。

と記した。魚住が師事傾倒した綱島梁川は、この精魂を尽した魚住の論の読後、端書に「自殺是非は論ぜず先づ我兄が筆の炎に焼かれたる思ひうれしく候」と感想を寄せた。安倍は晩年の回想で、この文章に書かれたことがそのまゝ魚住の現実ではなく、「創作的昂揚」と「誇張」とがあることを指摘している(4)。雄勁激越なこの「自殺論」は、その生徒への影響を懸念する学校当局の忌諱に触れ、核心の論旨の数行が濃い墨で抹消されて寮生に配布された。

藤村自死の影響は、殊に安倍のクラス全体に動揺とショックを与えて、学校などはどうでもよい、自分の要求する所に従うべきとの思いつめから、学科をよそにした図書館籠りや、放恣な自己拡充に身を委ねる者も多く、翌年七月の学年末には安倍をも含めて十七名が枕を並べて落第した。野上豊一郎・藤原正等は落第を免れた方で、安倍は『我が生ひ立ち』(岩波書店 昭41)で「中勘助は意外に落ちなかった」と記している。

夏目金之助漱石は、熊本五高在職中に英国に留学したが、帰国後熊本に戻らず、明治三十六年正月の第二学期から一高の教授と東大の講師とを兼ねた。安倍能成も野上豊一郎も藤村操も漱石の最初の英語の教え子であった。テキストは、前任者山川信次郎の用いた、Samuel, Johnson《Rasselas, Prince of Abyssinia》であった。

野上は「その頃」(一高文藝部『橄欖樹』昭10・2所収)のエピソードを次のように伝えている。

藤村は『ハムレット』を持ち歩いてゐた。まだ坪内博士の飜譯の出ない前のことだから、無論原書である。私などはちよつと讀みかけたけれども歯が立たなかつたので藤村はえらいと思つて感心してゐた。

彼は色が白くて頬が赤かつたから日の丸といふ渾名をもらひだしてゐた。彼がその國體的標章をうまごやしの茂みに埋めて横たはつてゐると、散歩してゐた岩元さんがその傍へ立ちどまつて話しかけてゐるのを見たこともあつた。

藤村は相當に快活で、よくできてゐた。けれども、或る日、夏目さんが當てると、元気よく、知りません、と云つた。知りませんとは、わからないといふことか、やつて来ないといふことか、と反問されて、やつて来ないのだと答へた。その次の時間に、またあたつた。またやつて来なかつた。夏目さんは怒つて、やつて来ない量見なら、おれの時間に出ることはならん、と叱つた。それ以来休んで、やがて死んだのであつた。

そして藤村操投身の報道が新聞に出て間もなくの授業で、

夏目さんは、出席簿を讀んでしまふと、教壇のすぐ下にゐた学生に、嚴粛な顔をして、藤村君はどうして死んだ、と聞いた。その学生は、先生、大丈夫です、新聞に出てゐる通りの理由なんですと答へた。新聞には生存の意義を疑つて、解決ができないから死んだと書いてあつた。

だから夏目さんの質問は嚴粛な不安の心からであつたに相違ない。けれども、われわれの方では、すでにその頃豫習どころではなくなつてゐた憐むべき同級生の心事を、直接に、もしくは後から間接に知つて、人ごとならず思ひわずらつてゐた際のことであるから、今、夏目さんの見當ちがひな心配に対して、聞かれた学生が、つひ、うつかり、先生、大丈夫です、と云つた、その率直な言葉の調子に、突然おかし味を見出し、それが先生の不安を救ふと同時に、みんなの鬱結してゐた気持に綻びを與へ、みんなは期せずしてにやりとした。夏目さんも反射的に、恐らく安心も手伝って、にやりとした。まことに久しぶりの笑であつた。

と。そして野上は、これに続けて次のように記している。

けれども、また、憂鬱の日がつづいた。それから大學を出る頃まで、われわれのクラスは自殺者を三人出した。

漱石は明治三十七年二月八日の深夜、寺田寅彦宛の端書全面に左の詩をしたためた。

水底の感　　　　　　　　　　藤村操女子

水の底、水の底。住まば水の底。深き契り、深く沈めて、永く住まん、君と我。
黒髪の、長き亂れ。藻屑もつれて、ゆるく漾ふ。夢ならぬ夢の命か。暗からぬ暗きあたり。
うれし水底。清き吾等に、譏り遠く憂透らず。有耶無耶の心ゆらぎて、愛の影ほの見ゆ。

二月八日

木村毅は『比較文学新視界』（八木書店　昭50・10）でこれに触れ、

「水底の感」とは「厳頭の感」の反対を云ったのである。藤村操の名の下に女子とつけたのも、やはり、反対を狙った皮肉であろう。文句に至っては分るが如く、分らぬが如く、意あるが如く、意なきが如く、曖昧模糊としてつかみ難い。只、藤村操が彼の念頭からなかなか離れなかったことだけはこれによって確かである。

とし、

作家としての漱石は生涯、藤村を忘れることが出来ず、あるいは彼の異常な死に取り憑かれ、「虞美人草」の甲野さんを手始めに、「それから」の代助、「行人」の一郎、「こころ」の先生と、一連のハムレット型をつくり出した。

との理解が示されている。

木村が説くように、藤村の華厳自死は、漱石の作物に直接間接に影を落としている。「吾輩は猫である」（第十）には「可愛想に、打ちやつて置くと巖頭の吟でも書いて華嚴瀧から飛び込むかも知れない。」とあり、『文学論』第一篇第三章でも触れている。だが、作の内容にまで深く関わりをもつのは、虚子宛の書信の中で「近々「現代の青年に告ぐ」と云ふ文章をかくか又は其主意を小説にしたいと思ひます。」（明39・10・17）ともらした「野分」[5]であろうと思われる。中野春台君をして「一體煩悶と云ふ言葉は近頃大分はやる様だが……」と言わしめているこの作には、「深くして浮いてゐるものは水底の藻と青年の愛である。」（第七）という語もある。先の寺田寅彦に示した新体詩も、木村が説くような、「藤村操の名の下に女子とつけたのも、やはり反対を狙った皮肉」ととるべきではなく、「永く住まん、君と我」「うれし水底。清き吾等に、譏り遠く憂透らず」の句もあるごとく、藤村操の華厳への投瀑に、「愛の影」をみとめた、あるいは見ようとした漱石の鎮魂賦であり、自らへの慰藉でもあったろうとするのが、私の理解である。藤村が懸想したであろう定かならぬ相手を、仮りに「女子」としたのではあるまいか。

藤村操の自死の蔭に失恋を想定する向きも、かなり早い時期からあり、噂が更に噂を生んで、菊池大麓の息女の名などが取沙汰された。一高校庭の森の中に、小さな木札が立ち、「菊松女の墓」と記されて、赤飯が供えられたこともあったのである。

※この稿は、昭和五十七年十一月十三日におこなった学習院女子短期大学国語国文学会での講演の趣旨を骨子としているが、思うところあって引用資料の提示を大幅に増補したため紙幅を越え、二度に分載せざるを得な

くなった。続稿と併読していただければ幸甚。

藤村操は、大正教養派の原点とされる。藤村操の自死が象徴化されてゆく、いわゆる「神話作用」を追いつつ、その文学史的位相をさぐり、操生存説から生まれた『煩悶記』「操の書簡」『華嚴の嵐「操」の告白』『生存せる藤村操』『日本のハムレットの秘密』などにも触れて「衒気」と「客気」の文学的系譜にも言及しようとするのが、続稿での目論見である。

## 三

長篇『破戒』の筆を進めつつあった島崎藤村は、明治三十七年十二月の『新小説』誌上に短篇「津軽海峡」を発表した。息子に厭世自殺された中年の夫婦の、悲しみを癒す北海道への旅の、「津軽海峡」でのことどもを主材とした小説である。

> 飽くことを知らない悴のやうな精神はありとあらゆる是世の事業《わざ》と光栄《ほまれ》と衰頽《おとろへ》とを嗅ぎ尋ねて、人世といふものゝ意味を窮めずには居られなかつたのです。飛んだ量見違ひの大篦棒《おほべらぼう》と物見高い人々には睨ませて置いて、言ふに言はれぬ悲歎《かなしみ》を懐中《ふところ》にしながら、黙つて現世《このよ》を去る時の其心地《こころもち》はどんなでしたろうか。思想上の絶望——といふことが彼様《あん》な青年の一生にも言へるものなら、それは確に柳之助の儚《はかな》い潔い最後でせう。凡夫のかなしさ、学問して反つて無学といふことを知りましたのが悴の不幸《ふしあはせ》でした。噫、悴は学問を捨てたのです。学問もまた悴を捨てたのです。到頭日光へ出かけて行つて、華厳の滝へ落ちて死にました。……

「父」の視点から「語られて」いるこの作品には、前年五月の藤村操事件が作因に関わっていると見てよかろう。そして藤村操の自死に対する作者藤村の理解のありようもそこに示されている。

北村透谷と藤村操に通底する厭世観の根源に「一つの大きな影響」を及ぼしたものとしてバイロンの劇詩『マンフレッド』を擬した論に剣持武彦の「『藤村詩集』序と『巌頭之感』[6]」がある。近代的自我の煩悶を身を以って体した透谷の『マンフレッド』への深い共鳴は、よく知られているが、この『ハムレット』第一幕第五場の一節を冒頭にかかげ、

> 天地間の無限の神秘に対する驚きの感情と、人間の内面の世界の不思議さに対する深い衝撃と、その外と内が一つになった自我という存在への追及——飽くことを知らない精神

を主題とする作品の反映を、「巌頭之感」に見る論である。剣持は、先行の若目田武次[7]の『マンフレッド』の最後と藤村操の死を、その「悠然とした態度という点から同一視している」所説に異を唱え、むしろ『マンフレッド』はあくまで自我を貫こうとする倣然たる意志の人であって、藤村操の場合は自然の悠久のなかに自らを同化させようとする仏教的な世界観であろう。

とし、藤村が、

> 操の「巌頭之感」に表白された飽くことを知らぬ精神——それは現代ふうにいえば純粋精神といってもいい——による〈思想の煩悶〉と死を前にした平静な心に強い感動を受け、先人透谷の自殺のときの心境に思いを馳せたに違いない。

と説く。更に明治三十七年九月四日発行の『藤村詩集』の「序」の一節「また思へ、近代の悲哀と煩悶とは幾多の青年をして狂せしめたるを。」に、北村透谷や島崎藤村の狂死を遂げた先輩詩人中西梅花を指摘する従来の諸説が、「生々しい事件であった藤村操の問題」を考えあわせられなかった「片手落ち」を指摘している。

先に、野上豊一郎の回想を通して、一高生藤村操が「『ハムレット』を持ち歩いてゐた」エピソードを記したが、自死した年の一月二十九日の心友南木性海に宛てた書簡にもその愛読ぶりがうかがえる。

……君の薦挙は大に其時を得て居つた様である、何となれば、僕は今や高上の哲理等よりは寧ろ実践倫理に於て強力なる鼓吹者を望んで居るのであるから、此ソクラテースの如き実践の偉人は僕の要求に最も当つて居るのである。然しながら僕思ふに親しく接しなければ如何なる偉人とても到底究竟の感化を能ふることは不可能である、で僕はソクラテースよりは寧ろ君南木君に望む所甚だ多いのである。イムプレツシヨンを与ふる唯一の鎖は、プラトニツクのラブである、而して此ラヴや到底タイムを異にした人物間に求め得られない、仮令《たとへ》クセノフオンの筆如何に巧なりとも、肉体的に接近したる親友の如くにソクラテースを我に近からしむることは出来ぬのである……、年齢の為でもあらうか此頃大に感情的に成つて、理屈張つた事がいやになつた、こんな事では大変だと思つて能ふ限り理性の光を闡明しやうと思つて居るが中々六ケしい、しかし、現時の道学先生や学究の様に、頭が冷かに堅まつて石の様に成るのも賞めた事でもないと思つて白ら弁護してゐる、デ文学書の机上にあるものは、デートンの註のシエークスピアーの『ハムレツト』、それから早稲田の巣林子撰註位のものである……ドウも漢文の力がなくて仏書が読みたくても読めんで困る。………（略）。

斎藤栄に『日本のハムレットの秘密』（講談社　昭48・8、〈ロマンブックス〉50・4）の著がある。著者は、昭和四十一年に「殺人の棋譜」で江戸川乱歩賞を受けた推理小説界の中堅で、『奥の細道殺人事件』『海の碑』などの秀作で知られる。この作品は、藤村操の華厳の滝自死から七十年を経て、推理作家である私が、神田の古本屋で『華厳唯心義釈義』なる本を、裏表紙に押された「藤村蔵書」なる印に魅かれて購ったことに始まる。無論島崎藤村の蔵書印と速断した故である。藤村操は「私の母の父」だと称する「みさを」という若い女性の出現から、藤村操の自死が偽装だったのではないかという疑惑を深める。なぜ藤村操は偽装をこころみたのか、どこへ隠れ住んだのかなど、暗号解読を含みつつ推理が展開されてゆく。事件当時の新聞記事や山名正太郎の『自殺について』、安倍能成『我が生ひ立ち』などが援用消化されている。

藤村操と一高で親交、明治三十六年八月二十五日、先行の那珂博士一行と日光で合流し遺体捜索にも加わった藤原正は、後年、事件の委細を記した「藤村操君投瀑前後記」(『鐵塔』昭8・4、5)で、

巖頭の感や、遺書や、遺物の点からみると、どうしても死体が滝壺の中か近所に無くてはならない筈であるのに、いくら捜しても見当らない。数日に亘る大捜索も無効に了つた。しかし三月たつて七月三日の午後に偶然下流で発見された。

と書いているが、もし投身が五月二十二日とすれば、四十二日後に発見されたことになる。斎藤も引用しているように、安倍の『我が生ひ立ち』には、

藤村の死骸は中々見つからず、その間にも華厳の滝への投身は一時の盛んな流行となって、日光町の多大な迷惑になった。彼の死骸の滝壺に見つかったのは、彼の死後六十日(8)も立ってからであり、……藤村の死体を見た時には、もう眉目もさだかでなく、陰惨の情に堪へなかった。これより先瀑辺に記念の碑を建てるといふ企も、那珂さん等によって企画されたが、その後投瀑者の続出によって、それもお流れになって

しまったとの記述がある。斎藤の作は、藤村操を模倣する投身者の相次ぐ状況下で眉目もさだかでない腐爛した遺体を確認することの困難さから、誤認の可能性を引き出し推理を進めたものである。

藤村操生存説は、遺体がなかなか発見されなかったところから当初よりあり、「操の書簡」(『東京朝日新聞』明40・3・25、3・31、4・1、4・8、4・22、4・23、4・25、4・26)『煩悶記』(也奈義書房　明40・

6）『華厳の嵐　操の告白』（岡村書店　大2・/）『生存せる藤村操』（天洋社　大5・7）などの作(9)も生み出されてゆく。

「操の書簡」は、平木白星の「「操の書簡」を掲ぐるにつきて」によれば、

客年十月の頃、藤村操なる氏名を以て、我に宛たる書簡を致し来るものありき、最初には何人かの好事なるべしとて、……一読過の後何処へか投棄して顧みざりしなり、……其後第三信を手にするに及び、稍や思ひ惑ふ所あり、続て、第四信第五信の到着するに遇ひて、一種の興味と了解とを生じ爾来一々これを保存して、今や第八信を得るに至りぬ。……不思議は不思議とし、左《と》に右《かく》『藤村操』なる仮名《ペンネーム》を有する人よりの書信として、少しくこれに筆を加へ

て公表したもので、平木宛の書信の封筒に付された郵便局の消印は、常に下野足尾とあった。第四信には次のごとくある。

……………

死したる余に何の祖先か候べき、何の情交か候べき、恩恵が何ぞや、義務が何ぞや、何の法律か道徳かある、何の毀誉褒貶かある、王者の権、文明の盛、我に於て何かある、挺天凌穹をも望みて得べき自由とは、死したる我の上にこそあれ、死したる我にこの自由を検束すべき何の神仏主権か候べき。死を怖るゝは自家意識の尽滅を恐るゝにあるか、自家意識の有無、何ぞ永劫的意義の有無と関せんや。真理は神と共に永遠にて候。……………

死は我ならぬ我を、我に代つて世に生ぜしむる機会なれば、我死せずば「我ならぬ我」「新らしき我」は生くる事あらざるべく候。我は新らしき我を愛し、そを愛するが故に死をも愛す、愛を知るが故に死し、愛の極《はて》なるを以て死を愛するにて候。

釈宗演なりしか余に語りし事あり曰く「故木竜吟し鎖して未た枯れず」と、即ち何物か死後に残るを信ずるに依る。死の片身を「愛」と名づく。貴意如何。……………………

「操の書簡」は、第七信の登載をもって中止されたが、次の藤村操の著とうたった『煩悶記』は、明治四十年五月二十四日付で「安寧秩序紊乱」の廉で発売禁止処分を受けた。編者岩本無縫の「本書原稿の由来」[10]によれば、藤村操の談じた所見を親しき知己がノートに書き止め、それに藤村操自身が加筆した草稿の写しで、柚木唯在なる青年が金策の形に置いていったものという。

幾度か自殺を試みるもついに果せず北海道に向かい、そこで欧人の海賊船に拾われ、諸国に廻航して北欧に到った藤村操が、「自己の達した思想心懐の経緯を故国の知己に托して」公開しようとしたものである。これが発禁になったについては、B5判一三二頁に及ぶ近代日本の発禁本大特集を編んだ『浪速書林古書目録』（第10号　昭55・12）の解説にあるような、

一高生藤村操が、実は日光山中に存命して本書を執筆したという仮装的手段が世人を迷わすと、治安上から厳禁された

のでもあろうが、より大きな理由は、「操」の吐露する次のような独得の「盗賊哲学」の主張によるものではなかったか。

……官吏は社会制裁の名によりて、罪人と仮称せらるゝ人類を斬る、軍人は国家てふ名によりて、別地の人間を斬る、強盗は邪魔者の名によりて、物貨の所有者を斬る、甲地人は乙地人を軍事探偵の名によりて斬る、本夫は姦婦姦夫の名によりて、情的合意せる二つの人間を斬る、仏蘭西国民は人民の名によりて、天皇と名付けられたるルイ十四世てふ人間を斬りたるは何ぞ。

見ずや、何人によりて如何に命名せらるゝと雖も、殺人は依然として殺人なり、若し殺人てふ事にして断じて悪なりとせば、其の行為は悉くこれ悪なり、然るに社会の一時代はそを牽強付会して之れを正邪に両別す、

借問す、誰れか烏の雌雄を知る者ぞ　（五十一）

社会に私有制度あり、其の保護法も亦是れあり、之れ恰も水の停滞に異ならず、見よ其の私有は新陳代謝せざる水にして、保護法は則ち流通を壟断する堤防にあらずや、若し水を停滞せしめて孑孑湧く勿れと言ふものあらば、誰れかよく笑はざらんや、若し私有制度を存して盗む勿れと謂ふ者あらば、誰か亦笑はざるを得んや、

夫れ私有あるが故に盗賊生ず、盗賊あるが故に私有生じ保護法生ぜしにあらず、されば盗賊を憎悪し、絶滅せしめんとせば、宜しく先づ囹圄を作り赭衣を縫ふに前ちて、私有制度を廃し、一切機関を公有にし、共同社会を現出するに勉めよ、然らば盗賊は自然に消滅せん　（五十三）

全世界に散在せる各種の社会を目して、之れを一個純白なるカーテンとせば、上流人士、政治家、資本家、幇間学者は将に其の汚点なり、純白なる社会は彼等によりて毎に混濁せられつゝありと謂ひ得るなり、全世界に点在せる一切の社会を目して、之れを一個暗黒なる巨幕とせば、盗賊は、将に其の黒暗々面に点ぜる、燦たる紋様なり、寒天に星を望むが如くなり、

大別せば人は社会を二様に解釈せるに似たり、一は社会を純白善美なるものとし、一は社会を闇黒なる伏魔場裡となす、之れを純白善美と解する人は盗賊を汚点となし、之れを伏魔場裡と解する人は政治者、学者、官吏、資本家を汚点となす、

而して前者は現社会を欠陥なき文明の舞台と思維す、故に彼等は曲学阿世只牽強付会これ事と為す学者を目して人生の秘機を闡発する一個偉大なる第二の造化者となす、故に彼等は多衆人類を目に見えざる縄縛もて毎に絞殺せんとしつつある資本家を目して、これ人類間必須の生産配置者となす、故に彼等は純朴なる同胞を揶揄し其膏血を以て生活なす政治家を目して、人類進化の先達となす、故に彼等は人類を蔑視して人間以上の態度を執り、多衆の寄生虫たる官吏を目して、一国料理の人傑となす、而して後者は現社会を全然地獄となす、人類の饑渇は其の社会組織の不完より来たり、殺人犯の多きは社会の制裁其の誘導者たりと為し、上流人士、官吏、政治家、資本家、学者は之れ悉く穏険なる人、姑息なる人、潜悪なる人、狐の如き人、蝙蝠の如き人と解し、而して盗賊の発生を当然となす、

さはれ、解釈断案は其の拠て来る無きはあらず、予は少しく其断案の生ずる源を見んと欲す、見ずや、社会の闘争衝突、之れ果して何が故にしかく闘争し衝突するや、即ち一は新思想によりて凡てを為さんとし、一は即ち旧思想によりて事を遂行せんとするが故にあらずして抑も何ぞ、其の純白善美となすものは、直ちに封建時代を引例して現社会を謳歌す、其の伏魔場裡となすものは理想を引例して現社会を破壊せんとす、

即ち一は昨日よりは今日を良しとし、一は即ち、明日よりは今日を悪しきとなす、是れ而已、只夫れ是れ而已…………………（七十五）

〈神聖不可侵〉の天皇神格化を推し進めていた元老山県有朋が、明治四十年、渡米中の帝大教授高橋作衛から届いた在米社会主義者の檄文「日本皇帝睦仁君ニ与フ」を手にして過敏、過剰に天皇制への危機感をつのらせ、やがてあの「幸徳事件」のフレームアップを生むに至る政府に、厳しい対応策を迫る時代状況的文脈の中で、前記の「仏蘭西国民は人民の名によりて、天皇と名付けられたるルイ十四世てふ人間を斬りた

る」「私有制度を廃し、一切機関を公有にし、共同社会を現出するに勉めよ」等々の文字は読まるべきであろう。

巌頭の人（山路赤春）著『操の告白』は、今は、高尾山麓の荒寺の住職となって瞑想の生活を送っている清原操の物語で、平塚文学博士の家に書生となって第一高等学校に籍を置く操に、博士の娘君子と山川代議士の令嬢房子の恋をからませ、華厳巌頭から身を投げた操が断崖の藤蔓に支えられて命をとり止め、名を変えて鉱夫に身を隠し、鉱山暴動に参画することなどをおりこんだ家庭小説仕立ての作品である。山川は、横暴な桂内閣を互解に追いこみ、憲政の神として名声を博する代議士との設定である。

匿名子著『生存せる藤村操』は、「僕」が「先生」の仲介で、今は東京で「立ん坊」を業として生きている藤村操に会い、その女性観、労働観、人生観等をきき出すというもので、投身自殺に失敗した操が世間に顔が出せずに流浪の身となり、足尾銅山の坑夫となったりしたが、「明治天皇陛下」の「御大葬が拝したいばかりに」東京に出てきて、車の後押しをする「立ん坊」を業として自由な境界を楽しむ感懐がのべられている。例えば彼の職業観は次の如くである。

今日の学校教育では、決して車挽きや車力になれとは教へて居ない。かゝる教育を受けた人間から見れば、立ん坊の如きは卑賤な無意義な人間であり、生活であるに相違はない。然し乍ら、自分からこれを見ると、今の自分の此の商売は実に己れを知つて、己れの能力に従ひ自ら突進して得た職業である。……………軍鶏を食つたり、袂の下に手をやつたり、一万円とかをどうかしたりしてまで、金の奴となり、人から笑はれ裁判所の厄介になるやうな、大臣華族貴人富豪などより、遙かに誇るべき楽しき意義ある生活である。況んや、人生なるものを感得し、世を超脱し悠々天下の推移に処するが如きは、実に味ふべき生活ではないか。こゝに就職の意義がある。こゝに活動の意義がある。

大学を出たから車挽きになれぬといふ法則はない。法律を学んだから立ん坊になれぬといふ理窟はない。華族の子だから労働者になれぬといふ馬鹿な話はない。職業は如何なるものでも神聖である。労働は勿論神聖である。屑屋でも立ん坊でも、車力でも大道飴売でも、その職業商売に笑ふ処はない。要するに賤しとか下品だとかいふ問題は、人間に存するのである。この人間が大切なのだ、この人が大切なのだ。この人が貴ければ、職業も従つて立派になる。…………………

以上、長々と、「藤村操」ならぬさまざまな「操」の感懐を綴ったのは、「藤村操」に仮託したこれらの感慨に、時代の精神の映りをみるからにほかならない。ある者は、そこに「新しき我」の再生を夢見、ある者は、個の自由を謳い、ある者は、立身出世主義を斥け、そしてまたある者は、社会・国家への批判の矢をそこに託した。今日、文学事典・哲学思想家辞典の類が(11)、「藤村操」の一項を立てる所以も、藤村操の華厳投瀑に時代の精神の象徴化をよみとり、その思想文学の場に及ぼした衝迫を知るが故である。安倍能成は、「明治後半の思想」を概括した文章(12)の中で、次のごとく記す。

樗牛の影響も手伝つて、三十四五年頃から日露戦争の頃までの間は、人生問題が青年の関心事になり、所謂青年の煩悶と青年の自殺との問題が頻に教育者の頭を悩ますに至つた。その内生活に於て国家的公共的生活と離れんとし、その潔癖と感情とによつて世俗的事功と好尚とを卑まんとした彼等青年にとつての人生問題は、結局自己の問題に帰した。自己の真に求める所、自己の血と涙とによつて得た所のもののの外に、人生の価値はない。かくの如き主観的にして絶対的なる要求は、ハムレットの所論「生きるか死ぬるか」(to be or not to be)を問題にせざるを得なかつた。………

## 四

藤村操事件が、地方の庶民の間にまで及ぼした波紋を、亀井勝一郎は次のように伝えている。(13)

私が十五六歳の頃、将来哲学でもやろうかと両親に言ってみたところが、「藤村操のように自殺するからいかん」と一言のもとにはねつけられました。そういう記憶があります。大正十年の頃のことですが、僻地の庶民すら、哲学とは死ぬことだと信じこんでいた証拠です。………

亀井は同じところで、藤村操が、「哲学なることの目的は死に方を学ぶにあるということを、青春特有の性急さで端的に実証した」といい、また哲学と文学が「反逆の形式」であったことを述べている。日露戦後の明治三十九年には、岡山の女学生松岡千代が哲学書に傾倒しての自殺と報ぜられ、「女藤村」と称せられもした。

「煩悶宗」「華厳宗」などの語で括られるような一般の世の冷嘲をよそに、藤村操の華厳自死の意義をもっとも純粋に結晶化し、いわゆる「神話作用」を推進し、美化し象徴化したのは、一高を中心とした、のちのいわゆる「大正教養派」と目され、これを支えた人たちであった。岩波茂雄は「巌頭之感」を「不朽の詩」と讃え、「私達もこの詩を読んで幾度泣かされたか知れない。今日に至るまで一字一句も忘れない」と述懐し、藤村を「自己を内観する煩悶時代」の「勇敢なる先駆者」「真面目なる犠牲者」とする。(14) 魚住折蘆も、前に引いた自己の思想史を叙した文で「藤村君は至誠真摯であつたから死に、僕は真面目が足りなかつたから自殺し得なんだのだと思つた」と語り、安倍能成もまた「いつはり多き我、真摯ならざる我」を嘆じた。(15)また姫路中学在学の和辻哲郎は「巌頭之感」によって「人生の意義についての反省」を喚び起こされた

（『自叙伝の試み』）といい、飯田から上京、京北中学に通っていた同世代の日夏耿之介も、

「煩悶」は一種の流行語であつたが、流行であるとないとを問はず、三十年代の一少年にとつて、真剣な問題で、従つて当時の文相なにがしが、家庭と学校と警察との不行届の結果と公言するのを大人から又聞きして憤慨に勝へなかつた。従つてこのやうな痴言を嗤つて、少壮哲学者波多野精一が「真面目なるものは決して『空想に煩悶』してゐるのでない。実在に煩悶してゐるのである。個人が道具視せられることに不満足であつて、しかも個人の真の価値を信ずるに至らずして煩悶」（明治三十九年十月『早稲田文学』）してゐるのであるとなした観方に心から感謝せざるを得なかつた。

と回想している。[16]

前に、藤村自死の蔭に失恋を想定する風説に触れたが明治三十六年八月十二日発行の湯浅観明著『人間論』（文禄堂書店）の「少年哲学者」なる一節には、次の如き評言もある。

少年哲学者は何故に、『巖頭之感』を遺せしぞや。彼れは万有の真相を『不可解』と信じ、煩悶終に死を決せしに必ずや彼れの死は煩悶の為めの結果たらざる可からず、煩悶が彼れをして『死』に致さしめしに非ずや。然るに、巖頭に立つに及んで、『胸中何等の不安あるなし』と叫べり、何ぞ其の悟ることの速きや。彼れは、何故に悟りて巖頭を下らざりしや。悲観と楽観の一致を知りて、死を急ぎしぞや。吾人は彼れの心事及び行為に熟考して、多少の疑惑無き能はざる者也。

道路の伝ふる処によれば、彼れが決死の動機は失恋の結果なりとなり。嗚呼、彼れが人生を悲観したるは、将して失恋の為の故なりし乎、若しこの風説を真ならしめば、吾人は彼れを欽歆せざる可からず。

彼れは『恋』を捕へんとしたるならん、『恋』を味はんとしたりしならん、あはれやな、彼は成功し能はざりき。嗚呼彼れは吾人の所謂『人間の大目的』に向つて狂奔し、終に事破れぬ、失敗しぬ、茲に於て一路『死』に向つて趨る、是れ人生の大快事也。吾人は風声鶴唳たらずして、このことの寧ろ真実ならんことを禱る者也。

これは、盤上に黒白を争う時、たまたま「日露開戦の警報に接すと雖も、吾人は是れが為めに黒白の戦争を中止さぜる可し」と断言する著者の、「趣味」を「人間の生命」となし、「恋」を「人間の最大目的」となし、「死」は「人間の最大趣味」と主張する立場からの立言であった。後年の安倍能成が、当時の世評が藤村の死の理由を失恋だとしたのに対して、我々は抗議した――公にではないが――ものである。人は失恋しなければ自殺できぬものではない、人生問題の煩悶の為にも死ねる、というのが我々の考であり、それによって藤村の自殺の純粋性を弁護した積りだったのである。[17]と述懐しているように、藤村の華厳自死を詩化し醇化し、自らのあるべき姿をそこに重ね合わせようとする心情が、一高を中心とした当時の知的青年たちに強くはたらいていたのである。「藤村操生存説」[18]に表われたような、十六歳十ケ月の青年の、大樹に「巌頭之感」を墨書しての投瀑に衒気と客気をよみとろうとする俗解を斥け、世界苦的厭世観による哲学死として象徴化され、新時代の到来を告げる暁鐘とされた。[19]

かくてドイツ観念論に親炙する大正教養主義の原点として藤村操をとらえる見方が定着する。特異なプラグマチストとして知られる丘浅治郎は、ものごとを絶対化する態度への徹底的な反発によってその生涯を貫いたが、その著『進化と人生』(東京開成館　明39・6)の中で、

宇宙に於ける人類の価値を忘れて、実際あるよりは遥に高尚な、有力な、神聖なものである如くに思ひ込むことは、総て誇大狂の範囲に属するものと見做すべきであらう。

として、「先年或る少年が宇宙の解すべからざることを苦に病んで」と藤村の華厳自死にも言及している。丘の主張は同じ著の「芸術としての哲学」なる章名にもうかがえよう。

いわゆる「教養派思想」の原点として、藤村操の自死の意味を、もっとも高い位相でとらえようとした論に、助川徳是の「良心の実践」（『文学』昭54・5・10、『啄木と折蘆』洋々社　昭58・6）がある。助川は「巌頭之感」が表出している「新しい感情」として冒頭部に凝縮された「コスモロジー」をあげ、この発想が、

文学界派や明星派の影響、さらには、日本における宗教文学の超越性……端的に言えば、内村や植村、とくに内村の宗教文学

によってもたらされたとする。次に「ホレーショの哲学」なる表現で問われているものが「明治的な進化思想の論理的帰結である決定論的人生観や、生物学的人間観を支えた、明治の学問すべて」であり、それが「何等のオーソリチーを価するものぞ」と断じられたのであり、ここに「現世的な栄達や名声への訣別」がマニフェストされ、「国家が青年に向かって誘いの餌とした地位や資産もまた背を向けられた」とする。更に「万有の真相」を「不可解」と言い切ることの意味は、「近代が提出する合理的分析的理性への拒否」であり、「西欧の科学の福音への根源的な疑惑の表白」であると断ずる。

ミル、スペンサーなど経験論・実証主義・進化論に立つ思想家によってその世界観人生観の開眼を果した長谷川如是閑は、『ある心の自叙伝』（朝日新聞社　昭25・6）で、明治三十年代の知識青年の典型として次の三つを挙げる。

（一）「日本の、時代の歴史に生きようとする――あるいは、封建制を清算した、近代国家の歴史に生きようとする――近代的の民主的国家主義の典型に属する一群」。

（二）「既に世界的に進行していた、資本主義末期の歴史に順応する、『政治的解放』につぐ、『社会的解

放』の要求に燃えている、前者の『国家的』なのに対して、『国際的』の典型に属するそれ」。
(三)「国家的」にも「社会的」にも「何らの積極性も行動性も」示さず、ただ個性の「無力の叛逆を煽」りつつ、「茫漠たる懐疑性に包まれて低迷する一群」。

そして「第三のカテゴリー」の青年達について如是閑は、「煩悶青年」達を簡単に「読書中毒」として片づけてしまい、「同情するよりはむしろ軽蔑」したといい、

その憂欝なグループは、明治の歴史が真昼の太陽のように輝いていた、日露戦役前後が、量的にも質的にも、絶頂だったが、そこに深い意味のあることなどは、第一のカテゴリーに属していた私には見てとれなかったのだった。

とし、この最後の群は、「あれども無きが如き、陰性的存在」であったが、それは「時代の歴史に踊らされるにはあまりに個人的であり、内面的」であったからで、しかもその「潜勢力に於て」は、その後の「日本人の知性と感性の歴史に決定力を持つほどの優性分子を含んでいた」のであり、明治末から大正末にわたる、日本のインテリ層の近代的性格の長所も短所も、強味も弱味も、この「煩悶期」を潜って来た若い世代の人たちの責任だった。

と結論づけている。一貫してドイツ観念論を嫌って生きた長谷川如是閑の晩年の反省である。

注

(1) 操の父藤村胖の実弟。同じ盛岡藩の儒者那珂梧楼の後を嗣いだ。高等師範教授になる前に、東京女子師範学校校長を務めたことがあり、当時、鳩山春子などと共に学生であった芦野晴子を、兄胖の後妻として推薦した。操は母

晴子の生んだ長子であるが戸籍上では三男。操には二人の弟と、末に妹が一人あった。妹恭子は、のち安倍能成に嫁した。母晴子の弟に、海軍大学教授をつとめた理学士芦野敬三郎がいる。

（2） 梗概は六月十六日～十八日の『萬朝報』に載り、講演速記が『朝報社有志講演集第一集』に収められているが未見。講演速記を文語調に直したと思われる『涙香文選』（涙香七回忌記念として萬朝報社刊　大15・10）収載文によった。

（3） ハムレット第一幕、第五場の

There are more things in heaven and earth, Horatio, Than are dreamt of in your philosophy.（この天地の間にはな。所謂哲学の思ひも及ばぬ大事があるわい。）坪内逍遙訳

逍遙訳にもあるようにこの場合の〈your〉は不定人称ととるべきものとされている。安倍能成に次の言がある。

「スエズ以東第一の哲学者を自任して居たときく井上哲次郎博士は、哲学も碌々学びもしないで生意気だとけなし、ホレーショの哲学なんかは哲学というべき程のものでないと喝破した。博士が果してホレーショを知って居たかどうかは知らぬが、ホレーショはシェークスピアの「ハムレット」に出てくるハムレットの親友であって、藤村の文章の意味は、ハムレットも考えた如く、哲学めいた理窟が人生のなまなましい苦悶を解決する力がないという意味であることは明らかであり、ホレーショの哲学という体系が存在するわけではない。当時藤村がデイトンの註で「ハムレット」を読んで居たことは、私も知って居り、藤村が上の意味でこの文をなしたことも疑ない。」（「恋愛と自殺について」）

「ハムレット」の中で、ホレイショーは最も理性的で、最も賢明な考えの持主で、極端さを見せず、常識の健全さを備え、知性と穏健さと慎みの人間として存在している。ハムレットがホレイショーを友とするのは、自分とはちがい、情熱と分別とを程よく調和した人物であるからだが、一方、英国へ送られる船中で、無鉄砲さとか無分別も立派に役に立ったと話す件りがあるようにホレイショーを批判する一面をも持つ。藤村は「ホレイショーの哲學竟に何等のオーソリチーを價するものぞ。」とものわかりのよい中和的常識哲学に己れの情念をぶつけ、ハムレットに自らを擬している。

（4） 「恋愛と自殺について――私も昔は自殺を思ったこともある」（『文藝春秋』昭33・3）

（5）漱石は鈴木三重吉宛の書簡（明39・6・7日付）で「今の世に神経衰弱に罹らぬ奴は金持の魯鈍ものか、無教育の無良心の徒か、ならずば、二十世紀の軽薄に満足するひようろく玉に候」ともらしている。「野分」のもつ根源的モチーフに「真面目」に立脚した神経衰弱的青年層への顧慮がはたらいていよう。これについては、小泉浩一郎の「観念と現実――『野分』論」（『講座　夏目漱石』第二巻　有斐閣　昭56・8）に詳説がある。

（6）島崎藤村研究誌『風雪』第九集　昭47・2、『日本近代詩考――比較文学への試み』（教育出版センター　昭50・9）所収。

（7）若目田武次訳註『マンフレッド』（外国語研究社　昭7・12）

（8）安倍が戦後最初に触れた文「『巖頭の感』をめぐつて」（『新潮』昭24・9）には「四十日ほど立つて瀧壺に現れた」とある。

（9）清原操稿『操の思出悲しき人生』（岡村書店　大2）なる著もあるが、未見。

（10）松本克平氏から、コピーの借覧を得た。このコピーの因縁については、松本克平著『私の古本大学』（青英舎　昭56・2）付録『青英舎通信1』所載の谷澤永一・松本克平対談「読書人の饗宴」に詳しい。

（11）最初に項目としてとり上げたのは、明治書院の『現代日本文学大事典』（昭40・11、増訂縮刷版　昭43・7）であろう。執筆川副国基、東京書籍『近代日本哲学思想家辞典』（昭57・9）がこれに次ぐ。

（12）岩波講座　日本文学『明治思想界の潮流――文芸評論を中心として』（岩波書店　昭7・10）

（13）久山康編『近代日本とキリスト教――明治篇』（基督教学徒兄弟団　昭31・4）

（14）「回想二題」（一高文芸部編『橄欖樹』所収　昭10・2）

（15）「藤村操君を憶ふ」（一高『校友会雑誌』第百二十八号　明36・6）

（16）『明治浪曼文学史』（中央公論社　昭26・8）

（17）「恋愛と自殺について――私も昔は自殺を思ったこともある」（『文藝春秋』昭33・3）「私の藤村に対する感激に藤原（正）の影響も少なくなかったことは確で、彼と会う時にはいつも、藤村の死を肯定して世評を烈しく否定したものであった。」戦後の安倍は藤村の学問的「大野心を押しつぶすだけの恋愛及び失恋があったらしいということは、その後色々な見聞から想定せられる」としている。

(18) 本稿前半と、続稿での目論見に触れたあとがきで、「『衒気』と『客気』の文学的系譜にも言及しようとする」と記したが、果せなかった。「衒気と客気の文学的系譜」として、虚構を自らの生に課した太宰治・三島由紀夫・立原正秋らに触れる心積りであった。

(19) 藤井武(『旧約と新約』90号 昭2・12)なお、成瀬無極は、次のように見る。「彼らはドンキホーテであると共に、またハムレットでもあつたのだ。古い英雄主義を奉じ武士道を唱へてゐたやうに見える運動部の中にさへ多くのハムレットが潜んでゐたのである。『巖頭之感』は、その内容といひ文体といひ、如何にもあのころのハムレット的・ウエルテル的・青年の面影を髣髴させる。さうして、藤村操の死は『全体か皆無か』の玉砕主義の具現であり無の哲学の予感だとも云へよう。これらの意味でこの遺文は古い型の一高青年を葬る墓銘だつたとも考へられるのである。」(「第一高等学校批判」『新潮』昭25・6)

# 不断着の抵抗・生方敏郎『古人今人』

『古人今人』の解説者として最もふさわしい人物は、今は亡き畏友上木敏郎（昭和六十三年十二月九日死去）であった。編集者から相談があった時、繰り言のようにそれを口にせざるを得なかった。

生方敏郎は、上木敏郎にとって、幼年時代からその名を聞かされていた「長く心にかかる存在」であった。先考が生方の愛読者であったことによる。上木の名が生方と同名であるのも、そのことと無縁ではない。

恩師坪内逍遙や稲門の先輩正宗白鳥をして「縁雨以上」と言わしめた生方敏郎は、昭和四十四年八月六日、脳軟化症で死去した。八十六歳であった。ほとんど黙殺に近い態度をとった大新聞・大雑誌・読書紙等の編集者の「没鑑識」に義憤を感じた上木敏郎は、自ら編集・発行する研究誌『土田杏村とその時代』第十二・十三合併号（昭45・4）で追悼特集を編んだ。

昭和二十四年九月に復刊した戦後版『古人今人』の最後の号（百三十五号　昭43・10）から生方の「明治の追憶　楽しかった一日」を転載し、中村星湖・服部嘉香・加藤謙・柴田勝衛・入山雄一・翁久允・斎藤夜居の思い出の記を載せ、また鶴見俊輔・ねずまさしの著（『日本現代史（2）』三一書房　昭42、『不定形の思想』文藝春秋　昭43）から生方評価の文が再掲された。星湖は、早稲田大学英文科で生方の一級下、嘉香は二級下。明治四十年代の初めに、島村抱月主幹の下に、生方ともども、早稲田文学社の社員として活躍した仲である。加藤は読売新聞記者として「チエスタートンやシヨオにもなぞらへて、警句家、独特の鋭利、警抜なる文章家として、また特異の社会批評家としても、すでに認められてゐた」生方に大正三年に接して以来のつきあいであり、柴田も『時事新報』『読売新聞』『大阪新報』で活躍した新聞人、入山は『大正日日新聞』、翁も『朝日新聞』を介しての縁である。

明治四十年に池辺三山の紹介を得て、渋川玄耳の下で『朝日新聞』の見習記者となって以来、その後松軍治の『やまと新聞』、鳥居素川主筆の『大正日日新聞』などの記者や客員生活を経たが、いずれも年限が短く、俸給生活は通計四年三ヵ月にすぎないという。生涯の大半を生方の言う「浪人」生活の中で、自由なエッセイストとして暮らしを立ててゆく。『オスカーワイルド警句集』（大2）『マルコ・ポーロ旅行記』アナトール・フランス『タイス』（以上大3）等の翻訳のほか、『敏郎集』（大4）『人のアラ世間のアラ』（大6）『一円札と猫』（大7）『洋服細民の悲しき笑ひ』『玉手箱を開くまで』（以上大8）『金持の犬と貧乏人の猫』（大9）『女性は支配する』（大10）『虐げられた笑ひ』（大11）『猫のあくび』『謎の人生』『福太郎と幸兵衛の対話』（以上大13）『金ゆゑに』『山椒の粒』（以上大14）『哄笑・微笑・苦笑』『明治大正見聞史』（以上大15）『君と僕』『人生の表裏』（以上昭2）『現代ユウモア全集』第五巻『東京初上り』『食後談笑』（以上昭3）『吸血鬼』（昭5）等の著書があるが、以後は病床に伏した時期もあって筆力が急速に衰えてゆく。生方は戦後に、一九二六年（昭4）一月以来、私は「日の当らないところに置かれている」と述懐している。

大正十三年四月刊の新秋出版社文芸部編の『文壇出世物語』には「一種異様な文名ある生方敏郎」として紹介され、

それにしても彼の名声は、世間的に又文壇的に、或る局定された部分にのみ存在してゐるのであつて、現在文壇の他の作家批評家に比して彼の名声は、あるべくして余りなさすぎるの観がある。彼の作品の通俗でないのもその一因であらうが、彼の世才に長けてゐないのが大なる原因であらう。

と評されている。『ゆもりすと』そして『古人今人』の刊行は、生方の、いわば時を得ぬ時代の産物として位置づけることもできよう。

生方が編集責任者として関わった植竹書院の『文芸雑誌』（大5・4〜大6・4）については、『「文芸雑誌」解説・総目次・索引』（不二出版）に福田久賀男の懇切な解説がある。また時代の雰囲気を活写した名著として知られる『明治大正見聞史』（春秋社）の中公文庫版（昭53）の解説で、ねずまさしはオノレ・ドーミエの諷刺画で表紙を飾った『ゆもりすと』にも触れて、「本誌は惜しいことに、三号で休刊。しかしその精神は、後の『古人今人』となって、開花する」と記している。ねずは、晩年の生方にも面会しており、その折りの情報に基づくものと思われるが、第三号は発行されたかどうか確かではない。傍証となるべき第三号発行の記録が他の文献に見出せないでいるのと、当時の生方をとりまく状況の困難から推すとむしろ未発行説に傾く。

『古人今人』第一号は昭和十年八月一日付で杉並区高円寺五ノ八〇六、古人今人社を発行所として発刊される。リーフレット判四ページ建ての小誌である。「毎月一回一日発行。定価一部十銭郵税二銭」とある。発刊の「御挨拶」によれば、昨年の十一月から今年の七月まで、小川平吉を社主に戴く『日本新聞』紙上に長篇史話「源氏と平家」を連載し、二百五十回を数えたが、昨日（七月十二日）に至り、突然『日本新聞』は休刊するの止むなきに至ったとの通知を受け、「急に体が暇になつたので、直に思ひ立ち、此ペラ雑誌を刊行することにした」という。また、

今度は編輯の面倒を避ける為めに、原稿は出来るだけ自分一人で書く。一日一文主義を実行し、毎朝少しづゝ執筆したものを、日記でも手紙でも何でも構はず入れる。

という。その場しのぎとも言いうる、いかにも生方らしい、型にこだわらぬ、自在さである。さらに、

短慮軽卒は青年に取つては悪いことだらうが、我々に取つては得難い美徳だ。熟慮してゐる間に時は過ぎて、花は散り果は腐る。鍋の飯は焦げ付いて終う《（ママ）》。軽卒でもいゝし軽挙妄動でもいゝ。兎に角働きかける事、動き廻る事、それでなくては仕事は出来ぬ。

といい、「短慮軽卒は身の宝」だとするのである。

不意に発表の場を失った源平時代史の書き残しを、もし『古人今人』誌の発行を継続し、頁数を増加するだけの経済的余裕ができれば、その誌面に書き継ぐことも可能だろうという目論見が、生方にはあった。

もともと生方が、源平にこだわるのは、

武断政治は武士階級中心主義に依る変態政治だ。此順逆の別を明徴し、明るい文教政治の大道を指示するためには、明治大帝の鴻業を仰ぎ奉るの要あると同時に、封建制度成立の根源に遡り……武門武士万能時代は奈何にして出現したかを研究し、正邪を明らめ順逆を分かたねばならぬ。

という主旨に発する。その意味で、軍部批判、武断政治批判は『古人今人』の創刊当初から一貫する主張であった。生方が時勢にいかなる姿勢で棹さそうとしていたかは、次の小文からも知れよう。

先年中思想問題だの社会運動だのゝことで騒ぎ廻つてゐた人達を見てゐると、恰度ガリレオの見た振子の振動と同様に、右へ行つたり左へ行つたりする。……我々にはガリレオみたいな物理学的頭脳がないから、あれを見ても何一つ発明出来ず、唯々醜悪な変節改論漢の蠢動、糞ダメの蛆にも劣る汚穢物と見へ《ママ》るだけのものである。（「振子人形」）

現代人は、何でも極端なことが好きだ。左翼の壮んだつた頃、極端な左翼ほど景気がよかつたが、右翼も同様に極端なことさへ呼号してゐればラクに飯が食へる。暴力及び暴力拝跪に非ざれば、南無阿弥陀仏が商売に成る。偏せず党せず中正の道を行かうとする者は、誰からも顧みられない。（「中庸」）

前記『日本新聞』は七月十三日限りで休刊したが九月二十一日から週間の形式で再刊し、生方はここに「源氏と平家」を書き継ぐ。この週刊誌『日本』については、何号まで続いたものか調査が及んでいない。射山小川平吉は、加藤高明内閣の司法大臣、田中義一内閣の鉄道大臣を経た立憲政友会所属の国粋主義者である。昭和四年、鉄道相時代の北海道鉄道・東大阪電軌等五私鉄疑獄事件に連座して起訴され、昭和十一年には刑が確定して下獄する。このことが、前記『日本新聞』の突如の休刊とも深く関わっている。『古人今人』は、記載された発行年月日と実際のそれとは異なり、一月近く遅れるのがむしろ通常で、その点文の執筆時を確定しようとすると、かなり厄介である。『古人今人』の第六号（昭11・1・1）には、例えば次の諷刺歌が見えるが、年表的事実と整合させるためには、執筆時期をかなり下げねばならない。

一木は　支へざりけり　きかんせつ　大厦あやうし《（ママ）》　岡田ないかく　（「枢相辞任」）

サーベルにや　ひつくり蛙　政友も　せいふと見ると　ふんぞり蛙　（「政友会威張る」）

また、引越し等によって確認できなかったことにもよるが、生方独特のルーズさも手伝って、第七号とあるべきを第八号とミスプリントしたり、第五十六号をとばしてしまったりして、ややこしいが、昭和二十年一月二十日付の第百一号まで百冊を刊行、罹災による、プリント版第百二号（昭20・8・15）を加えると百一冊を刊行した。

最初の発売禁止処分を受けたのは、第十三号（昭11・12・20）で「まことそらこと集」に、次のごとき痛烈な歌を集める。

貧弱な　なちやふあつしよと　手をくんで　さても危ふき　世のたゝずまひ　（「霞ヶ関曲芸」）

どんぐりの　分列式に　さも似たる　様で可笑しき　今のさあべる

真面目なる　軍人こそは　わびしけれ　くされさあべる　はびこる今は

非常時々々と　さわいだ揚句　ひじやうじを　作りいだせり　腐れさあべる
甘やかし　おけば無暗と　つけあがり　みのほど知らぬ　くされ鈍刀
国政に　くちばし容るゝ　いとまあらば　腹切るわざを　習へさあべる　（以上「鈍刀の歌」）
腰抜けの　さあべるにさへ　腰ぬかす　下には下の　政府政党
ないかくも　政党もまた　新聞も　怕れ憚る　さび刀かな
怕れられ　えらいと思ふ　ことなかれ　ばかと気ちがひ　誰も恐れる　（以上「腰抜オリムピック」）
無産《あか》の屑　模造フアツシヨの　入智慧で　蠢動するよ　このたはけ者　（以上「元大佐橋本某新党樹立」）

生方の戦後の回想によると、半年位経って私服の憲兵が訪れ、警察が後追いするかたちで発禁処分としたという。軍民離間を策する言論として台湾在住の民間人から密告がなされたという。二回目は、第四十七号（昭15・7・20）の、

あかくして　無色にみえる　しんとうは　できぬものかと　近衛屋の客　（以上「又々御神灯」）

という近衛新党を諷した戯歌。もっとも世間に反響をよび起こしたのは、第二十一号（昭13・3・20）の「愛国行進曲を罵る」の一文であった。内閣情報部が広く一般に歌詞を募集した〈国民歌〉で、五万七千五百七十八編の応募から選ばれ、レコードは百万枚売れた話題の歌であった。

第一節に「見よ東海の空明けて」と夜明けの景を叙してゐるのに「旭日高く輝けば」と受けてゐる。……高く登れば已にそれは旭日ではない。思ふに作者は僕位の朝寝坊で午前十一時の太陽を見て旭日と誤解したのである。

といった調子で、

第四句の初めに「征け」とあるのは一体何処へ行けと云ふのか、又わざ〳〵征の字を用ひずとも行けなら行けで沢山だ。特に征の字を用ひたのは何処か征伐しろと云ふのかそれだと直ぐその次の「平和うち

建てむ」と平仄が合はない。次に「理想は花と咲きかほる」とあるが、その理想の内容は何か、それが明示されないでは甚だ危険だ。……共産主義も其一つだが、まだフアツシヨだのナチだの其国では立派な理想だろうが、之を日本に直輸入されてはたまらない。日本精神を偽装してフアツシヨは花と咲き薫るとは、実に痛嘆すべきではないか。

などと、選者の無責任を糾弾し、「愚劣極まる行進曲」とこきおろした。また、科学ペンクラブ編集の『科学ペン』昭和十三年十一月号のアンケート「ちかごろ腹の立つ話」にこたえて生方、こう記す。

私の方で腹を立てるやうな場合はありませんでしたが、反対に私の方が当局に腹を立たせるやうな記事を書き、お目玉を頂戴したので、始末書を出して謝罪しました。その記事といふのは私の方では国策を激賞したのですが、文章が拙いために叱られたのです。例へば「我々なら美味い物を沢山たべて能率をあげる方が梅干弁当なんか食つてるよりもいゝのだが、官僚は何を食はせてもロクな働きは出来ぬのだから日の丸弁当が結構だ」と云ふやうに大に国策をほめたのです。後で自分で読んでみると、成程之は悪口みたいに聞こえる。そこで今後は大に改悛の実を上げるつもりで居ります。

先に『ゆもりすと』『古人今人』刊行の時期が、生方にとって、時を得ない不遇の時期であることをいった。家庭的にも「言ふに忍びざる悲惨な結婚生活の後、妻と別れた」のは昭和初年であり、『古人今人』発刊に至るまでに、二子を失い、本人の病弱体質に加えて、明るいところでないと友人の顔の見分けがつかない程の極度の近眼（右眼の眼球はガラス玉で、幼年の事故で、失明同然であるという）、長子の肺結核等々、やもめ暮らしの苦難・不自由を父子兄妹ともどもに分かち合わねばならぬ日常であった。妻も無ければ、金も無い、地位も無ければ、電話もない、自転車もないといった無い無い尽しの借家住まい、昭和六無斎を自称した。戦時統制の暮らしの中で配給品の受け取りや、行列買い、〈売ってやる〉式の商人の対応等、否応なしに生方がのめり込まざるを得なかった窮乏生活での日常的体験と見聞は、誌面にも反映し、生方の筆法にも公憤ならぬ民憤の趣きをも加えている。

　私は何よりも現代に於いて望ましいことは、食生活を司る人々、及び現に権力権威ある人々が、配給以外の一粒の米一片の副食物をも自宅へ入れず、外でも決して口に入れぬことを明治神宮に誓ひ、たとへ十日間でも実行してみて貰ひたいと思ふ。さうすれば今年に入つてからの社会不安は一掃されやう。外敵以上に恐るべきは飢餓に慴てる窮民の嘆きだ。

　更に一つ最も重大な現代の誤謬に就いて一言しよう。それは此三四年以来、紙の不足を名にして言論機関を惜しまぬことだ。……此統制はメチヤメチヤだ。……二た言目には紙の節約といふ。借問す、紙と思想と何れが尊きかを。紙を以て思想より尊しとするほど、世に唯物的な考へ方があるか。かかるバカげた、而して知識学問に対して不遜な考へ方は日本創まつて以来、未だ曾て無かつたことだ。乳臭児どもの権力を弄すること、遂に此所に及べるかを思ひ、公論を天下に求め国民の学問知識の進歩を常に励まさせ給ふた明治大帝の聖恩を仰ぎ奉りし我等の若かりし幸福な時代を顧み、そぞろに血涙の膝に落つるを禁ぜざるものがある。噫。（八十九号　昭19・1・20）

清沢洌はその『暗黒日記』に右の一節を含む生方の文章を共感をこめて書きとり、特に「乳臭児」以下のフレーズに傍線を付している。因みに清沢は、昭和十五年以来の『古人今人』の購読者寄附者であり、正木ひろしの『近きより』の支持者でもあった。

戦時下の個人雑誌の意義に注目し、桐生悠々の『他山の石』、生方の『古人今人』、正木ひろしの『近きより』、矢内原忠男の『嘉信』四誌を対象として、それが合法的抵抗の場として最後まで残されたのは何故かについて周到な考察をすすめたのは家永三郎の「〈日本の思想雑誌〉戦時下の個人雑誌」(『思想』昭39・1)であった。家永は次のように記している。

生方の思想的抵抗は、良心的なジャーナリストとしての正義感に発するもののようであって、その点では桐生の場合とよく似ている。桐生との年齢の差は九年あるが、同じように明治の発展期に成長してきた生方は、桐生と同じく明治天皇を尊敬する明治人である。戦後時おり印刷される『古人今人』がいちじるしく天皇制謳歌に傾き、戦争中のあの鋭い批判的精神がどこかに消えてしまったように感じた私の率直な疑問に答えてくれた書簡の中で、彼は「私が明治天皇を持ち出すのは、あの時代が何うやら独立国に近かつたからです、あのころの栄光を私は慕ひます、心の慰めになります、それは現代の自由無き自由、奴隷民主主義を憎むからです」と言っている。……堅牢な「イズム」に基づく判断になじんでいる眼には不安定に映ずることもある生方の評論は、その反面独特の「イズム」に拘束されない柔軟な態度で時々の根本的矛盾を鋭く衝くのである。

家永も注記でふれているように、その戦後に否定的な生方が、

ただし右憲法の中、戦争否定軍備廃棄の一条のみは、沙中の珠玉、掃溜の花、暗夜の光明だ。此条永久に排除せざらんことを主張す。近き将来に於いて世界は一国、四海同胞、絶対平和であるためには、率先して軍備廃棄を実行する国家がなくてはならぬ。(『古人今人』第一〇一号)

と頑なまでに固執し強調するのである。

生方敏郎は、英雄的抵抗者とはかけ離れた無縁な存在である。本人も自認するごとく〈無計画〉〈気長〉といった己れの気質に合わせて、気張らず、肩肘張らず、時代の不自由な枠組みの中で、己れの言論を持続し、保守し得た、いわば〈不断着〉の抵抗者である。紙面の都合で購読者・寄附者の一覧表を記載すること

ができず残念だが、その一部を摘記すれば、政・官・財・法曹界をはじめ、軍人、学者、文人に及ぶほぼ各界の中枢を占める要人が名を連ねる。枢密顧問官竹越与三郎をはじめ宇垣一成・阿南惟幾・鈴木貫太郎・幣原喜重郎・芦田均・鈴木茂三郎・石橋湛山・西田幾太郎・安岡正篤・古島一雄・小林一三・膳桂之助・郷古潔・岩村通世・大森洪太・小野塚喜平次・岩田宙造・緒方竹虎・馬場恒吾・鶴見祐輔・尾崎行雄・八田嘉明・大川周明・荒畑寒村・細川護立・三木清・羽仁五郎・三枝博音・平塚らいてう等々、文壇人も島崎藤村・高村光太郎・広津和郎・井伏鱒二・火野葦平・宮本百合子等々。さらに戦時下の『みづゑ』誌上に、軍部批判の意をこめた一文「生きてゐる画家」を発表した〈清澄〉無音の画家松本竣介の名もある。『他山の石』の寄稿家でもあった水野広徳のように、『古人今人』『近きより』にも連帯する、篤志の支持者もいた。生方の自在な言論の自由度が組織した人脈の輪は、広範かつ多彩である。そのことの意味を、私自身は重く考えている。

# 『文学報国』の時代――しのぎと抗《あらが》い

九月四日　晴　やや軟

今日来た「文芸日本」に戸川貞雄氏が山本有三と岸田国士の作品を非日本的だと言つて手きびしく非難してゐる。この種の論難はこの頃到る所で眼につくことだ。山本、岸田と二人は、どちらかと言へば文藝春秋系だ。戸川氏は目下文学報国会にあり、その会は文藝春秋系の人が多いのだが、その文藝春秋、文学界系統に明確に反対の立場をこの頃主張しつつある文芸日本に原稿を書き、座談会に出て、文学報国会そのものについての批判もしてゐる。とにかく目下のところ、文芸日本はもつとも国粋的な文学者を集め、一般文壇を畏怖させてゐる。時代が時代故、攻撃を受けるやうな弱点を持つてゐない文学者は極めて稀である。文芸日本の人たちの言は次第に強く広く行はれるであらう。そして文学そのものもまた、変つて行くにちがひない。私のやうに過去を西欧文学に多く学んだ者の立場などは、さういふ渦の中では、はかない極みである。事は善悪理非といふよりも、時の勢と人の勢である。かういふ風潮が文壇の内部に行はれ、外部からは出版の拘束が加はる。さて私はどこまで作家として生活して行けるだらうか、と時々考へる。……

伊藤整『太平洋戦争日記』（新潮社　昭58）昭和十八年の一節である。当年の『文芸日本』は、陸軍報道班員としてフィリピンに赴き、健康を害して帰還した尾崎士郎が主宰し、編輯発行人牧野吉晴はじめ、大鹿卓・浅野晃・富沢有為男等が同人として名を連ね、「醇乎たる文学精神の確立を期せんがために、文学の純粋をもつて政治の原理を貫かんとする……」と謳い上げた雑誌であった。

『文学報国』第一号（昭18・8・20）第二号（昭18・9・1）に、情報局文芸課長井上司朗、海軍報道部高戸顕隆中尉、大政翼賛会文化部副部長福田清人、日本出版会『日本読書新聞』の編輯責任者、『読売』『毎日』『東京』の文化部長等を迎えて、日本文学報国会側から事務局長久米正雄・常務理事中村武羅夫・事業部長戸川貞雄の出席した座談会記録「文学実践の指導性強化に就て」が載った。歌人としても知られ、逗子八郎のペンネームを持つ井上は、

元来書斎に居つて良い文学を書くのが文学者の本当の翼賛ではないか、それが娑婆にのさばり出て来て、勤労報国隊の真似をしたり、それから国民運動のお先棒を担いだりするのは文学者としては邪道ではないかといふやうな議論をされた人も多少あつた。そういつた考へ方が間違つて居るといふことは申上げるまでもないことで、……国民である以上国民運動に挺身するといふことは当然で、況して文学者といふものは非常に国民に対して精神的の影響力が強い、指導力が強い人々でありますから、さういふ人々が自己の持つて居る天賦の指導力を活用して、国民運動の推進隊になるといふことは文学者の国民的義務だと思ふ。……これからの文学といふものは、国民の血肉の中に根を下した、国民と共に呼吸し、共に喜び共に悲しみ、共に憂へるといふやうなものでなければならないと思ふ。そのためには何よりもまづ国民の生活の中に飛び込んで行つて、国民の生活感情といふものをしつかり摑まなくちやならん。同時に国家の動きといふもの、時局の本質といふものを根本的に摑へる。でなければ、国民の本当の生活

感情を摑むことは出来ない。……文学者の、一見非常に俗つぽく見える国民運動の中に飛込んで行くといふことは、私は大きな文学を生む唯一の前提である、……この実践的な行いがなくて国民文学は生れる筈がないと私は思ふ。従来のやうにカフエーを飲み歩いたり、バーで女給さんと差向いで以てこそ〳〵と話をしたりして、ネタを摑んで、でつち上げることの出来るやうな小説なんといふものは、現在国民を動かす一片の力も持つてないのでありますから、……さういつた意味で文学者は決然として、国民の生活の最も中核の中に飛込んで来て、国民と共に汗にまめ《ママ》れ、血にまみれて国民と共に生きるといふことが第一と思ひます。

と言った上、文学報国会のいろいろな事業は、会員の「自己錬成」によって、「皇国文学者としての世界観」を確立することに尽きる、と結論づけ、「国体明徴に徹する」ことを強調する。

高戸は、海軍士官らしい率直さで「触らぬ神に祟りなしといふ態度は決して真の愛国者的態度と思へません」といい、井上の言を受けて、皇道精神に基づいた世界観の確立が最も緊要として、文学者が「自分の魂から出る良さを出して戴きたいと思ひます」と要望する。司会役の戸川は、当然のことといってよいのだが、両者の意向に添ったかたちで、機関紙『文学報国』の負うべき使命に応えることを誓う。

これに対して中村武羅夫の発言は、やや調子を異にする。

これはまだ下ばなしなのですが、文学報国会に指導部といふものが出来て、それに戸川さんが就任して、それを強化、推進するといふのは、それは非常に適役で宜いのですが、……非常に責任が重大であるから勿論軽々に考へて居る訳はないだらうが、文学報国会四千名の会員の名誉をあなたの双肩に担つた積りで一つやつ戴《ママ》てきたいと思ひます。……戸川さんはこの頃は非常に右翼的な理論家のやうな印象を与へて居るが、根が作家だからさういふ憂ひはない、……余り理念を押付けるものでない、それを旨く小説的技術で処理してそれを皆に読まれるやうな、……全会員の悉くが読んで味はひ、啓蒙され興味を感ずるやうな風に活かして使つて戴きたい。
と穏やかな言い廻しながら、戸川に注文をつけ釘を差している。
『文学報国』第三号（昭18・9・10）は、八月二十五日から東京で催された「第二回大東亜文学者決戦会議」号として特輯されている。二日目の本会議での「文学者の提携」についての小林秀雄の言説が、真意不分明な箇所を含む不完全な抄録ながら、やはり人目を惹く。小林はまず、大東亜文学の新しい建設のためにアジアの文学者が一堂に会するのは非常に喜ばしいことではあるが、「提携」ということは非常に難しいという。

嘗て我が国の文学者も、アジアの文学者もその一部が誤つて社会主義といふ共通の理想の下に協力したのでありますが、然し本当の人の和といふ実は決して挙げられなかつたのであります。……それは申す迄もなくイデオロギーや思想に拘泥する結果であります。

そういった「誤れる苦い彼等の経験」を今日の我々は「他山の石として十分に反省して居るかどうか。僕は非常に疑問に思つて居ります」とした上、さらに論理を展開させる。元来、文学というものは非常に「観念的な特長」を持つもので、我々が考えている以上に「根深い」のであって、「今日我々は時局を解剖するといふやうな任務」を持っているが、「然し文学者はイデオロギーの講話者でもなければ、又その解説者でもなく、又宣伝家でもないのであります」。文学者は「作品を創り出す勤労者」「労働者」であって、その簡単な事実が「独善的な理念の下に覆はれて居ることは今日程甚だしいことはない」と言うのである。続いて小林は伝統論に及び、今日「伝統に返れ」というような言葉が盛んに言われているが、その「高い声の中に伝統が生きて居るか」というと生きていない。文学的伝統を観念によって求めることは最も苦しいことで、経験するよりほかないものである。古人が苦心惨憺して創ったものを我々が苦心精励してこれを経験する他に途はない。「文学者は徹底した実行家であらねばならぬ」し、「胸中に秘めて居るものを唯作品を製作するという実行によつて解決する」という他はない。
文学者の真の人の和といふものは実際の文学者の作品といふ実行によつて喜び、或は苦しみを分け合ふ所に現はれざるを得ないのであります。

として、「生活、精神等色々の総和を必要」とする「提携といふこと」の容易ならざることをあらためて強調し、「要は我々はこの提携は戦争と強く結付くべきであるといふことを茲に覚悟しなければならぬと思ふ」と言い、更に次の言葉を結びに加える。「英米が撃滅された暁に於ても我々の総和は続くといふ覚悟が必要だと思ひます」。

『文学報国』第三十二号（昭19・8・1）冒頭の論説欄で、論説委員石川達三は「作家は直言すべし」を書く。

作家はもはや自分の一切を失つた。たゞ残つてゐるのは作家の人格のみである。……まだ残つてゐる寥々たる雑誌や新聞の文芸欄への執筆を心懸けるのも愚劣……他の形式、即ち放送文芸や壁小説などで生活と名声とを維持しようと考へることも見すぼらしい努力……書き卸し小説で生活を立てようとする考へ方もまた、取締りの警官の目をくゞつて野菜の買出しをやるやうな悲しい努力……
失ふべきもの一切を失つて、いま吾々は裸である。私はこの裸形に期待する。今こそ、作家が真に作家たるべき時である。吾々が十年二十年たゝき上げて来た筈の人間修業が、いまこゝで役に立たないならば、吾々はみづから作家たる事を称してはなるまいと思ふ。吾々は地位もなく勲等もない一切を失つた後に吾々が有するものは却つて最大限に自由活動の範囲である。……大臣大将にむかつて怒罵を加へることもできれば一工員となつて油にまみれることもできる。吾々の地位はエレベーターのやうにあらゆる階級にむかつて扉を開いてゐるのである。他の階級は各々その横の階級をもつてゐて縦の自由を束縛されてゐるこの特殊な地位を活用することを私は期待する。

と言い、

作家は大いに論ずべし、大いに雄弁なるべしと思ふ。吾々が有する青年的な情熱と正義観とをもつて、あらゆる隘路を突破する努力をなすべき時を強調する。

現下国内の最大難関は民衆の道義心の低下である。その原因は配給の不備であり言論の不自由であり、又は政治当局の菲才無力であり、或は国内宣伝の拙劣である。一切を失った作家こそ「当局者にむかつて直言し得る立場をもつ」のである。

経済生活をどうするか、と問ふかも知れない。経済的責任に束縛され妻子に束縛されては真に自由な活動は不可能である。一朝敗北の時あらば、当然失はるべき経済であり家庭であるならば、今日みづからこの束縛を断つて他日の喜びに期待すべきではないか。

と極言する。そして、「この拙文を以つて嬌激ないといふ人」は「今日の危機を真に知らざる者」と結んだ。

戦争中の言説・論議は、あらゆる意味で相対的であり、そこに戦争の進行、戦局の進展等が深く関わる。石川の勇気ある「直言」も、戦局の悪化と文学者の追いつめられた窮状を背景として発せられたものである。『中央公論』『改造』二誌が軍の意向によって廃刊に追いこまれた時機でもあった。

『文学報国』紙上にも、時勢に迎合した空疎な提言にまじって、戦局の悪化がもたらした石川の「直言」の波紋の輪がいわば「文学者」の本音の発言をよび起こすことにもなる。第三十四号（昭19・9・1）の壺井栄の文芸時評「正直の喪失——筆を捨つること勿れ」もその一つである。「私がこの頃頼まれる仕事と云へば、必ずそれには条件がつく」と壺井は言う。「明朗なる銃後生活」「闘ふ少国民の姿」だとか、「勤労女性に読ませるために勤労を主題にした」時局的な小説だとかといった注文をつけられるたびに、「不信任にあつたやう」な気がし、雑誌社や出版社がどこもここも特長を失い、作家が「唯々諾々と、まるで仕立屋が裁縫をするやうに書かされてゐるのではないだらうか」と現状を憂うのである。特に「銃後の生活を」と念を押されなくとも「今日に正しく生きる限り」そこには当然「国民生活の生きた姿」が「生きた文学」として写し出されているはずである。ところが「明朗なる銃後小説」などの、いわゆる時局的読物には、その意味で正直さが欠けてはいないだろうか。「作家の正直であるべき眼」がそっぽを向いてたり、「若しくは銃後生活の果敢さや明朗さのみを虫眼鏡で見てゐる傾向はないだらうか」と壺井は問い返すのである。そして、文筆活動の範囲は極端にせばめられ、作家の「転業問題」が真面目に考えられている今日、「かういふ不愉快を忍んでまでペンにかぢりついてゐる必要はないといふ人があるかも知れない」として、前述の石川の論説を引用しつつ、

しかし私は思ふ。作家は野菜の買出しをやつてもなほ、持つてゐるペンを捨ててはならないと。今日の状態では作家は正直に物を言ふこと、即ち文字にすることについては充分の自重を要する。しかし作家が正直な眼で見、まことの心であつたならば、その言葉の裏や、文章の行間にあふれるものがある筈である。私たちは、いつの世にも通用する文学を生まねばならない。文学をもつて報国せんとする作家はどんな場所にあつても筆を捨ててはならないと思ふ。腕をもがれたら足でかき、足をくぢかれたら口でかく程のしつこい作家魂をこそ、今こそ培ふ時ではないだらうか。

『文学報国』第三十九号（昭19・11・1）で、「決戦下の文学精神」を問われて舟橋聖一も言う。

文学者の務めは、政治家、教育家、宗教家の範囲を超えて、戦ふ国民の生活本能にまで深くぢかに立入り踏入り、その偽りのない心に手を触れることが第一であらう。……戦ふ国民は、求めてゐる。自分の生活の奥――背中の裏まで手のとゞくやうな作品の出現を。（「道は本能の外に非ず」）

同じく伊藤整は「自己を正す精神」で言う。

文学者としてあやまちなく生きることはむづかしい。生活の仕方について、仕事の内容について日夜反省し努力しやうとしても決しがたく、行ひがたいことのみ多いのである。……刻下の環境はあまりにも

厳しい。しかし、文を書くといふことは、さういふ自己是正をする過程において可能であるといふ風に私は考へてゐる。この頃はさういふ告白的な文を記述する文学者がほとんどゐないやうであるが、さういふ苦汁を味はず、自己を持して疑はない文学者のみであらうかと、私は不思議に思ふのである。……頃《(ママ)》日雑誌文芸日本の誌上で牧野吉晴氏が私の某紙に書いた文を引いて、これは芸術至上主義であり、非日本的であり、おれが〳〵といふ自己主張のみ強く、神を蔑にするものであると評したのを読んだが、たま〳〵以上のやうな反省をしてゐた際なので、私の文を読み直すと牧野氏の言ふごとく自我中心の悪しき思考の多いことを感じ、残念に思つたことを氏に言ひ送つた。……自分は絶対に正しいなどゝは私は今の生活においては決して人に言ひ得ないのである。私は仕事の上でひたすら父の志のあとを追ひ、生活の上ではすでに第二国民兵としての復役届を出した在郷軍人の暁天動員にも欠かさずに出、春秋の特別訓練も欠かさざるやう、貯金はするやう、債券は買ふやう、流言は口にせざるやう、闇の酒は飲まざるやう、町会の役員としても能ふかぎり勤め、かつこの春から持つてゐる週何度かの勤務先の仕事にも努力するやう、具体的に生活を是正して、正しき臣民の生活の中へと次第に自己を届かせたいと念じてゐる。私は亡き父がさうあつたやうに、少くとも、お召しを受ければ銃をとつて生命を惜しまない覚悟を養つてゐるつもりである。さうして今後なほ私の考へ、かつ言ふところが、悪しきものとして批判を被ることがあれば、私はその批判する人自身がどういふ生活をし、どういふ酒を飲み、暁天動員に何度出、どういふものをその食膳にのぼせてゐるかについて細かく話を承はり、学びかつ是正すべきものが私にあれば、十分に教へを乞ふつもりである。

伊藤整の日記を引こう。

十月十四日　晴　北風　貞子東南畑、胡麻あとに体菜を播き終える。大根追肥私が三ヶ月程前に東京新聞に書いた短文を牧野吉晴が文芸日本の巻頭において、とりあげて非難してゐる。これは私が新潮社に在籍してゐることを一つの目あてにおいてのことと思はれる。中央公論、改造等が無くなつた今では、新潮社は文芸物出版社として最も重要な社となつたのだ。この文が発表されたことに対して私はどういふ態度をとればよいかを、今日夕刻雑誌が届いたのを手にして考へる。亀井勝一郎君が前にこの雑誌でやつつけられた時にしたやうに弁解的なる返書のやうな原稿をこの雑誌に送ることが、客観的に言つて妥当でもあり、文学者としての私の当然の行為だと思ふ。

それとともにかういふ扱い方を公式に他人によつてされた文学者としての覚悟をきめること。社に対してはいつやめてもよいといふ態度と覚悟を持つこと。文学報国会の仕事についても同様。そしてひるまぬこと。二三年間の発表を予定せず原稿を引つ込んで書くやうに覚悟すること。……

伊藤は、この年八月から新潮社の文化部門の企画部長を引き受け、文学報国会では小説部会の幹事の一人でもあった。

ひとしなみに、個人主義的発想を「聖戦」を汚辱するものとして声高に論難する時代であった。昭和二十年の一月には伊藤整と同じく、日本文学報国会の論説委員会に名を連ねた「直言」の石川達三が推されて新実践（動員）部長に就任する。文学者の「転進」「動員」が強く叫ばれた時期である。

『文学報国』第四十六号（昭20・3・1）には、小説部会員で横浜ゴム化学の田中英光が、工場勤務十年の経験から、文学者の「文化動員」に関連して「工場通信」なる小文を載せている。田中は、まず端的に「文学者として、あるひは文学を副業とする気持で工場に入つて来て貰つては困る」と言い、「一種、傍観的気構へが反つて生産増強へのマイナスになる」、工場が真に必要とするものは「事務職員ではなく工員」である。「敵機の頻襲」でいつ戦死するか分らぬ職場に「無名の一工員として敢闘する気持、その気持が大磐石のやうに坐り、朝日の如く爽やか」でなければ、工場に来ても無駄だ。

戦局がこゝまで来たら、文学者も文化戦士も、平凡で勇敢な一兵士として、一日本人として、国難に赴き、バイロンもフイフテもない、みんなが無名の一兵士として、人間一度は死ぬものだ、日の丸の御旗を守つて、笑つて、怒つて、戦ひ抜かう。それが、現在の平常での現れでありまた、文学の道も、その道につながるものと信ずる。

と結ぶ。そして最後に『オリンポスの果実』の著者田中英光は、「それ故」と語を継いで、「私は最後まで小説を書いてやる」と言い放つのである。

いつの世だつて自由にものが書けるといふ時があつたらうとは思へない。あつても、ほんのわずかな時だつたらうと思ふ。いつの世の作家も、不自由をかこたないで書きえたといふのはないだらうが――。

私は初めから戦々兢々とした状態でしか書きえなかつた。これが生涯続くのであらうか。警戒しながら書いたとはいえ《ママ》、初期の暗い作品はまだ、全心の吐露といふ感じがあつた。今から思へば、まづ満足すべきものだ。……

ああ、己れを吐露した仕事がしたい。

否、せねばならぬ。

『高見順日記』(勁草書房　昭39)昭和二十年五月十八日の一節である。

当時、文士の貸本屋「鎌倉文庫」の番頭役(?)をつとめていた高見は、文学報国会の新企画部長の今日

出海からスタッフ入りをすすめられていた。二十四日の日記には、

……文報入りをさう嫌悪することはない。――ただしかし、文報に入つて、積極的に何かしようといふ情熱の燃焼が感じられない。さういふ心の状態で文報へ入るのは心苦しい。……しかし入つて見れば何かやれるかもしれない。文学的情熱を多少とも燃やせることが或はあるかもしれない。表現の世界と行動の世界との問題について何か得るところがあるかもしれぬ。

と揺れ動く心情を書きつけている。翌日には、情報局から「国民士気昂揚に関する啓発宣伝」事業に関する懇談会出席要請の手紙が文報から届く。二十六日の日記には内務省五階の情報局講堂での栗原海軍報道部長、井口情報部長、下村海南総裁の話の後で行われた質疑応答の模様が記されている。

……中村武羅夫氏が口を切り、次に上村公論社長が卓を叩いて大声叱咤した。いはゆる神かがりの議論である。上村氏などにいはせれば、国民が氏のごとくに覚醒しておらんので今日の敗勢に至つたのだといふかもしれんが、かういふ排他的な自尊固陋の精神主義のばつこが国をあやふくせしめた点もあるのだ。……

どういふ人か知らないが、出版関係の人らしいのが、士気を昂揚させるには、言論出版の結社の自由を与へよと叫んだ。自由党壮士を想像させる古風な演説口調ではあつたが、胸に鬱積したものを、抑へかねてぶちまけたといふ感は強く来た。民を信ぜずして何の士気昂揚か、何の啓発宣伝か、――その叫びは胸に迫つた。全くその通りだ。それに対して栗原部長は「民間から何人、佐倉宗五郎が出てゐるか、――特攻隊はどんどん死んでゐる」といつた。

折口信夫氏がこれまた国学者らしい静かな声で、「安心して死ねるやうにしてほしい」といつた。すると上村氏が「安心とは何事か、かかる精神で……」とやりはじめた。折口氏は低いが強い声で「おの

れを正しうせんがために人を陥れるやうなことをいふのはいけません」といつた。立派な言葉だつた。かういふ静かな声、意見が通らないで、気違いじみた大声、自分だけ愛国者で、他人はみな売国奴だといはんばかりの馬鹿な意見が天下に横行したので、日本はいまこの状態になつたのだ。似而《えせ》愛国者のために真の愛国者が殴打追放され、沈黙無為を強いられた。今となつてもまだそのことに対する反省が行はれない。

翌日、高見は、日本文学報国会塩田良平総務部長に会い、調査部長に就任する。

日本文学報国会は、情報局の主導で全国大小の文学関係団体すべてここに包括・解消された九部会をもつ社団法人であった。

文学者およびその研究者は、有名無名を問わず、時勢の波に遅れまいとして、あるいは、時代の悪気流から身を避ける生業《なりわい》の楯として、こぞって入会したのである。

小生は世の文士とは全く性質を異にしてゐる上に、……且文筆を持つて以来報国の念を離れた事がないから、今更ら報国会に入る必要を認めない。(「文士の報国に就いて」『隣人之友』昭17・10)

として勧誘にも応じなかった中里介山のような文学者は極めて稀れであった。日本文学報国会の編著には、『辻小説』(昭18・7)『大東亜戦争歌集』(昭18・9)『辻詩集』(昭18・10)『詩集大東亜』(昭19・10)『大東亜戦詩』(昭19・10)等がある。前記『辻詩集』に、献艦運動に和した己れの詩一篇の在ることを生涯悔み続けたのは滝口修造であった。

平野謙は自ら編んだ『現代日本文学論争史下巻』(未来社　昭32)の解説で、

戦争中という一種の限界状況のなかでの言説を今日とりあつかうためには、やはり慎重な用意が必要である。

と記している。平野は『文学報国』第十四号（昭19・1・10）に「真実の歴史批判――十八年最大の項目」第二十五号（昭19・5・10）に「遺著ふたつ――作家の幸、不幸に就て」の二文を書いている。前者は、「文壇の解消」を言い、島崎藤村の告別式にふれて、芥川の一生を一つの「玉砕」と見た場合、藤村の生涯は「瓦全の立派さ」を教えているとし、また自ら講師をつとめた文化学院の解散式に臨んだ折りの模様を伝えて、「しかし、文学者のはしくれとして私はそのやうな児女の情を大切にしたいと思ふ」とその感慨を書き留めている。後者は文芸時評として、田畑修一と井上立士の文業を愛惜したもので、久保田正文は「『文学報国』をよむ――ANNUS MIRABILIS のこと」（『文学』第29巻12号）でこれに触れ、「『文学報国』が「報国」だけではなかったことのひとつのあかし」を平野の文にみている。

『文学報国』紙はいろいろな意味で、戦時下の文学者の動静・心事を映す鏡といってよい。慷慨・激越を宗として公式的言辞に終止する者、あるいは巧緻な韜晦の修辞に真言を象嵌する者、そして思想的前科をもつ文学者は、その負い目の分だけ、時勢への思い入れの文辞を用意せねばならなかった。

それにしても「会員消息」欄の、おびただしい住所変更の通知は、「転進」「転業」といい、「文化動員」というも、常住ただならぬ文学者の不安なたたずまいそのものを如実に示している。

先に、戦局の悪化と、生活の窮迫とによって「錬成」された文学者のある種の「覚悟」に触れて書いた。『文学報国』なる、おどろおどろしい紙面の蔭に、文学者の枢要の本音が、その矜持と共に少なからず示されている。これは、当代の他の雑誌・新聞にまったくと言っていい程、見られぬことである。それは、例えば、同じく徳富猪一郎を会長とする大日本言論報国会の機関誌『言論報国』と比べても言えることである。『言論報国』は、公式的・空疎なおらびの言論で一貫しているのである。まさに『文学報国』には、戦時に対処する文学者の様々な位相で苦慮する〈しのぎと抗い〉の言説がある。そのことに留意して一覧されることを望みたい。

# 『近代への架橋』——長谷川泉とその時代

昭和二十三年の『現代出版文化人総覧補修版』（日本出版協同株式会社刊）の「現代執筆者一覧」の長谷川泉の項に次の記述がある。

〈別号　谷山　徹〉専攻又は執筆専門項目〈国文学　文芸学〉、現職〈東大新聞編集局長〉、所属団体〈青年文化会議〉、著書〈近代への架橋（銀杏書房）〉、新聞雑誌に執筆せる論文作品〈国文学時評（読書新聞）国文学の新方向と課題（東京民報）終戦後の学生運動（東大新聞）〉。

『近代への架橋』出版時の、著者の面目を簡潔に伝える記事である。少しく注解を加えると、旧制第一高等学校時代長谷川泉は、文芸部委員として『向陵時報』『校友会雑誌』の編集に携わるが、一年上に理科の加藤周一が、同期に同じく理科の白井健三郎が居た。別号は、加藤と同期の鷹津義彦（『日本文学史の方法論』の著で知られる）の命名による。一高における白井の颯爽とした詩人ぶりについては、二期下の橋川文

三が

そのころ、私たちの桂冠詩人は臼井健三郎であった。長谷川泉・窪田啓作とともに文芸部委員だった彼のことを……（「戦争と海と臼井健三郎の詩」『夕刊読売』昭47・8・19）

と、愛唱した「海へ」の詩とともに回想しているが、大井田郁也（臼井の一高時代のペンネーム）と並んで谷山徹もまた、『向陵時報』その他に清新な詩や小説を発表している。文芸部委員として臼井・松本彦良と連れ立って鎌倉二階堂の川端康成を訪れたのもその頃である。本著所収の「『雪国』論」と、「一葉様式論」のそれぞれ「一」の部分は、『岩戸』第二輯（国の会刊 昭16・12）に発表されたものである。一高空手部及び出身関係者の思想・学術の成果を問う同人誌で「皇運の扶翼・文化の創造・生活の反省」を三綱領とし、長谷川泉が編輯兼発行者である。一葉論の原題は「一葉様式試論(上)」で「文芸作品の様式に及ぼす外在的性格とその制約影響並にその限界」なる副題が付されている。これについては、戦中まれな好論として一葉学者関良一による評価があった。『雪国』論の副題は「理智の舞踊と抒情の彫像」であった。ファナティックな喧騒の空辞に満ちた時代に長谷川は、これら清涼の風の吹き通る二論を書いた。

前記専攻・専門項目に「国文学」に並べて「文芸学」が挙げられてあるが、戦中の昭和十七年、学徒出陣で半年繰り上げの大学卒業論文に「美学の影響を受けた日本文学理論の体系とその展開」三百枚を提出、十月一日東部八十八部隊相模原通信隊に入営、幹部候補生となるも病を得て除隊後、十九年十月末に東大大学院に籍を置き、研究題目に「明治以後に於ける日本美の様相と文学論」を選んだ長谷川にとって「文芸学」的視圏から「国文学」をとらえ直すことはごく自然な成り行きであった。東京大学では昭和十六年美学の竹内敏雄助教授が、講義題目に「文芸学序説」を選び、戦後に同名の著（岩波書店刊）にまとめる考究を始めた時期でもあった。戦争末期の吉田精一の好著『文芸学論攷』に対する長谷川の書評がある所以である。長谷川の文芸学的考究への意欲は現在にまで及ぶ。岡崎義恵のいわゆる「日本文芸学」についても岡崎の戦中の言説に起因する一部の感情的論理による問答無用的批判に対して、岡崎の戦後の文芸学的論著を吟味し、その正負を過不足なく腑分けしたのも長谷川であった。本著冒頭の「一」の部分は『国語と国文学』誌が、敗戦後最初に編んだ特輯「国文学の新方向」に応じて書かれたものである。今あらためて、国文学界の大家・中堅に及ぶ十六名の諸家の文章を併せ読んでみて、その驥尾に付した新進長谷川泉の一文が、国文学界の戦後的課題を鮮明に映し出し、その核心にふれた唯一のものであることがわかる。

長谷川泉は昭和十五年三月に第一高等学校文化甲類を卒業して東京帝大国語国文学科に進み、直ちに財団法人帝国大学新聞社編集員となった。編集長は後に映画評論家として活躍する瓜生忠夫であった。十六年には、後に帝大新聞社の常務理事となる桜井恒次が編集長となり、その後を承けて十七年四月から長谷川が八代目の編集長となった。長谷川が入社した『帝国大学新聞』は、すでに東大の学生新聞にとどまらず、広く知識人・学生のための教養新聞としての性格が定着し、戦時中も、商業ジャーナリズムに見られぬリベラルな紙面を保持していた。十九年の五月には用紙配給停止によって休刊。七月には新たに大学新聞社が設立され、全国の大学の統合紙として『大学新聞』が発刊され、八月二十一日号では「戦没学徒の手記」「出陣学徒の手記」が特集された。十九年九月長谷川は除隊して、大学新聞社に復帰、桜井と共に敗戦後の歴史の道標を刻む激動の時期を迎える。瓜生忠夫の回想を聞こう。

戦争が終り、日映がＧＨＱの指令で解散される（昭和二十年十月）と、わたしは定職をもたず、大学新聞の編集室に陣取って、編集を手伝いながら、「革新」的社説を書いた。その編集室が、台北には戻れなくなった台北大学教授の中村哲さんをはじめ、復員組を含めての東大の助教授や助手たち——旧帝大新聞と何らかのかかわりのあった人たちのたまり場となった。お互い、ファシズムと戦争で、十年は損をし、青春を棒にふらされた者どもである。この際、自分の年から十年を差しひき、二十歳前後の「青年」に立ち返って、日本の文化を変える組織を作ろうということになった。中村、桜井、長谷川泉、そしてわたしらが、それぞれの「広い顔」をフルに生かして賛同者を集め「青年文化会議」をおこした。

（『桜井恒次』同遺稿集編集委員会刊）

飯塚浩二・内田義彦・瓜生忠夫・大塚久雄・嘉門安雄・川島武宜・桜井恒次・杉森久英・中村哲・丸山真男らが発起人となり、二十代・三十代の文化人によびかけ、組織された。同人には、花森安治・団藤重光・古島敏雄・柳田為正・湯川和夫・大友福夫・小口偉一・猪股庄八・椎野力・沢開進・辻清明・内田力蔵・佐藤功等々が名を連ね、機関誌『文化会議』（昭21・1）を出した。事務所は大学新聞社に置かれ、事務局は桜井・長谷川が担当した。二十一年二月二日に正式に発足、議長川島武宜・副議長中村哲・書記長瓜生忠夫が選ばれた。部会を設け、研究会をつづけ、〈アカデミーから街頭へ〉を標語に、最初の啓蒙活動として信州の穂高村を皮切りに農村巡回の文化講演会を開いたりした。野間宏を中心として文学部会がつくられ、杉森久英・杉浦民平・平野謙・中橋一夫・高田瑞穂・松村達雄・友野代三・武田泰淳・長谷川らによる月一回の研究会も持たれた。「自伝抄――戦後その光と闇」（『読売新聞』夕刊　昭56・9・27〜10・17）で野間は、「暗い絵」に始まる戦後の文学的出発の最初の拠点としての「青年文化会議」を、

経済学者、政治学者、法律学者、建築家、哲学者、文学者、芸術家たちの間に「戦後」にはじめて成立した場、各専門分野にとじこもることなく、それを越えて、それぞれ各自の創造行為そのものを中心に置いて、交り合い、批判し合い、たえず、自分の立っているところに戻って、それを見つめ直し、その羅針盤の方位を定めて行くところに見出されていた場。

としてその存在意義を高く評価し、追懐している。「青年文化会議」の主要メンバーは、やがて総合誌『潮流』（吉田書房のち潮流社刊）に発表の舞台を見出し、瓜生・橋川文三が編集部入りする。

長谷川泉に戻れば、二十一年四月二十一日に『大学新聞』は五十八号をもって終刊、五月一日には『帝国大学新聞』復刊第一号（通算九八四号）が発刊される。さらに二十二年には『季刊大学』一〜六号（全五冊

（三、四号は合併号）帝国大学新聞社出版部五号より東京大学新聞社出版部刊　昭22・4～23・9）が創刊され、長谷川が編集責任者となる。セクショナリズムにとらわれぬ総合的視点と清新な問題意識によって、現実との対決の中に新しい学問の樹立が目指された。学界時評・文化時評の充実が目立ち、高橋実・中井正一による「地方文化運動ルポルタージュ」等の異色の記事もあった。「日本産業復興の方途と課題」「家族構造の究明」「文化革命論・国語国字問題」「平和革命の具体的構造」の特集、滝崎安之助「文学の政治性と芸術性」、荒正人「父と子――志賀直哉における『家』」、中村真一郎「文学の創造性」、風巻景次郎「孤絶の自我」など、学術文化誌として、学問諸分野の相互交流の場として貴重な役割を果たした。長谷川は九月には帝国大学新聞編集局長に就任する。編集局長制をとって新聞活動以外に出版活動を充実させようとの新方針による。それは東京大学新聞社編集部編『灰色の青春――学生社会運動史の一側面』（東京大学新聞社出版部）その他に結実する。十月九日には『帝国大学新聞』が『東京大学新聞』に改称される。

翌二十三年七月には、用紙割当庁からの電話で長谷川が出頭すると、

今後は全国各大学の学生新聞の用紙を学生四人に一部の割合で、週刊大判四頁分に当る数量を、均等に配給する。東大新聞は東大の学生新聞の枠として、今までの四三〇〇ポンドを八〇〇ポンドに漸減する。

と申渡される。当時の発行部数は四万部であり、月極め購読者だけでも三万人居たため大問題となり、長谷川は桜井と連れ立って、ＣＩＥの書籍課長ドン・ブラウンをはじめ、用紙割当庁・日本出版協会等へ状況説明と事態打開策を求めて飛び回ることとなる。長谷川らは、東大新聞は東京大学の管轄下にある学生新聞ではなく、全国の学生、知識人層を対象とする一般週刊文化新聞であるとして、歴史的事実を挙げ、読者層の分析資料をつけてプロテストしたのであったが、結局ドン・ブラウンの意向を変えることはできなかった。

これはＣＩＥの指示によるものだ。

あえて、東大新聞の動向に詳しく触れたのは、長谷川泉の半世紀を越す活動の原点がここにあり、基本的な

行動の枠組みが、出発の当初に形成されたことを言いたいが為である。長谷川泉の処女著作は、まさにこのような、ただならぬ日常の間にまとめられもしたのである。

平成三年七月から『詩集』の巻をも含む全十二巻から成る『長谷川泉著作選』(明治書院)の刊行が始まった。第一巻『森鷗外論考』は、長谷川泉の博士請求論文となったもので、既刊の論考に新稿を加え編集したものである。鷗外への関心は、卒業論文の題目選定によってより深まって行った。鷗外に加えて『川端康成論考』『文学理論』の巻も予定されている。これが長谷川の研究活動の三本柱である。現在森鷗外記念会理事長・川端文学研究会会長をつとめるなどオルガナイザーとしての活動もある。長谷川は、先行業績への誠実な目くばり、吟味による微視的考証にも長じるが、本著所収の〈日本文芸学〉〈政治と文学〉をめぐる論争の鮮かな整理と展望に見られるごとく、むしろその本領は、広い視圏と眼の位置の確かさによる巨視的展望にあろう。

長谷川泉は今は相談役に退いたが、昭和二十四年四月入社後、編集長あるいは社長として三十種に及ぶ医学雑誌の編集を束ね続けた。学生時代から数えると編集者生活五十年である。しかも、その間、永く学習院大講師を努め、清泉女子大教授・東京大・国学院大講師を経た。ジャーナリズムとアカデミズムの切点に立ち続け、労作の華を咲かせた長谷川泉の、半世紀にわたる力業の忘れ得ぬ出発の記念碑こそが本著『近代への架橋』にほかならない。なお、原著の表紙その他を飾ったカットは、長谷川の先輩で美術史家として知られる三輪福松の筆に成る。新たに芸術院会員に加わった中村真一郎の著『火の国の物語』に、軽井沢ベア・ハウスの寮長として懐旧の筆で染められている人でもある。

# 総力戦体制下の文学者――社団法人「日本文学報国会」の位相

○コケオドシの低能内閣が倒れただけでも愉快である。近衛公が果して日本の健全なる輿論を代表し、皇運を扶翼し得るや、また一部強力愛国者の気魄に圧され、初めの考へとはマルデ違つた方向へ日本をもつて行つてしまふか、これは公の精神力と体力との問題だ。

正木旲《ひろし》は個人誌『近きより』（昭12・7）の編集後記にこう書き記した。昭和十二年五月、林銑十郎内閣が総辞職し、元老西園寺と協議した湯浅内大臣の奏薦を受けた天皇は近衛文麿に後継首班を命じた。六月に発足した第一次近衛内閣の閣僚の顔触れは、外相広田弘毅・内相馬場鍈一・蔵相賀屋興宣・陸相杉山元・海相米内光政・法相塩野季彦・文相安井英二・農相有馬頼寧・商相吉野信次・逓相永井柳太郎・鉄相中島知久平・拓相大谷尊由・内閣書記官長風見章で、陸・海両相は留任、民政・政友両党から永井・中島の入閣もあり、近衛は「国内の相克、軍官民対立の一掃」を謳った。近衛首班擁立はまた、陸軍のかねて望むところでもあった。衆望を担った近衛人気を利用しての施策の推進を図ろうとしたものである。近衛が組閣に着手すると直ちに陸軍は、「親軍財政」で知られた、かつての広田内閣の蔵相馬場鍈一を新内閣の蔵相に据えるべく強硬に主張し、結局副総理格での内相に収まった。生方敏郎は、自ら執筆編集のリーフレット判の『古人今人』第十六号（昭12・6・20）の「まことそらこと集」で早速次のごとく諷した。

近衛公大命降下

近衛丸
くにたみこぞり
悦びの
盃をあげつ
舟出祝ふとて

惜しむべし
若殿原の
ないかくに
ばゞア一人交れり
玉に大きず

生方は、『古人今人』創刊（昭10・8・1）以来、一貫して軍部批判、武断政治批判の筆を執り続け、前年の第十三号（昭11・12・20）では次のごとき痛烈な戯歌を集め発禁処分を受けていた。

霞ケ関曲芸

貧弱な
なちやふあつしよと
手をくんで
さても危ふき
世のたゝずまひ

鈍刀の歌

どんぐりの
分列式に
さも似たる
様で可笑しき
今のさあべる

真面目なる
軍人こそは
わびしけれ

くされさあべる
はびこる今は

非常時々々と
さわいだ揚句
ひじやうじを
作りいだせり
腐れさあべる

甘やかし
おけば無暗と
つけあがり
みのほど知らぬ
くされ鈍刀

国内ぢや
ふんぞり返り
威張つても
外へ睨みの
きかぬさあべる

内閣をいぢめることは
上手だが
外へ対しちや
へぼなさあべる

……………………
……………………

北しながとれるものなら
とるもよし
予算とる様に
たやすくはなからん

敵国へ
手出しのならぬ
弱虫が
政治の方にや
くちばしをだす

---

国政に
くちばし容るゝ
いとまあらば
腹切るわざを
習へさあべる

尨大の
軍備成らずば
あやふしと
弱音をはいて
耻とおもはず

腰抜オリムピック

腰抜けの
さあべるにさへ
腰ぬかす
下には下の
政府政党

ないかくも
政党もまた
新聞も
怕《おそ》れ憚る
さび刀かな

怕れられ
えらいと思ふ
ことなかれ
ばかと気ちがひ
誰も恐れる

喪失した「政治」の回復を期待し、「清新明朗」の気を感得した大方の輿望を担って文化人宰相近衛は登場した。『日本学芸新聞』第三十二号（昭12・6・10）は「文化の立場から近衛内閣に要望する」諸家の声を集めている。上泉秀信は、

政治の動向に根本的な変革がない限り、内閣の首班に誰がならうと事新しく期待する気にもなれません。精々言論の弾圧を差控へて頂きたい位のものであります。それも空なる望みではありませうが。

と答え、石川三四郎は、

アダム・スミスが言つた「政府は社会の最大浪費者である」との格言を、一層明白に国民の前に露示することに於て政治教育に貢献して下さることを希願いたします。

と記し、水野広徳は、

名は挙国内閣と称するも質はファッショへの一歩前進の如く思はれる。無益と知りつゝも唯我等の重要を述ぶれば、言論弾圧に依り国民をして腹ふくるゝの思ひを為さしむる代りに生活の安定に依り真に国民の腹を満たさんことである。

と喝破し、桐生悠々また、

言ふまでもなく、平和的な外交と国民の生活安定を要望いたしますが、軍部の「無理」が通れば、国民の「道理」が引込むこと依然として旧のまゝでありませうから、私は近衛内閣に対して余り多くを要望しません。そのうちに近衛公も結城と同様、軍部の試験済となつて排斥されることでせう。嘆又嘆。

と述べ、田中惣五郎は、

文化人近衛、公卿筆頭近衛に対しては、この内閣が資本主義日本の殿軍であり自分が殿軍の将であることを国民に明確にしていただきたい。

と要望した。

近衛は早速重大事態に直面する。七月七日北京郊外蘆溝橋付近での日中事変の勃発である。内閣成立後、ほぼ一ヶ月後のことであった。杉山陸相は直ちに内地からの三個師団出動を閣議に提議するが、内外への影響を憂慮した近衛は、事態不拡大の方針の下にこの提案を一旦は抑えたものの、現地の事態収拾の日中交渉がもつれている間に、再度両軍が衝突し、戦火は一挙に華北に拡がり、やがて華中・華南へと、そして宣戦布告なき全面戦争へと突入してゆくのである。

七月十六日「文芸懇話会」が前月の帝国芸術院創設を機として解散した。昭和九年一月に斎藤内閣時の内務省警保局長松本学の主唱と直木三十五の取り持ちで生まれた官民合同の文学団体で、白木喬二・三上於菟吉・菊地寛・山本有三・吉川英治・長谷川伸・加藤武雄・中村武羅夫・島崎藤村・徳田秋声・正宗白鳥・近松秋江・広津和郎・宇野浩二・上司小剣・佐藤春夫・室生犀星・豊島与志雄・岸田国士・横光利一・川端康成・尾崎士郎が人選され、呼びかけに賛じて機関誌編集にも携っていた。川端の『雪国』と尾崎の『人生劇場』が最後の「文芸懇話会賞」の受賞作となった。松本学は、昭和八年七月に、男爵郷誠之助の後楯によって財界から資金の拠出を得て「日本精神の顕揚、新日本文化の建設」を目的とした「日本文化連盟」を創設、積極的な思想対策にのり出す。日本独自の精神を高揚し、外来の思想に対処すべく、文化行政面に進出して、プロレタリア文化連盟の逆手をとって国の内外に日本文化運動を展開せしめようとしたのである。「文芸懇話会」も、「日本文化連盟」の一翼を担うべく結成されたのであった。松本は九年七月に警保局長を辞任するが、九月には、石川通司・宇野正志・大串兎代夫ら七名の同人と連盟の中核たる邦人社を創立する。「邦」と「人」との「一如」を原理として「皇道精神による世界家族主義の実現」を謳った運動を推進する。同じ九月には、折口信夫・大藤時彦らの「日本民俗協会」に発起人として加わり、十一月末に貴族院議員に勅選された後も、「日本古武道振興会」、「伝記学会」、「日本体育保健協会」、「建国体操の会」や釈迢空・北原白秋らの「詩歌懇話会」、林房雄・佐藤春夫・中河与一らの「新日本文化の会」、前田晁・藤沢衛彦らの「日本児童文化協会」等々の創設に関わって資金援助し、その後の思想対策・文化統制に途を拓いてゆく。

「詩歌懇話会」は、白秋・迢空と松本が図って昭和十一年十月十三日に発会式を行なった「文芸懇話会」の姉妹団体で、佐佐木信綱・窪田空穂・尾上柴舟・太田水穂・斎藤茂吉・土屋文明・前田夕暮・吉植庄亮・河井酩茗・萩原朔太郎・佐藤春夫・福士幸次郎・堀口大学・西条八十・大木惇夫・春山行夫・前田鉄之助・佐藤惣之助・柳沢健等々が常任幹事として名を連ねた。

「新日本文化の会」は、松本学への林房雄の働きかけによって昭和十二年七月十七日に結成された。メンバーは、前記三名のほか、犬養健・芳賀檀・萩原朔太郎・橋田邦彦・長谷川如是閑・川端龍子・川原次吉郎・横山健堂・辻二郎・成瀬無極・武者小路実篤・浦本政三郎・梅原龍三郎・野口米次郎・折口信夫・岡崎義恵・尾佐竹猛・窪田空穂・倉田百三・九鬼周造・柳田国男・山田耕筰・保田与重郎・松本学・藤田徳太郎・小宮豊隆・阿部次郎・浅野晃・斎藤茂吉・佐藤朝山・佐佐木信綱・北原白秋・岸田国士・三好達治・箕作秋吉・宮城道雄・島津久基・久松潜一・森銑三・角南隆の四十三名であった。(その後、岡山巌・難波田春夫・富沢有為男・中谷孝雄・深田久弥等々を加え、昭和十四年一月には、会員七十八名。)松本は八月八日には、志を同じくする馬場鍈一・小山松吉・岡部長景らと図り、官・民の文化団体の連絡統一機関として、新日本文化の建設と世界へ向けての宣揚を目的とした「日本文化中央連盟」の設立発起人会を開き、九月三十日に財団法人として設立登記した。松本が「日本文化連盟」創設の際に集めた運動資金の残余十五万と文部省からの補助金十五万を合わせた三十万円がその基金となった。公爵島津忠重、理事長小山松吉、理事に岡部長景・伊東延吉・大倉邦彦等、政・官・財、各界の要人が名を連ね、松本が常務理事として一切を取り仕切った。小山は東京控訴院検事・大審院検事・検事総長を歴任、その間大逆事件・朴烈事件・虎の門事件などを担当、その後も法相・貴族院議員をつとめた名だたる司法官僚であり、昭和九年以来法政大学総長の任にも当たっていた。

昭和十二年八月十三日付で、内務省警保局図書課長から警視庁特高部長、各庁府県警察部長宛に十一項目から成る「北支事変ニ関スル一般安寧禁止標準」が通達された。その第五項に、

今次事変ヲ目スルニ我国ニ領土的野心アリトシ或ハ好戦的ニ実力ヲ行使スルモノナリトシテ帝国ノ公明ナル態度ヲ誣妄スルガ如キ論議。

第七項には、

事変ニ関連シテ国内殊ニ農村ノ窮乏ヲ特ニ誇張シ或ハ今次ノ戦時財政ハ国民生活ヲ蹂躙スルモノナリト断ジ依テ反軍若ハ反戦思想ヲ鼓吹シ又ハ軍民離間ヲ企図スルガ如キ論議。

第九項には、

共産主義又ハ人民戦線運動ヲ宣伝、煽動シ或ハソヴエット・ロシアノ政治形態又ハ生活状況ヲ讃美、謳歌スルガ如キ論議。

が禁止事項として挙げられていた。

『自由』九月号に執筆の大森義太郎の「戦争と言論統制」なる一文は、検閲を顧慮した空白箇所の多い文章であったが、

今次事変ノ軍事報道並国民ノ対支強硬決意ハ当局ノ作為ニ依リ偽作セラレタルモノニテ国民ノ真意ハ戦争ニ対シ熱意ナキガ如キ記述ヲ為シ延テハ反戦思想ヲ醸成セシムル虞アリト認メラレタルニ因リ
（『出版警察報』第百八号）

安寧秩序妨害で二頁から八頁にわたって削除処分（昭12・8・19付）を受けた。

矢内原忠雄は『中央公論』九月号に、「国家の理想」と題する二十一頁にわたる論文を執筆した。

現実政府はその具体的なる政策遂行上国民中に批判者反対者なき事を以て最も便宜とする。挙国一致とか、国民の一致後援とか言ふ事は、政府の最も要望する国民的態度である。この結果を〇〇〇〇〇〇〇作出す為めの手段として用ひらるるものは、一に弾圧、二に宣伝。〇〇〇〇〇〇〇反対者の言論発表を禁止することが弾圧であり、批判力に乏しき大衆に向つて〇〇〇〇〇〇〇〇〇一方的理論のみを供給してその批判力を枉ぐることが宣伝である。この両者を大規模に、且つ組織的に併用することによりて〇〇〇〇〇〇挙国一致は容易に得られ、政府の政策は国民的熱狂の興奮裡に喝采さへせられる。

「現実国家の行動態度の混迷する時、国家の理想を思ひ、現実国家の狂する時、理想の国家を思ふ。これは現実よりの逃避ではなく、却つて現実に対して最も力強き批判的接近をなすために必要なる飛躍である」に始まるこの雄渾な文章は、引用に見られるようにかなりな伏字を含むものであったが、

今次事変ヲ目スルニ我国ニ領土的野心アリトシテ帝国ノ公明ナル態度ヲ誣妄シ或ハ国民ノ対支強硬決意ハ当局ノ作為ニヨリ偽作セラレタルモノナルガ如ク論議シ（『出版警察報』同前）

たるにより、同じく第四頁から二十二頁にわたって削除処分（昭12・8・23付）を受けた。同じ号に執筆し

た近松秋江の「剛と柔」も「支那側ヲ弁護スルガ如キ記述ヲナセルニ因リ」三頁にわたって削除処分を受けた。『改造』九月号執筆の大森義太郎「飢ゆる日本○○○○暗澹たる日本経済の展望○○○○」、水野広徳「支那人は神にあらず」、鈴木安蔵「若干の疑問」もいずれも安寧秩序妨害で削除処分を受けた。

矢内原忠雄は、一高時代より内村鑑三の影響を信仰・思想上に強く受けた無教会派のキリスト教者として知られ、新渡戸稲造の後をついで東大経済学部で植民政策を講じていた。矢内原は十月一日、日比谷の市政講堂で行なわれた藤井武記念講演会で「神の国」と題して講演すると共に、それを個人誌『通信』第四十七号（昭12・10・23発行）に掲載したが、その内容が、

日本の国民に向つて言ふ言葉がある。汝は速に戦を止めよ！　さう言ひますけれども、戦を止めません。……今日は虚偽の世に於て、我々のかくも愛したる日本国の理想、或は理想を失つたる日本の葬の席でありますす。私は怒ることも怒れません。泣くことも泣けません。どうぞ皆さん若し私の申したことが御解りになつたならば日本の理想を生かす為めに、一先づ此の国を葬つて下さい。

というような「我が国情トハ相容レザル基督教的国家観念ヲ述ベタルモノデ反戦的色彩濃厚ナルニ因リ」（『出版警察報』第百十号）発禁処分（昭12・11・10付）を受けた。

十二年九月、神兵隊事件連座の影山正治が田尻隼人らと「日本主義文化同盟」を結成し、機関誌『怒濤』を創刊する。人民戦線的運動に対応する右翼民族派のリアクションの一つであった。影山は同誌上に「林房雄に寄す」（昭13・5）、「転向者に寄す――続林房雄論」（昭13・6）や「徳永直の転向」（『東亜日日新聞』昭13・8・7）、「中河与一の文学」（昭13・10・1）等を書いて、林・徳永・中河のその後に浅からぬ因縁をもつこととなり、同様にこの後倉田百三・尾崎士郎・保田与重郎とも深交を重ねることとなる。

十一月八日、京都を中心とした文化的人民戦線ともいうべき『世界文化』『土曜日』等の執筆者グループ、中井正一・新村猛・真下信一・斎藤雷太郎らが治安維持法違反容疑で特高に検挙される。十一月二十四日に

は、東京帝大経済学部教授会で、部長土方成美が、当局の忌避に触れた矢内原教授の『中央公論』九月号掲載の前記論文を取り上げ、教授会メンバーに忌憚なき意見を求めたのに対し、上野道輔・大内兵衛などは、この論文を教授会で問題にすることに反対し、本位田祥男・田辺忠男・橋爪明男らが土方に同調して矢内原論文に非難の矢を向けた。当時橋爪は、内務省警保局の嘱託でもあった。矢内原は十二月一日に長与総長に辞表を提出し、結局自ら大学を去ることになる。十二月四日、政府は病床にあった内相馬場鍈一を予備役海軍大将末次信正に更迭し、十五日には内務省警保局は一道三府十四県にわたって、反ファッショ人民戦線グループ一掃の名目で日本無産党、日本労働組合全国評議会の活動分子と労農派学者グループの一斉検挙を行ない、検挙者は山川均・荒畑寒村・加藤勘十・猪俣津南雄・大森義太郎・向坂逸郎等四百四十六名に及んだ。

同じ十二月十五日、内務省警保局図書課と出版編集者との定例の「出版懇話会」の席上で、鈴木琢二事務官は、「最近の発売禁止処分について」の説明の中で、質問に答えるかたちで、戸坂潤・岡邦雄・中野重治・宮本百合子・林要等七名の名を挙げて、雑誌類への原稿の掲載を見合わせるよう示唆し（ただし単行書については必ずしもその限りでない）、実質的な執筆禁止処置として機能したのである。この種の示達は、以後も続けられてゆく。

十二月二十七日には、『文学界』昭和十三年新年号掲載の石川淳「マルスの歌」が〈反軍反戦的〉として発禁差押処分を受け、また同日発行の矢内原の小著『民族と国家』が、

国際正義トハ自他併存ヲ本質トシ、……以テ我国ニ国際正義ノ存スル無ク、且ツ現下ノ対支行動ノ無意義ナルコトヲ例示セルニ因リ、

発禁処分（昭13・1・10付）を受けた。新日本文化の会機関誌『新日本』創刊号（昭13・1）の特集「支那事変と日本文化の動向」で松本学は、

支那事変は帝国主義的、国際資本主義的戦ではない。又人民戦線に対する国民戦線としての思想戦でも

ない。帝国主義的排他思想とコミンテルンの赤化思想とを折伏し、人民戦線、国民戦線の世界的樹立を止揚して、全個一如、世界一家の世界観を闡明し、是によつて国際政治原理を確立して新世界の建設を目的とする文化戦であり、日本民族が世界平和の為め堂々と呼びかける第一声と見るべきと言いなす。

昭和十三年一月号の『科学ペン』は荒畑寒村「ジイドのソヴイエツト観」、戸坂潤「ジイドの修正について」、大森義太郎「映画」が「共産主義思想宣伝ノ目的ニ出デタルモノト認メラルルニ因リ」発禁処分を受けた。大森は、『改造』『中央公論』　月号にも「映画批評家の立場」「映画時評」を執筆するが、いずれも同様の理由で削除処分を受けた。前年十二月二十三日の『東京日日新聞』は、次のように報じている。内務省は、

国内から一切の左翼理論を排し、日本精神に基づく挙国一致の言論統制をはかるため、言論界の協力を求めるとともに、言論に対する検閲方針を今後一層峻厳にする根本方針に基づき……今回検挙された分子の執筆原稿はその内容のいかんを問はずこれを掲載したる出版物に対し発禁処分とすることに決定。まずその第一歩として目下納本中の新年号某二雑誌に掲載された大森義太郎氏の「映画時評」を槍玉にあげ、この両誌からその執筆部分を削除して発行を許可する旨、二雑誌社に通告した。執筆内容のいかんを問はず執筆者の氏名のみによつて雑誌を発禁処分に付する方針を決定したことと、この二雑誌が同時に削除処分を受けたことは出版界空前のことで内務省の断乎たる検閲方針により日本の論壇からは左翼的評論も姿を没するわけである。

と。

十三年二月一日、いわゆる人民戦線事件の第二次検挙があり、大内兵衛・有沢広巳・脇村義太郎・美濃部亮吉ら三十二名に及んだ。内務省警保局の資料「人民戦線運動の本体」にいう、

従来の如く単に共産主義を目標として之に対するのみではなく、広く国内思想一般に対し、……国体に対する国民の確信に疑惑を抱かしめるやうなもの乃至国体明徴の実践的動向に反逆するやうなもの等を広範囲に亘り国内防共の対象となすの必要に迫られている。（『社会運動通信』昭13・2・1）

かくて、合法非合法を問わず、共産主義とは無関係な民主主義的・自由主義的思想弾圧への道筋が拓かれたのである。

十三年二月、昭和十二年下半期の第六回芥川賞に、火野葦平が応召前に同人誌『文学会議』に発表の「糞尿譚」が決まった。戦地で受賞した陸軍伍長玉井勝則は直ちに中支派遣軍報道部に転属を命じられ、特別の兵隊文士として演出されてゆく。火野は『改造』八月号に徐州会戦記「麦と兵隊」を、『文藝春秋』十一月号には、杭州湾敵前上陸記「土と兵隊」を、さらに『朝日新聞』夕刊（昭13・12・19～14・6・24）に「花と兵隊」を連載、いわゆる「兵隊三部作」は、国民的ベストセラーとして愛読された。

火野が受賞した同じ月十三日、石川達三の長編小説「生きてゐる兵隊」掲載の『中央公論』三月号が、安寧秩序紊乱で発売頒布禁止処分を受けると共に新聞紙法違反で起訴された。石川は前年十二月、『中央公論』特派員として南京攻略（十二月十五日）後の二十九日に東京を出発。一月五日上海上陸、八日から十五日まで南京に従軍滞在し、このおりの兵への取材・見聞をもとにした作品であったが、「皇軍兵士ノ非戦闘員ノ殺戮、掠奪、軍規弛緩ノ状況ヲ記述シタル」ための司法処分であった。

四月一日には国家総動員法が公布（五月五日施行）され、政府は必要あるときは勅令によって、議会の審議を経ずに、ほとんどの命令・権限を発動することが可能となった。その第二十条は次のごとくである。

政府ハ戦時ニ際シ国家総動員上必要アルトキハ勅令ノ定ムル所ニ依リ新聞紙其ノ他ノ出版物ノ掲載ニ付制限又ハ禁止ヲ為スコトヲ得

政府ハ前項ノ制限又ハ禁止ニ違反シタル新聞紙其ノ他ノ出版物ニシテ国家総動員上支障アルモノノ発売及頒布ヲ禁止シ之ヲ差押フルコトヲ得此ノ場合ニ於テハ併セテ其ノ原版ヲ差押フルコトヲ得

五月には内務省警保局の「婦人雑誌ニ対スル取締」が強化され、「恋愛又は卑俗ナル小説ニ対スル取締ノ強化」や「女性ノ教養上悪影響アル事件ヲ殊更ニ興味本位ニ取扱フ記事ニ対スル取締ノ強化」等の方針が打ち出され、前者では、「有夫ノ婦ノ恋愛関係ヲ題材トセルモノ」、「女子ノ貞操観念ニ疑惑ヲ抱カシムルガ如キモノ」等、描写方法の取締りだけでなく、「筋」の取締りにも及んだ。後者では、有島武郎心中事件や岡田嘉子越境事件の記事が例として挙げられた。

『日本学芸新聞』（第五十三号　昭13・4・1）「照明燈」欄のコラム子は「人民戦線派の検挙で綜合雑誌の執筆者の顔触れが変つた。執筆者だけでなく、内容も著しく変つたやうだ」、「ところで、四月号の創作を一通り読んで見て、ピツと心に応へるものが一つも無いことに驚ろかされる」、「批判を行ひ得ないとき、文学がおよそどんな風なものになるかといふことが、雄弁に物語られてゐる」、「しかしこれには編輯者の事なかれ主義の無方針が手つだつて居ないか」、「岡倉天心を一冊読んで日本主義に転向することが流行してゐるやうだが、彼等はそんなものにも自分の国を知らない欧米主義者だつたのか」、「毛唐だつて天心位は読んでるぢやないか」、「さうかと思ふと、小説の中でまで、とつてくつつけたやうに所謂「左翼」の悪口を言つて、時勢に色目をつかつてゐる手合もある」、「保身の術に汲々たる点に於て、月給取や奉公人と撰ぶところが無い」と記す。

八月二十三日首相官邸裏の内閣情報部に、菊池寛から通知を受けた久米正雄・佐藤春夫・白井喬二・吉川英治・小島政二郎・尾崎士郎・横光利一・北村小松・片岡鉄兵・丹羽文雄・吉屋信子ら十二名の作家が参集した。主催者側として数人の情報官と、陸軍省新聞班松村中佐、海軍省軍事普及部の犬塚大佐等々の軍人が居並んでいた。三日後には、「歴史的大会戦を観戦して銃後文学の発展に資する意味」(『文芸年鑑』一九三九年版)での漢口作戦従軍ペン部隊として、横光を除いた前記十一名を含む二十二名が決定する。陸軍部隊として久米・片岡・尾崎・白井・丹羽・岸田国士・川口松太郎・滝井孝作・浅野晃・中谷孝雄・深田久弥・佐藤惣之助・富沢有為男・林芙美子、海軍部隊として菊池・佐藤・吉川・小島・北村・吉屋・杉山平助・浜本浩が選ばれた。これら従軍作家動員の経緯については、高崎隆治の「「ペン部隊」と菊池寛」(『「一億特攻」を煽った雑誌たち』第三文明社)や「ペン部隊の人びと」(『ペンと戦争』成甲書房)に周到な考察がある。軍からの高額の支度金と軍属としての厚遇(佐官待遇)等、〈大名旅行〉との蔭口もきかれ、人選の手続への不満から菊池・佐藤・久米の〈お手盛〉人事との評判も立った。純文学者に比し、大衆小説家が多すぎるなどといったやっかみ半分の愚痴も囁かれる為体で、まさに主催者側の思うツボだったのである。『日本学芸新聞』(第五十九号　昭13・10・1)の川合仁は、自らのコラム「自分の部屋」に次のように記す。

大事変下の国策遂行に須らく知識人、文化人を協力せしむるべし、と自分の声など小さいが当初から叫んで来てゐるのだ。殊に、国民大衆に大きな影響を持つ文学者、大衆作家を動かさない法はない。それには先づ知らしめよ。訳もわからず事実も知らずに、ただ国民精神総動員、奮起せよ、協力せよ、と言はれたつて出来はしないのだ。今回文学者二十二名を漢口攻略に動員従軍せしめたことは遅蒔き乍ら結構なことだ。音楽家も出かけた。文士の第二陣も続いて出動せしめるといふ。人選その他に多少批難すべき点もあるかも知れないが、そんなことは末節だ。政府が文学者に協力せしむるに道を以てするのを喜ぶのだ。武人が文人を知つて遇するのを喜ぶのだ。政府更に各方面の知識人をどし〳〵戦線へ送つて、能ふ限り真実の戦争を知らしめ支那を知らしめ、知識人のそれ〴〵の立場から国策に協力せしめよ。……空宣伝では駄目なのだ。五日の朝、出社すると間もなく石川達三氏がひよつこりやつて来た。『生きてゐる兵隊』事件の判決言ひ渡しの日だといふ。幸ひにして許さるるならば雪辱の積りで、もう一度戦地へ赴く。そしてうんといゝものを書く。などと話して裁判所へ出かけて行つた。……夜、レインボーの従軍文士壮行会で会つた嶋中雄作氏から、禁錮四月、執行猶予三年の言ひ渡しを受けたときいて、先づ先づよかつたと思つた。そして、石川氏が今朝自分に語つた決意の程を嶋中氏に伝へたりした。
間もなく彼は再び中央公論社の特派員として、独り黙々と大陸へ飛んだ。検事の控訴を後にして。

×

壮行会の夜の華かなりしことよ。

×

自分は思ふところあつて草野心平に詩をつくつて貰ひそれを印刷して、従軍廿三氏に（杉山平助氏のみ先行、河辺確治、井上友一郎氏同行）送つて壮行に餞した。体の工合が悪く、十一日にも十四日にも見送ることの出来なかつた自分のせめてもの心やりであつた。林芙美子さんは感激的な礼状をよこして、その詩を漢口へ持つて行つた。

『中央公論』編集長雨宮庸蔵も石川達三と同じ処分で、発行人牧野武夫は罰金百円の判決であった。石川は、検事控訴をうけるが、あえて、従軍特派員の申請を出し、軍の特別の意向によって許可されたのである。「雪辱」の語も見られたが、二審へ向けて、心証を良くしておきたいとの判断であったろう。石川は、『都新聞』特派員井上友一郎と共に、「武漢作戦」目指して再び従軍するのである。川合の文に「音楽家も出かけた」とあるのは、西条八十・佐伯孝大・古関裕而ら詩曲のメンバーも加わって九月に出発したのである。
草野心平「餞壮行」の詩を次に掲げる。

あなた方が初めて漢口の土を踏むとき。
ブスブスの匂ひや煙りのまつただなか。
歓喜は胸を渦巻くでせう。
さうしてこれが。
漢口の土。
漢口の空。

その時。
隊伍は盛りあがり。
ガランとした漢口に万歳の声はとどろきます。
その森厳なしづけさのなかを汗と泪はながれおちます。

これが漢口の土。
これが漢口の空。
あなたの眼はあなた方だけの眼ではなく。
わたしたちの脚はまたあなた方の脚でもあります。
撫でてやつて下さい。
倒れた馬の口のあたりを。
あなた方の胸の中には百万人の泪があります。

これが漢口の土。
これが漢口の空。
この土が夜明けの鋲です。
大きい寛い新らしい亜細亜の薔薇色の夜明けのためにも。

見てきて下さい。
深いかなしみや苦しみを。
バリバリ音たてるはげしい内部のさまざまを。
よろこびが要るためにはかなしみが必要な。
さうでないよろこびだけのよろこびにするそのために。
『世界の屋根』から涯なくのびてる大黄土を。
亜細亜建築の無限の素材を。
わたしたちに代つて。
見てきて下さい。

従軍ペン部隊第二陣として十一月四日、長谷川伸・中村武羅夫・甲賀三郎・北条秀司・菊田一夫、映画人代表衣笠貞之助ら海軍班九名が、華南に向けて出発した。そして、従軍作家たちは、新聞・雑誌に迎えられ、ジャーナリズムに時を得てゆくのである。とりわけ軍の意向によって漢口一番乗りを果たした林芙美子の人気は目ざましく、『東京朝日新聞』に送稿して、その現地通信が文芸欄ではなく、社会欄に大きく掲げられ、帰還後も、朝日の特派員と共に各地で講演会をこなすなど、文学ファンを超えた幅広い大衆的人気を博した。

人民戦線事件以後の言論思想の抑圧体制の強化と、従軍ペン部隊の編成・派遣を機として、文壇・論壇を問わず、己れの身の置き所の不安から、騒然とした雰囲気が醸成され、拠り所を求め、相計って国策順応の団体作りに励み、身を寄せ合うこととなる。十三年十一月七日には有馬頼寧農相支援の「農民文学懇話会」が発会式を挙げた。丸山義二・和田伝・島木健作らが中心となって結成され、中村星湖・相田隆太郎・古志太郎・日高只一・逸見広・森山啓・間宮茂輔・徳永直・本庄陸男・和田勝一・和田博・打木村治・鑓田研一・山崎剛平・塚原健二郎・鍵山博史・佐藤民宝・有馬頼義らをはじめ、病床の犬田卯の代理として住井すゑも出席した。相馬御風・吉江喬松・賀川豊彦・加藤武雄・下村千秋・藤森成吉・結城哀草果・伊藤永之介・橋本英吉・新居格・吉田十四雄・小山いと子もこれに加わった。会後早速第一回大陸派遣として和田伝が、開拓民視察に出発し、第二回として来春以降の打木・島木らの渡満も決まり、また全国の「銃後農村」の生活実情を筆にすべく、十余名の作家・評論家も選ばれた。同じ月、戸川貞雄・海音寺潮五郎・笹本寅を中心として、大衆文芸の中堅・若手二十数名により「文学建設社」が結成された。「民族主義的新世界観の確立」を目指す国民的文学者としての「非常時局」への参与を説き、十二月には、市橋一宏・鹿島孝二・木村荘十・山岡荘八・大林清・宮本幹也らを発起人幹事とする二十一名の大衆文芸作家が「国民文芸建設同盟」を結成、「個人主義的享楽文芸の抹殺を目指し、それに代るべき国民文芸の建設」を謳った。

津久井龍雄は「政治の衝動と文学の衝動――政治と文学との抱合について」（『日本学芸新聞』第六十一号　昭13・12・1）と題して次のごとく言う。

どんな政治であってもそれが政治である限りは、統制と支配とを志向しないものはなく、その限りにおいて、自由の抑圧を意図しないものはない。……しかるに文学は、飽くなき自由への要求から生れ、すべての抑圧と桎梏とからの解放を本能的に意図してゐるものである。

と前置きした上、自分は、

止むをえず政治や道徳とは妥協を余儀なくするものの、隙あらば斯かる桎梏を喰ひ破つて自由に奔騰せんとするところの不逞な気魄を持つた文学を愛好する。またそれが本当の文学らしい文学なのだと信じてゐる。政治や国策は一時のことだが、文学は永遠のことではないか。……現実社会に制約の存在することを肯定すればするほど、精神の世界においては自由への飛翔を切念するのだ。しかも文学は表現であり、表現は当然制限を伴ふものであるが、しかもその内部の精神だけは、あくまでも自由豁達不逞傲岸なるものであつて欲しいのだ。

と述べて、不自由体制に順応するだけの文学者に、表現者としての「不逞な気魄」を求めた。更に文学者が政治家と懇談会を持ったり、国策に協力しようと意識することを不自然だとは思わないものの、そのようなことは文学者としての「第一義的な問題」だとは思わない。国策と政治とは、文学によって深められることはあってもその逆はあり得ず、文学者が一個の市民・国民として「相応の御奉公」を国家にすることは当然の義務ではあるが、それと文学を作ることはおのずから別で、文学者の使命は立派な文学を作ることにある、と揚言し、自分は、

『人生劇場』の作者に軍属服を着せたり、『生活の探求』の作者に農林大臣と卓を囲ませたりすることを願はぬ

し、

日本主義に転向した作家連が、ややもすれば政府の役人や軍人などに必要以上に接近し、それを誇りとさへしてゐるのではないかと思はれることは苦々しい。

と時流に泡立つ文学者たちをたしなめた。

因みに記せば、津久井は、早大英文科に学び横光利一・友田恭助らと同級で、中退後国家社会主義運動に投じ、この当時『やまと新聞』主幹をつとめ、右翼民族派の論客として軍国主義批判の筆陣も張った。『や

まと新聞』の特別執筆者として、倉田百三・藤沢親雄・浅野晃・本荘可宗・保田与重郎・芳賀檀・西村陽吉・中河与一・茅原華山・赤松克麿・水守亀之助が名を連ねた。石川三四郎は、「農民文学懇談会」に触れ、同じ『日本学芸新聞』の「随事随感」欄で「なぜ日本に立派な農民文学が起らないか」と問いかけ、

何よりも自分自身に対して軽薄な日本のインテリには何をやつても「深く耕す」といふことがない。自信もなければ執着もない。真理を懐いて死ぬだけの決心がない。だから土と共に生き、土にしがみ付いて死んで行く、農民の心理も生活も解りつこはない。溜水に浮動してゐるボーフラの様な現実日本のインテリと、海底の岩にしがみ付いてゐる蠣のやうな農民の真実とは、およそ縁の遠いものである。

と、きびしく断言した上で次のごとく結ぶ。

だがしかし、ボーフラはものに驚くと水底に深く沈む。日本の作家達も所謂「非常時」に大いに驚いて深く農民の真実を探り、パール・バツク以上のものを書いて頂きたいと私は心から念願する。

（「農民文学」）

と記す。

昭和十四年二月四日には、「大陸開拓文芸懇話会」の結成式が拓務大臣官邸で行なわれた。満州移民を中心とした大陸開拓に関心を持つ文学者を結集して民族発展の一翼たらしめようとするもので、高見順・荒木巍・福田清人・伊藤整・湯浅克衛・春山行夫・島木健作・丹羽文雄・岸田国士らが集まり、近藤春雄が拓相八田嘉明との仲介役となった。のちに山田清三郎・和田伝・中村地平・石光葆らも加わった。

七月十日、長谷川時雨・奥むめお・岡本かの子・神近市子・林芙美子らの「輝く会」が婦人による銃後奉仕の一翼として軍隊慰問の「輝ク部隊」を組織した。

九月十日、陸軍軍曹玉井勝則が福岡雁ノ巣飛行場へ「凱旋将軍の如く」帰還した。「事変」に宿命づけられた「時代の寵児」として帰還作家火野葦平はその後を歩む。

十月に「経国文芸の会」を倉田百三・佐藤春夫・斎藤瀏らが中心となって結成。「新日本文化の会」の解消による再編成団体で、十五年一月三十日に陸軍情報部鈴木庫三少佐を招いて第一回講演会を開く。

近衛内閣は、杉山陸相を板垣征四郎に代え、陸軍大将宇垣一成を外務兼拓相に、同じく荒木貞夫を文相に、財界の池田成彬を蔵相兼商相に迎えるという大改造を行なったりしたが、毅然とした統率力に乏しく、一貫性を欠き、「結局その一年半の施政を通じて軍部により操縦、翻弄されつづけ」（岡義武『近衛文麿』岩波新書）て十四年一月四日に総辞職し、平沼騏一郎内閣が成立する。近衛は平沼に代り枢密院議長に就くが、新内閣の無任所相を兼ねた。七ヶ月後には独ソ不可侵条件に発する「欧州情勢は複雑怪奇」と声明して総辞職。八月三十日に成立した阿部信行内閣も第二次欧州大戦への不介入、協調外交を声明したものの、国民生活不安定による議会の不信任と陸軍の支持を失って四ヶ月半で倒壊、十五年一月十六日に米内光政内閣が発足する。だが五月以降のドイツ軍の電撃作戦は、オランダ・ベルギーを侵し、更にイギリス軍をダンケルクに追いつめ、六月十七日にはフランスを降伏させるといった欧州の戦況の急転が強力な後押しとなって軍の南進論が高揚し、英・米協調寄りの有田八郎外交への拒否となって、米内内閣を半年で倒壊に追いこむこととなる。近衛は六月二十四日に枢密院議長を辞任し、「挙国一致の新体制」運動推進の決意を表明する。陸軍は、依然たる人気の近衛を利用すべく、再び擁立を計り、畑俊六陸相に辞表を提出させる。かくて米内内閣は七月十六日に総辞職し、二十二日に第二次近衛内閣が発足する。外相松岡洋右、内相安井英二、蔵相河田烈、陸相東条英機、海相吉田善吾、法相風見章、文相橋田邦彦、農相石黒忠篤、商相小林一三、逓相兼鉄相村田省蔵、内閣書記官長富田健治であった。

七月十日に、「国防文芸連盟」が創立された。急転する時局に対応して、国防国家体制への積極的協力を謳い、大衆作家の大同団結を企図したもので、戸川貞雄・加藤武雄・木村毅・木々高太郎・竹田敏彦・小栗虫太郎・木下宇陀児・角田喜久雄・山岡荘八・橘外男・鷲尾雨工・海野十三・笹本寅・浜本浩・北町一郎・

藤枝丈夫・木村荘十・升金種史ら七十名が加盟、創立式には、内閣情報部・陸軍情報部・海軍軍事普及部の係官も参席した。八月二十五日発行の『日本学芸新聞』（第九十二号）紙上で、上泉秀信は「新体制と文化団体——文芸家協会の改組に就いて」と題した一文で、

わたしはナチスが政権を掌握した当時採用した数々の禁圧政策を思ひ出すことが出来るが、その時は、ナチスがまるで文化の破壊者でもあるやうに、他人ごとならず憤慨したことを記憶する。わたしばかりではなかつた、当時の新聞・雑誌を見れば、沢山の人々がいかに、ナチスの文化弾圧を呪咀したか、明かに記載されてゐる筈である。だが、今にして思へば、ナチスのこの強行政策が、今日のドイツを築きあげたことに思ひ当たるのではなからうか。

と言った上、日本が当面している今日の運命を切り拓くためには、かつてのドイツのごとく「強行的にでも」国内新体制を整備してゆかなければならない。近衛内閣は内閣情報部の組織強化を図り、総合的な文化体制作りを開始したようであるが、これには民間の文化各部門の全面的な協力が要望されることはいうまでもない。従来も軍・官と連絡をとって国策協力の姿勢を見せている団体もあるが、運動推進のためには、そういった局部的なものではなく「文化諸団体の強力な組織化」を前提としなければならない。その意味で「文芸家協会」のような比較的多数の会員を擁する団体が職能的立場から新体制に協力すべく改組を断行すべきであり、またそれにとどまらず、この際広く文化各部門の専門家を網羅した文化人連盟のような団体が結成されることが一層望ましいと訴えた。上泉は、都新聞社編輯局次長で、長く文芸記者をつとめ、戯曲作者としても知られていた。

このような時流の中で、「出版新体制」を掲げつつ、良心ある編集活動を防衛しようとする自覚的な編集者たち生江健次（文藝春秋社）、小森田一記・青木滋（中央公論社）、相川博・小林英三郎（改造社）、松本正雄（日本評論社）ら四社会のメンバーを中核として、編集者たちの「相互啓蒙と情報交換の場たらしめよう」

（畑中繁雄『覚書昭和出版弾圧小史』図書出版社　昭40）として、雑誌編集者の結集が図られた。

十五年九月三十日には、「日本編輯者会」が結成され、文藝春秋社斎藤龍太郎以下、書籍・雑誌の主要編集者百五十数名が参加した。だが「本会はその性格に高度の政治性をもつとは云へ決して党派的ではない」と言いつつ、「我々自身で自主的に、官庁によつて取締られる必要のない出版文化を作ること」を理想とするような、結局は、自主規制強化の機関となっていった。この「日本編輯者会」に呼応するかたちで、評論家側、作家側にも組織作りがなされたのである。

十月五日に「評論家の職能において大政翼賛の運動に挺身」する「日本評論家協会」が創立され、旧評論家協会は解消した。杉森孝次郎会長以下、室伏高信・土屋喬雄・津久井龍雄・中野登美雄・斎藤忠・木原通雄・伊佐秀雄・加田哲二・池島重信・中島健蔵・市川房枝ら十四名を常任委員として発足した。十四日には、河上徹太郎・中島健蔵・尾崎士郎・榊山潤・高見順・岡田三郎・阿部知二・伊藤整・尾崎一雄・川端康成・岸田国士・小林秀雄・島木健作・武田麟太郎・富沢有為男・林房雄・火野葦平・日比野士郎・深田久弥・和田伝・横光利一を発起人とする「日本文学者会」が結成された。

十月十二日には、近衛首相を総裁とする官・民一体の「上意下達、下情上通」を謳った「大政翼賛会」が発会式を行い、十九日には文化部長に岸田国士が就任する。近衛と親交厚かった山本有三の推輓による。岸田のすぐれた識見と経歴、誠実重厚な人格とをもってすれば、押し寄せる文化統制の高浪を共にしのぐことが出来るかもしれぬとの文壇の輿望を担っての登場でもあった。文化部副部長には前出の上泉秀信が就任した。

「日本文学者会」結成前後のいきさつについては、高見順が『昭和文学盛衰史』第八章の「文壇新体制」で触れている。高見も引用している丹羽文雄の小説『告白』（六興出版部刊　昭24・3）の第二章「発禁」に次のように記されている。

情報局の空気に敏感なジャーナリズムが、いつたいどういふ動きをしたものか、紋多には理解できなかつたが、作家や評論家が自主的に一つの会をもつといふ運動がおこつた。会員の選定にもめた。もめてゐるといふことが、彼の耳にはいつた。紋多は、その会員に入れてもらへなかつた。情報局が、時局下にふさわしくない作家として紋多に烙印を捺してゐたと同時に、作家や評論家も、紋多をそのやうな目で眺めてゐた。これにはさすがの彼もあわてた。同じく文学をやる同志であり同志の理解や協力は暗黙の裡に共通してゐるつもりであつた。味方から自分が排斥されやうとは思ひがけなかつた。しかし、彼が文壇に出た当時のゴシツプや、その作品の傾向からみても、彼が緊迫せる時局下の作家組合に加入出来ないのは、当然であつた。敵は情報局にばかりゐたわけではない。この敵の方が辛辣だつた。ふだんはあたりまへに口を利いてゐる同業者の中に、魂の底から震ひ上らせる敵意が感じられた。……異常な、廃頽的な、或る女との同棲生活を小説の材料に書き、その醜悪な、放埒な、不倫なゴシツプをまじへて文壇に登場した紋多が急にとりすましたところで、誰が信用してくれるだらうか。……己の蒔いた業苦である。死ぬまで背負ふのだと、改めて覚悟もきめた。時局下に新しく結束した良心的な、指導的な立場をもつた作家組合に仲間入りが出来なかつたとしても、いまさらうろたへる筋合ひではなかつた。しかし、彼はその会合で、作家のTが紋多とIをことさら排斥したといふ噂を聞いた時は、腹にするゐかねた。TもIも紋多も、同列の風俗作家であり、Tだけがそのなかにはいるといふ理由が彼にはのみこめなかつたからだ。さつそくTに詰問の葉書を出した。紋多にとつては珍しい手紙だつた。Tからすぐに、部厚い手紙が届いた。紋多やIを除外したのは、その会の準備委員の一般の空気であつたと教へられた。そしてTが従来いかに紋多やIに対して友情を抱いてゐたかといふことが、具体的な例をあげ、長々とかかれてゐた。紋多はしまつたと思つた。……彼は、単なるゴシツプを信用した己の軽率に恥じた。さつそく謝罪の返事を出した。

丹羽はこの作品について「異性が登場する点に限り虚々実々であるが、その他のことは一切あつたとほりである」（後記）と言う。

『日本学芸新聞』（第九十九号　昭15・12・10）は、「新人から見た文壇新体制」なる小特集を組み、『現代文学』同人の大井広介と『小説界』同人の堀田昇一に書かせている。前者の「白旗を掲げた投稿者に似たり」は、いかにも大井らしい率直さで、

目下文化人文壇人は、新体制そのものがまだ海のものとも山のものとも知れないうちから、乗おくれてはなるまじと、何の会彼の会と、バスをしたてるのに大童である。例へば『文藝春秋』に高見順が日本文学者会について、とりあへずあの顔ぶれで発足するが加盟者を増大して行くのにケチケチしないつもりだ、と述べてゐたが、それなら何故高見氏はいちばん身近な距離にゐる丹羽文雄や石川達三とまづ始めなかつたかその一点がどうにも諒解できないのだ。……尾崎士郎が笑ひながら筆者に語つた。「××が今更、丹羽石川より富沢がいいなどといひはぢめたが、もし丹羽石川が悪ければまづ自身から否定しなくてはネエ」と。といふのは芸術派の孤城を守つて硬論を展開してゐる代表的論客であるから、これまた正に大笑ひに価しやうといふものだ。

と高見たちを皮肉っている。堀田は「自己に忠実ならんことを」で、岸田国士の大政翼賛会文化部長就任の挨拶中の、

我々が子孫に残す文化的遺産が非常時以外に通用しないやうなもの、国民生活を低く貧しくするやうなものであつては由々しいことである。

という言葉を引いて、新体制に、

やはりさういふものとして、豊かな稔多き成果を期待し、私自身の上には、「自己に忠実であれ」といふ言葉を箴言としたい。

と結んでいる。

『日本学芸新聞』の同じ号には、「大衆作家赤誠会へ入会」なるゴシップめいた次の記事も載った。

橋本欣五郎大佐率ゐるところの「大日本赤誠会」（旧名、大日本青年党）に大衆文壇の一方のお歴々が袂を連らねて入会した、この勇敢なメンバーは、竹田敏彦、戸川貞雄、鷲尾雨工、海野十三、角田喜久雄、笹本寅、鹿島孝二、岩崎栄氏ら国防文芸連盟の面々、そこへ丹羽文雄氏と異色の一枚を加へてゐる。

と。

これ以後、「日本文芸中央会」結成に至る経緯は、昭和十五年四月から「文芸家協会」の書記として勤め、中央会の仕事も手がけた巌谷大四の『私版昭和文壇史』（虎見書房　昭43）に詳しい。『日本学芸新聞』が「日本文芸中央会」機関紙第一号として出発するのは昭和十六年三月十日発行の通号第百四号からで、その号記載の「日本文芸中央会の成立経過と現状」によれば、前年九月「文壇内部にも新体制即応の声が昂まり、文芸家協会改組問題」等も起こり、菊池寛会長の発意で「挙国体制に対して文芸家は如何なる形で如何に協力すべきか」の問題を協会会員の懇談会で「真剣に討究した」結果、協会が「積極的に斡旋者となって全文学団体を糾合し、名実共に文壇の一元化」を図り国家新体制運動の一翼を担当すべきとの結論に達し、十月十二日の第一回、十七日の第二回連絡協議会には、八団体代表と準備委員が集まって規約・声明書等を選定し、その後加盟の二団体を加えた十団体を発起団体とする文芸団体の連絡機関「統合機関日本文芸中央会」が十月三十一日に発会式を挙行した。最初創立に参加した団体は、「輝く会」「経国文芸の会」「国防文芸連盟」「大陸開拓文芸懇話会」「日本文学者会」「日本ペンクラブ」「農民文学懇話会」「文学建設」「文芸家協会」「ユーモア作家倶楽部」で、その後加盟承認されたのが、「文化再出発の会」「三田文学会」「日本青年文学者会」「文芸首都」であるが、のち「輝く会」から独立した「女流文学者会」が加盟し、「輝く会」と入れ替わった。「文化再出発の会」は、「文化の綜合を究め且つ開拓」を目指し中野秀人を中心に花田清輝・岡本潤らが機関誌『文化組織』を発行しており、「日本青年文学者会」は、全国六十数誌の同人雑誌を統合すると共に、そこに依る青年文学者を結集したものであり、機関誌『日本青年文学者』を発行。十六年四月には、羽田義朗・北条秀司・八木隆一郎らの「国民演劇会」、村野四郎・金子光晴らの「日本詩人協会」、高浜虚子・深川正一郎らの「日本俳句作家協会」の三団体を加える。

第二次近衛内閣は、十五年十二月六日に、従来の「内閣情報部」官制に代わる「情報局」官制（勅令第八四六号）を施行し、国策遂行の基礎たる事項に関する情報収集・報道及び啓発宣伝、新聞紙その他出版物に関する国家総動員法第二十条処分、電波による放送事項に関する指導取締り、映画・レコード・演劇及び演芸等の国策遂行の基礎たる事項に関する啓発宣伝上必要な指導取締り等々、任務の拡大に伴う機構拡充（五部十七課）と大幅な増員（四十六名から百四十四名）によって、マスメディア統制が一層強化されていく。

情報局第五部第三課が、のちの、いわゆる文芸課で「文学、音楽、美術其ノ他芸術一般ニ依ル啓発宣伝ノ実施及指導ニ関スル事項」を主管するが、文学部門については、当初から次の実施計画があった。

一、文壇新体制の強化
一、詩壇、歌壇の新体制促進
一、俳壇新体制の強化
一、国民詩の建設助成
一、地方文化団体との連絡、指導
一、文芸同人雑誌（文壇、歌壇、詩壇、俳壇）の育成

## 一、国民文学確立に関する研究会並に懇談会

これには、昭和十四年十月から情報官に名を連ね、のちに第五部第三課長となる井上司朗が参画したと思われる。東京帝大政治学科卒業（昭3）後、安田銀行に入行。十四年に内閣情報部に任官した井上は、一高文芸部で堀辰雄・神西清らと同期で、歌を古泉千樫に学び、『主知的短歌論』（短歌と方法社　昭8）の著もある新短歌の論客で、逗子八郎の筆名で知られていた。

情報局第四部第一課は、新聞雑誌及び出版物の検閲取締りと、映画・レコード・演劇演芸の検閲取締りに当たり、内務省警保局の図書課改め検閲課と表裏一体の関係にあり、第一課員は内務省検閲課員を兼ねた。第二部第二課が、雑誌及び出版物に関する指導事務と、新聞雑誌用紙の統制に関する事務を取り扱い、部長以下課長・情報官は陸・海軍の佐官級の将校がこれに当たった。

情報局への機構拡大とほぼ時を同じくして「出版報国」をスローガンとした社団法人「日本出版文化協会」（のち昭18・3・11「日本出版会」創立）が、十二月十九日に情報局第一会議室で創立総会を開く。会員は出版業者と編集及び営業担当者に一部有識文化人を加えるというもので、協会役員の人選は情報局によってなされた。自主的組織の外貌とは異なり、主務監督官庁情報局の意向に添った実質的な下請け機構として文化抑圧体制の一翼を担っていく。

この年五月に内閣に設置された新聞雑誌用紙統制委員会が、出版メディアの生殺与奪の権を握っているが、その用紙割当原案作成権は「日本出版文化協会」にあった。用紙割当量は従来の実績が次第に効力を失い、査定の基準は「不要不急図書の抑制」から「戦意高揚出版物の推薦」へと急傾斜してゆく。執筆者の規制という表向きの抑圧に加えて、出版社の勝手元をまかなう糧道へのボディブロウが実効を挙げていくのである。

昭和十六年二月二十六日、『中央公論』『改造』など綜合雑誌社社長・編集関係幹部を招集した懇談会の席

上、情報局第二部第二課課長大熊海軍大佐・情報官鈴木陸軍少佐らは、自由主義的として中央公論社の国策非協力的態度を非難、編集方針の根本的切り替えを迫った。嶋中雄作の反論に情報官鈴木庫三陸軍少佐が激昂、「そういう中央公論社は、ただいまからでもぶっつぶしてみせる!」と怒号を浴びせた。この席上で、馬場恒吾・清沢洌・田中耕太郎・横田喜三郎・水野広徳らを挙げた執筆禁止者リストを内示した。

三月十日、治安維持法が全面改訂されて公布され、「予防拘禁」制度(裁判によらない保安処分)を導入するなど一段と強化された。四月二日には大政翼賛会の改組が行なわれ、有馬頼寧事務総長や後藤隆之助組織局長ら、近衛総裁の腹心たちが退陣した。翼賛会内部の偽装と便乗の転向者たちが、革新政策の名の下に赤化思想を日本に植え付けようとしているとの批判が、議会でも高まっていたのである。

七月十六日に第二次近衛内閣が総辞職し、第三次近衛内閣も短命に終わり、十月十八日東條内閣が発足する。首相兼内相・陸相東條英機、外相兼拓相東郷茂徳、蔵相賀屋興宣、海相嶋田繁太郎、逓相兼鉄相寺島健、法相岩村通世、文相橋田邦彦、農相井野碩哉、厚相小泉親彦、国務相鈴木貞一で、情報局総裁は谷正之であった。

十月四日には、海軍省の後援により、「くろがね会」が結成された。「海防思想の徹底普及と対外思想戦の推進」を目的として、文学者を中心に挿絵画家をも動員した文化団体で、女流文学者たちの「輝ク部隊」を吸収合体した。「海防義会」理事長海軍中将上田良武、「海事興振会」専務理事戸田貞次郎や大橋進一、菊池寛を顧問に迎え、幹事長木村毅・理事大下宇陀児・木村荘十・戸川貞雄・水谷準・竹田敏彦・角田喜久雄・海野十三・木々高太郎、監事大佛次郎・三島章道、事務長山手樹一郎など主として大衆文学作家を糾合した。

十一月中旬から十二月八日の開戦後にかけて作家・評論家・新聞記者・漫画家・カメラマン等に、召集令状のいわゆる赤紙に対して、白紙《しろがみ》と称する徴用令状が届いた。国家総動員法に基づき、勅令第四五一号として施行(昭14・7・15)された国民徴用令の発動である。軍の報道班員としての動員で、新兵教育を受けたのち南方へ向けてそれぞれ出発した。神保光太郎・中村地平・井伏鱒二・中島健蔵・里村欣三・寺崎浩・北川冬彦・海音寺潮五郎・大林清・小栗虫太郎・堺誠一郎らはマレー方面へ、高見順・豊田三郎・小田獄夫・北林透馬・山本和夫・榊山潤・倉島竹二郎・清水幾太郎らはビルマ方面へ、阿部知二・大宅壮一・北原武夫・武田麟太郎・大木惇夫・大江賢次・浅野晃・富沢有為男・寒川光太郎らはジャワ・ボルネオ方面へ、今日出海・石坂洋次郎・尾崎士郎・火野葦平・上田広・三木清・柴田賢次郎らはフィリッピン方面へ赴いた。海野十三・北村小松・山岡荘八・角田喜久雄・村上元三・湊邦三・井上康文・浜本浩・桜田常久・石川達三・丹羽文雄・間宮茂輔らは遅れて海軍に徴用された。太宰治や島木健作も徴用令状を受けたが、胸部疾患の既往症等で、合格を免れた。黒田秀俊ら中央公論社・実業之日本社・講談社等の編集者も陸軍報道部の意向を受けて南方占領地に赴き、その見聞を雑誌の編集に反映させるよう命じられもしたのである。

大政翼賛会の十七年六月の第二次改組で文化部長岸田国士は退き、ドイツ文学者の高橋健二に代わる。蓑田胸喜らの「自由主義者」岸田国士への風当たりは強かったのである。小場瀬卓三・遠藤慎吾らも文化部を去らざるを得なかった。

前年十二月八日の大東亜戦開戦を契機として翼賛会文化部の斡旋によって十二月二十四日に開催された文学者愛国大会の決議に基づいて全文学者の総力を結集して「文学報国」に挺身する一元的文学団体の結成が急がれていたが、昭和十七年五月二十六日に社団法人「日本文学報国会」の創立総会を開き、翌六月十八日、日比谷公会堂で「日本文学報国会」の発会式が華々しく挙行された。東條英機翼賛会総裁・谷正之情報局総裁・文部大臣橋田邦彦の祝辞の後、吉川英治によって「日本文学報国会」の「文学者報道班員に対する感謝決議」が読み上げられた。

遙に告ぐ

前線陸海軍の諸陣地に筆を戴せて文化徴用の命を奉じ、夙に文学報国の実を揚げ北天南荒の下、なほ其任にある我等の同僚、筆硯の塹壕を共にする日本文学者諸兄諸兄《ママ》の任たるや日本文学史上前古例なくその克己辛苦たるや第一線の将士にも比すべきものあるを、われ等同僚常に深く想ふ。諸兄亦多感、大戦実核のうちより母国文運の上に想ひあらん。

安んぜよ諸君、光栄と唯奮励あれ。銃後われ等同僚、同田同耕の士もまた今日無為なるに非ず。文芸文化政策の使命の大、いまや極まる。国家もその全機能を求め、必勝完遂の大業もその扶与をわれらに命ず。歴史ある我が文苑の光輝、生々の新発芽、また今を措いて他日なからん。

日本文学報国会、この秋に結成を見る。

ねがはくば歓呼を共にせられよ、併せて本日当発会式の会場より全員、遠く諸君の労苦に感謝し、更に層一層の奮励と勉学を祈る。

昭和十七年六月十八日

於日比谷公会堂

日本文学報国会

この日比谷公会堂を埋めた発会式に中野重治も出席していた。情報局総裁東條首相の「祝辞」には、次の文言があった。

従ひまして今後におきましてこの大事な任務を成し遂げまするために我が大日本帝国の文学者であられますところの皆様方の御責任は洵に重且つ大なりといはねばならないのであります。茲《ここ》におきまして現下待望されてをりまする文学は、我が国伝統の国体観念に基きまする日本精神を内にあつては現代の政治、経済、文化等凡ゆる社会の各部門に浸透然も徹底せしめまして、又外に対しましてはこれを万邦に正しく理解認識せしめまして兆民をして洽く皇威を浴せしめまして喜び勇んで相共に世界新秩序建設に邁進すべき気持を沸き立たせるものでなければならないと信ずるのであります。……………………而してまた文学報国会が愈々《いよいよ》本日を以つて力強い発足を開始せられ今後大政翼賛、臣道実践の理念に基きまして国民運動の一翼ともなつて政府の文学に対する政策に協力し益々文学報国の為に尽瘁せられることを強く御期待申上げ且つ又これを私は刮目して拝見致したいと存ずる次第であります。どうか今回の運営に当りますところの役員の各位はいふに及ばず、会員であるところの文学者各位に於きましても共にその責任を分担せられ古き殻を脱ぎ捨て徒らに偏することなく相互扶助愈々一致団結を定め、而して以つて本会設立の目的に添ふ如く立派なるところの情勢を告げられまするやう衷心より切望申上げる次第であります。

東條英機首相の祝辞草稿は、所管上、情報局第五部第三課で作成されたに違いないが、さしずめ井上司朗情報官や嘱託の平野朗こと平野謙の手を経たものと思われる。平野は昭和十六年二月二十一日付で情報局嘱託となっていた。身すぎ世すぎのためには、あえて情報局という権力の傘の内に自ら身を投ぜざるを得なかったのである。

「大日本帝国の文学者」中野重治も神妙な面持ちでこの祝辞を聴いていただろう。「古き殻を脱ぎ捨て徒らに偏することなく相互扶助愈々一致団結を定め」の文言を、どのような想いで中野は聴いたのだろう。いわゆる大東亜戦争の開始は、いろいろな意味で、文学者に「決意」を強いさせてゆく。それは保身のための決意でもあったろう。「わが今日の決意」を求められて、中野はつぎのごとく「はがき回答」する。

(『日本学芸新聞』第百二十五号　昭17・2・1)

自分は最近ある機縁に依つて、数年来の行き方が一貫して誤つてゐたことに気づきました。その説明は簡単に出来ぬ性質のものだから省きます。そこで自分としては、この誤りの認識に撤すること、そこから正しき道行きを発見することに今日の決意をかけて居ます。話が個人的になりましたが、実情かくの如くであります。

と。細心の注意を払いつつ、戦中をしのいだ伊藤整は、「臣民として御詔勅の精神を体し、戦時下文芸の道を生きる覚悟です」と率なく心懐を披瀝する。

十二月九日早朝から、かねて準備を整えていた、開戦を機とする「共産主義者」と不穏「朝鮮人」に対する全国的な検挙検束が実施され、『特高月報』の十二月分だけでも、「共産主義運動」関係では、被疑事件の検挙二百十六人、予防検束百五十人、予防拘禁三十人の計三百九十六名である。警視庁管下では、渡辺順三や般若豊（埴谷雄高）が被疑事件で検挙され、また長野県では浅間温泉の詩人小岩井源一（高橋玄一郎）らが「リアン芸術共産党」事件で検挙された。中野重治も検束リストに挙げられていたが、父の重態・死去のため、福井一本田に在ったため、身柄拘束を免れ、一月十六日に警視庁に出頭する。これに先立つ一月四日には妻（原泉）が女児を早産、故郷にいた中野は、窪川いね子・壺井栄から「四ヒゴゴ三、三〇オンナウマレ四、一〇シス、ハラサンゲンキ、イネコ、サカエ」の電報を受けていた。

著者自身の校閲をへた旧版『中野重治全集』所収年譜、『筑摩現代文学大系第三十五巻「中野重治集」』所収略年譜を基礎とし、主として中野重治日記その他によって増補、訂正した、新版全集第二十八巻の松下裕作成の年譜から以下摘記する。

十六日、警視庁第一課宮下係長、片岡警部を訪ねる。保護監察所長、山根保導官、荒牧猛保護司を訪ねる。世田谷署特高主任を訪ねる。以後、一九四五年六月「召集」のときまで、東京警視庁、のち世田谷警察署に出頭、取調べを受ける。二月十五日、文藝春秋社に菊池寛を訪ねて会えず、翌十六日手紙を書き、ちかく新しい文学者の団体が出来るにつき、資格審査にもれぬよう情報局の人にとりなしてくれるようたのむ。

菊池寛への手紙は、中野の『甲乙丙丁』にそのまま引用されている。この書簡のコピーが、平野謙を通して戦後中野自身の手許に戻ることになったのだが、情報局嘱託平野朗が、中野の心情を忖度して、自分一己の責任において、課長の机から秘かに持ち出した友情ある勇断？ については、その後の処置と共に、いささか釈然としない不透明な部分をも含み込んでいる。

中野は首尾よく入会を果たす。社団法人「日本文学報国会」の名による入会勧誘兼発会式招待の書面は次のごとくであった。

拝啓

時下新緑の候益々御清栄の段大慶に存じます。さて今般情報局並に大政翼賛会の御斡旋により成立しました社団法人日本文学報国会は全日本文学者の総力を結集し日本文学の確立と皇道文化の宣揚を目的とするものでありまして貴殿の御入会と発会式に御参加を切に期待するものでございます。別紙本会概要相添へて此段御案内申上げます。

また常務理事久米正雄の名で、

謹啓　御稜威の下いよ〳〵御健かに職域御奉公の御事と拝察いたします。

本会は全日本文学者の総力を結集して皇国の伝統と理想とを顕現する日本文学を確立し皇道文化の宣揚に翼賛する事を目的として去る五月二十六日結成され、来る六月十八日を期して日比谷公会堂に於て別記式次第の如く発会式を挙行いたすことと相成りました。申し上げるまでもなく本発会式は曠古の盛典とも云ふべき全文学者の総集合でありますから一人洩れなく御出席いただきたく率爾ながら書中を以て御案内申上げます。尚御来臨の節は本状を封筒共受付に御示し下さい。

なる書面と、「発会式次第」「日本文学報国会要綱」「入会申込書」が添えられていた。「入会申込書」の裏面には「入会者名票」とあって、「入会年月日・所属部会・住所・生年月日・略歴・職業・勤務先・其他参考となるべき事項」等の記入欄が印刷されていた。

以上、日本文学報国会の勧誘書状については影山正治の『日本民族派の運動――民族派文学の系譜』(光風社書店　昭44)の記述に拠っているが、影山自身は「近衛の翼賛運動や東條の報国運動を認めて居なかつため」入会しなかったと言った上、「このことをかくも簡明に実行出来たのは、一つには僕が「文筆による生活者」でなかつたためであらう」と率直に述べている。影山は半年後に結成される「大日本言論報国会」に、理事の斎藤劉から評議員の誘いを受けるが、同様の理由で入会しなかった。因みに影山は、大東亜戦開戦八日目の十二月十五日に「対米英宣戦の大詔を拝し、挙国の同憂同志に愬ふ」なる大東塾声明を機関誌『大孝』号外に掲載、東條批判の文辞により安寧秩序紊乱容疑で起訴され、十七年三月に禁錮三月(執行猶予二年)の判決があったばかりの時期でもあった。

再び中野重治年譜に戻れば、

七月、堀辰雄をつうじて宇野千代から匿名で生活費援助の申入れがあった(七月十一日付堀辰雄手紙)。七月二十七日、文学報国会が会員に呼びかけて小石川後楽園で忠霊塔建設の奉仕作業を行なったのに参加。八月一日、宮本百合子の東京拘置所からの仮死状態での出獄のしらせを受ける。八月三日、娘の療養のため、栃木県那須郡那須高原八幡温泉に行き、ひと夏を過ごす。「わが家の子供の育て方」を『女性生活』十月号に発表。十月三十一日、新潮社版昭和名作選集『歌のわかれ』、先日企画届を出したものから絶版にすると連絡あり。十一月七日、警視庁に提出するべき手記書きおわる。十日、午後、警視庁へ行き片岡警部に九十九枚わたす。さらに出獄以来の「著書ならびに発表原稿の発表場所、年月日、内容、そのイデオロギー等の記録」を提出することを求められる。

中野は翌十八年も、たとえば

三月一日、世田谷署に出頭を求められる。二日、出頭。四日、警視庁に行き深瀬警部に会う。手記を催促される。四月十五日、深瀬警部に会い、具体的指示を受け、翌日から書きはじめる。この年特に春から夏にかけて、ほとんど連日のように世田谷署に出頭する

のである。

昭和十七年十一月三日から五日まで「日本文学報国会」（略称文報）主催の大東亜文学者大会（朝鮮・台湾・満州国・中華民国・蒙古等の文人が参加）が開かれ、十八年の四月の大詔奉戴日には、警戒警報発令中の九段の軍人会館講堂で第一回文学報国大会が開かれ、白柳秀湖が次の「決議文」を読み上げた。

われら日本文学報国会員は近代総力戦の特徴たる思想戦に於いてその攻防第一線に立つものなり。今や大東亜戦争はその決戦期に入り勝敗の決、われらの双肩にかゝるもの頗る多く、その責任の重大且つ深刻なる今日より甚しきはなし。

われらはここに本会初次の総会を挙行するに際し、悠久天壌と倶に窮りなき国体の清華によりて培はれたる皇道文化の宣揚を以て、われらの光栄ある任務なりと自覚し仰天俯地、声を一つにしてわれら祖先の在天の霊に告げ大伴氏の兵者達の累代の伝唱にかゝる大君の辺にこそ死なめの信念を移して以て、われらの固き覚悟とし、われらに課せられたる使命の完遂に邁進せんことを誓ふものなり。

われらは皇祖肇国の御理念たる八紘為宇の大精神を奉体してこれを大東亜の天地に敷衍し、以て世界幾十億人類の為に正しき平和と道義的新秩序とを建設するの素地たらしめんとす。これわれらの上に課せられたる遠大にして厳粛なる民族的使命に他ならず、而も久しきに亘りて、われらの前路を要塞し、われら大東亜諸民族の膏血の上に、不義非道なる国際的旧秩序を打建て来れるものは米英なり。

われらは先づ徹底的に米英を撃滅せざるべからず、文化の名に於ても人道の名に於ても、鬼畜米英の偽瞞と罪業とは正しく神人倶に相容れざるところ、われらは此の機会に於いて更にその結束を固くし、更にその歩調を整へこの文明の讐敵、人道の逆賊に対し、思想戦の第一線を確保し、有らゆる陰険老獪の手段を以てするかれらの策動の徹底的撃滅を期し、以て国家総力戦の一端を負ふわれらの職責を完ふせんことを宣誓するものなり。

右議決す。

昭和十八年四月八日

日本文学報国会文学報国大会

昭和十八年八月二十五日から二十七日には、第二回大東亜文学者決戦会議が開かれ、「我等全東洋の文学者はこゝに大東亜戦争の勝利と完遂とに筆と剣を帯して参画したる戦士なり」とする火野葦平の宣言文朗読があった。十月からは「文学報国会」に勤労報国隊の編成が進められ、十一月三十日には、現役員五百二十二名、予備員二百九十三名、後備員二百二十四名から成る大隊が結成された。大隊長尾崎喜八・第一中隊長土師清二・第二中隊長保高徳蔵・第三中隊長下村千秋・第四中隊長辰野九紫・第五中隊長成田重郎が任命された。また徳田秋声死去にともなう新小説部会長には、正宗白鳥が就任する。

昭和十九年十一月十三、十四日の両日には、第三回大東亜文学者大会が中華民国南京で開催され、日本からは長与善郎・豊島与志雄・戸川貞雄・火野葦平・高田真治・阿部知二・奥野信太郎・土屋文明らが参加した。

昭和二十年一月から石川達三が文学報国会の実践部長（動員部長）に就任する。比島従軍の今日出海の後任であった。

昭和十七年八月一日付の第百三十六号から「日本文学報国会」の機関紙となった『日本学芸新聞』は第百五十五号（昭18・7・1）をもって終わり、新たに『文学報国』（第一号昭18・8・20）として出発した。その第四十六号（昭20・3・1）で動員部長の石川は、「会員との通信連絡の不自由、印刷物刊行物の不便、用紙の問題、旅行制限の問題」等を挙げて、文学報国会の活動が「半身不随の状態」にあるといい、この「常態」が続くことを考えれば、会の活動を各地方単位に分けて行なわざるを得ないと訴えている。前年六月十八日に予定された「決戦体制即応文学者総蹶起大会」も、サイパン島を失うといった戦局の急迫と米軍の本土爆撃により延期せざるを得ず、結局開催されずに終わるのである。

「大日本言論報国会」は、「日本文学報国会」に遅れて昭和十七年十二月二十三日に大東亜会館で発会式を行ない会長は同じく徳富蘇峰で、理事に津久井龍雄・大串兎代夫・野村重臣・斎藤忠・斎藤晌・井沢弘・中野登美雄・大熊信行・市川房枝らが名を連ねたが、次第に日本世紀社同人の前記野村・斎藤らが牛耳り、「国内思想戦」を謳い、ファナティックな派閥的色彩を強め、文学報国会に比し、会員勧誘に厳しい「排除」の原理が働いており、馬場恒吾や清沢洌はボイコットされていた。清沢の日記の昭和十八年八月二十八日の項に、

鳴物入りで「大東亜文学者大会」なるものが催されてゐる。文学者の愛国運動だ。新聞が非常に書き立てる。満州、台湾等からの同志的文学者だ。評論家もゐるが、僕はもとより通知も受けてゐない。

と記している。中島健蔵らと日本ペンクラブや旧評論家協会の理事にも名を連ねたことがある清沢としては、

不満でもあったろう。「日本文学報国会」は全文学人の結集を図った、より緩やかな「包括的」な団体であったが、なぜか清沢を例外的に敬遠したようである。権力側が旧左翼人よりも非国家主義的リベラリストの影響力を危険視する時代でもあったか。

中野重治が、菊池寛宛に入会斡旋の懇願の書状を認めざるを得なかったように、「日本文学報国会」は、宮本百合子・蔵原惟人にあっても瀧口修造にあっても、その他総力戦体制の中で思想的負い目を持たざるを得なかった人たちにとって、恰好な「緊急避難」の場として意識されたであろう。文学者ならびにその研究者は、有名無名を問わず時勢の波に遅れまいとして、あるいは、時代の悪気流から身を避ける生業《なりわい》の楯として、こぞって入会したのである。

小生は世の文士とは全く性質を異にしてゐる上に……且文筆を持つて以来報国の念を離れた事がないから、今更ら報国会に入る必要を認めない。（「文士の報国に就いて」『隣人之友』昭17・10）

とした中里介山や影山正治のごとく、勧誘にも応じなかった文士は極めて稀れであった。

「日本文学報国会」の昭和十七年七月現在の会員数は二千六百二十三名であった。

今回復刻される『日本文学報国会会員名簿』の記載は、昭和十八年三月現在のものである。昭和十八年五月二十二日に、情報局の斡旋で、市村瓚次郎を部会長に、高田真治・鵜沢総明を理事、土屋久泰を幹事長とする「漢詩漢文部会」が新たに発会式を挙げるなど、この名簿以降昭和二十年に及ぶ入・退会者の名を『日本学芸新聞』の「学芸往来」欄や機関紙『文学報国』の「会員消息」によって補うと共に、あえて煩瑣にわたる住所の異動をも記すこととした。総力戦体制下の常住ただならぬ文学者の不安なたたずまいそのものが如実に示されているからである。

〔**漢詩・漢文部会**〕

〔**顧問**〕井上哲次郎、大島健一、大倉喜七郎、松平頼寿、杉谷言長、宮島大八、小倉正恒、河田烈、千葉郁治、岩村通世

〔**名誉会員**〕国分青崖、狩野直喜、松平康国、滝川亀太郎、内田周平

〔**会員**〕塩谷温、諸橋轍次、木下彪、武内義雄、神田喜一郎、倉石武四郎、安岡正篤、国分犀東、玉木椿園、小室貞、作田泰国、頼成一、山田準、松田甲、仁賀保成一、竹田復、佐久節、川崎清男、亀島広吉、安倍留治、安藤栄之助、長沢越一郎、岡田兼一、庄司乙吉、富島菊次郎、服部轍、今関寿麿、児玉希望、田中豊蔵、佐藤知恭、東繁穂、松林篤、渡辺金左衛門、宮沢裕、石川梅次郎、堤留吉、上田喜太郎、近藤録男、相原成雄、大森嘉津蔵、柳井信治、加藤梅四郎、菅沼常五郎、大石新太郎、三浦叶、新名直和、伊達宗康、豊田穣、伊藤信、飯島忠夫、高勢友吉、太田三郎、三井政善、名越豊、山田修次、原富男、尾崎三郎、池田実、三上勝、占部百太郎、藤原達三、喜多張輔、安井淳之助、藤塚鄰、山田重次、魚返善雄、高橋定坦、納三治、熊坂圭三、川村慎一郎、杉原岩作、垂井明平、和田稔、鏡淵正義、新垣淑明、寺岡弥三郎、山崎道夫、河田烈、加藤虎之亮、辻市治郎、宇田尚、杉山令吉、柚木梶雄、上野賢知、鈴木敏一、山内惇吉、対馬機、水野昌雄、服部荘夫、宮崎宣政、林工、宮原民平、黒木典雄、福田寿久、三好寛、奥忠彦、川田瑞穂、橋本成文、宮越健太郎、原山政記、田辺耕一郎、細貝泉吉、四宮史郎、宮内四郎、関吉晴、古川喜哉、後藤為次郎、伊藤慎一、小池寛治、林古溪、三沢信一、渡貫勇、矢板寛、石塚三郎、高橋文六、中村弥次郎、荻本清蔵、木内七之助、福田福一郎、今田哲夫、加藤純吾、成毛基雄、牧野茂、相原祐弥、内野台嶺、宇野哲人、前川三郎、高橋七十七、加藤貞次郎、木崎好尚、加藤清忠、大沢鉄三、荻原八十吉、岡村利平、高田善彦、服部清一、田畠文蔵、笠井輝男、平野彦次郎、千葉所南、奥忠彦、金子光和、神尾又次郎、津下智章、鶴岡伊作、山本光郎、沢田総清、安藤家隆、細田謙蔵、小池重、荒浪市平、酒巻時之助、本宮三香、加藤浩堂、儘田芳之助

〔**新入会員**〕

◇風間益三（小説）東京都目黒区碑文谷一ノ一二〇五◇酒井真人（小説）長野市横沢町七八◇今村紳一郎（劇）東京都中野区江古田三ノ一三一六◇志智左右六（劇）京都市上京区相国寺東門前町六八四◇田中秀男（劇）東京都赤坂区檜町六◇戸板康二（劇）東京都荏原区荏原七ノ六〇四〔『文学報国』昭和18年8月20日付〕

◇沙和宋一（小説）青森市浦町字野脇三一◇広瀬進一

（小説）東京都豊島区巣鴨七ノ一六〇三◇二反長半（小説）東京都豊島区西巣鴨一ノ三四三四◇香山光郎（小説）朝鮮京城府孝子町一七五◇西川満（小説）台湾台北市大正町一ノ一四◇劉栄宗（小説）台湾台北市建成町三ノ一◇張文環（小説）台湾台北市太平町二ノ四〇◇坂本石蔵（小説）愛媛県八幡浜市新川一四九四◇石塚喜久三（小説）蒙彊張家口鉄路局総務部文書課◇中山富久（小説）横浜市鶴見町一四五八◇松井桃楼（劇）台湾台北市朱厝崙三特甲第八〇号◇納富康之（劇）東京都小石川区高田老松町一七◇平井恒子（評）東京都赤坂区青山南町六ノ一〇八◇渡辺善房（評）東京都品川区大井鹿島町三〇七〇◇田辺茂一（評）東京都淀橋区角筈一ノ八二六◇川副国基（評）東京都世田谷区代田一ノ七二四◇松村大三郎（評）東京都目黒区平町一〇五◇池尻慎一（評）東京都東村山町南秋津一六五五◇池田昌夫（評）兵庫県揖保郡網十町余子浜三六ノ三◇田中宇一郎（評）東京都滝野川区滝野川町七五二◇増永遥（評）東京都滝野川区田端町五三八◇大西雅雄（評）東京都世田谷区代田一ノ六五二◇原田謙次（評）東京都板橋区石神井関町二の甲八三◇佐々木正念（漢）熊本県天草郡大道村一七三七◇酒巻時之助（漢）東京都渋谷区幡ケ谷笹塚町一三六二◇鈴木謙次郎・静雨（漢）和歌山県日高郡南部町大字北道一三一◇原三七（漢）中華民国北京市内二区和平門内中街五号◇本宮庸三・三香（漢）千葉県香取郡津宮村六三八

〔『文学報国』10月1日付〕

◇林喬（俳）東京都渋谷区緑岡町二一◇西垣隆満（俳）東京都足立区伊興町狭間八八七◇内田寛治（俳）東京都板橋区板橋町二丁目五六六ノ二◇泉田義正（俳）旭川市新旭川錦町一丁目◇片山一良（俳）東京都渋谷区幡ケ谷笹塚町一〇五五◇西本忠孝（俳）東京都芝区芝公園二十一号地一〇◇島田龍平（俳）宮城県亘理郡坂元村字塩釜場五七◇小野純一（俳）札幌市南四条西二六丁目◇久保田信元（俳）札幌市南三条西二二丁目三二一◇清水茂松（俳）東京都芝区田村町四丁目一番地三◇小泉為雄（俳）出征・栃木県今市町小倉町◇遠藤弥一（俳）東京都赤坂区青山南町四ノ二二〔『文学報国』11月20日付〕

◇正治清英（小説）都下南多摩郡町田町玉川学園住宅地◇小川正（小説）東京都世田谷区祖師谷町二ノ四五〇◇真室二郎（小説）東京都杉並区西荻窪二ノ九三◇周金波（小説）台湾台北州基隆市高砂町一ノ一◇内田博（詩）熊本県荒尾市大正区マツヤ映画劇場◇久須耕造（詩）東京都渋谷区宮下町三七、天野方◇黒田三郎（詩）ジャワ・スラカルタ侯地クラン県デラング郡デラング村、南洋興発事務所◇関秋子（詩）東京都板橋区小竹町二三〇五◇浜田乃木（詩）京都府与謝郡府中村字江尻三二七◇田沢八重子（詩）東京都大森区馬込町東二ノ八八四◇宮

崎譲（詩）東京都杉並区高円寺七ノ九六一◇鈴木久夫（詩）山梨県東山梨郡諏訪町七六四◇岡田刀水士（詩）高崎市昭和町一七六◇渋江周堂（詩）長崎県東彼杵郡宮村城間郷四三六◇森際盞武郎（詩）大阪市西成区天下茶屋三ノ九八◇間野捷啓（詩）兵庫県武庫郡本山村北畑四三五◇稲葉健吉（詩）東京都豊島区池袋四ノ一七九一、野村荘三二号◇北村秀雄（詩）東京都大森区久ヶ原町一〇八〇◇小林純一（詩）東京都大森区久ヶ原町一一四〇◇谷村博武（詩）宮崎市神宮町四四五ノ二◇佐藤義美（詩）東京都世田谷区等々力三ノ九二二◇堀口大平（詩）東京都麻布区霞町一◇森田緑雨（詩）福岡市白金町三四◇金秉旭（詩）朝鮮大邱府達城町二二九◇渋沢均（詩）東京都豊島区駒込一ノ一〇◇那辺繁（詩）東京都小石川区西丸町一九、小林方◇中川彰平（詩）山梨県山梨郡松里村中井尻◇秋山清（詩）東京都中野区上高田二ノ三〇〇◇池田克己（詩）上海黄浦灘十七、大陸新報社気付◇高橋比呂美（詩）台湾台北市幸町一八〇◇長崎浩（詩）台湾台北市福住町三八◇楊雲泙（詩）台湾台北州七星郡士林街外双渓二八五〔『文学報国』12月10日付〕

◇小田俊与（評）東京都赤坂区福吉町一◇川崎弘文（評）茨城県東茨城郡上大野村西大野二四四◇緑川白陽（評）銚子市芝町一ノ四八三ノ一〔『文学報国』昭和19年1月1日付〕

◇小笠原淳隆（小説）東京都世田谷区代田二ノ六七六◇古川洋三（小説）川崎市市ノ坪三六◇飯野知彰（小説）大阪市東住吉区桑津町三〇九ノ一◇北条誠（小説）東京都世田谷区玉川等々力町二ノ四九四〔『文学報国』1月10日付〕

◇今井潤（小説）東京都大森区雪ヶ谷町二九五◇大竹孤悠（俳）日立市宮田栄町一、一一七◇八並誠一（小説）東京都中野区野方町一ノ九二〇〔『文学報国』4月1日付〕

◇萩原安次郎（小説）東京都板橋区練馬南町二ノ三六二七◇植村敏夫（外国）東京都淀橋区西大久保三ノ一一七◇満江巌（外国）東京都板橋区大谷口町四三七◇岡不可止（評）東京都渋谷区代々木初台五九二◇羽生操（外国）東京都中野区野方町一ノ六三〇◇横山捷魯（詩）兵庫県武庫郡本山村北畑四三五◇岩藤雪夫（小説）横浜市鶴見区汐田町一ノ二二、横山トヨ方◇左々木功雄（小説）門司市本川町下山手町◇辻本浩太郎（小説）藤沢市鵠沼海岸五五五八◇青木春三（小説）東京都大森区新井宿二ノ一四九一◇霜尾延孝（小説）京都市下京区唐橋羅蔵内町八一◇野木省吾（小説）京都府中郡五箇村字二箇一九〇◇耶止説夫（小説）満州奉天市大和区浪速通十五、大東亜出版社◇山沢種樹（評）藤沢市鵠沼五四五九◇藤原肇（外国）浦和市本太寺前五六◇山岸外史（評）東京都本郷区駒込千駄木町五〇◇植草圭之助（劇）神奈川県高座郡大和町下鶴間南林間◇曹欽源（外国）東京都渋谷区代官山アパート二三号館◇石野経一郎（小説）東京都荒川区日暮里町九ノ一一二四◇中野武彦（小説）東京都豊島区池袋二ノ九四八◇川端義平（小説）東京都大森区馬込町東二ノ一一二一◇稲葉真治（小説）東京都淀橋区戸塚町三ノ三二◇船橋きよ（小説）東京都芝区新橋五ノ三四、太田方◇倉本兵清（小説）松江市北堀町八一◇中村正徳（小説）東京都板橋区練馬田柄町一ノ五三二四◇高梨一男（小説）東京都渋谷区幡ケ谷原町八八八◇石川悌二（小説）東京都中野区野方町二ノ一四八八◇福村久（小説）東京都杉並区高円寺六ノ六九八ノ一◇田口栄子（小説）東京都滝野川区中野町五七、清瀬荘◇久保智（小説）東京都中野区沼袋町一〇一◇森藤已池一（小説）盛岡市新穀町四〇六◇茂木比呂史（小説）東京都浅草区七軒町二◇渡辺喜恵子（小説）東京都大森区新井宿四ノ一一〇一、九州閣アパート内◇森田素夫（小説）東京都中野区江古田四ノ一四七八、石川方〔『文学報国』4月20日付〕

◇西尾光一（国文）東京都杉並区和泉町八一五◇山崎喜好（国文）京都市上京区大将軍西町七九◇市村宏（国文）都下北多摩郡小金井町四七八◇岡野他家夫（国文）東京都目黒区中根町一七九◇臼井吉見（国文）東京都世田谷区等々力町二ノ一五七八◇高須茂（詩）東京都本所区横川橋三丁目三〇号◇坂本七郎（詩）三重県四日市大字天ケ須賀◇国吉真善（詩）東京都荒川区日暮里町七ノ四六五◇渡辺信義（詩）東京都豊島区雑司谷六ノ八六八◇高橋一義＝明智康（詩）東京都葛飾区小谷町三一八◇桑原圭介（詩）下関市阿弥陀寺町七〇◇松本淳三（詩）東京都大森区入新井一ノ一八〇◇和田徹三（詩）札幌市北八条西一八丁目一◇宮沢稔（詩）甲府市橘町一◇大沢喜重郎（詩）東京都小石川区関口台町二一（詩洋社気付）〔『文学報国』5月10日付〕

◇井垣高雀（俳）神戸市灘区深田町二ノ一五◇倉橋弘躬（俳）神戸市須磨区垂水町五色山〔『文学報国』6月20日付〕

◇城夏子＝福島静（小説）藤沢市鵠沼六六二八◇李無影（小説）朝鮮京釜線軍浦駅前◇小池秋羊（小説）蒙彊張家口市興亜大街和光荘二九号◇儀府成一（小説）東京都板橋区大谷口町一〇五四◇佐藤光洋＝光貞（小説）東京都渋谷区原宿一ノ一一八〇◇柳町健郎＝宮川健一郎（小説）東京都荒川区日暮里町九ノ一〇八〇◇長谷川ゆりえ（歌）東京都中野区高根町六◇酒井衍（歌）東京都中野区城山町一八◇大河内夕子＝由芙（歌）東京都江戸川区東小松川二ノ四三八〇◇飯田佳吉（歌）旭川市五条通一

一丁目右七号◇山内増＝真珠子（歌）東京都麻布区霞町八◇木村捨録（歌）東京都杉並区上荻窪一ノ四二◇遠山芳＝君島夜詩（歌）京城府龍山区三坂通五五ノ八◇板垣喜久子（歌）東京都淀橋区下落合二ノ八四二◇小泉利雄＝穂村（歌）神奈川県中郡比々多村三之宮四八四◇村田邦夫（歌）藤沢市鵠沼清水三二九四◇椿一郎（歌）千葉県香取郡米沢村立向◇枡富照子（歌）東京都渋谷区代々木上原町一一七七◇林大（歌）名古屋市東区山口町二一◇中村徳重郎（歌）東京都板橋区練馬仲町六ノ五一六五◇大屋正吉（歌）東京都目黒区三谷町四◇黒須忠一（歌）福島県伊達郡東湯野村字館一三◇鈴木幸輔（歌）埼玉県北浦和金井一九ノ二〇◇高田昇（歌）千葉県市原郡田村水沢四〇二◇清水延清（歌）福島県信夫郡松川町字石合町六三◇村岡紀士夫（歌）岐阜市四屋町六六◇竹内久雄（歌）金沢市小将町三ノ二七◇水鳥川安爾（歌）市川市国府台一五◇天野龍雄＝多津雄（歌）福島県田村郡三春町字馬場七七◇松原旭（歌）静岡県浜名郡積志村橋爪◇阿部千鶴子（歌）東京都大森区馬込町東一ノ一一六〇◇長倉智恵雄（歌）静岡市宮ヶ崎町二五◇石川俊雄＝暮人（歌）宇都宮市今泉町一〇一三◇山本初枝（歌）堺市北田出井町三ノ八七◇岡島寛一（歌）名古屋市東区東大曽根町南一ノ四四◇竹内英一（歌）名古屋市中川区清川町一ノ一◇横田英子（歌）佐賀県三養基郡中原村東寒水◇田中秀一（歌）東京都杉並区永福町四五一◇西田知一＝嵐翠（歌）福岡県京都郡行橋町下正路三〇一三◇岡野とう（歌）東京都渋谷区北谷町四六〇◇新井滋子（歌）堺市鳳南町二ノ七一◇井上徳太郎＝苔渓（歌）東京都渋谷区伊達町五九◇秋山仁悟＝風粋（歌）大阪市南区順慶町通一ノ五九◇遠藤正人（歌）鳥取県日野郡江尾村大字江尾一九八六◇田岡嘉寿彦＝雁来江（歌）彦根市金亀二六、工専官舎◇太平善梧（歌）東京都杉並区荻窪三ノ一九六◇岩村一木（歌）東京都杉並区荻窪一ノ一三六◇小関茂（歌）東京都中野区上高田町二ノ三九六◇浅田正徹（歌）東京都浅草区龍泉寺町一一二◇広川新義（歌）富山県下新川郡舟見町舟見一六二二◇下村栄安＝照路（歌）都下南多摩郡町田町原町田八九二◇安藤寛（歌）藤沢市鵠沼二四七三◇大岡博（歌）三島市田町区奈良橋通一丁目◇許山義隆（歌）甲府市春日町二四◇稲葉宗夫（歌）群馬県北甘東郡富岡町字富岡一〇九九◇池原楢雄（歌）奈良県北葛城郡五位堂村瓦口◇米本重信（歌）千葉県香取郡久賀村次浦一八二七◇幾目勝三郎（歌）郡山市清水台一一六◇武井大助（歌）東京都淀橋区下落合一ノ四一六◇友常幸一（歌）茨城県西茨城郡岩瀬町一四二◇菅野清子（歌）東京都小石川区宮下町四◇山口カウ＝尾崎孝子（歌）東京都本郷区動坂町一九九◇片山久太郎（歌）長浜市錦町五◇岩沙政一（歌）東京都目黒区緑ケ丘三〇一〇◇樋口賢治（歌）東京都世田谷区玉川田園調布一ノ三五〇八◇黒江太郎（歌）山形県宮内町三五七七◇倉石正（歌）長野県埴科郡松代町竹山町◇西村俊一（歌）神戸市葺合区上筒井通二ノ四ノ三一◇竹村利雄（歌）滋賀県滋賀郡仰木村字下仰木五九一六◇宮肇＝柊二（歌）横浜市鶴見区鶴見町六〇・二◇大田黒敏男（歌）鎌倉市二階堂二一九◇菊山種男＝当年男（歌）上野市大字丸ノ内四〇◇井福年太郎＝審月（歌）大阪市旭区北清水町八八九◇岩倉正信（歌）和歌山市中之店北ノ丁二三◇水清久美（歌）滋賀県蒲生郡桜川村極楽寺内◇勝山勝司（歌）西宮市相生町一三二◇岡和一（歌）静岡県小笠郡掛川町西町◇乾政彦（歌）東京都本郷区駒込曙町一二〇◇大島雅太郎＝景雄（歌）東京都世田谷区北沢二ノ一九三◇熊谷太三郎（歌）東京都牛込区筑土八幡町二二〇◇上野節夫（歌）熊本市南千反畑町一〇四◇平野紀久子（歌）千葉県君津郡富津町字相野番六七三〇◇中山俊郎（歌）樺太真岡町王子製紙会社々宅◇伊奈森太郎（歌）名古屋市栄区南外堀町六ノ一、愛知県教育会館◇松本千代二（歌）千葉県長生郡茂原町茂原四一三◇寺田不二子（歌）神奈川県厚木町五七五◇神田矩雄（歌）兵庫県御影町郡家字大蔵四〇◇鬼川俊蔵（歌）北海道雨龍郡深川町鬼川病院〔『文学報国』7月1日付〕

◇早川三代治（小説）小樽市緑町二ノ二◇吉木幸子（詩）小倉市北方本町◇柳沢健（詩）東京都豊島区椎名町一ノ一八八六◇小川寿一（国文）京都市右京区桂良町一六ノ一◇宮本三郎（国文）東京都渋谷区代々木初台六三二◇藤井信男（国文）東京都世田谷区奥沢町二ノ八八◇坂口保（国文）神戸市須磨区須磨浦通六番地一六〔『文学報国』7月10日付〕

◇神戸雄一（小説）宮崎市末広町一ノ一一〇◇秋山正香（小説）東京都杉並区阿佐ケ谷六ノ一三五◇牧野吉晴（小説）東京都大森区新井宿二ノ一六三五◇寺門秀雄（小説）東京都中野区仲町一四◇伊達宗雄（歌）仙台市支倉通一◇小暮政治（歌）東京都世田谷区三軒茶屋五六◇河合恒治（歌）徳島県那賀郡羽ノ浦町駅前植淵方◇金光鑑太郎＝碧水（歌）岡山県浅口郡金光町大字大谷二七六◇山口由幾子（歌）佐賀市松原町中小路八八、裁判所長官舎◇山田武彦（歌）留守宅・柏崎市西学校町、関医院方◇佐藤直衛（歌）秋田県北秋田郡米内沢町薬師下一五六◇近江満子（歌）東京都杉並区阿佐ケ谷一ノ八五六◇清水重道（国文）東京都中野区鷺ノ宮五ノ二一六〔『文学報国』9月1日付〕

◇久米常民（国文）東京都板橋区東大泉町八九三〔『文学報国』9月20日付〕

◇篠原富蔵（詩）東京都麹町区二番町五ノ二二〔『文学報国』11月10日付〕

〔**死去会員**〕

昭和十七年

◇菅忠雄（小説）

昭和十八年

◇倉田百三（評）◇鷹野つぎ（小説）◇白石靖（外国文学）◇平田禿木（外国文学）◇国枝史郎（小説）◇田畑修一郎（小説）◇青木郭公（俳）◇井上立士（小説）◇大内唐渕（俳）◇山崎麓（国文学）◇永田青嵐（俳）◇児玉花外（詩）◇山岸光宣（外国文学）◇徳田秋声（小説）◇山田珠樹（外国文学）◇安藤老蕗（俳）

昭和十九年

◇三上於菟吉（小説）◇矢田津世子（小説）◇蘭郁二郎（小説）戦死◇鵜沢四丁（俳）◇原山成雄（漢）◇国分青涯（漢・名誉会員）◇林武夫（歌）◇大井広（歌）◇近松秋江（小説）◇奥村政治郎（歌）◇森鵜牛子（俳）◇武田忠哉（評・劇文）◇田辺幻樹（俳）◇深沢政弘（俳）◇増田七郎（国文学）◇大森嘉津蔵（漢）◇木崎愛吉（漢）◇津村信夫（詩）◇宮崎宣政（漢）◇尾沢良三（劇）◇刀祢館正雄（歌）◇西田当百（俳）◇小島春（歌）◇青柳優（評）◇陸直次郎＝野沢嘉哉（小説）◇角谷池潡（俳）◇山本岬人（俳）◇山崎楽堂（俳）◇近江帆二（小説）◇八木沼丈夫（歌）◇片岡鉄兵（小説）

昭和二十年

◇里村欣三（小説）従軍死

〔**退会**〕

◇榎村功（漢）◇荒浪市平（漢）◇安倍留治（漢）◇加藤純吾（漢）◇鈴木由次郎（漢）◇寺田范三（漢）◇長岡弥一郎（国文）◇広田栄太郎（国文）◇宮良当壮（国文）◇八浪則吉（国文）◇吉田澄夫（国文）〔『文学報国』昭和19年6月1日付〕

◇寺内淳二郎（漢）◇上田勤（外国文学）◇中田猛夫（俳）◇佐藤謙三（国）◇島津久基（国文）◇上杉松太郎（漢）◇北村沢吉（漢）◇峰岸義秋（国文）◇川村玄智（漢）◇岡村利平（漢）◇秋田実（漢）◇渡貫香雲（漢）◇山名芳麿（俳）◇手塚良道（漢）◇斎藤慎吾（歌）◇野沢富美子（小説）◇横田庄八（漢）◇中島慶一郎（漢）◇杉浦翠子（歌）◇飯田伝一（漢）〔『文学報国』7月10日付〕

◇堀銑太郎（漢）◇堀口九万一（評）◇山家和香女（俳）〔『文学報国』7月20日付〕

〔**学芸往来**〕

◇本田晴光（詩）二月中旬応召。◇土屋文明（短歌）二月二十四日午後一時隣家より出火、全焼の厄に遭はる。

◇名誉会員平田禿木三月十三日午後五時三十五分本郷区曙町二十二の自宅で永眠。◇窪川稲子（小説）スマトラ、メダン（毎日新聞支局付）に今夏まで滞在。〔『日本学芸新聞』昭和18年4月1日付〕

◇佐野まもる（詩）高松市二番丁二六に転居。◇大塚泰治（短歌）大阪市住吉区遠里小野町六に転居。◇葉山嘉樹（小説）増産奉仕隊に参加十月末まで満洲北安省徳都県双龍泉第一木曽郷開拓団に滞在する由。◇本田茂晴（詩）一月応召目下台南市台南陸軍病院兵舎第三内務班にて活躍中。〔『日本学芸新聞』5月1日付〕

◇吉村栄吉（外国文学）応召東部〇〇部隊に入隊、留守宅大阪府豊能郡小曽根村二軒家一三六〇吉村油化学研究所。◇岩本修蔵（詩）満洲国哈爾浜市馬家溝宣化街、政府官舎八八号へ転居。〔『日本学芸新聞』7月1日付〕

〔**会員消息**〕

【住所変更】

◇安藤正次　東京都麹町区九段四ノ一五（九段四三五〇）◇上村孫作　大阪市港区西市岡町二ノ一〇◇染野厳雄　鎌倉市大町二四五一◇高草木暮風（正治）京都市御池通木屋町西（上五五九〇）◇甘田五彩　東京都牛込区喜久井町三六◇稲津静雄　同芝区愛宕町三ノ一第一愛山荘一六号（芝二七七）◇植松安　台湾台北市昭和町四一四◇神原克重　船橋市本町三ノ一三一七◇川口久雄　金沢市巴町三三◇河合いづみ（河合多助）豊橋市東田町東郷一六一ノ五◇喜多村巌　朝鮮釜山府東大新町三ノ二一〇◇桑門つた子　神戸市湊東区楠町四ノ一八七能仁春樹方◇郷田悳（前田徳太郎）大阪府豊中市二〇四ノ一八（豊中二九二二）◇佐伯仁三郎　東京都中野区新井町六一三◇佐々木孝丸　同杉並区永福町二五九◇佐藤一英　同豊島区長崎三ノ一五◇佐藤平一　同府中本町四ノ九三〇二◇里見ぎ一（義一）和歌山市今福一七四ノ五（一三一五）◇寒川光太郎　神奈川県葉山町森戸一〇二四◇四宮史郎　大阪市東区唐物町四ノ四五（船四〇八五）◇清水芹畝（省三）彦根市芹橋町九ノ一八◇鈴木金二　八王子市大横町九二桜井為介方◇武田遂天（六二）　満洲国新京特別市五色胡同四〇一満洲機械工業統制組合公館五色荘内◇時枝誠記　東京都淀橋区西大久保三ノ一六三◇徳富蘇峰　熱海市伊豆山字押出（熱海三〇〇五）◇中井コツフ（謙吉）　宇和島市大超寺奥（一三九・四二五）◇中村巳寄（順太郎）東京都日本橋区本石町三ノ四（日本橋三五二二）◇中山義秀　鎌倉市極楽寺町九一◇長田幹彦　東京都四谷区信濃町一八（四谷三〇二一）◇西本清樹（清喜）（留守宅）熊本市出水町字今五一七ノ六◇野沢柿葺　明石市大蔵谷権見下二四二四◇長谷川黙語子　鳥取県西伯郡日吉津村大字日吉津◇八田元夫　東

京都芝区明舟町二二明舟荘（芝二七〇八）◇日比野士朗　東京都世田谷区世田谷二ノ一四三九〔『文学報国』昭和18年8月20日付〕

【住所変更】

◇真杉静枝　鎌倉市極楽寺町九一◇増田良三　東京都板橋区小竹町二二七七◇丸山義二　同四谷区坂町四ノ五◇三宅巨郎　同深川区常盤町一ノ九◇緑川貢（内藤貢）（公用）同板橋区下石神井二ノ一二一〇檀一雄気付◇安田蚊杖（和重）同四谷区伝馬町一ノ三五（四谷二四三八）◇安成二郎　同牛込区市ケ谷台町九〔『文学報国』10月1日付〕

【役員変更】

十月開催された本会理事会に於て国文学部会の藤井乙男氏は、このたび名誉会員就任に正式決定を見た。

【住所変更】

◇平野謙　都下北多摩郡三鷹町牟礼四六五◇飯尾峭木　東京都大森区調布嶺一ノ三六七◇木谷貞二　同四谷区若葉町一ノ一六◇大滝清雄　同赤坂区青山北町六の五三田村方◇西村皎三　茨城県土浦市大町一一二二矢野兼武方◇長岡弥一郎　福島県福島師範学校◇杉山誠　名古屋市城内中部第十三部隊竹内隊◇赤松月船　東京都杉並区大宮前六の四四七丸三郎方◇平井肇　満洲国哈爾浜市南崗建設街満鉄総合事務所弘報課◇東松八洲雄　横浜市港北区篠原町富塚二一〇〇◇川崎芳隆　都下北多摩郡三鷹町牟礼四四七◇日置重男（旧名日高麟三《ママ》）◇三木春雄　東京都中野区城山町二五◇多田不二　大阪市東区馬場町大阪中央放送局内◇崎山正毅　仙台市長町向山清水谷一◇都築省吾　東京都牛込区余丁町八五◇内藤吐天　名古屋市外鳴海町薬師山四七◇村山古郷　東京都牛込区市ケ谷加賀町一ノ二◇新名直和　鎌倉市浄明寺一四一◇柳瀬留治　東京都渋谷区代々木本町七三一◇藤田一郎　山口県下松市能行◇矢本貞幹　大阪市東住吉区北田辺町六一八◇根津憲三　東京都杉並区下井草八七◇沢木隆子　旭川市七条通一七左一号官舎坂崎方◇杉浦亮一　鹿児島県鹿児島海軍航空隊文官室◇渡辺清一　大阪府池田市上池田六二大阪第二師範学校内◇山田修次　東京都世田ケ谷区下馬町三ノ二八◇山田厚　中華民国上海海格路一九五四東亜同文書院大学内◇三好寛　東京都蒲田区蓮沼町八〇◇吉田暎二　同杉並区荻窪一ノ五八◇上田喜太郎　同麹町区三番町四ノ六◇高橋定坦　同世田ケ谷区玉川瀬田町三六〇◇川田瑞穂　同淀橋区西大久保一ノ四四八◇加藤純吾　千葉県長生郡一宮町物見台一三九◇加藤勝太郎　千葉県海上郡三川◇上沼利三（折爪伸一郎）東京都板橋区練馬南町二ノ三五九五末広荘アパート内◇伊藤貴麿　東京都杉並区上荻窪一ノ八◇本宮庸三　千葉県香取郡津宮村六三八◇南条三郎　東京都世田谷区代田二ノ一〇五

一◇美木行雄　尼崎市西字南川端◇花村奨　東京都板橋区上板橋一ノ二〇九◇橋本敏志　鎌倉市扇ケ谷二一四◇鳴山草平　藤沢市寿町二三六◇高須清二　大連市伏見町七七◇杉田鶴子　東京都本郷区本郷二ノ三ノ六◇坂井久良伎　同麹町区富士見町一ノ七ノ一三◇和田芳恵　市川市八幡町二〇〇五◇和田洋一　東京都世田谷区北沢五ノ六五五◇吉田寿三郎　馬来派遣第三四〇野戦郵便隊気付岡九三二六部隊本部◇森本健吉　仙台市中島丁六八◇森本覚丹　東京都世田谷区北沢三ノ九七四◇村上徳治　満洲国新京満洲第八七五部隊二◇宮崎信義　京都市下京区東中筋七条上ル◇宮城謙一　東京都世田谷区玉川奥沢町一ノ三七三◇光永久男　名古屋市千種区坂下町一ノ三七◇三島通陽　東京都渋谷区代々木上原町一一七七◇三上於菟吉　埼玉県北葛飾郡幸松村大字八ノ二九九◇松尾竹後　福岡県瀬高町下庄薬師◇平野止夫　東京都豊島区池袋四ノ一七四三◇橋本甲矢雄　大阪府高槻市川二八二◇能村潔　平塚市平塚一七六三◇野口青眉　栃木県那須郡黒羽町第一国民学校◇長沢美津　埼玉県大宮市高鼻四ノ一七三◇長瀬喜伴　東京都下谷区下根岸一◇長崎謙二郎長野県小県郡青木村青木◇手島清風郎　福岡県飯塚市外三菱鉱業所◇玉置瑩子　東京都下谷区坂本一ノ二二ノ二◇田村昌由　満洲国新京特別市菊水町一四満鉄菊水寮三一三◇高橋サチ　愛媛県西条市八千代巷中学南◇田中不倒人　東京都目黒区向原町二一三◇田口白汀　門司市吉野町一◇鈴木力衛　東京都牛込区矢来町三〇◇鈴木保同麻布区霞町六◇清水大蘭　同大森区上池上町一〇八九◇里村欣三　同世田谷区鎌田町四四四◇沢村勉　同淀橋区下落合四ノ一六八〇◇西本清樹　熊本市出水町字今五一七ノ六◇堺誠一郎　東京都杉並区西高井二ノ三〇◇佐伯仁三郎　同牛込区矢来町八◇五島茂　神奈川県三浦郡葉山下山口一五二六関沢長吉方◇竹内敏雄（小竹繁）神奈川県大磯町台町◇久保虹城　朝鮮平壌府牡丹台お牧の茶屋◇井伊脩三　都下北多摩郡保谷町上保谷二二〇中島第十四寮第三号十三室三宅昌義方◇石井哲夫　兵庫県氷上郡柏原町◇岡部文夫　愛知県丹羽郡犬山町犬山煙草販売所内〔『文学報国』11月1日付〕

【住所変更】

◇岡村浩　函館市海岸町一三六鉄道官舎一◇岡本千万太郎　中華民国北京市内二区皮庫胡同二七入沢達治方◇奥村五十嵐　東京都豊島区要町二ノ三六◇加納炎石　大阪市東住吉区北田辺町七四四◇金田鬼一　千葉県長生郡一宮町字老女子三七〇六◇伊藤無門　山口県下関市西大坪町四二◇天野鎮雄　盛岡市肴町四九◇榎村巧　愛知県半田市半田中学校◇谷崎潤一郎　兵庫県武庫郡魚崎町七二八ノ三七◇内田義広　東京都荏原区豊町六ノ二二一荒井方◇御荘金吾　同世田ケ谷区八幡山町三◇荒木田楠千代

山口市宮野町山口女子専門学校気付◇今村太平　千葉県安房郡千倉町◇佐野一男　神戸市灘区青谷町二ノ一二一番屋敷◇白川渥　神戸市灘区高羽楠ケ丘八七〔『文学報国』11月10日付〕

【住所変更】

◇荒木巍　東京都西多摩郡東秋留村小川◇伊藤永之介　秋田県横手町上田中町◇飯塚朗　横浜市神奈川区高島台四一◇市古貞次　東京都豊島区池袋二ノ九三三◇菅感次郎　同神田区旭町九◇手塚富雄　同淀橋区西落合一ノ二五二◇寺崎浩　同小石川区大塚坂下町一八〇◇梁取三義　同淀橋《ママ》区戸塚町三ノ九三四（牛込七四七九）◇藤崎麦村　茨城郡那珂湊町御殿町◇山田琢　出征◇田島譲治　広島市塚本町三八森川方（西二一）〔『文学報国』11月20日付〕

【住所変更】

◇中島唯一　東京都杉並区和田本町一〇二七◇富永克己　同中野区野方町二ノ一二七六◇阿部静枝　同豊島区池袋二ノ八九七◇尾関岩二　西宮市今津水波町一〇二◇勝本清一郎　栃木県那須郡那須村大字湯本新那須二〇六◇近藤一郎　名古屋市中村区二橋町五ノ二八◇高沖陽造　都下武蔵野町吉祥寺鶴山小路八八五◇永松浅造　東京都中野区鷺ノ宮三ノ一四二◇長田秀雄　鎌倉市長《ママ》谷五六一◇林和　神奈川県茅ケ崎町中海岸一〇六〇〇◇松尾弘平　大阪市港区辰巳町一丁目一〇〔『文学報国』昭和19年1月10日付〕

【住所変更】

◇中山正善　奈良県山辺郡丹波市町大字三島二七◇升屋治三郎　兵庫県芦屋市芦谷平田四三五ノ三◇井口政治　東京《ママ》都浅草区田島町三八◇大沢喜重郎　金沢市胡桃町二三◇石崎宗太郎方◇大谷忠一郎　福島県白河町字本町五四◇和田久一（一堺漁人）東京都京橋区築地四ノ一二ノ三◇新藤兼人　同豊島区椎名町三ノ一九五三滝平奄◇杉山平助　茨城県多賀町水木浜◇林憲一郎　豊中市常盤通二ノ七◇鈴木杏村　東京都杉並区荻窪四ノ一二木内栄次郎方◇太刀掛重男　広島県立広島第一中学校◇田村忠博　東京都豊島区西巣鴨一ノ三二七七西巣鴨荘五号館◇新田豊　同杉並区下高井戸四ノ九四四◇萩原弥彦　同豊島区長崎町二の一七◇平賀光寿　同板橋区練馬桜台三ノ六八〔『文学報国』2月1日付〕

【住所変更】

◇大島長三郎（詩）北京西皇城根二十二号◇赤木俊（評）埼玉県久喜町大字久喜新三八〇◇井上満（外）久留米市野中町五九〇上野方◇伊藤松雄（小・劇）諏訪市湖柳町◇石黒敬七（評）市川市須和田一〇四番地（電小石川八三七）◇石川湧（外）栃木県塩谷郡大宮村田所一〇二九◇石塚喜久三（小）蒙彊張家口鉄路局愛路部民生

課◇岩本宗二郎（短）大牟田市大正町六丁目三井社宅◇上野壮夫（小）奉天潘海区吉祥街三段四〇号◇宇井無愁（小）豊中市大字内田二七三（但し上京の時は前住所）◇内田岐三雄（劇・評）神奈川県平塚市新宿一五四四◇大岡昇平（外）東京都世田ケ谷区経堂二九二田中増太郎方◇大木惇夫（詩）栃木県安蘇郡田沼町稲荷久保（但し同件は東京都渋谷区円山町二六白鳳荘、電渋谷（46）二四一〇）〔『文学報国』2月10日付〕

【住所変更】

◇大久保康雄（外）市川市北方沼高八一四◇大隈三好（小）東京都北多摩郡三鷹町井口二四七◇大倉燁子（小）東京都麻布区笄町五四（電赤坂三三七一）◇大野良子（詩）清水市折戸高等商船学校苫口方◇岡田榛名（俳）（徴用中）千葉県野田町中野台一九七（電野田町一六五）〔『文学報国』3月1日付〕

【住所変更】

◇岡村浩村（俳）名古屋市東区大曽根町鉄道良舎◇辛島驍（外）京城府西大門区新村町五七（電光化門二六八〇）

【住所名変更】

◇島道素石（俳）芦屋市西山町六四◇伊藤信（漢）大垣市林町一丁目九九番地

【電話番号変更】

◇金子元臣（国）小石川（85）五二四八番◇北林透馬（小）本局四七六九番◇杉浦翠子（短）高輪（44）四八三四番◇丸岡明（小）青山（36）四五六五番◇京極杜藻（俳）芝（43）三一一三〔『文学報国』3月10日付〕

【住所変更】

◇京極杞陽（俳）東京都芝区田町八丁目一番地（電三田二七一）◇桑原武夫（外・評）仙台市北五番町四◇小泉為雄（俳）（出征中）中支那派遣藤第五五二二部隊長沢隊（留守宅・栃木県今市町小倉町小泉たか子）◇近藤弘文（小）東京都杉並区天沼三ノ九四七◇佐藤達夫（短）東京都麹町区永田町二ノ八法制局内◇西条八十（詩・外）（新）茨城県下館町西町甲一二五（電下館二六六）（仮）東京都牛込区納戸町四三　三井方（電牛込五〇五六）◇斎藤潤二（短）宇都宮市旭町一ノ三四二八大岡邸内◇更科源蔵（詩）札幌市南七条西十二丁目◇渋沢均（詩）東京都世田ケ谷区下馬東京第十二部隊楠岡◇下村千秋（小）東京都北多摩郡小金井町九九三◇正治清英（小）東京都世田ケ谷区北沢二ノ二四六晴保荘（電世田谷三一二一）◇陣出達朗（小）京都市右京区太秦多藪町四八◇白井鉄造（劇）東京都麻布区霞町二二◇新間進一（国）東京都本郷真《（ママ）》砂町二五真成館内◇鈴木知太郎（国）東京都豊島区長崎一ノ二三◇鈴樹昌（詩）東京都世田ケ谷区玉川等々力町二ノ四四三◇高橋定坦（漢・外）東京

都世田ヶ谷区深沢町二丁目六〇ノ三◇高田瑞穂（国）東京都世田谷区成城町七三◇竹下竹人（俳）東京都淀橋区下落合一丁目三四八酒井章吉方◇都筑省吾（短）東京都牛込区余丁町八五◇寺田太郎（劇）東京都大森区入新井二ノ七一小山田方◇富永次郎（小）東京都下小金井町小金井三九九◇中井正晃（小）東京都四谷区四谷四丁目一七ノ一◇中川龍一（外・劇）東京都本郷区台町三六昇龍館（電小石川一三〇二）◇野口富士男（小）東京都淀橋区戸塚町一ノ四六〇東光館◇橋爪健（小）沼津市下河原町一九◇藤沢桓夫（小）大阪市住吉区墨江中一ノ四五◇堀口太平（詩）静岡県富士郡大宮町万野三七六三ノ二◇増田晃（詩）東京都世田ヶ谷区世田ヶ谷二ノ一二六八◇松原晃（小）東京都豊島区長崎四ノ四一ノ九◇三苫守西（短）八幡市高見町八丁目一七七号◇村野四郎（詩）東京都大森区上池上町一九五（電荏原八一二二）◇山田あき（短）東京都世田谷区経堂町二二六坪野方〔『文学報国』3月20日付〕

【住所変更】

◇八田元夫（劇）東京都本郷区西片町一〇イの一二号◇神吉三郎（外国）東京都世田ヶ谷区烏山町一〇八〇番地◇野口雨情（評論・詩）宇都宮市外鶴田羽黒山亀羽黒園◇清水茂松（俳）東京都大森区上池上町一〇八九◇佐々木基一（評論）千葉県千葉市登戸町二ノ一〇七原方◇岡田禎子（劇）愛媛県温泉郡道後湯ノ町南町五ノ六四◇上村孫作（短歌）奈良県生駒郡伏見村疋田◇二宮冬鳥（短歌）応召中・久留米市京町三丁目七一◇土井重義（国文）東京都牛込区北山伏町二五◇巌谷三一（劇）川崎市今井南町四三七◇富士野鞍馬（俳句・川柳）東京都赤坂区田町二丁目一四番地◇北条誠（小説）東京都渋谷区向山町五三共託社六号一六七◇久須耕造（詩）東京都渋谷区宮下町三七天野方◇長田恒雄（詩）東京都四谷区三栄町二六ノ三大輝会館◇西本忠孝（俳句）東京都芝区芝公園二一号地一〇◇山本龍（短歌）東京都世田ヶ谷区玉川二一◇相坂一郎（短歌）青森県下北郡田名部町字樺山鉄道工業株式会社樺山出張所◇井上満（外国）久留米市野中五九〇◇荒浪市平（漢詩漢文）静岡県志田郡島田町一五五三◇中村已寄（評論）東京都淀橋区柏木三ノ四三三◇本間桐人（短歌）東京都杉並区荻窪町一ノ五〇◇木村蕪城（俳句）長野県諏訪市湖柳町一七四竹部方◇深沢誠一（俳句）大阪市北区中之島三丁目五　三井物産大阪支店◇緑川白陽（評論）東京都目黒区駒場町七七八斎藤愛子方◇真室二郎（小説）東京都杉並区西荻窪二ノ九三◇河西新太郎（詩）小倉市南下富野町一二四（応召中）◇服部武（漢）東京都杉並区永福町二六四◇原田種成（漢）群馬県前橋市国領町八◇榎村巧（漢）愛知県知多郡東浦村字藤江一〇◇中山富久（小）横浜市鶴見町一四

五八（電鶴見２二〇三八）◇島村民蔵（劇）東京都世田谷区東玉川町七七番地◇田中背山（俳）徳島県美馬郡貞光町東浦◇石田波郷（評・俳）北支派遣衣第四二九四部隊岡田隊◇内田義広（詩）東京都荏原区豊町二ノ一二九六◇島田柳貞（俳）岐阜県高山市大字下切上枝鉄道官舎◇宮崎信義（短）京都市下京区烏丸通七条下ル西入東仲町一八八◇蔵原惟人（評）東京都板橋区ト石神井一丁目二三二◇岡田榛名（俳）千葉県野田町中野台（電野田一六五）◇田中四郎（短）神戸市須磨区一ノ谷町二丁目一七番邸（電須磨五番）◇森際鲞武郎（詩）大阪市阿部野区昭和町東二丁目二十六番地◇尼ヶ崎豊（詩）（出征中）朝鮮京城府中区南大門通五ノ四八◇山野井洋（短）東京都麻布区材木町四七（電赤坂二四七八）『文学報国』４月１日付）

【住所変更】

◇北原由三郎（外国）千葉県市川市川口七六二◇畑耕一（小説）広島県安佐郡可部町◇高祖保（詩）神奈川県大磯町神明町九二〇（電話大磯二一八）◇武川重太郎（小説）東京都杉並区成宗一丁目四三◇熊谷武至（短歌）愛知県宝飯郡御油町◇清水暉吉（詩）桑名市三崎通水谷豊吉方◇清水乙女（短歌）同上◇山田克郎（小説）神奈川県中郡秦野町乳牛四二一一◇杉本駿彦（詩）熊谷市箱田五四三◇三木朱城（俳句）新京特別市城後路一一二白山住宅三三〇◇大越利一郎（俳句）秋田県仙北郡角館町畑越町西深四〇◇木村平右衛門（漢詩漢文）和歌山県海南市鳥居◇金原健児（小説）東京都浅草区浅草橋二ノ二◇小川富五郎（詩）八王子市千人町九五◇立花金次（俳句）東京都蒲田区仲六郷一丁目一八ノ五◇木津柳芽（俳句）八王子市八日町八番地◇岡野直七郎（短歌）東京都渋谷区北谷町四六◇藤井秀生（俳句）台湾台南市北門町二丁目台湾新報台南支社◇鈴木彦次郎（小説）盛岡市新庄山王一◇榊山潤（小説）福島県安達郡二本松町松岡四九鈴木五郎方◇岡戸武平（小説）愛知県知多郡有松町西深谷方◇津下智章（漢詩漢文）神奈川県藤沢市鵠沼一九〇五◇久保喬（小説）静岡県庵原郡内房村◇戸伏太平（小説）神戸市葺合区熊内町六ノ二〇七安藤竹治郎方◇尾崎喜八（詩）東京都赤坂区青山南町六ノ一三五◇富士野安之助（俳句）東京都赤坂区田町二丁目一四◇吉川英治（小説）都下西多摩郡吉野村柚木一〇一◇寺田透（外国）横浜市中区西戸部町二ノ二四〇◇林芙美子（小説）長野県下高井郡平穏村上林◇矢沢葉子（短歌）京都市左京区岡崎円勝寺町五九◇野村泊月（俳句）兵庫県氷上郡黒井町字野村七三四◇館山一子（短歌）東京都世田ケ谷区玉川奥津町一ノ三九三日暮方◇柴谷武之祐（短歌）大阪府北河内郡星田村四九二七森田信一方◇吉屋信子（小説）鎌倉市長谷小谷戸二六八◇野口正夫（外国）東京都

淀橋区諏訪町一二〇稲泳寮内◇阿部晃（短歌）東京都渋谷区千駄ヶ谷町二ノ四三八◇青木茂（小説）神奈川県川崎市南幸町三ノ一七七〇◇井手逸郎（俳句）兵庫県八鹿町上綱場◇横島武郎（小説）栃木県下都賀郡国分寺町小金井飯島吉三郎方◇守随憲治（国文）東京都本郷区西片町十番地いノ十号（電話小石川二六六〇）◇竹村猛児（随筆）千葉県成田町五八八◇木浦柴雄（短歌）東京都世田ケ谷区世田ケ谷一ノ八七〇◇上村孫作（短歌）奈良県生駒郡伏見付疋田◇伊藤永之介（小説）秋田県横手町水上

【電話番号変更】

◇舟橋聖一（小説・国文）落合長崎（95）四三三八

【応徴】

◇野口一陽（俳句）

【応召】

◇根岸栄一郎（俳句）◇小林静雄（国文）◇暉峻康隆（国文）〔『文学報国』4月20日付〕

【住所変更】

◇中谷孝雄（小説）長野県東筑摩郡波多村平林常市方◇野島一朗（俳句）満州国通化市龍泉区満洲□□《不明》通化支店◇南川潤（小説）群馬県桐生市宮本町一三九八ノ四◇金原健児（小説）東京都浅草区柳橋二ノ一五◇奥貫信盈（短歌）静岡市鷹匠町三丁目一〇一◇吉尾なつ子（小説）京城府龍山区元町一ノ一西川方◇小島政二郎（小説）神奈川県鎌倉市大町比企ケ谷一一三七◇折爪伸一郎（詩）東京都杉並区阿佐ケ谷一丁目六九二◇渡辺喜恵子（小説）岩手県二戸郡北福岡字石切新村川原◇松村巨湫（俳句）栃木県那須郡親園村字花園◇柴田賢一（小説）東京都淀橋区下落合三ノ一四一七梁瀬三郎方◇田中惣五郎（評論）都下武蔵野町吉祥寺五〇◇大倉燁子（小説）東京都本郷区駒込動坂町一二三、電駒込四七四物集方◇阿部みどり女（俳句）仙台市米ケ袋上丁一二◇島田馨也（詩）横須賀市海軍工廠池上第四寄宿舎事務所内◇竹内好（外国）中支派遣峰八一〇二部隊村山隊◇白井鉄造（劇）愛知県渥美郡二川町大岩字大穴◇吉田健一（評論・外国）東京都小石川区小日向台町一ノ二八◇村上成実（詩）東京都神田区駿河台二ノ二◇大滝重直（小説）秋田県由利郡岩谷村◇荻原井泉水（俳句）神奈川県大船町山ノ内一五三四◇古沢元（小説）東京都中野区鷺ノ宮一ノ二八八◇中村正常（小説）奈良県生駒郡富雄村二名《ママ》二六三一◇斎藤潤二（短歌）宇都宮市外戸祭八二八関東車体製作株式会社社宅◇山本夕村（俳句）大津市膳所大字錦木下町一七六◇三隅正行（短歌）静岡県富士郡富士町上横割一〇、凸版印刷株式会社富士工場彫刻課◇武田敏彦（小説・劇文）東京都目黒区柿木坂三三五◇細谷雄太（俳句）埼玉県北足立郡志紀町一五九七◇長谷健（小説）福岡県山門郡東宮永村下宮永北小路◇鷲見正一（漢詩漢文）埼玉県川口市鳩谷局気付東部第一九〇二部隊◇森本覚丹（外国）東京都世田谷区北沢三ノ九七四◇斎藤昫（評論）東京都杉並区高円寺六ノ七三八電中野六一四一◇市毛豊備（短歌）茨城県北相馬郡取手町新町◇南達彦（小説）奈良県五条町岡口三宅方◇亀山美明（短歌）門司市清滝町毎日新聞社内◇服部忠志（短歌）支那派遣北京第九四四〇部隊◇田辺貞之助（外国）都下北多摩郡府中町矢崎一四九六常光寺◇滝下繁雄（詩）栃木県下都賀郡国分寺村小金井駅東通所理亮方◇小森静雄（劇）東京都中野区鷺ノ宮五ノ一九八◇近藤一郎（小説）名古屋市中村区二橋町五ノ二八◇中島唯一（国文）東京都杉並区和田本町一〇二七◇伊藤俊二（短歌）東京都世田谷区松原町一ノ八三◇大館則貞（小説）東京都目黒区下目黒二ノ一九一◇大田洋子（小説）東京都板橋区練馬南町四ノ六二六〇英方◇野木省吾（小説）京都府中郡五箇村字二箇一九〇◇森至（小説）東京都豊島区駒込二ノ二九五式部方◇阿部晃（短歌）東京都麹町区丸の内日本郵船会社気付◇桂田利吉（外国）東京都板橋区豊玉北五丁目八ノ二◇畑耕一（小説）広島県安佐郡可部町◇岩崎万喜夫（国文）東京都小石川区林町七〇清林荘電大塚六〇〇四◇大内櫓水（俳句）上海山陰路四達里十七号◇福岡春斗（俳句）秋田県平鹿郡福地村◇浅野梨郷（短歌）名古屋市栄区外堀町二ノ四◇久米幸叢（俳句）朝鮮羅津府楓町四ノ一◇堺誠一郎（小説）東京都北多摩郡大和村清水七三九◇会田毅（小説・短歌）千葉県長生郡長南町長南二五九四◇今井つる女（俳句）東京都世田谷区世田谷二ノ一三二五◇三木治（外国）堺市深井戸町一八八八外山楢千代方◇田島譲治（外国）広島市東千田町一丁目広島文理科大学英文学研究室◇安田蚊杖（俳句）東京都四谷区四谷一ノ一一◇中勘助（小説・評論・詩）静岡県安部郡服織村新間一〇八九ノ二二〇前田一夫方◇島本隆司（劇）牡丹江第五十七軍事郵便所気付、満洲第八〇三部隊工藤隊◇江口渙（小説）栃木県烏山町屋敷町◇長与善郎（小説・劇）神奈川県津久井郡小淵村藤野鈴木雄一郎方◇河柳雨吉（俳句）静岡市安西一ノ五六◇山田清三郎（小説）新京特別市吉野町三ノ二共栄会館二七号◇奥村霞人（俳句）東京都世田谷区深沢町三ノ二五三◇前田雀郎（詩）宇都宮市相生町一一岸塚正一郎方◇上泉秀信（小説・劇）福島県石城郡渡辺村大字田部字渡部二三◇保坂香骨（俳句）静岡県田方郡中狩野村上船原二九二〔『文学報国』5月1日付〕

【住所変更】

◇中桐雅夫（白神鉱一）（詩）東京都牛込区矢来町一四一◇富倉徳次郎（国文学）東京都杉並区阿佐ヶ谷四ノ三七九◇対馬完治（短歌）山梨県南巨摩郡穂積村小室◇落

合一雄（短歌）東京都淀橋区柏木一ノ一二八◇富士野安之助（俳句）東京都赤坂区福吉町一ノ一五一号◇山本光郎（漢詩）紀州田辺市会津町一六六四ノ五◇立上秀二（小説）静岡県磐田郡磐田町二ノ宮一七一八◇佐々木憲（劇文学）牡丹江第五軍郵気付満第九一六部隊沖隊◇土屋元一（小説）静岡県賀茂郡稲梓村宇土金三七◇滝本精久（俳句）東京都品川区大井北浜川一〇二一◇宇田川麗哉（俳句）東京都渋谷区上通り二ノ三九◇進藤恵美子（短歌）兵庫県朝来郡山口村◇上野壮夫（小説）奉天潘海区吉祥街三段四〇号満洲花王石鹼株式会社潘海工場◇久保田信元（俳句）札幌市南三条西二一丁目三二一◇橋爪健（小説）沼津市河原町一九◇荻原弥彦（外国）東京都豊島区長崎町二ノ一七◇小川舟人（俳句）大阪市阿倍野区阪南町中四ノ一七◇高岩肇（劇文）東京都世田谷区北沢五ノ六五〇◇吉沢独陽（詩）芦屋市西山町三五◇伊藤松雄（小説）諏訪市大手町二丁目（諏訪八六一）◇植村繁樹（小説）奈良県生駒郡富雄村大字二名◇青山郊汀（外国）千葉市本町二ノ四〇◇井上健太郎（短歌）名古屋市瑞穂区御莨町一ノ一八◇石榑正（短歌）東京都深川区平野町二ノ一〇◇藤原長太（俳句）香川県坂出町此花町◇見原文月（短歌）京都市下京区梅小路中町五九見原花方方《ママ》◇池田詩外樓（俳句）兵庫県朝来郡竹田町◇長島二芳（詩）名古屋市東区安房町一三◇永田耕衣（俳句）兵庫県加古郡高砂町北本町三菱社宅◇山本友一（短歌）満洲国通化省通化市満鉄通化鉄道建設事務所◇浅原六朗（小説）神奈川県高座郡大和町中矢方◇清水博久（評論）高知県西新屋敷七五◇田宮虎彦（小説）東京都杉並区阿佐ケ谷四ノ九六六◇中貞夫（小説）三重県名賀郡依那古村◇鈴木金二（短歌）八王子市大横町九二桜井方◇吉田精一（国文）東京都中野区鷺ノ宮二丁目八八八◇北原禎一（短歌）愛知県南設楽郡新城町東沖野九◇大江満雄（詩）山梨県甲府市北橋町一四◇三宅光也（詩）東京都荏原区荏原三ノ一三三田島鉀造方◇深尾須磨子（詩・外国）東京都世田ケ谷区祖師ケ谷町二ノ八三一◇谷崎潤一郎（小説）静岡県熱海市西山五九八◇重松信弘（国文）新京市信和路第七官舎◇木島平治郎（評論）東京都世田谷区大蔵町一五〇八◇清水芹畝（短歌）彦根市芹橋町一三丁目三二◇森路匆平（短歌）長崎市城山町一ノ一二◇青木穠子（短歌）名古屋市栄区下長者町三ノ一九◇野地曠二（短歌）宮城県白石町東小路一一二◇長谷川素道（俳句）兵庫県武庫郡住吉村弥ケ門一〇六一◇藤原長太（俳句）香川県坂出市此花町◇川島奇北（俳句）東京都赤坂区一ツ木町七六川島憲三方◇平野万里（短歌）伊豆伊東町水道山五五◇高木斐瑳雄（詩）名古屋市栄区大津町一ノ二◇橋本文夫（外国）長野県北佐久郡軽井沢町一七五小宮山方◇鈴木英輔（劇文）東京都牛込区矢来町三

八◇清水文雄（国文）東京都世田ケ谷区大蔵町一八七一◇富永克巳（短歌）東京都杉並区大宮前六ノ四一五◇阿木翁助（劇文）長野県下諏訪町富部◇浦瀬白雨（詩）佐世保市外佐々町六〇◇渡部信義（詩）福島県大沼郡高田町阿安田乙九二四◇森至（小説）東京都小石川区雑司ケ谷八七◇伊沢元美（国文）東京都牛込区市ケ谷富久町一〇二◇草野駝王（俳句）釜山府弁天町一ノ六一◇南春夫（詩）北支天津市特管区三馬路軍管理電車電灯公司電車部◇江口隼人（詩）東京都杉並区阿佐ケ谷一ノ七五三◇太田咲太郎（外国）神奈川県高座郡茅ケ崎町東海岸郷境◇浅尾早苗（小説）東京都江戸川区小岩町三ノ二一六一◇崎山正毅（外国・評論）仙台市北一番町二九◇遠藤慎吾（劇文・評論）東京都小石川区第六元町四八◇荒木田楠千代（国文）宇治山田市宮後町一二◇井本農一（国文）山口市糸米山口高校◇内田六郎（俳句）浜松市田町二七二◇戸伏太兵（小説）神戸市須磨区天神町一ノ八七◇近藤東（詩）横浜市神奈川区西神奈川五ノ一四三◇金秉旭（詩）東京都淀橋区西大久保二ノ二〇五◇大村嘉代子（劇文）静岡県田方郡中郷村大場◇明石鉄也（小説）静岡市広野一〇一八◇石谷信保（俳句）長崎県対馬厳原町日吉二四一◇岡崎義恵（国文・評論）仙台市北四番町一〇九◇加瀬勝太郎（漢詩）千葉県海上郡三川◇村上昭房（短歌）京都府綴喜郡三山木村（雷山城田辺三七ノ二）◇蓬莱鶯郎（俳句）兵庫県加東郡福田村大門五（電大門一）◇榊原美文（国文）大阪府北河内郡寝屋川町香里一五一〇ノ七◇林逸馬（小説）福岡市西堅粕東光町三一二◇藤島まき（小説）横浜市中区本牧町二丁目三一二山下方〔『文学報国』5月20日付〕

【住所変更】

◇平川虎臣（小説）熊本県菊池郡城北村木野◇大庭鉄太郎（小説）神奈川県伊勢原町伊勢原三五一◇高木恭造（小説・詩）満洲国鞍山満鉄医院眼科◇行友李風（小説・国文）和歌山市和歌浦一一七九◇林亜夫（短歌）東京都蒲田区道塚町一二五◇松田宗一郎（短歌）北海道小樽市緑町四ノ二◇京極杞陽（俳句）兵庫県城崎郡豊岡町本八一ノ一◇広津和郎（小説・評論）東京都世田谷区世田ケ谷四ノ七二〇◇山本龍（短歌）東京都目黒区平町二一四◇松村大三郎（評論・随筆）高崎市下和田町一七一◇平野直（劇文）盛岡市上田与力小路四三◇中川龍一（劇文・外国）兵庫県西宮市川西町二◇木村太郎（外国）静岡県駿東郡富岡村桃園◇池田克巳（国文）上海黄浦灘路十七号大陸新報社内◇松岡譲（小説）新潟県古志郡上組村曲新町一九四三◇小田黒潮（俳句）牡丹江市金鈴街陸軍官舎◇伊東千鶴子（短歌）岡山市門田本町三一四◇末綱鱗（詩）福岡県苅田町南原◇添田さつき（小説）東京都大森区馬込町東四ノ二五一◇西島麦南（俳句）東京

都神田区一ッ橋二ノ三岩波書店◇吉田寅五郎（俳句）奉天市大和区琴平町一五号◇服部忠志（短歌）支那派遣北京栄第九四四〇部隊◇波多野太郎（漢詩）川崎市溝口二六六◇依田義賢（劇文）京都市左京区下鴨泉川町五八◇勝承夫（詩）東京都目黒区上目黒五ノ二五〇〇◇久坂栄二郎（劇文）東京都滝野川区西ヶ原四三四◇近藤東（詩）横浜市神奈川区西神奈川町五ノ一四三◇中村鎮（短歌）東京都赤坂区青山南町二ノ五八◇平賀財蔵（短歌）宮崎市船橋町一ノ七〇◇我妻清治（俳句）横浜市神奈川区斎藤及町七二◇桔梗谷治策（俳句）大阪市東淀川区東塚本町四ノ一七七◇島元義輝（短歌）宮崎県宮崎郡瓜生野村野首尾崎虎二方◇吉本愛博（俳句）高知市西新屋敷七五◇平岡昇（外国）東京都品川区上大崎長者丸二七八◇大坂圭吉（小説）愛知県南設楽郡新城町二二一◇星野立子（俳句）鎌倉市大町笹目谷三八八（電鎌倉八〇四）◇結城哀草果（短歌）山形県南村山郡本沢村◇谷馨（短歌・国文）東京都豊島区雑司ケ谷二ノ四二六◇高祖保（詩）東京都大森区田園調布二ノ七二五◇平野零児（小説）東京都渋谷区代々木初台六〇六尚志館（四谷二五〇）◇下村悦夫（小説）三重県南牟婁郡木本町塩崎芳秀氏方◇菊田一夫（劇文）東京都目黒区洗足一四六三（電荏原五九一〇）◇中村地平（小説）宮崎市淀川町一ノ一五◇秋元蘆風（詩）沼津市大岡二五五〇◇石光葆（小説）東京都世田ケ谷区代田二ノ六七八◇柳川真一（劇文）東京都杉並区高円寺四ノ五四九◇十返一（評論・随筆）香川県高松市百間町四四泉谷方◇佐野まもる（俳句）愛媛県越智郡伯方町目浦◇荻原安治郎（小説）横浜市磯子区町屋町二一五海軍航空技術廠町屋寄宿舎第八寮一〇号室◇川崎清男（漢詩）富山県中新川郡早月加積村栗山◇島本隆司（劇文）新京特別市永平路一二〇二ノ一（留守宅）◇水野昌雄（漢詩）愛媛県西条市朔日市五二八〔『文学報国』6月1日付〕

【住所変更】

◇落合一雄（短歌）東京都淀橋区柏木一ノ一二八◇清水一二（短歌）東京都麹町区麹町三ノ一二（九段四三一一）◇内藤吐天（俳句）名古屋市外鳴海町宿地七二◇田畠文蔵（漢詩）東京都赤坂区青山南町五ノ五中道達治方（青山（36）二八七〇）◇川田十雨（俳句）高知県吾川郡弘岡下ノ村字神母田◇横山捷魯（詩）倉敷市南町二一〇◇和田顕太郎（外国）千葉県柏町豊四季九二四浜田正平宅◇鈴木力衛（外国）東京都世田ケ谷区世田ケ谷二ノ一三九八◇三好一光（劇文）東京都世田ケ谷区代田二ノ九四三◇高島高（詩）千葉県市川市国府台東部第八十五部隊甲隊気付◇浅尾早苗（小説）東京都江戸川区上一色町八八八◇加藤将之（短歌）満洲国新京市至聖大路文教部編審部内◇田中千禾夫（劇文）鳥取市湯所町一一三ノ

一◇田中澄江（劇文）同上◇田中令三（詩）東京都渋谷区代々木初台五二〇鈴木方（四谷四三八一）◇東条操（国文）神奈川県茅ケ崎町小和田浜須賀六一三九◇池田忠雄（劇文）神奈川県茅ケ崎町中海岸一〇六四二《ママ》◇北原武夫（小説）東京都大森区馬込町東一ノ一四一八宇野方◇大野林火（俳）横浜市南区弘明寺町四七◇長沢美津（短）埼玉県大宮市高鼻町四ノ一七三◇日比野士朗（小）宮城県遠田郡涌谷町裏桜町二六◇市川為雄（評）群馬県草津町日本鋼管草津鋼管鋼業所◇五島美代子（短）東京都杉並区堀ノ内二ノ一四五◇小山亀之輔（国）愛媛県喜多郡長浜町甲四一久保田氏邸内◇杉浦亮一（短歌）奈良県丹波市町海軍第十五兵舎文官室◇三宅光也（詩）長野県南佐久郡野沢町田町足立方◇児山敬一（短歌）千葉県夷隅郡東海村日在二一〇五◇杉本駿彦（詩）熊谷市箱田五四三◇田中仙樵（漢）東京都四谷区左門町二〇〇◇山村九十九（俳）熱河省葉柏寿機関区◇平野仁啓（評）広島県豊田郡瀬戸田町高根◇古志太郎（小）鳥取県西伯郡高麗村◇麻生磯次（国）市川市大門向情風荘◇下村悦夫（小）三重県木本町笠屋町◇秋田雨雀（劇）青森県南津軽郡黒石前町一七◇鈴木寿月（俳）東京都豊島区雑司ケ谷町二丁目一二◇寺田透（外）横浜市西区西戸部町一丁目七七◇緑川貢（小）東京都杉並区高円寺一ノ二五◇篠原梵（俳）松山市南持田町二◇小林純一（詩）横浜市鶴見区馬場町一八三◇竹下竹人（俳）東京都淀橋区下落合一ノ四四〇本郷幸方◇横田庄八（漢）札幌市南十七条西八丁目五九一札幌第一中学校◇小野政方（評）山梨県南都留郡河口村広瀬伊藤別荘◇相馬泰三（小）東京都本郷区動坂町二六竹内肇方◇山田肇（劇）神奈川県茅ケ崎町東海岸上石神下柳田別荘内◇道久良（短）京城府外毒県島面西毒県島里◇長岡輝子（劇）東京都大森区馬込一ノ一三六〇◇川口治作（詩）群馬県前橋市高田町九五二◇森井荷十（俳）東京都本郷区駒込蓬莱町七◇梁取三義（小）福島県南会津郡明和村◇上林白草居（俳）東京都板橋区常盤台一ノ二〇◇仲村久慈（詩）東京都中野区江古田三ノ一四〇八◇国枝龍一（短）台北市栄町一ノ七台湾重要物資営団総務部調査課◇山田岩三郎（詩）東京都小石川区竹早町一一八信濃館◇平野宣紀（短）東京都小石川区関口台町二三関台荘◇中島斌雄（俳）東京都板橋区東大泉町八〇六◇上田進（外）弘前市北横町七〇田中方◇森山一（詩）東京都城東区亀戸町二ノ一二六（城東一四四八）◇安房菊三郎（漢）室蘭市坤門三一七◇新井紀一（小）千葉県五井町大字村上川瀬三五一◇中島唯一（国）東京都四谷区三栄町二八ノ一◇武井韶平（劇）神奈川県中郡二宮町一五四六〔『文学報国』6月20日付〕

【住所変更】

◇神田盾夫（外）東京都目黒区上目黒一ノ一二六◇対馬

機（漢）弘前市山道町◇海音寺潮五郎（小）鹿児島県伊佐郡大口町里◇門田ゆたか（詩）東京都四谷区信濃町九ノ四山田方（四谷八五四）◇岸松雄（劇）横浜市鶴見区馬場町一九四◇島田馨也（国）熊本県菊池郡隈府町亘東市次氏方◇脇須美（短）香川県三豊郡観音寺町坂本町◇庄司総一（小）山形県西田川郡念珠関村鼠ケ関◇倉橋弘躬（俳）神戸市須磨区西垂水町一九三八（電垂水一七五）◇竹下竹人（俳）東京都豊島区池袋三ノ一四二〇江副邦英方◇森健二（小・劇）東京都牛込区矢来町一〇〇◇井垣薫（俳）神戸市灘区大和町一ノ一〇◇久保田宵二（詩）群馬県勢田郡木瀬村駒形◇村上昭房（短）名古屋市中村区笹島町一丁目近畿日本鉄道営業局◇頼成一（漢）広島市袋町五六◇石上玄一郎（小）上海咸陽路三〇号中日文化協会内◇水野昌雄（漢）愛媛県西条市神拝東新町甲五二五◇植草圭之助（劇）東京都本郷区本郷四ノ二丸花屋方◇福井草公（俳）西宮市中学発谷四◇北条誠（小）東京都芝区白金三光町二六九◇海老沢粂吉（短）大阪市東区唐物町二ノ四七◇岩淵悦太郎（国）東京都小石川区竹早町七一◇佐藤袖子（俳）神奈川県足柄下郡前羽村前川五二四ノ一◇飯島忠夫（漢）長野県松代町八◇斎藤徳蔵（俳）埼玉県所沢町宮本町二六◇芦原英了（評）東京都中野区東郷町四◇秋月桂太（劇）埼玉県久喜町上早見坂田保治方◇松本恵子（外）横浜市港北区篠原町一四伊藤方◇佐沢波弦（短）大阪市阿倍野区天王寺町三二五三◇栗山亀蔵（漢）八王子市元横山町五ノ六一〇◇三宅徳蔵（外）東京都杉並区松ノ木町石川方◇森有正（外）東京都本郷区追分町五三帝大基督教青年会内◇辻本浩太郎（小）藤沢市鵠沼堀川五六一三◇佐藤紅緑（小）静岡県庵原郡興津町清見寺一三八◇上田進（外）弘前市親方町五一堀内方◇湯浅克衛（小）朝鮮京畿道水原本町二ノ九二◇巽聖歌（詩）岩手県沼宮内町〔『文学報国』7月1日付〕

【住所変更】

◇若杉雄三郎（詩）清水市江尻魚町六四〇◇加藤憲治（詩）東京都足立区千住宮元町四三◇小田俊与（評）東京都日本橋区本町四ノ九聖戦文化奉公会◇村松駿吉（小）東京都滝野川区田端台五六五新国劇本部内（駒込一八五六）◇桑門つた子（詩）神戸市灘区高尾通四丁目四ノ一能仁方◇井上満（外）久留米市蛍川町三ノ五六◇竹田敏彦（小）香川県多度津町甲一〇一九◇阿部知二（小）都下武蔵野町吉祥寺三七八秋山方◇光永比佐夫（短）名古屋市千草《ママ》区池下町二ノ五七◇木谷貞二（俳）神戸市兵庫区会下山町二ノ一四二◇河内仙介（塩野房次郎）（小）神奈川県鎌倉郡片瀬町新屋敷二一六二〔『文学報国』7月10日付〕

【住所変更】

◇加賀耿二（小）京都市東山区高台寺桝屋町二年坂西入ル◇仲木貞一（劇）東京都滝野川区田端町一〇六五幸楽荘内◇緒方久（小）長野市荒木町三八◇倉橋弥一（詩）川口市芝塚原四四四九◇中山隆三（劇）横浜市磯子区中根岸町三ノ二〇〇◇森脇一夫（短）東京都牛込区早稲田南町六◇堀辰雄（小）長野県軽井沢町軽井沢一四一二◇後藤末雄（外）東京都本郷区東片町一一九松下方（電小石川一七六五）◇藤岡玉骨（俳）大阪市天王寺区幸相山町一六〇◇新屋敷幸繁（国）東京都品川区五反田五ノ一〇八霞荘◇石塚喜久三（小）河北省石門市石門鉄路局愛路部民生課◇藤吉陽水（俳）釜山府西大新町三ノ二九四◇田辺夕陽斜（俳）熊本市河原町三五◇舟崎静枝（短）東京都世田ケ谷区上馬町二ノ二三本多広光方◇永見徳太郎（評）熱海市西山磯八荘◇山本駄々子（俳）新潟県西頸城郡能生町県立能生水産学校内◇渡辺善房（評）東京都豊島区雑司ケ谷町四ノ六四三◇小田嶽夫（小）高田市仲町一丁目近藤直方〔『文学報国』7月20日付〕

【住所変更】

◇和田勝一（劇）東京都小石川区第六天町四八真山方◇津下智章（漢）東京都世田ケ谷区若林町一七〇◇森田佐一郎（短）大阪市阿倍野区昭和町東三ノ九◇中村楸樹（漢）千葉県海上郡矢指村野中四〇一七海上寮◇弥富破摩雄（国）千葉県館山市館山五八〇◇佐藤佐太郎（短）東京都渋谷区穏田一ノ一青山アパート二号館◇米田作治（短）京都市左京区吉田泉殿町八◇河内野弘基（短）神戸市灘区上野通リ八ノ三四◇武田泰淳（外）上海市咸陽路三〇中日文化協会内◇林大（短）東京都滝野川区田端町一〇五◇大坪草二郎（小・短）千葉県印旛郡木下町小林◇小笠原長隆（小）東京都渋谷区幡ケ谷本町一ノ一〇◇山本明（短）横浜市港北区川和町一二〇九◇藤瀬秀子（短）横須賀市逗子町桜山二二四一◇緒方久（小）長野市荒木町三八◇渾大防小平（国）横浜市南区大岡町一一七八◇永見徳太郎（評）熱海市西山五七磯八荘◇長谷川黙語子（俳）鳥取県西伯郡日吉津村◇藤田子角（俳）堺市浜寺石津町中四丁目七四◇市川為雄（評）群馬県吾妻郡草津町◇高橋定敬（小）都下八王子市中野町東三ノ八三八◇鈴木幸輔（短）浦和市本太一六三五◇竹村猛児（評）千葉県印旛郡遠山村三里御料牧場◇志田延義（国）東京都世田ケ谷区代田二ノ六八二◇伊藤源之助（短）名古屋市昭和区塩付通二ノ一二◇関田林蔵（詩）茨城県北相馬郡守谷町字土堵甲二ノ五六三◇片山広子（短）東京都杉並区下高井戸四丁目九六五◇小牧健夫（詩）神奈川県茅ケ崎町小和田四六七一◇小山龍之助（国）愛媛県喜多郡長浜町甲四一久保田方◇児山敬一（短・国）千葉県夷隅郡東海村白在二一〇五◇尼ケ崎豊（詩）朝鮮京城府中区南大門通五ノ四八◇国松孝二（外）福岡市昭和通り

五◇辻具茂（短）戸畑市鞘ヶ谷日鉄社宅八六四◇武田喜代子（詩）神奈川県箱根宮城野村強羅三谷方◇桂定治郎（短）東京都麻布区桜田町五〇◇岡田真（短）兵庫県芦屋市打出若宮町四◇足立黙興（俳）神奈川県茅ヶ崎町中海岸一二ノ二八〇◇森山一（詩）城東区亀戸町五ノ一二六（電城東一四四八）◇井伏鱒二（小）山梨県西山梨郡甲運村岩月方◇遠藤董城（俳）静岡県田方郡並山村並山一二七◇佐々木憲（劇）哈爾浜第一軍事郵便隊気付満洲第二〇九部隊田村隊◇若松雄三郎（詩）清水市江尻漁町六四〇◇立木秀二（小）静岡県磐田郡磐田町二之宮一七一八◇河西新太郎（詩）小倉市富野五軒屋町中組久野松子方◇高橋桐の家（俳）東京都中野区橋場町四十《ママ》二旺山荘内◇本多秋五（評）東京都世田ヶ谷区玉川奥沢三ノ一二八◇藤居教恵（短）名古屋市昭和区広瀬町三ノ九◇野村愛正（小）鳥取県岩見郡宇倍野村幸歎◇三木露風（詩）都下三鷹町牟礼五八二〔『文学報国』9月10日付〕

【住所変更】

◇細田民樹（小）広島県山県郡壬生町川西◇藤森成吉（小）長野県諏訪市上諏訪区湯小路◇小田嶽夫（小）高田市寺町二丁目善導寺内◇広瀬進（小）群馬県新田郡藪塚本町藪塚一六三◇高木卓（小）東京都杉並区下高井戸二ノ五五二◇南達彦（小）奈良県五条町須恵八幡町◇小暮政治（短）東京都赤坂区青山南町五ノ五一◇秋月桂太（劇）埼玉県久喜町久喜高女家庭寮内◇久須耕造（詩）都下南多摩郡日野町日野三三九〇清風荘◇松村大三郎（評）熊本市春竹町五八◇鈴木九葉（俳）神戸市須磨区行幸町三丁目二六◇内山敬二郎（外）松本市清水東区一七一五〔『文学報国』9月20日付〕

【住所変更】

◇石川湧（外）島根県那賀郡木田村◇三井実雄（短）新京市恵尼路七四ノ二◇大倉燁子（小）東京都杉並区方南町四九一物集芳子方◇相沢等（小）東京都世田谷区等々《ママ》力町二ノ一八一三◇稲津静雄（詩）東京都芝区愛宕町居ノ三六第一愛宕荘一六号◇高橋貞雄（小）留守宅・東京都麹町区隼町一三満鉄弘報課気付、出征先・北支派遣石第三五九一部隊◇中貞夫（小）三重県名賀郡依古村前田一夫方◇豊田鳴子（俳）福岡市大濠町西部神祇学校内舎宅◇神尾文次郎（漢）北海道利尻郡沓形村氏家方◇染野巌雄（短）上海閘北天通庵路二二二号同仁会華中防疫処内◇寺崎浩（小）東京都本郷区神明町七五◇松村大三郎（評）熊本県迎町六五牧野方◇柳原極堂（俳）松山市此花町五五◇正宗白鳥（小・評）長野県軽井沢町二一九六◇沖野岩三郎（小）長野県軽井沢町千ヶ滝五九五◇土山正雄（俳）京城東大門区敦若町二三九◇国分三亥（漢）神奈川県葉山町一色二一五〇松岡方◇浅井真男（外）神奈川県横須賀市大楠町久留和◇高野正己（国）宮城県古川町稲葉二ノ二八◇吉田健一（評、外）東京都牛込区払方町二四◇渡辺喜恵（小）岩手県二戸郡石切所村三原◇池尻慎一（評）久留米市日吉町一丁目梯恒太郎方◇宮田重雄（評）東京都杉並区清水町七三◇会田由（外）兵庫県神崎郡田原村辻一〇九七松岡方◇柳町健郎（小）茨城県結城郡三妻村中妻宮川清次郎方◇奈切哲夫（詩）佐世保相浦海兵団金原分隊乙◇寺田弘（詩）東京都本郷区駒込林町二一五◇寺門秀雄（小）東京都中野区仲町十◇八田尚之（劇）青森県東津軽郡浜館村字福田◇弘津千代（劇）山口県熊毛郡伊保庄村上八◇八木橋雄次郎（詩）新京特別市東同光胡同一〇三ノ五◇伊吹山次郎（外）東京都本郷区千駄木町五十◇松本帆平（詩）長野県北佐久郡春日村湯沢和田疎開学園内◇森川暁水（俳）大阪府布施市高井田西一丁目三◇妹尾韶夫（小）岡山県津山市上之町一六一◇芳原一男（漢）岡山県上房郡高梁町東町◇榊山潤（小）福島県安達郡慮下村西谷龍泉寺気付◇石田吉男（劇）甲府市日向町一◇斎藤俳小星（俳）埼玉県所沢町大字六《（ママ）》四四◇田中憲一郎（俳）新潟市水道町二丁目八ノ一◇奈良鹿郎（俳）芦屋市業平町五七◇松村武雄（外）東京都本郷区駒込神明町三六六◇林道夫（短）福岡市地行東町六番町一七〇◇木谷貞二（俳）神戸市兵庫区曽下山町二ノ一四二◇井上兎径子（俳）朝鮮木浦府桜町一〇◇古川柳人（俳）大阪市天王寺区南玉造町一四◇

三好達治（詩・外）福井県酒井郡雄島村米ケ脇◇大塚泰治（短）徳島市北前川町四ノ二四槌谷健介方◇花田比露思（短）福岡市薬院相割町四ノ一◇吉野多美子（詩）東京都杉並区阿佐谷二ノ五八九◇松村誠一（国）高知市西町一三◇西山長男（国）東京都目黒区中根町二六五◇渡辺三男（国）東京都豊島区池袋三ノ一三七七◇三谷栄一（国）東京都王子区東十条三ノ九◇竹野長次（国）横浜市港北区吉本町一六九一◇桑田忠親（国）東京都世田ケ谷区下馬町二ノ三九◇谷山茂（国）京都市左京区下鴨西高木町二六◇一戸謙三（珍太郎）（詩）弘前市富田吉田野一三◇吉満義敬（吉水敏）（詩）東京都目黒区下目黒四ノ九〇八◇山村酉之助（酉之介）（詩）東京都大森区調布嶺町二ノ二四◇矢野文男（詩）東京都目黒区上目黒一ノ四九白雲荘◇阿部保（詩）東京都本郷区根津西須賀町一六◇水木弥三郎（詩）奈良県宇陀郡宇陀町上字上二〇一六◇井筒敏彦（外）東京都杉並区西荻窪三ノ一四一◇小野忍（外）東京都杉並区中通町三八◇小森政治（外）神奈川県大船町山之内五〇九◇柳沢三郎（外）東京都目黒区柿木坂五◇相沢道郎（詩）石川県輪島町字河井二ノ八一磯部方◇今井邦子（短）都下南多摩郡鶴川村大蔵慶性寺内◇志智左右六（劇）岡山県山崎町七六本行寺山内◇秋山仁悟（短）奈良市東城戸町四◇田中英光（小）横浜市神奈川区子安町二一号三横浜ゴム進興寮◇

石川悌二（小）島根県御津郡益田町石川忠一方◇長田恒雄（詩）東京都四谷区三栄町二六ノ一◇木原孝一（詩）横須賀郵便局気付ウ二七膽一八三〇二部隊◇中岡広夫（小）東京都本郷区駒込林町二一五◇田口白汀（評）福岡市立花寺六六〇◇土屋英麿（小）松本市桜町四一六藤木方『文学報国』10月1日付〕

【住所変更】

◇小宇圭介（短）東京都品川区大井鎧町三六一一吉岡龍正方◇清水文雄（国）東京都淀橋区下落合一ノ三〇六昭和寮◇見田石介（評）東京都杉並区松ノ木一二二〇◇岡田皇正（俳）千葉県東葛飾郡旭村中根字畔ケ谷◇梁取三義（小）福島県南会津郡明和村大倉（東京都江戸川区小岩町六ノ四四五）◇風巻景次郎（国）都下吉祥寺二二〇三◇林信一（小）東京都牛込区袋町九落合邸内◇渡辺未吾（漢）東京都豊島区雑司ケ谷一ノ三九一◇井上徳太郎（短）徳山市大字下上五五六◇花野富蔵（外）富山市大工町三六◇大林清（小・劇）東京都大森区雪ケ谷町四二八◇山之口貘（詩）都下北多摩郡武蔵野町吉祥寺一八三一◇浅野武男（小）東京都京橋区小田原町一ノ七◇山田盈一郎（短）東京都赤坂区青山高樹町一二ノ四（青山三三九三）◇島本義輝（短）東京都中野区城山町一二吉永方◇福田恆存（評）東京都麹町区二番町一一番地九号◇逸見操（俳）北海道空知郡美唄町三菱美唄鉱業所◇金親清（小）東京都京橋区月島通一ノ一月島寮内◇小林英夫（評）京城府鎮路区東崇町二五大学官舎一九号◇金子薫園（短）東京都大森区馬込東四ノ二四九◇奈加敬三（詩）大阪府中河内郡孔舎衛村大字日下八一四河澄方◇岩元修蔵（詩）満洲第八七一軍事郵便気付満洲第一三〇四二部隊ひうが隊◇内野郁子（詩）岩手県和賀郡江釣子村鳩岡崎後藤方◇佐藤龍馬（俳）横浜市神奈川区斎藤分町三◇高橋桐の家（俳）都下武蔵野町西窪二七二◇大村松之助（短）東京都杉並区阿佐ケ谷四ノ四四八◇大村文子（短）同〔『文学報国』11月10日付〕

【住所変更】

◇寺崎浩（小）東京都牛込区若松町一三七（牛込九七八呼）◇石塚友二（小）東京都赤坂区青山高樹町三◇服部忠志（短）北支厚和楽第九四四〇部隊◇佐藤昌樹（漢）水戸市裏信願寺町◇平山正（外）東京都豊島区池袋二ノ一二四三ときわ荘◇長谷川富士雄（短）神戸市灘区五毛通一ノ三◇林亜夫（短）山梨県東山梨郡加納岩村中央工業株式会社内◇藤森朋夫（短・国）東京都板橋区成増町静風荘◇柴山群平（詩）山梨県東山梨郡八幡村南古谷義路方◇木村荘十（小）東京都大森区雪ケ谷二二◇多田不二（詩）松山市竹原町三八（松山一九〇二）◇十返一（評）静岡県金谷局気付大井海軍航空隊第五十一分隊第一教班◇舟橋きよ（小）東京都芝区田村町五ノ三福寿荘

◇飯尾青城子（俳）福岡県直方市占町三丁目広小路◇横島武郎（小）東京都中野区囲町二九〔『文学報国』11月20日付〕

【住所変更】

◇大林清（小）東京都大森区雪ヶ谷四二八◇新間進一（国）千葉県船橋市宮本町三ノ七五八荒居方◇岸田国士（小・劇・外）長野県下伊那郡鼎村本田五十鈴方◇松本淳三（詩）静岡県田方郡大仁町宗光寺字横山清生寺◇藤吉陽水（俳）鳥取県日野郡根雨町大字門谷三四二◇丹羽文雄（小）栃木県烏山町金井町二ノ四五五（電烏山一二四）◇市古貞次（国）東京都板橋区江古田町二一七二◇小田夢路（俳）大阪市福島区玉川町四ノ九七◇石川晴浪（短）長野県西筑摩郡福島町大日本航空教材株式会社木曽工場◇宇津木賢（詩）宇都宮市泉町一二初音方◇北原武夫（小）熱海市狩場町八〇五岩谷別荘内◇奈切鉄雄（詩）都下南多摩郡横山村寺田一一四五常盤方◇内藤鋠策（短）東京都世田ヶ谷区烏山町◇山崎知二（外）京城府鎮路区梨花町四ノ六◇秋山正香（小）埼玉県北埼玉郡忍町長野◇石井庄司（俳・国）東京都小石川区高田老松町五二（牛込三五六五）◇大隈俊雄（劇）東京都牛込区早稲田鶴巻町二二三（牛込七二七三）◇田中蛙城（俳）愛媛県松山市昭和町七四◇福田恆存（評）東京都麴町区二番町一一◇三谷栄一（国）青森県造道字浪打青森師範教育会館内◇渡辺周一（短）名古屋市西区上名古屋町帝国航空機株式会社内◇上田保（外・詩）東京都渋谷区神山町一二◇上田静栄（詩）同◇渋川驍（小）東京都本郷区東京帝国大学図書館山崎気付

【応召】

◇前田透（短）濠北派遣海方八九四五部隊（け）◇江口清（外）横須賀海兵団〔『文学報国』昭和20年2月1日付〕

〈原本で重複が明らかなものは省いた〉

# 馴化と統制――装置としての「文芸懇話会」

迂遠の感もあるが、やはり「文芸懇話会」を取り巻く大状況を確認しておきたい。

一九二九年（昭4）十月二十四日、ニューヨーク、ウォール街に始まった経済恐慌は世界恐慌にまで発展し、翌三〇年（昭5）には日本経済を直撃した。「女工哀史」によって支えられていた大黒柱の繊維産業に、恐慌の荒波がもっとも烈しく打ち寄せたのである。アメリカ合衆国を主要な市場とする生糸の輸出は激減し、さらに為替高による全般的な輸出減退も加わり、貿易高は一九二九年に比べ、三〇年度は輸出三一・六％、輸入三〇・二％の減、三一年度は輸出四六・六％、輸入四〇・三％減の落ち込みようであった。

政府は、一九三〇年六月商工省に臨時産業合理局を設け、翌年四月には重要産業統制法を公布して、産業合理化を推進した。産業資本はカルテルやトラストを形成し、操業短縮による生産制限を通じて物価下落をくい止め自衛策を図った。中小企業はその犠牲となって相次いで倒産する。政府は、一九三一年の失業者を四十七万人と発表したが、実数はこれをはるかに上廻る。失業の不安と生活難から労働争議が激増する。一九二九年一、四二一件から、三一年には戦前を通じて最高の二、四五六件にも及んだ。しかも、中村政則編著の『昭和時代年表』（岩波ジュニア新書）によれば、争議全体の三分の二は、参加人員五十人以下の「群小争議」であり、不況と合理化を反映して、「賃金減額反対、解雇反対、解雇手当の支給など消極的・防衛的性格のものが多かった」という。一方、農業恐慌も本格的となり、小作争議件数は三〇年の二、四七八件から三一年には三、四一九件と急増する。東北・北海道は深刻で、「凶作飢饉」に見舞われ、娘の身売話や欠食児童の記事が新聞紙上でたびたび報告された。青森の調べでは、一九三一年（昭和6）において家庭貧窮のため子女の前借（身売り）をした者が二、四二〇名にのぼり、秋田県では、弁当を持参できない欠食児童が二八、七九〇名に達した。そしてこの年の九月一八日、関東軍による「満州事変」が勃発する。

翌一九三二年（昭7）一月二十八日、軍部は更に「上海事変」を作為する。二月五日、大衆作家直木三十五・三上於菟吉等が中心となって「五日会」を創立、芝浦雅叙園において軍部と会合をもつ。前日の『読売新聞』は、陸軍省新聞班長古城大佐と懇談の上、〈ファツショ文学聯盟〉として「五日会」を結成などと報じた。「上海事変」から一週間後のことであった。以後、五日を定例として参謀本部等の軍中堅幹部と大衆作家達が懇談、この年の十一月初めに行われた秋の陸軍特別大演習を陪観するなど接触を深めた。「満州事変」直後、三上が『東京日日新聞』紙上に「日本人の歌」を発表したのが機縁で、三上・直木らと軍部との交流が始まったのを端緒とする。すでに直木は、村田春樹の筆名で未来小説「太平洋戦争」（昭6・1〜8未完）を連載して時局に関心を寄せ、『文藝春秋』には「日本の戦慄」（昭7・1）を発表し、元旦の『読売新聞』（昭7）紙上では、

僕は一九三二年中の有効期間を以て、左翼に対し、こゝに闘争を開始する、さあ出て来い、寄らば切るぞ。何うだ、怖いだらう。

などとおどけたファシスト宣言を発していた。

五日会編纂発行の『銃後の我等』（非売品　昭7・4）なる八二頁の小冊子がある。表紙裏には陸軍恤兵部

の名で、「本冊子は熱誠なる国民の恤兵寄附金を以て購入し従軍者一同に頒布するものなり」と記され、扉には「満蒙上海派遣の諸勇士に捧ぐ」の献題もある。目次を示せば、「塹壕の夢（軍歌）」「噫肉弾三勇士（軍歌）」三上於菟吉、「草紙堂漫筆」吉川英治、「雪の日」中村武羅夫、「追つかける砲弾」村松梢風、「戯曲『三勇士』について」松居松翁、「林聯隊長の思ひ出」加藤武雄、「大力ばなし」土師清二、「伊企灘の魂」前田曙山、「冬と春との境目」野村愛正、「三十三士血染の弔魂旗」鈴木氏亨、「僕の家と兵隊さん」サトウ・ハチロー、口絵「戦捷祈願」岩田専太郎、「千人針」吉邨二郎、「内地戦時気分（漫画）」新関青花、「出征（版画）」村上松次郎と並ぶ。「序文」には次のごとく書かれている。

満州事変につぐ上海事変の勃発は、わが日本国民の思想や感情に一大衝動を与へました。その衝動は猛烈な愛国思想となつて、国土を風靡しましたが、私達筆を持つ者も、関心なくしては過せなくなりました。

当面の問題としては、満蒙の将来や対支関係の将来を思ひ、内は輸入思想の鵜呑みのために起つた国民思想の危機を憂ふる時、私達はぢつとして居れなくなりました。そこで、文筆にたづさはつて居る者の中で、志を同うする者が集つて、軍部の方々と膝を交へて談合し、倶に共に日本の将来のために働かうといふ事になりました。かくして、五日会は誕生して、今尚毎月会合を重ねてゐます。

その五日会の席上で、我々国民の代表として、……筆で生きてゐる私達は、拙いながらも筆をもつて御慰問しやうではないかといふ事になり、各自原稿を持ち寄つて編んだのがこの「銃後の我等」です。

……

倶に力を協せて、勇敢に日本の為に働き、より善き日本の建設に進むことは天皇陛下の赤子として、三千年の歴史を持つ光輝ある国民としての義務であり、責任であると思ひます。

一九三二年（昭7）二月二十二日未明の、上海郊外廟行鎮攻略で活躍した工兵隊三名の士を讃えた三上の歌詞は、雑誌『冨士』にも掲載され、キングレコードに吹き込まれ、また日活で同名の映画の主題歌ともなった。その最後の六番の歌詞に言う、

鉄条網はあともなし
されど三人の影もなし
忠烈、悲壮、千古無比！
崇めよ、讃めよ、国民よ
国史に刻め！　君等が名！
君等ぞ、御国のいくさ神！

新聞・ラジオ・雑誌を動員した軍事美談「爆弾三勇士」奉讃の一大キャンペーンが繰り広げられ、ブームを呼び起こす。『実業之世界』創刊二十五周年記念「現代暴露号」（昭7・5）のコラム子は、「軍事劇全盛時代来る」と題して次の如く伝える。

三月興行に於ける『肉弾三勇士』劇の驚くべき氾濫に見給へ。松竹トラスト＝ジヤーナリズム＝『肉弾三勇士』このガツチリ組んだ三角形の前に、大衆はてもなく跪座してゐる。そして『三勇士』の幟の翻めくところシネマへ、劇場へ人々は昨日も今日もワンサ〳〵と押しかけるのである。菊五郎や羽左が田舎から出て来た三勇士のお袋さん達と、楽屋で握手してゐる写真を新聞で見せられて、泣かない歌舞伎エピゴーネンは恐らく無いだらう。それがまた受けると聞いては全く有難涙に暮れる次第である。味を

占めた興行師は、四月再び熱血に彩られた幟を掲げて、曰く新歌舞伎座の『満蒙熱血児茅野特派員』、曰く明治座の『満洲国』、曰く何、曰く何である。檜舞台の歌舞伎座までが大切に『満洲建国祭長春街頭の場』を出して、三津五郎、松蔦以下総出動でかつぽれを踊つてゐる。世はまさに満洲讃美時代、軍事劇謳歌時代。この劇壇を白眼にジロリと見て悲鳴を揚げるやうなさけない奴は一人もありやしない。

と。

三上於菟吉は、国策に添って戯曲「征けよ、我が子」（『冨士』昭7・4）「勇士の姉」（『冨士』昭7・7）を書き、直木三十五との合作「満蒙建国の黎明」（『冨士』昭7・8）を発表する。その後も三上は、戯曲「戦の夜は明けた」（『日の出』昭8・7）や「若き士官の愛国の血に塗られた首相犬養毅の最後（『日の出』昭8・10）「『建国三千年』賦」（『日の出』昭9・2）「新皇帝溥儀」（『日の出』昭9・3）といった時流を追った作を書いてゆく。

一九三二年（昭7）は、相次ぐ白色テロが横行した年でもあった。二月に民政党幹事長（前蔵相）井上準之助が、三月には三井財閥のリーダー団琢磨が暗殺された。一人一殺主義を主張した井上日召を盟主とする血盟団の青年団員によるものであった。そして犬養毅首相を射殺する海軍急進派士官・陸軍見習将校らと橘孝三郎の愛郷塾の塾生によるクーデター計画、五・一五事件に至る。これにより加藤高明の護憲三派（憲政会・政友会・革新倶楽部）内閣以来八年続いていた政党政治はとどめを刺されて、後継には海軍大将元朝鮮総督斎藤実が首相に就任した。陸軍大臣荒木貞夫は留任し、斎藤は軍部・官僚と政友会・民政党両党の閣僚を迎えて、「非常時」に対処する「挙国一致」内閣を発足させた。内務大臣は山本達雄で、「文芸懇話会」の肝煎り役となる松本学の内務省警保局長への登用は山本の推輓による。

一九三四年（昭9）一月二十五日の新聞各紙は次のような見出しで、警保局長松本学の文芸院創設構想を報じた。

「警保局の後押しで／帝国文芸院の計画／まづ右翼大衆作家達を集結／非常時の文筆報国」

「官吏と文芸家／敵味方？　握手／音頭取りは松本警保局長」（『読売新聞』）

「国家への勲功は／文士にも酬いよ／〝帝国美術院と同格に〟／＝直木氏等が水平運動を起す」（『東京朝日新聞』）

『東朝』の記事は、「思想取締りにはどうしても文芸家の奮起が必要だ」という松本警保局長と直木三十五の意見が一致し、来る二十九日に有志の会合を持つことになったと伝え、両者の談話を載せている。松本は言う。（『東京日日新聞』）

直木君とこの間会つてそんな話が決りました。向ふも乗気ならこちらも非常に乗気で是非まとめてみたいと思ひます、右翼とか反動とかさういふものではない、ただ皇道精神の発揚と日本文化のは握を目指すもので、山本有三氏の様な自由主義者に参加してもらふのをみても分ります、酒井忠正伯等の日本文化聯盟の一党とも提携したいと思つてゐますが行く〳〵は「文芸院」といつたやうなものにまで育てたい希望です。

一月二十九日夜七時から日本橋偕楽園で催されたこの懇談会の出席者は、直木三十五・白井喬二・吉川英治・三上於菟吉・山本有三・菊池寛・酒井忠正・安岡正篤・香坂昌康、警保局側から松本学・調査掛事務官小林尋次・検閲掛事務官生悦住《いけずみ》求馬・図書課長中里喜一・出版係事務官菅太郎らであった。翌日の新聞の見出しは、

「〝どうですな文芸作品に賞金を出しては〟／例の『文学国策』を練る会合で／文壇からまづ注文」（『報知新聞』）

「まづ『国立文芸院！』／優秀品には勲一等／ペンの気焔・昨夜の会合／作家諸君の喜び」（『読売新聞』）

などと伝えている。『報知』では、実際のやりとりの一部が紹介されており、

松「今晩は個人松本として膝をつき合せてお話し願ひたい、さて思想を弾圧、検挙することは実に簡単です。だがその度に私は『勝利の悲哀』ともいふものに胸を痛められます、これではいけない、思想を培ふ文化運動といふものは平生から善導しなくてはいけない、殊に文学は大衆の思想的指針ともなるものです、その意味で文学国策ともいふ運動を起したい、忌憚なく御意見を拝聴したいです」

直「それは国家的な文学奨励機関があつてもよいといふことは、かねてから私達の方でも考へてゐました、それがはからずも松本さんの方の考へと一致した訳です、で行く〳〵は帝国文芸院ともなるのでせうが、そこまでこの運動を育てゝ行きたい」

松「その足場として倶楽部をこさへ我々の側と皆さんの側と月に一回は会合することにして……」

直「その倶楽部で奨励金を出すことにしてはどうです、年に二つの作品ぐらゐに……」

松「日本精神を助長する上に功労あつた作品とか……」

菊「純文芸作品にも一つと」

山「作家の個性は生かして頂くですな！」

松「結構ですな、そしてノーベル賞金のやうな権威あるものとして……」

山「率直にいひますが、こんな仕事は、文部省がやるべきですな、本来は……」

松「私は微力で、直ぐ国家的な仕事にはできないが、諸氏のお力添へで将来はさうしたいです」

菊「そこで、検閲の問題ですが、我々の側にも不満があるんですが……」

松「それは、私にもいひたいことがある、外国ではすぐ司法処分にしちまふが、私はあらかじめ親切に注意を発してしかる後に行政処分にするといふ方針で、作家の側の御意見をあらかじめうかゞふことにしてゐます」

菊「要するに意思の疎通が欠けてゐたのですな、従来は、いやよくわかつたです」

松「いや、今晩は実に愉快でした。かうお話しが合はうとは意外でした、ほんとは私はこの運動の必要を痛感しながら、作家といふものは気むづかしい人が多いから、なか〳〵まとまらないだらうとビク〳〵ものだつたのです。有難うございました。では具体的な決定は次回にしまして今晩はこれくらゐで……」

どこまで正確であるかは別として、会合の凡その雰囲気を伝えている。殊に、警保局長松本学の意図するところが「殊に文学は大衆の思想的指針ともなるもの」で、「その意味で文学国策ともいふ運動を起したい」と言い、明確に「善導」の意志をうち出している点が注目される。

松本学の経歴を追うと、一八八六年（明19）岡山市に生まれ、私立関西中学・第六高等学校を経て一九一一年（明44）東京帝国大学法科大学政治学科卒業。同期に石坂泰三・河合良成・正力松太郎らがいた。文官試験に合格して愛知県試補（高等官待遇）となり、秋田県警視・静岡県警視・鹿児島県理事官・勧業課長を経て、一九一八年（大7）警察講習所教授となり、一九二〇年（大9）内務省道路課長から港湾課長、一九二三年（大12）港湾課長在任中約一年欧米に出張。帰国後、土木局河川課長。一九二五年（大14）内務省神社局長（勅任官）。一九二六年（大15）静岡県知事（一九二六・九・二八〜一九二七・五・一七）、一九二七年（昭2）鹿児島県知事（一九二七・五・一七〜一九二八・一・一〇）となるも、田中政友会内閣の内務大臣鈴木喜三郎により八ヵ月で解職。一九二八年（昭3）上京して浪人生活、同郷の先輩陸軍大将宇垣一成に親しむ。

一九二九年（昭4）、浜口内閣の内務大臣安達謙蔵により福岡県知事（一九二九・七・五～一九三一・五・八）として復職。一九三一年（昭6）内務省社会局長（一九三一・五・八～同一二・一八）、一九三二年（昭7）斎藤内閣の内務大臣山本達雄のもとで警保局長（一九三二・五・二七～一九三四・七・一〇）をつとめ、一九三四年（昭9）内閣総辞職に伴って辞任。同年十一月、岡田内閣の時、貴族院議員に勅選される（一九三四・一一・二七～一九四七・五・二）。

先の一月二十九日の会合に伯爵酒井忠正・安岡正篤も出席したことを記したが、酒井は「研究会」所属の貴族院議員であり、安岡の後援者として知られ、結城豊太郎ら財界人の協力を得て、一九二七年（昭2）二月安岡を学監・主宰者として邸内に「敬虔なる道場であり、君子のクラブであり、聖賢の学問研究所である」金鶏学院を創立する。一九三二年（昭7）一月十七日、安岡の主導斡旋により「国維会」を結成、近衛文麿・酒井忠正・岡部長景・広田弘毅・吉田茂・松本学・荒木貞夫・香坂昌康・後藤文夫・湯沢三千男・大島辰次郎らを発起人として発足する。後の岡田内閣（一九三四・七～一九三六・三）には、広田・後藤・吉田がそれぞれ外務大臣・内務大臣・書記官長として入閣する。吉田は外務畑の吉田茂とは同名異人である。「国維会趣旨」には、

共産主義インターナシヨナルの横行を擅にせしめず、排他的シヨーヴイニズムの跋扈を漫せしめず、日本精神に依つて内・政教の維新を図り、外・善隣の誼を修め、以て真個の国際昭和を実現せんことを期す。

と記されており、「綱領」には、「軽佻詭激なる思想を匡し、日本精神の世界的光被を期す」と謳われている。伊藤隆ほか内政史研究会編の内政史研究資料『松本学氏談話速記録』によると、松本は一九三三年（昭8）四月十一日に閣議決定された、内務・陸軍・海軍・司法・文部の各省が連係する「思想対策協議委員会」の設置に向けて主導的役割を果たし、また協議委員として「教育・宗教ニ関スル具体的方案」（昭8・

7）「思想善導方策具体案」（昭8・8）「思想取締方策具体案」（昭8・9）「社会政策ニ関スル具体的方策案」（昭8・10）を精力的に策定している。

一方、郷誠之助らの斡旋もあって、三井・三菱・住友財閥から資金を引き出し自ら代表となって、「日本精神の顕揚、新日本文化の建設」を謳った「日本文化聯盟」（昭8・7）を創設、活動資金を与えて参加団体を組織化してゆく。

一九三四年（昭9）九月には、松本を中心に県忍・安藤烝・石川通司・宇野正志・大串兎代夫・川原次吉郎・佐野朝男を同人とした「邦人社」を創立する。「綱領」に曰く「我等は邦人一如の原理に則り新日本文化の建設を期す」「我等は新日本文化を中外に顕揚し以て世界文化に貢献せんことを期す」。「邦」と「人」との一体化を目的とする。

ところで、一月二十九日の会合での話題の中で新聞紙上で大きく取り上げられた「文芸院について」（『東京朝日新聞』昭9・2・2〜3）の中で正宗白鳥は、

その事自身は結構であるといつてゐゝが、気遣はれるのは内容である。純真なる文芸奨励ならいゝが官憲の意志によつて何等かの拘束を加へたがつたための思ひ付きなら、文学者に取つては有難迷惑である。保護されなくてもいゝから、せめて邪魔をしてもらひたくないといひたいやうな場合が、世間には多いのである。

と書く。また、徳田秋声は「如何なる文芸院ぞ」（『改造』昭9・3）で、

文芸院といふ以上、それは大学や学士院と同じに、政治から離れたものでなくてはならない。若しも文芸院が、時の政治的影響を受けて、本来の自由性を失ひ、或時は右傾し、或時は左傾したりして、芸術の評価が、その時々の政治の方針によつて定められるやうなことがあつたら、それこそ芸術の本質を毒するものであらう。

と言う。

一九三四年（昭9）三月二十九日夜、日本橋偕楽園で、松本学・中里課長ら警保局図書課関係者と文士側は島崎藤村・徳田秋声・近松秋江・山本有三・広津和郎・加藤武雄・中村武羅夫・豊島与志雄・白井喬二・吉川英治・三上於菟吉の十一名（正宗白鳥・菊池寛・久米正雄・横光利一・川端康成・大佛次郎・長谷川伸は欠席）が出席した。松本と共に会を推進した直木三十五は、結核性脳膜炎で二月二十四日に他界していた。席上、松本の、政府が文芸院を作るまでの準備として、私設文芸院と名づけたいと思うとして皆の意見を求めたのに対し、秋声がすかさず異議を唱え、結局「あたらずさわらずの名」の「文芸懇話会」に落ち着いたとされている。因みに内務省警保局図書課の『文芸懇話会記録』では、これが会としての第二回目の会合とされている。

文芸統制がジヤーナリズムの上で問題になつた抑々の発端は、昭和九年一月、時の警保局長であつた松本学氏が大衆文学の一方の雄たる直木三十五と会し、文壇革新運動を起すべく一部作家を糾合したことに初まる。当時ジヤーナリズムは、これを以て文芸統制を目的とする文芸院を企図するものとして取扱つたのであつた。世に云ふ「文芸院」問題とは、この事を指すのである。

其の後、この会合は名称を「文芸懇話会」と名付け（この会合を「文芸院」と名づけたのは、ジヤーナリズムがつけたものである）、会員に純文学作家を増加し、一種のクラブ化するに至つて、少くともジヤーナリズムがこの会合に対して最初に求めたものとは距りのあることが漸次諒解され、又一方、松本学氏が内閣の更迭に伴ひ局長を辞して個人の立場に起つに及んで、一時「文芸統制」の議論はジヤーナリズムの上から消えたかに見えたのであつた。

然るに本年六月に至つて、文部省がたま〳〵所謂帝展改組問題を惹起するに及んで、「文芸統制」論は広く「芸術統制」乃至「文化統制」の論題の中に包含されて再燃したのである。然し乍らその論評は「芸術統制」「文化統制」として広く取扱はれたにしても、事実上問題の対象が美術であつたために、議論の中心をなすものは自ら美術統制の問題に限られてゐたと云つてよかつた。

次いで八月に至つて、「著作権審査会」が内務大臣を会長として、官制を以て制定されるに及んで、ジヤーナリズムは俄然色めき立ち、これこそ政府が企図する文芸統制機関なりとし、たま〳〵時を同じくして惹起された「文芸懇話会」の昭和九年度優秀文芸作品の授賞問題〈左翼作家島木健作が国体否認の思想抱懐者の故を以て授賞資格を除外されたこと〉と結んで、或は文芸の防衛を叫び、或は文芸統制の反動的性格を論じて、ジヤーナリズムはわき立つたのである（「文芸懇話会」並に「著作権審査会」に関する詳細は末尾参考資料参照〈末尾とは『出版警察資料』の末尾を指す。〉）。

内務省警保局編刊の内部資料『出版警察資料』第三号（昭10・8）の「研究欄」所載の「新聞雑誌を通じて観たる『文芸統制』論」からの引用である。稿末の参考資料に次の記載がある。

一、文芸懇話会

主宰者　松本　学

会　員　白井　喬二　吉川　英治　菊池　寛
三上於菟吉　山本　有三　加藤　武雄
岸田　国士　中村武羅夫　広津　和郎
徳田　秋声　島崎　藤村　豊島与志雄
大佛　次郎　近松　秋江　横光　利一

川端　康成　宇野　浩二　上司　小剣
室生　犀星

創立及経過
昭和九年一月二十九日日本橋偕楽園に於て第一回総会を開催。以来大体毎月十七日を例会とし、昭和十年七月十七日を以て会を重ねること十三回に及んでゐる。
現在までの事業
㈠昭和九年九月十九日日比谷公会堂に於て「物故文芸家慰霊祭」「遺族慰安会」「紀念講演会」を開催。
㈡昭和九年九月二十日より二十七日迄「文芸家追慕展覧会」を開催。
㈢昭和十年七月十七日、昭和九年度中の優秀文芸作品に対し、「文芸懇話会賞」（年額二千円）を決定。
授与されたる作品並に作家は左の如し。
横光利一……「紋章」その他
室生犀星……「あにいもうと」その他

これが、昭和十年八月時点での警保局側の認識である。

機関誌『文芸懇話会』は、翌昭和十一年一月に創刊され、昭和十二年六月の第二巻第六号まで、全十八冊で終る。第一号の巻末記載の会員には、上司小剣、岸田国士、豊島与志雄、三上於菟吉、近松秋江、正宗白鳥、川端康成、菊池寛、中村武羅夫、白井喬二、室生犀星、長谷川伸、吉川英治、島崎藤村、加藤武雄、横光利一、徳田秋声、広津和郎、宇野浩二、山本有三、佐藤春夫の二十一人の名があり、初号の編集は上司小剣で、第二号以下は輪番制をとり、抽選でその順番をきめたが、右の会員名の記載は、その順序に拠ったものか。

創刊号巻頭の発刊の趣旨には、

文芸懇話会は、思想団体でもなければ、社交倶楽部でもない。忠実且つ熱心に、日本帝国の文化を文芸の方面から進めて行かうとする一団である。……

とあり、また「懇話会排撃について」では、武田麟太郎の批判に答えるかたちで、次のように述べる。

なるほど松本氏は文化聯盟によつて、日本精神を教説してゐることになるのだが、文芸懇話会に、そんな目的意識は更にない……文芸懇話会の全員が、松本氏の日本精神教説運動に参加しなければならぬこともなく、松本氏も、そんな事を要求してもゐない。個性の源泉から発して来る文芸の本性をどうして他から調節したり、統制したり出来るものか。松本氏は、そんな愚かな事は考へてゐない。

と。

徳田秋声は、「文芸懇話会に就いて」(『文芸通信』昭10・9)と題した談話筆記の中で、

私は山本有三氏と菊池寛の慫慂に依つて、懇話会に入つた訳だ。文学院設立の予備行動としての懇話会も、政変に伴ふ松本氏の警保局長辞任に依つて、すくなくとも表面的にはその有力な地盤を失つたかに見えたが、懇話会自身としては実践活動に這入つたのである。具体的に云へば、文芸院設立と云ふ政治的色彩から、文芸懇話会自身本来の使命と云ふものを発見して、その路をたどるやうになつたと云へよう。しかし、それとても、文芸院設立と云ふ観念を全然抛棄したと云ふ意味ではあり得ない。……それが、例へどこから出たにしても、不正な金ではなく、而も文芸の為に使はれるならば、何も深く詮索する必要はあるまい。人には色々と事情と云ふものもあるし、松本氏としての、人の立場と云ふものも理解しなければならない。現在氏と作家側間に別して意見の相違もなければ、懇話会員として、今後もこ

の種の仕事に私は協力するし氏の後をついて行く考へで自分はゐる。金の出所のこと等、さうした小姑的な眼を会に向けるよりは、委員等も松本氏と意見の相違を来した時のことを考へるべきだと思ふ。

と語っている。近松秋江と同じく、松本学と同郷で面識のある杉山平助は、「松本学と佐藤春夫」(『日本評論』昭10・10)で、日本文化聯盟の事務所に訪れて懇話会問題について松本の語ったところを要約して次のように記す。

自分は警保局長在職当時に、従来の警保局といふものがその本来の使命から、甚だ逸脱した方面の仕事に偏してゐることを発見した。即ち、元来、警保局と云ふものは、日本文化の保存とか、或は向上発展とかのために活動すべき役割を多分に帯びてゐるにかゝはらず、その警保局といふ警察関係染みた名称のために、世間からも色眼鏡で見られてゐた。又警保局自体も自然に政治的な、警察活動の方面に偏した動き方をしてゐたのは事実である。その結果として文化方面にも発売禁止といふやうな消極的な面ばかりを露出して、むしろ文化の向上発展を援護助長するといふ積極的方面が看過されてゐた。自分はそれを遺憾として、その方面に何等か多少の力を尽したいと考へたのが、この方面の活動に手を染めはじめた根本的な気持であるといふのである。それを世間では、直ちに統制々々と云つて騒ぎたてるが、……特に文学の如きものに、頭ごなしの道学者的な見解をおつかぶせてこれを統制しようとしたところで決して効果の上るものでないことは充分に承知してゐる。ただ自分としては、従来文学者といふものが社会から受けてゐる待遇にあまりに酬いられない点をお気の毒に思ひ、少しでも彼等の社会的地位向上のため、力をかすことが出来れば足るとするのである。

杉山は、「率直に云ふならばこれでは少々話が好すぎるやうに思はれる」と語を継いだ上、文芸懇話会賞で、会員投票の結果、一位横光、二位島木、三位室生と決定したのに松本の裁断によって二位の島木がしりぞけられたことに触れて、松本が、白分は賞金のお世話はするが何等注文がましいことを決して言うものではないが、ただ最後のこれだけは許すことの出来ないギリギリの限界として提出した「わが日本の国体を変革せんとするやうな文学だけは、決して是認し得ない」という条件は、「将来相当な本質的な深刻な問題に発展しうる」ものだと指摘して、「会員」に向けて覚悟を促す。島木健作の作品「癩」は直接国体問題に触れていはいない。しかし、もし「癩」の根底をなしている思想を発展せしめるならば、当然と松本の怖れているところにまで到着すると杉山は言う。「それなら、自由主義は果してどうか？」と杉山はたたみかけるように言う。美濃部達吉の学説が全日本の講壇から転落しつつある今日、「ある一派の説に従ふと、かういふ誤つた国体観念の母胎は自由主義にあり」とされ、自由主義を撲滅することが、誤った国体観念を撲滅する所以であると強調されており、「邦人社」発刊のパンフレットその他から推測すれば、松本も必然的に天皇機関説を排撃し、その結果として「法学説の母胎なる自由主義をも否定するの止むなき立場に至る」と思案され、その時には当然、「文芸懇話会の会員諸君中の自由主義の文学」も、誤れる国体観念の所有者の文学として、賞金の対象とならぬばかりか「イデオロギーの塗かへを請求せられる」時がいつ来るかも知れぬと直言する。そして杉山平助は、結論として、

私は文芸懇話会をこのまゝ存続せしめ松本学にドシドシ物資的方面の「お世話」をしてもらふことは、わるくないと思ふ。松本の善意を信じていゝと思ふ。しかし、時代の動きといふものは、松本の善意をもつてしても如何ともすることが出来ず、会員諸君の精神的貞操を要求せられる時がいつくるかも知れないといふことは、充分に警戒しておくがよいであらう。

と結ぶ。

いわゆる五・一五事件直後に内務省警保局長となった松本学は、就任に当って人事にも深くかかわり、前

東京府知事藤沼庄平を三十八代警視総監に推輓し、警察官二五六名を増員して思想取締りを強化した特別高等警察部設置（昭和七年六月二十八日）に当っては、部長に阿倍源基を据え、各県の警察部長にも自己の人脈から抜擢配置するなど態勢固めをおこなった。警保局保安課長・図書課長も自分の息のかかった人材で一新した。在任中の主要事件には、共産党全国委員六七八名を検挙した熱海事件・滝川事件・共産党リンチ事件等があり、治安維持法違反容疑事件による被検挙者・被起訴者数は、戦前を通じ最高を記録し、一九三三年（昭8）の被検挙者は一四、六二二名にものぼる。その中には、築地署で特高刑事達によって虐殺された小林多喜二もいた。その中枢に位置したのが松本学であった。松本の前任者も後任者も貴族院議員に勅選されたように、次官よりは貴族院議員に勅選される確率が高いと言われたくらい、まさに自他ともに許す要職であった。国維会に拠った新官僚松本学の特色は、

当時プロレタリヤ文化聯盟を共産党の関係で調べていたから、この方法をとり入れて日本精神を基調とした日本文化聯盟の構想をまとめた。（『松本学氏談話速記録』）

と語っているように、現職の警保局長自身が、「日本文化聯盟」を組織して代表者となり、文化運動を推進する、その新しい手法にある。警保局の『文芸懇話会記録』のコピーで見るかぎり、第一回の昭和九年一月二十九日の日誌では「本部側」つまり「日本文化聯盟」側の人間として「酒井伯　安岡正篤氏　香坂昌康氏　松本学氏　安藤烝氏」と記録されている。時評子赤星白光は『社会評論』（昭10・9）で、

今日真に文芸を保護しやうとする者の任務は、千円ばかりの金を与へることではなく、思ふことを自由に表現することの出来る言論の自由を与へることでなければならぬのだが、この保護者は思想善導的な、検閲官的な役割を果さうとしてゐるのである。検閲官が二人もゐて左手に鋏を、右手に一千円を以つて文芸統制すれば、いくらか成功するだらう。

と評しているが、松本は、検閲と取締り、善導と保護を一身に体現した稀有な「文化推進者」であった。

一九三三年（昭8）は、五月十日にベルリン国立オペラ劇場前広場で、ナチス党員によるマルクス、フロイト、バルビュッス、シンクレア、トーマス・マンなどマルクス主義乃至自由主義的思想家の著作を非ドイツ的とする焚書が行われ、六月二日これに対して長谷川如是閑・三木清・羽仁五郎・嶋中雄作ら七十余名が、ドイツ文化問題懇談会を開催、ヒトラーへの抗議書を可決、七月十日の学芸自由同盟結成に及ぶ。幹事長に徳田秋声が選ばれ、常任幹事に豊島与志雄・藤森成吉・久米正雄・新居格・青野季吉・三木清・石原純・木村毅・横光利一・石浜知行・津田青楓・谷川徹三・戸坂潤・舟木重信・長谷川時雨・塩入亀輔・田辺耕一郎、幹事に長谷川如是閑・菊池寛・山田耕筰・加藤武雄・中村武羅夫・広津和郎・葉山嘉樹・芹沢光治良・千田是也・園池公功・川端康成・秋田雨雀・茅野蕭々・布施辰治・大佛次郎・長田秀雄・岡邦雄・林房雄・細田民樹・大森義太郎・森岩雄等が名を連ね、幹事長は舟木重信が、のち田辺耕一郎がつとめた。一時的にもせよ、「学芸自由同盟」参加として名が挙げられ、さらに「文芸懇話会」員として名を連ねたのは、徳田秋声、豊島与志雄・横光利一・菊池寛・加藤武雄・中村武羅夫・広津和郎・川端康成・山本有三・大佛次郎の十名である。

……一九三三（昭和八）年中には「学芸自由同盟ニュース」の発行、源氏物語上演禁止にたいする抗議（一一月）、講演会開催（一一月）などの活動を行い、同盟員数三五三人（一九三三年一二月現在）、四二一人（一九三四年二月現在）を擁した。それは「当時の『自由主義者』を中心に、左翼も交えた大動員」として「人民戦線の可能性を連想させる『反ファシズム団体』」であった。

このように広範な文学者が参加する団体の存在は、松本の意図する文芸統制や文学者動員計画の障壁となる。取締当局は「同盟員中には左翼文士相当数関係し居り、内部より之が左翼化を図らむとする傾向ありて注意を要す」としてにらみを利かせ、同盟員にさまざまの圧迫（山本有三・津田青楓・林芙美子らの「シンパ事件」、長谷川如是閑の検挙、久米正雄・里見弴らの「文壇弄花事件」、菊池寛・広津和郎・宇野千代・大下宇陀児らの「麻雀賭博事件」などを含む）を加えた。さらに追い打ちをかけて松本が学芸自由同盟の中心的「自由主義者」を文芸懇話会に吸収し、同盟員の分断をはかり、同盟の活動を封殺しようとする。文芸懇話会結成の過程は、学芸自由同盟が三木清・中島健蔵・小松清・田辺耕一郎らだけとなり、解散のための総会も開けず、立ち消えになったという衰退過程と並行する。

精細に「文芸懇話会」前後の思想文化の「統制」過程を跡づけた、海野福寿の「一九三〇年代の文芸統制――松本学と文芸懇話会」（『駿台史学』昭56・3）での総括である。

「学芸自由同盟」こそが〈反ファシズム〉を旗幟とした最後の結節点ではなかったか。文壇に限っていえば、この時代のキイ・パーソンは徳田秋声であり、広津和郎であったろう。波乱含みの時代の気流の中で、自由主義作家としての信頼と、不安をも含めて彼等の動向は見まもられていたのである。後退戦を粘り強く、したたかに闘う殿軍の将として自由主義作家徳田秋声と広津和郎は目されていたのである。その秋声と広津が、〈勝利の悲哀〉をうたう松本学に取り込まれてしまうのである。前出の『東朝』が伝えた松本の談話「山本有三氏の様な自由主義者に参加してもらふ」からも窺えるように、松本のターゲットは、自由主義者であり自由主義作家であった。山本はまた「国維会」の近衛文麿に連なる人脈でもあった。「文芸懇話会賞」をめぐって退会宣言をした佐藤春夫に向けて『改造』九月号で、

その意味、性質の解らないところが、又私にこの会に踏み止まらせる事に或意味を感じさせるのである。と弁じた広津、

若し文芸統制の先触れだとしたら、その統制への道をどんな風に踏み出すか。それはわれわれにとつて最も関心すべき問題でなければならない。（「文芸懇話会について」）

と論じた広津、同じく「今後もこの種の仕事に私は協力するし氏の後をついて行く考へ」と談じた秋声。「右翼文化団体に躍る人々」（『中央公論』昭11・12）で田中惣五郎は、

松本前警保局長による文壇統制は、八分の成功と見られて居る。詩壇、歌壇あたりまでが、統制希望を申しでて居る昨今、松本はあの定九郎頭を振り立てゝ悦にいつて居ることであらう……。小説家が、発禁その他いろ〳〵の場合に、警保局を鬼門とする関係を逆用して、ファツシヨ的な直木三十五あたりに微笑を投げたあたりは、御時世とはいへ松本の手腕を褒むべきであらう。

と書き、更にこうつけ加える。

さるにても、懇話会一部の人々が、この松本を利用してゐるつもりで居るところは天晴れな心構へと賞讃すべきであらう。

と。『日本学芸新聞』（月刊）好評のサンチヨ倶楽部世田三郎による人物風刺詩「松本学」（漫画・小野沢亘　昭11・3・5）を次に掲げる。

鮒はミヽズで釣れる
ミヽズでなら鮒もかゝる
麦飯で鯛を釣る？
鯛が麦飯でかゝることがあるかな？
……………
しかし松本学先生は、学先生は
『懇話会』で沢山釣りあげた
ウン、それは雑魚もゐるよ

だが、黒鯛、ウナギ、食用蛙
……………
『懇話』で釣つて氷詰にする
『賞金』で釣つて氷詰にする
……………
来るべき紀元二千六百年祭までには
ちやんと『日本文芸院』を膳立てゝ
お祭のおサカナにする

賞選定をめぐって「懇話会」から離脱して気骨を示した佐藤春夫は一九三六（昭11）年一月半ばに会に復帰し、会は翌三七年七月十六日の例会で文部省による「帝国芸術院」の発足を機として解散を決めるが、翌十七日に発会式を挙げる「新日本文化の会」では中心的役割を担うこととなり、機関誌『新日本』創刊号（昭13・1）に「創刊の言葉」を書く。この会結成の陰の主役は林房雄であった。前年一月十九日に、プロレタリア作家や進歩的評論家の親睦機関として「独立作家クラブ」を発足させた当の幹事役の林が、松本学に接近して今度は「新日本文化の会」を推進するのである。機関誌編集には佐藤・林のほか、萩原朔太郎・芳賀檀・中河与一・保田与重郎・藤田徳太郎・浅野晃・三好達治らが名を連ねてゆく。そして八月八日、松本が画策して成った官民合同の財団法人「日本文化中央聯盟」が発足する。

『文芸懇話会』の誌面に見る限り、〈岸田国士編輯号〉〈川端康成編輯号〉〈菊池寛編輯号〉〈中村武羅夫編輯号〉〈白井喬二編輯号〉〈吉川英治編輯号〉等、特集の主題選びにも編者の持ち味・個性がそれぞれ反映して、それなりに充実しており興味を惹くが、全体を通じて言えば平穏無事で、藤村が松本学に向って発したどうでせう、あなたは台所の方をおやりになつて、編輯のことは私たちにおまかせになつた方がいいやうですが。（「文芸懇話会を語る広津和郎氏」『日本学芸新聞』昭11・3）

という編集の自由と雑誌編集上の運営の自主は貫かれており、三木清・中島健蔵・林房雄・青野季吉・長谷川如是閑も書き、徳永直は「日本プロレタリア文学の現状」を書き、広津の縁で武田麟太郎も高見順も、そして窪川稲子も随想を寄せる。むしろ普通並みの雑誌への努力、配慮すら窺わせる。

にもかかわらず、「満州事変」以後の、特に一九三三年前後の思想的文化的位相の下で、自由主義作家たちが現職の内務省警保局長の企図した思想善導の文化人動員組織に参加し、先鞭をつけたことの意味は重く大きい。青野季吉が「諸家の文芸統制観」（『東京日日新聞』昭10・9・19〜21）で危惧した、「徐々のファッショ化、はげしい摩擦のない統制化によつて、事態を運んでいくことを利益とする」統制装置が狡智化し、ますますその威力を発揮してゆく。保護善導を謳う「懇話会」という名の馴化、統制装置は、松本の辞任後も後任の警保局長によって踏襲されてゆく。「出版の運行上に生ずる諸種の障害を艾除して、出版業者の文化的使命に徹する」ために大手出版業者有志を会員として設立（昭和十二年九月）された「出版懇話会」は、名誉理事に生悦住求馬を迎える。内務省警保局長を顧問に、警保局図書課長を名誉理事に、同課各事務官及警視庁検閲課長を名誉幹事に推戴する組織である。事務所を内務省警保局図書課に置く。

この稿を書くに当って、個人誌『けいろく通信』を通じて交流を持ち、『昭和文芸院瑣末記』（筑摩書房　一九九四年三月）の著を遺して逝った和田利夫をつねに念頭において筆を進めた。

# 解説

高橋博史

高橋新太郎氏は、生前に自身の論攷を一書にまとめることはなかったが、その計画はお持ちであった。書名を「近代日本文学の周圏」と定め、収録すべき論文をメモし、出版を笠間書院の橋本孝氏に託された。しかしながら病は、高橋氏が自身の手で一書を編み上げる余裕を与えなかった。高橋氏が逝去された後、橋本氏は、編集者としての情熱と力を傾けて本書の編集に当たられ、高橋氏の意向はようやく実現されることとなった。

収録すべき論攷についての高橋氏の考えはメモとしてだけ残されており、それが氏の最終判断であったのか、あるいは変更することも念頭に置かれていたのかは、今となっては確かめる術を持たない。そこで本書では、高橋氏が残されたメモに従って、そこに記されている論文を記載されている順に従って配列することとした。

初出の形のままに収録することを原則としたが、明らかな誤記、誤植を訂正したほか、いくつかの論攷に後述するような補訂を加えた。また、読者の便を考慮して、全体に渡って引用文の表記に以下のように補訂を加えた。

①初出で、改行されずに本文中に組み込まれている引用文のうち、長文のものについては改行して、二字下げで引用した。二字下げ引用部の後に空白がなく、すぐ次の行に続くものがそれである。なおこの場合、引

用直前に句読点を補い、引用末には適宜句点を補った。
②初出で、改行され独立した段落をなしている引用文は、前後に一行の空白を設け、二字下げで記した。
③初出で、引用文の活字ポイントが落とされている場合でも、ポイントを落とさなかった。
④引用符は「」に揃えた。

収録された論攷の初出および、補訂箇所を掲げれば、以下の通りである。

鷗外と「乃木神話」の周辺
……武田勝彦・高橋新太郎編『森鷗外　歴史と文学』昭53年6月、明治書院。

五条秀麿――「かのやうに」（森鷗外）管見
……『国文学解釈と鑑賞　臨時増刊号　森鷗外の断層撮影像』昭59年1月、原題「作中人物像から見た作品論　五条秀麿――「かのやうに」管見」。

川端康成の〈方法〉断章
……『現代国語研究シリーズ12　川端康成』〈『国語展望』別冊〉昭57年5月。

「末期の眼」から「落花流水」まで
……長谷川泉編著『川端康成作品研究』昭44年3月、八木書店。

チャタレイ裁判の抵抗
……長谷川泉編『伊藤整研究』昭48年8月、三弥井書店。

「蒼き狼」論争の意味するもの――史の制約と詩的真実
……長谷川泉編『井上靖研究』昭49年4月、南窓社。

学習院・『文藝文化』――三島由紀夫・啐啄の機縁
……松本徹・佐藤秀明・井上隆史編『三島由紀夫論集Ⅰ　三島由紀夫の時代』平13年3月、勉誠出版。

「金閣寺」（三島由紀夫）1
……『国文学解釈と鑑賞　臨時増刊号　現代作品の造型とモデル』昭59年11月。原題「金閣寺（三島由紀夫）」

「金閣寺」2
……『国文学』平2年4月、特集：三島由紀夫を読むための研究事典。

文学者の戦争責任論ノート
……『国語国文論集』（学習院女子短期大学国語国文学会）平3年3月〜平10年3月、原題「文学者の戦争責任論ノート（一）」〜「文学者の戦争責任論ノート（八）」。ノート（一）〜（八）に対応させて節番号を付した。ノート（八）の末尾には（未完）とある。

転向の軌跡――三好十郎ノート
……『国語国文論集』昭60年3月、昭61年3月、原題「転向の軌跡――三好十郎ノート（一）」、「転向の軌跡――三好十郎ノート（二）」。ノート（一）、（二）に対応させて節番号を付し、注を論文末に移した。ノート（二）の末尾には（次号につづく）とある。

時代の煩悶――藤村操「巖頭之感」の周辺
……『国語国文論集』昭58年3月、昭59年3月、原題「時代の煩悶――「巖頭之感」の周辺（上）」、「時代の煩悶――「巖頭之感」の周辺（下）」。注を論文末に一括し、注番号も通し番号に改めた。

不断着の抵抗・生方敏郎『古人今人』
……復刻版『古人今人』解説、平2年7月、不二出版。

『文学報国』の時代――しのぎと抗い
……復刻版『文学報国』解説、平2年12月。

『近代への架橋』――長谷川泉とその時代

……近代文芸評論叢書20　長谷川泉『近代への架橋』（昭23年、銀杏書房刊の復刻）解説、平4年3月、日本図書センター。原題「〈近代への架橋〉――長谷川泉とその時代」。

総力戦体制下の文学者――社団法人『日本文学報国会』の位相
……復刻版『社団法人日本文学報国会会員名簿　昭和18年版』解説、平4年5月、新評論。

馴化と統制――装置としての「文芸懇話会」

……復刻版『文芸懇話会』解説、平9年6月、不二出版。


高橋新太郎氏は、近代文学研究の表通りを闊歩するというタイプの研究者ではなかった。変遷する時代の研究動向とは距離をとりながら、独自の、存在感をもった研究を進めてこられた。それを支えていたのは氏自身の方法であった。いうまでもなく文学研究においてどのような方法に拠るかは、避けて通ることのできない問であり、変遷する時代の研究動向とは、様々な方法の交代劇に他ならない。そうした中で高橋氏は、氏自らの方法を――氏が好んだ言い方を借りればおのがじしの方法を探り、作り出していった。本書に収められている論文のうち最も早いものは、昭和44年『川端康成作品研究』に発表された「『末期の眼』から『落下流水』まで」である。時代は、〈作品論の時代〉であり、同書も題名が示すとおり「十六歳の日記」から「たまゆら」まで川端の代表作に関する論攷が中軸となっている。その中で高橋氏は、「末期の眼」、「十六歳の日記」を中心に、川端の様々な作品を参照しつつ、川端文学の要諦を追尋していく。「十六歳の日記」の中の、祖父の尿を溲瓶で採るシーンを捉えて氏は、〈川端は、「チンチン」という清らかな響きとともに、そこに一つの風景を創造したのである。川端的乾坤に耳澄ます者に、「チンチン」という清らかな音は尾形信吾の幻聴のごとくに底響く筈である〉と述べる。〈川端的乾坤に耳澄ます〉とは氏自身の姿勢に他ならず、〈しびんの底には谷川の清水の音〉という一句のうちに鮮やかに風景を髣髴させる文学的感性が、論の強度を産みだしている。その意味でこの論攷は批評に極めて近い。

一方〈チャタレイ裁判は、ジャーナリズムが好んで用いた〈芸術か猥褻か〉といった標語に示されるような単なる文芸裁判ではなく、新憲法に明記された思想表現の自由を含む基本的人権が、実質的にいかに保障されうるのかという、憲法論の基底にかかわる課題を荷うものであった〉と書き出される「チャタレイ裁判の抵抗」（昭48）は、氏の社会意識に裏打ちされた論攷である。起訴の背景から裁判の争点、経過を丹念に記した上で氏は、チャタレイ裁判闘争の意義を〈文学者が、さまざまな思想、立場の相違を超えて、曲がりなりにも一致団結〉して抵抗した点に見るとともに、伊藤整の〈あらがいの軌跡〉を、〈気質的に罪障感をもった一個の誠実な人間が、その気弱さを通して、いかにねばり強く戦いうるものであるかを証した〉ものとして高く評価する。社会意識を、状況全体に対する批評意識と言い換えれば、『蒼き狼』論争の意味するもの」（昭49）は、時代の文学状況を動かそうとして発言する大岡と、自らの〈詩的感応〉を守ろうとする井上の姿を浮き彫りにする。氏は、大岡の問題意識を認めつつ、井上の〈詩的真実〉を許すのであるが、時代全体の動向と、その中に生きる文学者個々のあり方とを複眼的に捉えていく眼差しは、鷗外を〈権力志向の権化〉山県有朋と〈権力放棄型の典型〉乃木希典との二極の間に位置づける「鷗外と『乃木神話』の周辺」（昭53）を始めとして、高橋氏の論攷の基本的な眼差しである。

高橋氏の論攷を発表された順に従って読んでいくと、「時代の煩悶――『巖頭之感』の周辺」（昭58、59）がひとつの節目をなしているように思われる。この論攷にも、それまでの氏の論攷と同じく、数多くの資料が引用される。藤村の自殺に対する同時代の反応、藤村の書簡、一高同級生たちの受け止め方から藤村の生存を謳う書物等々まで、藤村操に関する実に多彩な資料が掲げられる。ただ、乃木に関する多くの資料を引用して〈権力放棄型の典型〉としての乃木の姿を浮き上がらせていった「鷗外と『乃木神話』の周辺」とは異なって、この論攷では掲げられた資料群は、特定の結論へとは収斂しない。もちろん無作為に並べられているわけではない。藤村個人から同時代へ、同時代から後代へという流れは明確であるし、長谷川如是閑の評言によって論を締めくくるところにも高橋氏自身の藤村操に対する評価はうかがわれる。ただ、藤村の自死に時代の精神のありようを見る氏は、論者の立場に従って資料を操作するのではなく、藤村に関するさまざまな言説の集積を通じて――藤村の自死という鏡に映して、時代の精神を髣髴させようとするのである。

高橋氏の仕事のひとつの中心ともいうべき、一五年戦争期の文学者たちのあり方を論じた論攷もまた、同様の方法で書かれている。〈『古人今人』の解説者として最もふさわしい人物は、今はなき畏友上木敏郎（昭和六十三年十二月九日死去）であった〉という一文から始まる「不断着の抵抗・生方敏郎『古人今人』」（平2）は、生方への上木の強い共感がまた高橋氏のものでもあることを行間に滲ませながら、氏自身は生方の言説や生方に対する評言の紹介者という立場に立って論を進める。復刻版『文学報国』の解説として書かれた「『文学報国』の時代――しのぎと抗い」（平2）では、時代の公式的言辞が踊る『文学報国』紙上の陰に示されている文学者としての〈本音〉を紹介しつつ、読者もまた、時代の困難をしのぎつつそれに抗おうとした文学者たちの声に耳を傾けるように促す。資料自身に語らせるという姿勢が最も徹底しているのは「総力戦体制下の文学者――社団法人『日本文学報国会』の位相」であろう。昭和十二年の近衛内閣の成立から説き起こし、日中戦争の拡大とともに言論統制が強化され、文学者たちが総力戦体制に組み込まれていく様を克明にたどった後、氏は、論攷の半ばを費やして、昭和十八年三月から昭和二十年まで、『日本学芸新聞』および『文学報国』紙上に掲載された文学者の消息を掲げる。入会・退会のほかに総計八五〇件にも及ぶ住所変更からなるこれらの記事は、一見すると些末な事実の羅列のようにも見える。しかしその一つ一つをたどっていくと、確かにそこから〈総力戦体制下の常住ただならぬ文学者の不安なたたずまい〉が浮かび上がってくるのである。「馴化と統制――装置としての『文芸懇話会』」では、五月会編集発行の小冊子『銃後の我等』、内閣警保局編集の『出版警察資料』や『実業之世界』、『改造』、『文芸通信』、『日本評論』、『社会評論』等の雑誌、『東京朝日新聞』、『読売新聞』、『報知新聞』、『日本学芸新聞』等々の多彩な資料を用いて、作家たちが松本学を利用しているかのように思いなしているうちに松本のもくろみに取り込まれていってしまう経緯を活写する。氏は徳田秋声、広津和郎ら自由主義作家が取り込まれることによって、学芸自由同盟が分断され、潰えたことを節目と見るのだが、氏の論調に秋声、広津への非難の口吻は薄い。むしろ時代の中で身を処すことの難しさとそれ故の自戒をかみしめ、読者に伝えようとしているかのようである。

平成3年から10年まで八回にわたって書き継がれた「文学者の戦争責任論ノート」は、敗戦後、文学者の戦争責任がいかに問われたか、あるいは問われずにしまったかを、俎上に載せる。氏はまず、転向者として自らの戦争責任を強く自覚していた文学者の一人として中野重治に着目する。その中野がしかし、宮本顕治、西沢隆二ら〈輝ける「非転向者」のお墨付き〉を得ることによって〈帝国主義戦争に協力せずこれに抵抗した文学者のみが資格を有する〉とされる新日本文学会の発起人に名を連ねたことを指摘する。そのことが、文学者それぞれが自らの戦争責任を克服し、〈その本来の文学的営みを恢復〉していくことが〈すべての人の正当な援助〉のもとになされなければならないと説く中野重治の傍らで、同じく転向者であり、発起人に名を連ねた壺井繁治が、高村光太郎を一方的に指弾するといった事態を産みだしていったことを示唆する。他方、文学者の戦争責任を最も強く批判した『近代文学』同人の一人である平野謙について、中野との論争の渦中で、同人たちに対して中野が菊池寛に宛てて、文学報国会に加入できるよう取りなしてくれるよう依頼した手紙を提示したことは〈公正〉さに欠けると説き、さらに平野が自らの戦争責任と向き合う姿勢のうちに〈自我の深層にはたらく自己防衛の情動〉を指摘する。こうして自らを省みること少なく、他者を指弾するに急な風潮の中に、高橋氏は、自らの弱さ、無力さと向き合い、語ることから出発した数少ない文学者の言葉を聴きとっていく。詩人植村諦であり、映画監督伊丹万作や伊丹の言に触発された北川冬彦、岩崎昶らの言である。氏は〈「戦争責任」についての問題〉は、自身の〈年来の課題〉であるといい、また〈表現者としての多くの文学者が、〈己の戦争〉を原点とせずに戦後を出発させた〉ことを難ずる。戦争責任の問い方に対する氏の問題意識の有りどころは明確であるが、その問題意識が、声高な論調の陰に潜む植村らの言葉を聴きつけさせるのである。

以上、方法という観点から駆け足で高橋氏の論攷のいくつかをたどってきた。あるいは私は整理を急ぎすぎたかも知れない。実際「ヒロフミさん、そんなに小器用にまとめようとしては駄目だよ」という高橋氏の声が聞こえてくるような気もした。にもかかわらずあえて蛮勇をふるったのは、一見無造作に見える高橋氏の論の運びが、氏の方法に基づくものであることを、見ておきたかったからに他ならない。本書の論攷から我々は、多くの知見を得ることができる。と同時に、高橋氏が氏自身の方法を編み出してきた足跡もまた、それらに劣らず、我々に多くを教えてくれている。

最後に、「リアン」芸術運動に関する論攷について付言しておきたい。『Rien』は〈左翼解体期〉に〈小規模ながら反ファシズム文化運動を独自に持続させた〉として、高橋氏がつとにその重要性を説く詩誌である。ただ氏のメモには記載がなかったため本書には収めず、『高橋新太郎セレクション3集書日誌・詩誌「リアン」のこと』に収録することとした。ここでは論攷と編著のタイトルだけを記しておく。

詩誌『Rien』芸術運動の位相……『日本近代文学』第55集、平8年10月

竹中久七論――「リアン」芸術運動の旗手……澤正宏・和田博文編『日本のシュールレアリスム』平7年10月、世界思想社

高橋新太郎編『コレクション・日本シュールレアリスム⑧ 竹中久七・マルクス主義への横断』……平13年1月、本の友社。付「解題・年譜・参考文献」

『近代日本文学の周圏』

鷗外と乃木神話の周辺　1978.6

五条秀麿「かのやうに」管見
〈森鷗外の断層撮影像〉 1983.12

〈末期の眼〉から〈落花流水〉まで
1969.3

川端康成の〈方法〉断章　1982.5

チャタレイ裁判の抵抗　1973.8

「蒼き狼」論争の意味するもの
－史の制約と詩的真実　1974.4

学習院・『文藝文化』－三島由紀夫
啐啄の機縁　2001.3

鏡子の家　1983.5

「金閣寺」「潮騒」 1990.4

文学者の戦争責任論ノート
1991.3～1997.3

転向の軌跡 三好十郎ノート 上・
下　1985.3～86.3

時代の煩悶－藤村操「巌頭之感」
の周辺　1983.8～84.3

不断着の抵抗・生方敏郎
『古人・今人』 1990.7

『文学報国』の時代－しのぎと抗い
1990.12

長谷川泉とその時代？

『総力戦体制下の文学－社団法人
「日本文学報国会」の位相』 1992.5

『文芸懇話会』復刻版解説『馴化
と統制－装置としての「文芸懇話
会」』 1997.6

（＊年号は編集部注）

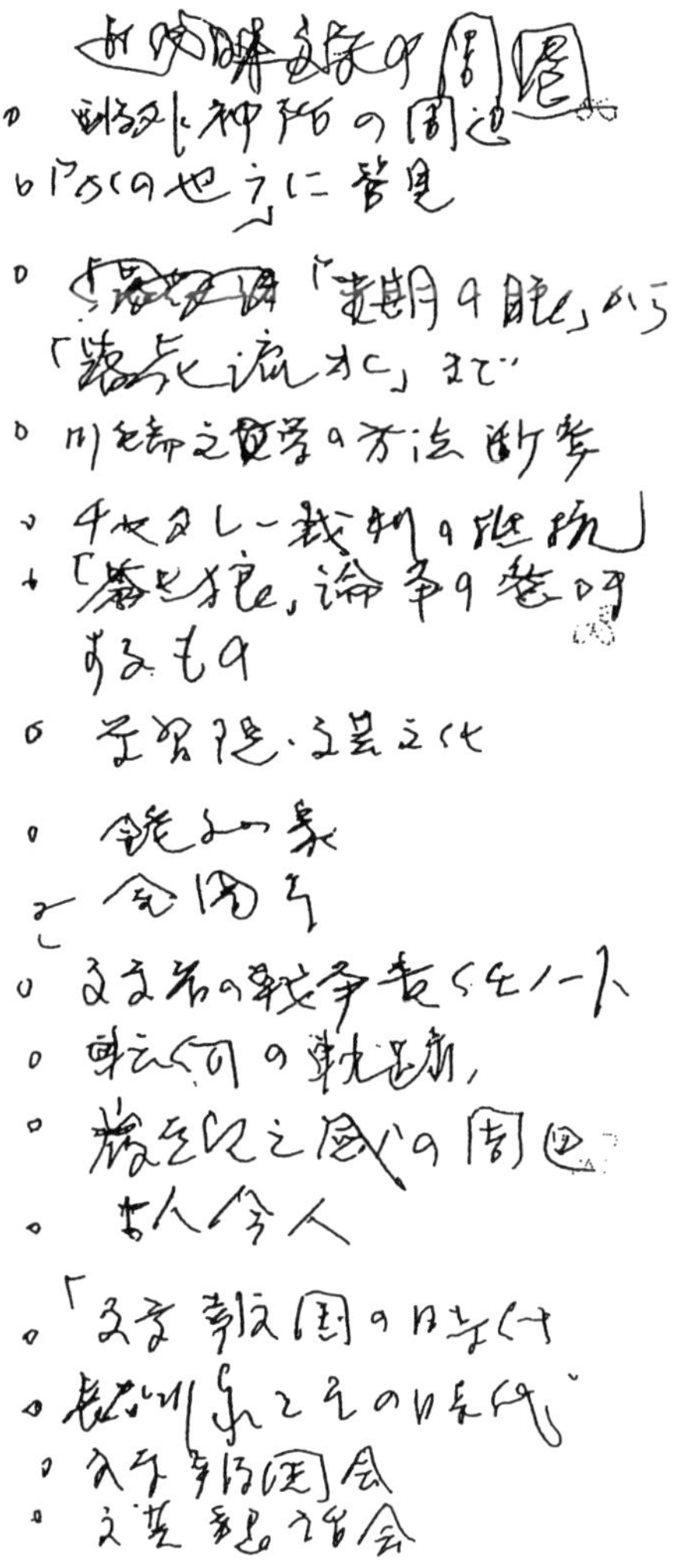

■　編集部注　これは高橋新太郎氏の遺稿・追悼文集『杜と櫻並木の蔭で―学習院での歳月』（笠間書院　2004年7月）の340頁に掲載したものです。高橋新太郎氏が御遺言の如く、書き記された右側の筆跡の中程に「鏡子の家」が認められます。しかし、該当する論考を捜しあてることはできませんでした。この間、手をつくしましたが、新太郎先生と確証できる御文がないことが判然といたしました。左側の活字で1983.5と記されたのは、編集部の不備によるものです。また、「金閣寺」は二篇ありました。1、2として2本とも掲載いたしました。数々の不首尾、本書公刊の大幅な遅延とともに伏してお詫び申し上げます。なお、出典年月に不整合のある論考は、「解説」に記された数字が正しいものです。

## 編集部より

それは二〇〇二年六月、新宿の国際医療センターのロビーだった。「橋本君、いいところに来た。今、あと余命八ヶ月を宣告されたところだ」。高橋新太郎先生は普段の様子と変わらない口調で、「十ヶ月欲しいとお願いしたのだけれど……」。三冊、本をつくりたい」。ここからは私の頭の中が白くなってしまって、定かな記憶をたどれない。傍に鈴木重親さん（先生の中・高等部教諭時代の若い同僚で、いまはフリーランスの編集者）がいてくれた。ただ、反射的に「癌と戦ってください」と発した言葉が空回りしていたことだけは忘れない。三冊というのは『杜と櫻並木の蔭で—学習院での歳月』、本書『近代日本文学の周圏』と『昭和貼り交ぜ帖』のことだった（『昭和貼り交ぜ帖』と題された企画はスクラップ・ブックのようなものでしょうか。新太郎先生が集めておられた大量のポスター、パンフレット、ビラ・チラシの内から資料として重要なもの、貴重なものを図録としてモザイク風に収めるビジュアルな御本と仄聞していた。これは、残念ながら第一ページの「ロシア革命」のポスターしかなかった。先生はこの御本の構想を様々に楽しまれていたのだろう）。

お元気なうちに、ご構想をよくおうかがいしておけばよかった。大学に幾度、お訪ねしても、先生は講義に全力投球したあとで、いつも無口で顔色もなく肩で息をしておられた。お話しを詳しくうかがうことが、憚られた。著作のことよりも、次の講義に備えて、体力を温存していたいという様子で、何につけ、具体的な話しを交わせなかった。目が斜を向いていた。ただ、メモをくださった。それが、本書の巻末（四〇三ページ）に付した『近代日本文学の周圏』の構成だった。これを書き果たすことが精一杯という風で、何も問えなかった。

間もなく膨大な蔵書を残して逝ってしまわれた。終始、なぜ若輩の私がという疑義は拭えなかったが、ただ、新太郎先生との信義を果たすこと、編集者として全力を尽くすことだけをまっとうする。それが当時の私の思いの全部だった。その折りにはこんなに大変な作業になるとは想像さえできなかった。

実務上は著述目録を整備しつつ、残されたメモだけを手掛かりに編集を進めていた。ところが、大きな座礁を何度か経験した。ひとつは「鏡子の家」が、髙橋博史氏の嗅覚では文体が新太郎先生のモノとは違うのでは？ と、ご指摘をいただいた。その論考は無署名で、武田勝彦編と記されていた。武田先生に当時のことをおうかがいするすべしかなかった。武田先生も新太郎先生の文体とはいい切れないとのご判断だった。また、「金閣寺」の御論がもう一本みつかった。これは二本とも併載することで良しとした。判断しにくかったもう一点は新太郎先生の文章は、資料からの引用の多いものであったが、地の文との境界が、一見わかりにくいことで、一般の読者にも読みよいように、引用はできるだけ改行二字下げに統一をはかることをあえて試みた。かつ、元の体裁が復元できるように、細心の注意をはかってやれたように思う。博史氏の御力添えがそれを可能にさせたといっても過言ではない。

新太郎先生と私は先生が学習院女子短期大学に着任された時以来の御縁だが、その日から妙にシンパシーをかんじていた。「おまえは俺の若い頃にそっくりだ」。当時はこの言葉をどう捉えていいのか、すくなくとも嬉しくもなかった。いま、振りかえるとシッカリとやれよ、というシャイな先生流のエールだったのだろう。（あとになって知ってしまったが、先生の社交辞令みたいなものだったと）。しかし、この言葉はいまではわたしの勲章に変容している。原稿を一行一行読ませていただくうちに、想像を超えたスケールで、みなが顧みなくなった戦中・戦後の人々のありようを根源的に問うてゆく様がみえた。人間の愚かさと、宿痾のようなものが膨大な資料をバックボーンとして、検証されている。ここまで掘り下げた評者を知らない。「文学者が戦意昂揚の作品を書いてしまったこと、それが強制であれ、自発的であれ、そのことを糾弾できる資格のあるものがどこにいる？」要は「戦争責任は一人ひとりにある」「当時なにが大変だったか、それは、自分に誠実にいきぬくことにある」。一般人も含めて、すべての日本人に責任があるだろう。その記録を一切隠蔽することなく、正確に後世に伝えてゆくこと。そして、問題は個々がその事実をどう受け止め、今日をどう生きるか。そこだけを問われているように思える。

ここにいたるまでには、多くの方々のご助力とご協力を頂戴した。

なによりも学習院女子短期大学時代の同僚かつ、新太郎先生のお仕事を一番よく知る高橋博史氏（白百合女子大学教授）に解説をご執筆いただけたことを喜びたい。また、先にもお名前をあげた、武田勝彦氏（早稲田大学名誉教授）には、「鏡子の家」についてのみならず、活字にすることの怖さを改めて教えていただいた。「セレクション2」の解説をお願いした田中実氏（都留文科大学教授）も「古書通信」と格闘してくださった末、新太郎氏の文学的センスの抜きん出ていたことを証明してくださった。「セレクション3」の松村良氏（駒沢女子大学特任教授）は、膨大な蔵書整理の実体験からしか読み解けない新太郎氏の広汎な視野とともに、学者以外の懐の深いお顔を教えてくださった。

新太郎先生の仁徳と鬼気迫る研究者としての生様自体が源となって、各々に渾身の「解説」を頂戴した。ありがたかった。

出版に際しては高橋新太郎先生のご長女、園木芳様、御夫君園木章夫様はもとよりとして、さまざまなご助力を賜った塚田脩氏、ノラ・コミュニケーションズの中川順一氏にも厚く御礼申し上げる。そして鈴木重親氏と加藤千鶴氏の緻密な校正協力に感謝したい。

遺稿集『杜と櫻並木の蔭で―学習院での歳月』の発刊を始め、本書の刊行に向けても指針を示されたのは、永井和子氏（学習院女子大学名誉教授・前学長）である。『高橋新太郎セレクション』全巻に対してバランスのいい的確なご助言を終始たまわった。先生の応援をなくして『セレクション』の完成は考えられない、御厚誼に深謝する。

平成二十六年四月吉日

笠間書院　橋本孝

著者略歴

高橋新太郎（たかはし・しんたろう）

1932年５月５日生まれ。1960年学習院大学大学院人文科学研究科修士課程修了。1969年学習院高等科教諭。1982年学習院女子短期大学国文科助教授。1983年学習院女子短期大学教授。1990年学習院女子短期大学図書館長。1998年学習院女子大学教授，国際文化交流学部日本文化学科主任。2003年１月11日逝去（享年70歳）。2003年４月学習院女子大学名誉教授。

著書『杜と櫻並木の蔭で――学習院での歳月』（非売品　2004年７月30日笠間書院刊）

近代日本文学の周圏《しゅうけん》　高橋新太郎セレクション１

2014年６月30日　初版第１刷発行

著　者　高橋新太郎

解　説　髙橋博史

編　集　笠間書院編集部

装　幀　笠間書院装幀室

発行者　池田圭子

発行所　有限会社　笠間書院

東京都千代田区猿楽町2-2-3［〒101-0064］

電話 03-3295-1331　Fax 03-3294-0996

NDC 分類：910.26　振替00110-1-56002

ISBN978-4-305-60041-7　印刷／製本：シナノ書籍印刷



http://kasamashoin.jp

新刊

高橋新太郎セレクション 1

# 近代日本文学の周圏

Ａ５判全四一六頁　二〇一四年六月刊　本体四二〇〇円（税別）

解説：髙橋博史

高橋新太郎氏は、近代文学研究の表通りを闊歩するというタイプの研究者ではなかった。変遷する時代の研究動向とは距離をとりながら、独自の、存在感をもった研究を進めてこられた。それを支えていたのは氏自身の方法であった。いうまでもなく文学研究においてどのような方法に拠るかは、避けて通ることのできない問であり、変遷する時代の研究動向とは、様々な方法の交代劇に他ならない。そうした中で高橋氏は、氏自らの方法を――氏が好んだ言い方を借りればおのがじしの方法を探り、作り出していった。――髙橋博史（白百合女子大学）

新刊

高橋新太郎セレクション２

# 雑誌探索ノート――戦中・戦後誌からの検証

解説：田中　実

Ａ５判全二二〇頁　二〇一四年六月刊　本体二八〇〇円（税別）

『古書通信』に一九八六年一一月より一九九四年七月まで欠かさず一言一句、鑿を彫るように刻みつづけた執念の書。戦後の本当の清算は本書を読むことからしか始まらないだろう。

**【構成】** 詩誌『Rien』の芸術運動１～３　戦時のモダニズム詩人たち　『アクシオン』『文化』『劇評』その他　戦後誌の諸相―天皇・天皇制論議１～11　戦後誌の諸相―戦争責任の『追求』１～７　戦後誌の諸相―女性の世紀１～13　戦後誌の諸相―教育の民主化１～９　戦後誌の諸相―国語国字問題１～13　戦後誌の諸相―教科書問題１～５。［解説］田中実（都留文科大学）

「氏は〈「戦争責任」についての問題〉は、自身の〈年来の課題〉といい、また〈表現者としての多くの文学者が、〈己の戦争〉を原点とせずに戦後を出発させた〉ことを難ずる」――髙橋博史

新刊

高橋新太郎セレクション3

# 集書日誌・詩誌「リアン」のこと

Ａ5判全二六八頁　二〇一四年六月刊　本体三〇〇〇円（税別）

解説：松村　良

『彷書月刊』（弘隆社）に連載された「集書日誌」全七十五篇プラス「番外篇」五篇（一九八八・五～一九九九・一二）と、氏のライフワークのひとつ、戦中に発行された詩誌「リアン」（竹中久七主宰）関連の精密な論考、高橋新太郎編「復刻編集版」『コレクション・日本シュールレアリスム』8（本の友社刊）ほか、を収載。六万とも七万冊ともいわれる膨大な新太郎氏の集書の中から、戦中・戦後の稀覯雑誌・単行本を中心に紹介。ここに引用される知られざる雑誌・単行本その存在自体が重い。現代だからこそ一層意味の深い、胸に突きささる「戦争・人」についての切実な文言が引かれている。解説：松村良（駒沢女子大学）付載「捌書日誌」

## 既刊

# 杜と櫻並木の蔭で
## ——学習院での歳月

永井和子
園木　芳　編

高橋新太郎

Ａ５変型判　全三六四ページ　頒価二〇〇〇円

先生は多くのものを抱え込み複雑に屈折する時間を生きて来られた人間という思いが私には強いが、一方で疑うことなく人を信頼する純真な心の持ち主であった。とらわれぬ自由人でありながら冠婚葬祭に礼を欠かさず、人の難にはひそかに物心の援助を惜しまず、学生と猫を深く愛された。その根底の純なるすがすがしさこそが氏の真価ではなかったか。——永井和子（学習院女子大学名誉教授）

本書は市販いたしておりませんが、若干の在庫がございます。ご入用の方は小社宛、直接お問い合わせください。